HEYNE

Zum Buch

»Ich habe Sie beobachtet, Ms Gwendolynne Price. Wussten Sie das? Jeden Tag betrachte ich Sie in der Bibliothek. Jeden Tag möchte ich nach Ihnen greifen und Sie berühren. Jeden Tag kämpfe ich mit diesem Drang … Sie gehen an mir vorbei, und ich möchte Sie am liebsten beim Arm packen, hinter eines der Bücherregale ziehen und dort unaussprechliche Dinge mit Ihnen anstellen. Ich möchte meine Hände unter Ihren Rock gleiten lassen und Sie streicheln, bis Sie vor Lust stöhnen. Ich möchte die erlesensten Stellen Ihrer samtweichen Haut bloßlegen – gleich hier in der öffentlichen Ausleihe.«

Zur Autorin

Portia da Costa begann 1984 mit dem Schreiben erotischer Romane und gewann bereits mehrere Preise. Sie lebt in West Yorkshire.

Lieferbare Titel

Die Lektion

Haus der Sünde

Portia Da Costa

Komm für mich

Erotischer Roman

Aus dem Englischen
von Ulrich Georg

WILHELM HEYNE VERLAG
MÜNCHEN

Die Originalausgabe IN TOO DEEP
erschien 2008 bei Black Lace, Virgin Books, London

FSC
Mix
Produktgruppe aus vorbildlich bewirtschafteten Wäldern und anderen kontrollierten Herkünften

Zert.-Nr. SGS-COC-001940
www.fsc.org
© 1996 Forest Stewardship Council

Verlagsgruppe Random House FSC-DEU-0100
Das für dieses Buch verwendete
FSC-zertifizierte Papier *Holmen Book Cream*
liefert Holmen Paper, Hallstavik, Schweden.

Vollständige deutsche Erstausgabe 10/2010

Printed in Germany 2010
Umschlaggestaltung: Nele Schütz Design, München,
unter Verwendung eines Fotos von © shutterstock/ kunta
Satz: KompetenzCenter, Mönchengladbach
Druck und Bindung: GGP Media GmbH, Pößneck
ISBN: 978-3-453-54535-9

www.heyne.de

Daniel Brewster steht vor dem mit Rostflecken übersäten Spiegel und bearbeitet seinen Unterkiefer mit einem batteriebetriebenen Rasierer. Er lehnt sich nur ein paar Zentimeter vom Spiegel entfernt über das Waschbecken, betrachtet sich gründlich und legt dabei die Stirn in Falten.

Von dem Ort mal abgesehen, eigentlich noch nichts Ungewöhnliches außer der Tatsache, dass er splitternackt ist.

Oh Gott, er ist wirklich wunderschön.

Völlig ahnungslos, dass ich ihn beobachte, steht er ganz entspannt da. Sein Körper wirkt elegant und locker und hat fast etwas Klassisches. Seine Figur ist muskulös und kompakt. Der Mann hat kein Gramm Fett am Leib, und seine Brust ist von einem hinreißenden, kleinen Pelz bedeckt.

Meine Augen wandern von einem körperlichen Vorzug zum anderen, vermeiden dabei allerdings mit einer gewissen Sorgfalt die Stelle, die sie eigentlich am liebsten einer Betrachtung unterziehen würden.

Aber schließlich kapituliere ich dann doch.

Sie haben Post

Ich wage es kaum, ihn mir erneut anzusehen. Aber wenn ich ihn mir nicht noch einmal ansehe, kann ich nicht sicher sein, dass ich mir seine Existenz nicht doch nur eingebildet habe. Und ich weiß nicht, ob ich mir ausgerechnet so etwas einbilden möchte.

Das Ganze ist ziemlich beängstigend, löst gleichzeitig aber auch den Impuls zu kichern in mir aus – ungefähr zu gleichen Teilen.

Zum dritten Mal, seit ich ihn aus dem altmodischen Kasten für Verbesserungsvorschläge gezogen habe, öffne ich den hellblauen Briefumschlag und entfalte die vier schweren, hochwertigen Briefpapierblätter. Die äußerst gleichmäßig mit dunkelblauer Tinte geschriebenen Worte zeigen eine elegante, ja fast gedruckt wirkende Handschrift.

Ich werde rot, und eine leise, erregende Stimme scheint von meinem Kopf Besitz zu ergreifen. Mein Herz klopft wie wild, und ich werde von dem albernen Drang übermannt, meine Hand zur Brust zu führen, als ob ich das Pochen damit beruhigen könnte.

Es kostet mich einige Mühe, still sitzen zu bleiben. Doch auch wenn ich immer noch Gefahr laufe, laut loszukichern, gelingt es mir.

Ich habe Sie beobachtet, Ms Gwendolynne Price. Wussten Sie das?

Jeden Tag betrachte ich Sie in der Bibliothek. Jeden Tag möchte ich nach Ihnen greifen und Sie berühren. Jeden Tag kämpfe ich mit diesem Drang … Sie gehen an mir vorbei, und ich möchte Sie am liebsten beim Arm packen, Sie hinter eines der Bücherregale ziehen und dort unaussprechliche Dinge mit Ihnen anstellen. Ich möchte meine Hände unter Ihren Rock gleiten lassen und Sie streicheln, bis Sie vor Lust stöhnen. Ich möchte die erlesensten Stellen Ihrer samtweichen Haut bloßlegen – gleich hier in der öffentlichen Ausleihe, nur Zentimeter von den Banausen entfernt, die sich völlig ahnungslos durch Ihr Reich schlängeln. Ich möchte Ihre üppigen Kurven aus ihrer Verhüllung befreien und Sie mit meiner Zunge verwöhnen, bis Sie nicht mehr länger stillhalten können. Ich möchte an Ihrem köstlichen Kitzler saugen, bis Sie nur noch wimmern, sich aufbäumen und es Ihnen schließlich kommt. Kommen Sie für mich.

Haben Sie keine Angst, meine hinreißende Gwendolynne. Ich will Ihnen nichts Böses … Ich möchte Sie nur einmal schmecken. Oder einmal berühren.

Ich wünschte, ich könnte Sie aus der Ferne anbeten wie ein höfischer Edelmann, der sich seine Reinheit für die Herzensdame bewahrt. Ich wünschte bei Gott, der romantischen Poesie mächtig zu sein. Dann könnte ich all Ihre Zauberhaftigkeit in Worte fassen, könnte jede einzelne Facette Ihres Lächelns und Ihrer Anmut beschreiben und Ihnen erklären, wie ich zu Ihren Füßen knien und jedem Ihrer Schritte einen Kuss nachwerfen würde, während Sie von mir gehen.

Aber das würde auch nichts nützen, mein Engel. Es würde mir nicht reichen. Ich kann mich einfach nicht auf das Reine und das Geistige beschränken. Dazu bin ich einfach zu animalisch, meine Liebe. Ich bin ein geiles, unbezähmbares Tier. Der Anblick Ihrer Kurven beschert mir eine enorme Erektion, und ich werde von dem Verlangen geleitet, Ihnen den Verstand aus dem Leib zu ficken. Mein Schwanz verwandelt sich in harten Stahl, wenn Sie an mir vorübergehen. Es schmerzt, wenn ich höre, wie Ihr Rock um ihre Schenkel raschelt. So sehr, dass ich fast wünschte, ich selbst wäre diese einfache Stoffbahn. Dann könnte ich Ihrem köstlichen Fötzchen ganz nah sein und in seinem Duft und seinem Geschmack ertrinken.

Ich kann gar nicht aufhören, an das zu denken, was zwischen Ihren Beinen liegt. Die saftige Höhle Ihres Geschlechts und seine intime fleischige Geografie. Am liebsten möchte ich Ihre Schenkel spreizen und Sie stundenlang anstarren. Ich möchte Sie mit meinen Augen streicheln und das genießen, was die Verletzbarkeit Ihrer Nacktheit und Ihrer Zurschaustellung mit Ihnen macht.

Jede Stunde meines Tages ist bestimmt von den Qualen meiner Fantasien über Sie. Ich kann schon meiner Arbeit nicht mehr richtig nachgehen, aber das ist mir egal. Mein einziger Trost liegt darin, dass Sie vielleicht von ähnlichen Fantasien besessen sein könnten. Ich träume davon, dass Sie von meinem Schwanz träumen. Ich träume davon, dass Sie ihn sich vorstellen und Mutmaßungen über seine Form anstellen. Und ich träume davon, dass Sie sich irgendwann fragen, wie er sich wohl in ihrer Hand oder gar in Ihrer Möse anfühlen würde.

Und was Schwänze angeht, meine liebste Gwendolynne, könnten Sie es weitaus schlechter treffen. Er kann sogar zu recht spektakulärer Größe anwachsen, wenn ich an Sie denke. Er erhebt sich zu Ehren Ihrer sinnlichen, umwerfenden Schönheit und mit dem Versprechen, jeden letzten Zentimeter dieser Schönheit zu erforschen. Er rammt sich in Ihre Mitte, während wir halbnackt auf dem Boden der Präsenzbibliothek herumrollen und wie zwei Verzweiflungstäter miteinander ficken.

Und es wird Sie, meine hinreißende, erotische Bibliothekskönigin, sicher nicht überraschen, dass ich in letzter Zeit wie besessen und mit meinen Gedanken nur bei Ihnen gewichst habe. Wieder und wieder habe ich meinen Schwanz bearbeitet, während ich mir vorstellte, was ich mit Ihnen tun möchte …

Ständig sehe ich Sie in Unterwäsche vor mir. Schmale Stoffstreifen, die mehr zeigen, als sie verbergen.

Mögen Sie Seide und Spitze, Gwendolynne? Oder sind Sie eher ein Typ Mädchen, das praktische Baumwolle trägt? Ich könnte Sie in beiden Varianten verschlingen. Oder noch besser einfach nackt. Aber Sie wissen ja, wie diese lüsternen Perverslinge wie ich so sind. Wir verschleudern ganze Stunden unseres Lebens mit Spekulationen,welchen BH oder welches Höschen die Frau trägt, die wir begehren.

In meiner Vorstellung tragen Sie heute äußerst luxuriöse Dessous. Charmante, knappe Fetzen, die Ihre herrlichen Brüste und Ihren Po wie eine zweite Haut umschmeicheln … Kleine Kinkerlitzchen, die Ihrem Körper so nahe kommen dürfen, wie ich es mir nur erträumen kann.

Ich sehe Sie in Scharlachrot. Nicht in einem ganz normalen Rot, sondern in einem tiefen, üppigen Ton, der der Farbe von altem Rotwein oder einem seltenen und kostbaren Rubin gleicht. Irgendwo ist aber auch weiße Spitze zu sehen. Eine pikante Note der Unschuld, die das Rot der Seide nur noch sündiger, dekadenter und ein wenig wie das aussehen lässt, was eine Edelnutte tragen würde.

Gestern in der Bibliothek trugen Sie eine hübsche marineblaue Bluse und einen schicken Jeansrock, der Ihren prächtigen Hintern perfekt betonte. Doch in meinem Kopf waren Sie unter diesem Alltagsgewand wie ein Callgirl gekleidet, das tausend Pfund die Nacht nimmt.

Ihre Brüste haben mir in der Bluse besonders gut gefallen. Ich bete Ihre Brüste allerdings grundsätzlich an. Sie sind herrlich rund, üppig und einer Göttin der Liebe würdig. Für mich sind Sie wie Aphrodite. Aber das wissen Sie sicher, nicht wahr Gwen-

dolynne? Und ihre fantastischen Brüste heißen mich, Sie en détail mit Augen und Fingern anzubeten. Hier, im Heiligtum meiner Fantasie sind sie ein Festmahl für meine gierigen, hungrigen Sinne. Die Hügel stehen spitz hoch, sie sind köstliche Handschmeichler und eine reine Freude für das Auge. Und die seidige Haut ihrer oberen Rundung – über dem verführerischen Spitzenbesatz – ist lieblich, zart und weich wie Milch und Honig auf meiner Zunge.

Spielen Sie manchmal selbst mit Ihren Brüsten, Gwendolynne? Das würde mich sehr interessieren …

Wieso berühren Sie sie nicht einfach jetzt, während Sie meine Zeilen lesen? Verstohlen und unschuldig … Es muss Sie ja niemand dabei sehen. Nur ich würde es wissen. Oh ja, und wie ich es wissen würde … Ich würde ein hinreißendes, verlegenes Erröten auf Ihrem Gesicht sehen, und ich würde wissen, dass Sie nur meinetwegen erröten. Wegen mir allein. Dass Sie sich streicheln, weil ich *es will … Dass Sie sich streicheln, um* mir *zu gefallen.*

So ist's gut. Öffnen Sie die Bluse, lassen Sie eine Hand unter den Stoff gleiten und fahren Sie mit den Fingerspitzen über die satten Kurven und über den harten Nippel unter Ihrem BH. Tun Sie es! Jetzt sofort! Wenn Sie so tun, als würden Sie sich vorbeugen, um etwas aus der Schreibtischschublade zu nehmen, wird es niemand bemerken.

Es wird nur unser erster, gemeinsamer Akt sein, die erste Runde in unserem Spiel.

Und später, am Abend und ganz privat bei Ihnen zu Hause, werden Sie es erneut tun. Sie werden an mich denken, während Sie mit der Fingerkuppe über Ihre Brustwarze fahren. Kreisend, kreisend, immer wieder kreisend und leicht wie eine Feder. Und wenn Sie das zu sehr erregt, dann könnten Sie ja vielleicht ganz leicht hineinkneifen. Wie wär's? Bestrafen Sie sich dafür, mich aufgeheizt zu haben, indem Sie die dunkle, saftige Nippelbeere zwischen zwei Finger nehmen und sie auf vielerlei Weise zwicken, bis Sie selbst ganz feucht und erregt sind!

Würde Ihnen das gefallen? Mögen Sie es, wenn sich zur Lust auch ein wenig Schmerz gesellt, Gwendolynne? Ich finde, jeder sollte mindestens einmal im Leben diese Erfahrung machen. Natürlich nicht zu extrem … Ich bin weder brutal noch ein Sadist … Aber es ist doch eine erlesene Abwechslung auf der Speisekarte der Erotik, und Sie scheinen mir eine Frau zu sein, die unersättlich ist, wenn man ihren Appetit erst einmal geweckt hat. Außerdem glaube ich, Sie haben genug Fantasie, um von so ziemlich allem zumindest einmal zu kosten. Liege ich richtig, meine Göttin der Liebe?

Ich stelle nur Mutmaßungen an, aber ich irre mich selten.

Und Sie, Sie sind eine Frau, die tapfer, kühn und abenteuerlustig ist. Eine Frau, die für die Vergnügungen des Lebens bestimmt ist. Ebenso wie für die Jagd danach.

Hab' ich Recht? Ich denke schon …

Aber egal – zurück zu Ihren Brüsten, ihren wunderschönen Brüsten …

Ich sehe Sie jetzt auf glänzenden Satinlaken liegen, die Ihren wundervollen Körper mit genau dem Luxus umrahmen, den er verdient. Ich nehme an, Satinlaken sind eigentlich ein ziemliches Klischee, aber was soll's? Sie sind der Stoff aus dem nicht nur die meinen, sondern zahllose andere Wichsfantasien gewoben sind. Vielleicht sind Ihre Laken aber eher weiß als schwarz? Mh … ist mir auch recht.

Nights in White Satin, was, meine Schönheit? Was würde ich dafür nicht alles geben … Lange, dunkle, von Duft erfüllte Nächte, in denen ich mich wieder und wieder an den verschwenderischen Freuden Ihres Körpers ergötze … Das wäre das Paradies für mich. Mein größter Wunsch … Wird er sich jemals erfüllen?

Wie Sie so daliegen, sind Sie für mich wie eine Studie in Schar-

lachrot und Weiß. Weiche, honigsüße Haut und langes, wildes dunkelblondes Haar. Heute Nacht wird es nicht zu einem Zopf gebunden sein, vollendete Gwendolynne. Ihr wundervolles Haar ist ein weiterer Teil Ihres Wesens, der für mich fast zu einem Fetisch geworden ist … Wären Sie wohl angewidert und abgestoßen, wenn ich sagte, dass ich am liebsten darin kommen würde? Ich stelle mir vor, wie ich als nackter und ungezügelter Bittsteller über Ihnen knie, die wilden, seidigen Wellen Ihres Haares um meinen Penis schlinge und mich so lange damit streichle, bis ich den Höhepunkt erreiche.

Oh, Gwendolynne, ich bin hart wie eine Eisenstange, wenn ich nur daran denke!

Ich glaube, gegen diesen Zustand muss ich etwas tun. Und zwar sofort.

Adieu, meine schöne Bibliothekskönigin, adieu … Ob Sie mir vielleicht eine kleine E-Mail schreiben könnten, um mich wissen zu lassen, dass Sie mir abscheulichem Lüstling verzeihen? Oder vielleicht könnten Sie mir auch eine Ihrer Fantasien verraten? Dann wüsste ich, dass Sie ebenso lüstern sind wie ich …

Ich gehöre ganz Ihnen, mit meinem Körper und meiner Seele – aber ganz besonders mit meinem Körper, meinem harten schmerzenden Körper …

Nemesis

Nemesis? Also wirklich … Der Mann ist ein totaler Perversling, der auf schwülstige Prosa steht und höchstwahrscheinlich sogar gefährlich ist … Und der nennt sich nun »Nemesis« – als wäre er mein Schicksal, meine gerechte Strafe. Das klingt nach einem Namen, den sich ein pubertierender Gamer geben würde, wenn er online spielt.

Und doch löst der Brief und selbst der dumme Name einen bebenden Schauer in mir aus. Ich stelle mir einen großen, dunklen und geheimnisvollen Mann vor, der vielleicht sogar mit Maske oder in Leder gekleidet über mir kauert. Jemand, der stark und hart und sexy ist. Jemand, der mich zwingt, auf die Knie zu gehen und erst seine Stiefel und dann auch seinen Schwanz zu küssen.

Ich schüttle den Kopf, und mir wird langsam klar, dass ich die letzten paar Minuten völlig weggetreten war und mich total im Nemesis-Land verloren hatte. Und am schlimmsten ist, dass ich tatsächlich genau das tue, wozu er mich aufgefordert hat. Na ja, nicht ganz, aber so ziemlich. Ich streichle durch das Baumwolloberteil den Brustkorb unter meinen Brüsten.

Doch irgendwann schnellt meine Hand zurück, und ich falte den Brief mit größter Sorgfalt zusammen und stecke ihn in die Tasche meines Rockes. Als mir wieder einfällt, was er über meinen Rock gesagt hat, sorgt sogar diese Aktion für eine gewisse Erregtheit.

Auf eine seltsame Art und Weise *ist* dieser Brief sein Verfasser und ruht in der Tasche gefährlich nah an meiner Möse – genau, wie er gesagt hat. Es liegen also nur ein paar Lagen Baumwolle zwischen ihm und mir.

Ich atme ein paarmal tief ein und aus und gebe mir alle Mühe, wie ein ganz normaler Mensch zu wirken, während ich den Raum der öffentlichen Ausleihe mit den Augen absuche. Und obwohl ich das Gefühl habe, über meinem Kopf würde eine Neonleuchtschrift mit *Hure von Babylon* blinken, scheint mich keiner der Anwesenden anzusehen. Alles ist ruhig, und aufgrund der kurz bevorstehenden Mittagszeit steht nur eine kleine Handvoll Besucher zwischen den Regalen. Ich kann also in aller Sicherheit auf die Tasche meines Rockes klopfen und an meinen neuen »Brieffreund« denken.

Es scheint mir merkwürdig und auch recht traurig, dass dieser Brief – obwohl er anonym, hochtrabend, schmutzig und empörend ist – doch der erste Liebesbrief ist, den ich überhaupt jemals bekommen habe. Selbst als mein – von mir nicht besonders vermisster Exmann Simon und ich noch scharf aufeinander waren, hat er mir niemals Liebesbriefchen oder gar E-Mails geschickt. Und seit unserer Trennung bekomme ich von ihm ohnehin nur noch knappe Mitteilungen bezüglich der Scheidung und Anweisungen, ich solle endlich das Haus verkaufen. Er versucht immer noch, mich herumzukommandieren.

Aber der kann mich mal. Es gibt wichtigere Dinge, über die ich mir Gedanken machen muss. Und zwar über jemanden, dessen Versuch, mich zu kontrollieren und meine Gedanken zu bestimmen, weitaus spaßiger klingt.

Wer zum Teufel ist Nemesis nur? Wo hält er sich versteckt? Und an welchem Ort geilt er sich auf, wenn er mir sagt, dass ich an mir herumspielen soll? Nach dem Brief zu urteilen muss er ein regelmäßiger Bibliotheksbesucher sein. Also befindet er sich höchstwahrscheinlich ganz in meiner Nähe. Vielleicht sogar jetzt, in diesem Moment. Wenn er mich nun in diesem Augenblick beobachtet? Die Bibliothek ist ruhig. Er könnte überall sein … nur ein paar Meter entfernt.

Hat heute jemand die Heizung wieder angestellt? Ich bin zu jung für Hitzewallungen. Aber was immer ich auch spüre, es fühlt sich einfach so an. Verstohlen wedele ich mir etwas Luft in den Ausschnitt meines Oberteils – doch ich stelle meine Bemühungen nach etwas Abkühlung sofort wieder ein. Nemesis wird bestimmt die Fassung verlieren, wenn er mir dabei zuschaut. Ich blicke mich um. Meine Ohrläppchen prickeln, als wäre die Möglichkeit, beobachtet zu werden, eine körperliche Handlung.

Ist er hier? Betrachtet er durch mein Oberteil hindurch meine Nippel und stellt sich vor, was ich unter meinem Rock trage?

Mein Kopf ist besetzt mit bizarren Vorstellungen von Röntgenblicken, und ich sehe mich mit transparenter Kleidung durch die Bibliothek laufen. Die Art, wie Nemesis über meinen Körper geschrieben hat, klingt ganz danach, als hätte er ihn tatsächlich schon einmal nackt gesehen.

Oh, warum habe ich das gerade gedacht?

Nemesis ist nicht der Einzige, der Pornofantasien haben kann. In einem blitzartig auftauchenden Bild sehe ich mich auf dem Boden des Präsenzbibliotheksraumes liegen – genau wie er geschrieben hat. Ich liege auf dem Rücken, und ein hinreißender Mann versenkt sich immer wieder zwischen meine gespreizten Schenkel. Der echte Nemesis ist wahrscheinlich fett, mittleren Alters und kämmt sich sein schütteres Haar quer über den Kopf, um es voller erscheinen zu lassen. Aus rein praktischen Gründen – und auch weil er mir sowieso ziemlich häufig durch den Kopf spukt – ersetze ich Nemesis also einfach durch das augenblickliche Objekt meiner Begierde: den Star der Bibliothek, der gerade für einige Wochen in der Spezialsammlung unseres Archivs recherchiert.

Das ist nun mal jemand, mit dem ich liebend gern all die Dinge tun würde, die Nemesis in seinem Brief beschreibt.

Ich blicke über meine Schulter in Richtung Präsenzbibliothek. Der Boden in dem Raum ist sehr hart, aber ich scheine ihn an meinem Po zu spüren, während ich auf meinem Stuhl hin- und herrutsche.

Nemesis ist nicht der Einzige, der hier verrückt ist! Schließlich habe ich gerade selbst für eine gewisse Feuchte zwischen meinen Beinen gesorgt … Bin ich etwa genauso verdreht und versaut wie er? Geil bin ich auf jeden Fall. Doch gleichzeitig raubt mir das Gefühl, auf das Gefasel eines Perversen reagiert zu haben, glatt den Atem. Er könnte ja krank sein. Und gefährlich. Wahrscheinlich sogar beides.

Auf jeden Fall muss es jemand sein, der mir nahe genug gekommen ist, um in der öffentlichen Ausleihe einen verschlossenen Umschlag in den Kasten für Verbesserungsvorschläge zu werfen. Jemand, der die Abläufe und das Personal der Bibliothek kennt. Jemand, der nicht nur weiß, dass die Leerung des Kastens zu meinen Aufgaben gehört, sondern auch, wann ich es meistens tue. Jemand, der die Zeiten kennt, in denen die Information höchstwahrscheinlich nicht besetzt ist.

Der Schreibtisch der Information steht auf einem kleinen, Podest, von dem aus man einen guten Überblick über den Raum hat. So kann ich einen Großteil der offen angelegten Abteilung des neuen Bibliotheksgebäudes einsehen. Gerade trudeln einige Leser ein, um in der Mittagspause ein wenig zu schmökern, und es wäre durchaus möglich, dass auch Nemesis unter ihnen ist. Während der Öffnungszeiten kommen Hunderte von Kunden in die Bibliothek. Und auch jetzt schlendern Dutzende von Menschen durch die Regalreihen – etwa die Hälfte von ihnen sind Männer.

Dort drüben in der Abteilung für Sportliteratur treibt sich gerade ein verdächtig aussehender Typ rum. Der könnte es sein. Er ist Stammkunde, und ich habe ihn schon oft genug dabei ertappt, wie er auf meine Brüste starrte. Jetzt auch wieder. Dieses Ferkel! Oh nein, ich will nicht, dass er Nemesis ist!

Jetzt ist mal wieder so ein Moment, in dem ich mir eine etwas kleinere Oberweite wünschte. Um genau zu sein, könnte *alles* an mir ein bisschen kleiner sein. Meistens habe ich ja nichts dagegen, ein Mädchen mit Kurven zu sein. Ich finde es sogar ganz gut. Aber üppige Formen scheinen in den Männern grundsätzlich das Tier zum Vorschein zu bringen. Und in letzter Zeit sogar eine ganz neue Art von Tier, die versucht, ihre niedersten Instinkte annehmbarer und weniger abstoßend erscheinen zu lassen, indem es in seine Annäherung ein paar

Brocken schwülstigen Geredes über Verehrung und romantische Liebe einfließen lässt.

Nicht, dass ich es in letzter Zeit oft zugelassen hätte, dass eines dieser Tiere mich mit seinen Pfoten betatscht. Seit meiner Scheidung setze ich auf Qualität und nicht auf Quantität. Vielleicht warte ich ja auf einen Helden. Zum Zeitpunkt der Trennung schien es eine gute Idee, wählerisch zu sein. Aber mein Plan geht mittlerweile total nach hinten los, denn ich lechze geradezu nach einer geilen Nummer. Ich wage kaum, es zuzugeben, aber wenn Nemesis auch nur halbwegs attraktiv und nicht zu durchgeknallt ist, würde ich es mit ihm probieren. Deshalb werde ich meinen Kollegen wohl nichts von dem perversen Briefchen erzählen. In dem Kasten für Verbesserungsvorschläge liegen ständig merkwürdige Kommentare. Über die harmloseren lachen wir manchmal in der Mittagspause, aber die richtig abwegigen Beiträge melden wir dem Bibliotheksleiter – obwohl der eigentlich auch nichts dagegen unternehmen kann. Aber die jeweiligen Nervensägen belassen es meist bei ein oder zwei Zetteln und verlieren dann das Interesse.

Aber das ist hier ist etwas anderes. Das habe ich einfach im Gefühl. Außerdem ist das hier *mein* Perversling, und den möchte ich mit niemandem teilen.

Ich starre auf die E-Mail-Adresse am unteren Rand des Briefpapiers: N3m3sis@hotmail.co.uk.

Sollte ich eine Antwort senden? Sollte ich ihm sagen, dass er mich gefälligst in Ruhe lassen soll? Oder sollte ich ihn so richtig schocken und ihm im selben Stil antworten? Mir die schmutzigste Fantasie ausdenken, die mir einfällt? Vielleicht über meine Dessous aus Spitze und Satin, die ich gar nicht besitze und mir wahrscheinlich nicht mal leisten könnte? Oder vielleicht könnte ich mir auch eine ausführliche Geschichte über ihn und *seine* Wichsereien ausdenken? In der Schule bin ich im Aufsatzschreiben immer sehr gut gewesen. Vielleicht sollte ich ihm einfach mitteilen, was ich von *ihm* wollte.

Bevor mir noch recht klar wird, was ich da tue, öffne ich auch schon das Mail-Programm auf meinem Computer.

Oh, nein, nein, nein … das ist einfach nur mutwillige Dummheit und außerdem gefährlich. Aber Gott weiß, dass ich es tun möchte. Wahrscheinlich bin ich genauso pervers und seltsam wie er, wusste es bisher aber einfach nicht. Meine Finger schweben über der Tastatur, und lediglich das Wissen, dass die Bibliothekscomputer stichprobenartig überprüft werden, hält mich davon ab, die ersten Worte zu tippen. Trotzdem pocht mein Herz wie wild, und in meinem Slip macht sich Feuchte breit. Die intellektuellen Hirnfunktionen scheinen nicht mehr richtig intakt zu sein, und mein Körper hat sich in eine unkontrollierte Hormonmasse verwandelt.

Der Typ in der Abteilung für Sportliteratur hat mittlerweile das Interesse an mir verloren und liest tatsächlich in einem Buch. Hätte ich mich an seiner Stelle mit dem blauen Briefpapier von Nemesis in der Hand gesehen, wären mir längst die Augen aus dem Kopf gefallen und ich hätte Nägel mit Köpfen gemacht. Stattdessen scheint der Kerl völlig in die Geschichte des Rugbyspiels in Yorkshire vertieft zu sein.

Wer bist du, Nemesis, du kranker Teufel? Bist du hier? Jetzt in diesem Moment? In sichtbarer oder vielleicht sogar greifbarer Nähe?

Unmöglich, das zu sagen. Ich habe nicht ständig Dienst in der öffentlichen Ausleihe, sodass ich nicht sagen kann, wer den Tag über etwas in den Kasten wirft. Und wir befinden uns schließlich in der großen Zentralbibliothek des Landkreises. Hier sind die wissenschaftliche Bibliothek, die Abteilung für audiovisuelle Medien, die Kinderbibliothek, die Archive und eine ganze Reihe von Spezialsammlungen untergebracht. Das

Gebäude ist groß, sehr weitläufig, und die meisten Räume sind für die Öffentlichkeit zugänglich. Nemesis könnte als seriöser Besucher getarnt praktisch überall sein.

Erneut will sich eine atemlose Panik in mir ausbreiten. Wenn er nun *wirklich* gefährlich ist? Ich muss hier raus und spüre beim Blick auf die Uhr eine große innerliche Erleichterung. Es ist fast zwölf Uhr, und ich danke dem Himmel, dass ich heute relativ früh Mittagspause habe. In ein paar Minuten kann ich raus an die frische Luft gehen und wieder wie ein Mensch denken, der *nicht* durchgedreht ist.

Als wäre sie ein Flaschengeist, den ich soeben gerufen habe, erscheint auch schon Tracey, um ihre Schicht an der Information zu übernehmen. Der Platz ist nicht immer besetzt, aber gerade während der Mittagspausen haben wir viele Anfragen von Lesern.

»Alles okay?«, fragt sie mich, und mir wird klar, dass ich wohl genauso nervös und verwirrt aussehen muss, wie ich mich fühle.

»Ja, alles bestens«, lüge ich und verziehe meinen Mund zu einem, wie ich hoffe, normal aussehenden Lächeln. »Ich musste was im Katalog nachsehen, und das System hat mal wieder rumgezickt. Ich dachte schon, ich hätte was verbockt, aber jetzt scheint alles wieder normal zu laufen.«

Wir unterhalten uns kurz über Bibliotheks-Interna, und ich glaube, ich kann ihr weismachen, dass dies nur ein weiterer in einer endlosen Reihe von alltäglichen und ereignislosen Vormittagen gewesen ist. Dennoch fühle ich mich etwas schuldig, weil ich ihr nicht von Nemesis erzähle. Sie ist eine Freundin, und unter normalen Umständen würde ich genau mit ihr über die ganze Sache lachen.

Drei oder vier Minuten später bin ich bereits auf dem Weg zum Hinterausgang, um ein bisschen frische Luft zu schnappen. Im Aufenthaltsraum sitzen nur Clarkey, der Hausmeister des Gebäudes, und der Technikfreak aus der Kreisverwaltung, der eigentlich die Computer auf den neuesten Stand bringen soll. Ob einer von ihnen wohl Nemesis ist?, frage ich mich. Greg, der Computerfreak, ist ein schlauer, hübscher, junger Mann. Aber bei dem Gedanken, dass Clarkey mir schmutzige Briefe schicken könnte, dreht sich mir der Magen um. Allerdings glaube ich kaum, dass er auf etwas anderes gierige, hungrige Lust entwickeln könnte, als auf die riesige Fleischpastete, die er sich gerade in den Mund schob. Und nach den kaum lesbaren Zetteln zu urteilen, die er öfter mal an den Boiler der Personaltoilette klebt, wird er kaum in der Lage sein, einen Brief in gestochener Handschrift zu schreiben.

Da wir einige seltene und sehr wertvolle Dokumente im Bestand haben, sind die Sicherheitsvorkehrungen sehr streng. Doch nach meinem üblichen Kampf mit dem Zahlencode und dem Schließriegel gelingt es mir schließlich doch, die Tür zu öffnen. Mein Ziel ist die kleine Grünanlage hinter dem Parkplatz. Dort will ich ein bisschen nachdenken.

Doch gerade als ich durch die Tür hinausschlüpfen will, stoße ich mit einem dunkelhaarigen schwer beladenen Typen mit Brille zusammen, der das Gebäude gerade betreten will. Er bewegt sich recht langsam, weil er diverse Bücher, mehrere Zeitungen, eine Kartenrolle unter dem Arm und seine Aktentasche in der Hand trägt – alles Dinge, die bei unserem Zusammenstoß zu Boden fallen.

Und wieder werde ich rot. Er ist ja auch nur unser geheimer Superstar unter den exzentrischen Akademikerin, die hier ein- und ausgehen, den ich gerade über den Haufen gerannt habe. Der anbetungswürdig gut gebaute, reizende, aber recht weltfremde und etwas schusselige Professor Daniel Brewster.

»Oh je! Tut mir schrecklich leid!«, entschuldigt er sich, als wäre es allein *seine* Schuld, dass *ich* aufgrund lüsterner Tagträumereien von Perverslingen und blauem Briefpapier nicht aufgepasst habe, wo ich hinlaufe. Wir gehen beide sofort in die Hocke, um Bücher und Papiere aufzuheben, von denen ich weiß, dass er sie eigentlich nicht aus dem Archiv hätte mitnehmen dürfen. Dabei fällt mir wieder auf, wie hinreißend er auf seine nicht ganz anwesende und gelehrte Art aussieht. Seine schwarzen Locken wirken wie die eines Zigeuners, und auf seinen Wangen liegt wie üblich ein umwerfend attraktiver, dunkler Bartschatten. Wenn er nicht wie jemand aussehen würde, der ständig zu Hause über seinen Büchern hockt, könnte er locker als südländische Sexmaschine durchgehen. Abgesehen natürlich von der äußerst intellektuell wirkenden Brille und dem total altmodischen Tweedsko.

Nachdem ich ein paar Papiere zusammengerafft habe und wieder nach oben schaue, erwartet mich der Schock meines Lebens. Seine dunklen Augen hinter der eleganten Brille sind wie ein programmiertes Suchgerät zu meinem Ausschnitt gewandert und ruhen jetzt eindeutig auf meinen Brüsten.

Ist *er* etwa Nemesis? Die Vorstellung bringt mich glatt ein wenig ins Straucheln, sodass ich beinahe hintenüberfalle.

Alles in mir kribbelt, aber als er noch röter wird als die Unterwäsche, die Nemesis in seiner schmutzigen Fantasie beschrieben hat, erscheint es mir dann doch unwahrscheinlich, dass er es ist. Besonders da er, nachdem er in der Hocke sitzend seine Bücher und Papiere aufgesammelt hat, tatsächlich hintenüberfällt und auf dem Asphalt landet. Und das alles ausgelöst durch den Schock, beim Starren auf meine üppigen Brüste ertappt worden zu sein. Halb so schlimm – ich habe ja auch nur eine TV-Berühmtheit, auf die ich total scharf bin, über den Haufen gerannt! Das ist alles deine Schuld, Nemesis! Du hast mich so verrückt gemacht!

»Oh, entschuldigen Sie bitte vielmals.« Ich nehme die Schuld gerne auf mich – auch wenn er nur gestürzt ist, weil er auf meine Brüste gestarrt hat. Was er übrigens immer noch tut. Und zwar mit einem gewissen Feuer in seinen braunen Augen. Auch seine Ohren scheinen die Hitze zu spüren, denn die Ohrläppchen haben einen sehr anziehenden Pinkton angenommen. Ich frage mich plötzlich, wie es wohl wäre, ein wenig an ihnen zu knabbern.

Was?! Ich weiß auch nicht, was in letzter Zeit in mich gefahren ist. Aber Nemesis und Professor Geili McSchnittchen hier scheinen dafür zu sorgen, dass ich mich langsam in ein sexbesessenes Luder verwandle.

Wieder auf den Beinen, beuge ich mich vor, um ihm beim Aufstehen zu helfen. Und obwohl ihm dies eine bessere Sicht auf meine Brüste gewährt hätte, springt er unerwartet sportlich und fast wie ein Panther auf die Füße.

»Nein, nein. Es war mein Fehler«, entschuldigt er sich mit verlegener und gleichzeitig etwas gereizter Stimme. Er beugt sich erneut vor, um den Rest seiner Papiere aufzusammeln. Als er von seiner Suche kurz nach oben schaut, befindet sich sein Gesicht nur ein paar Zentimeter entfernt von meinem Schritt. Diesmal fällt er nicht um, sondern zieht nur den Oberkörper etwas zurück – fast als hätte die Nähe zu meinen intimsten Stellen ihn nach hinten schnellen lassen. Diesmal wirken seine Bewegungen eher wie die einer verschreckten Gazelle und nicht wie die einer geschmeidigen Raubkatze.

Die ganze Situation verwandelt sich blitzschnell in so etwas wie eine kleine Farce, sodass ich dem hübschen Professor wahllos seine Papiere in die Hände drücke und mich schnell an ihm vorbeischleiche. Bevor ich über die Straße in Richtung Garten laufe, werfe ich ihm über die Schulter hinweg noch ein Lächeln, eine weitere Entschuldigung und ein »Man sieht sich« zu.

Mittagspause mit Professor Adonis

Was war das nur für eine absurde Vorstellung! Als wäre ich von Nemesis und seinen erotischen Ergüssen nicht schon genug erschüttert, gerate ich jetzt schon wieder wegen Professor Adonis ins Schwitzen! Der berühmte Professor Daniel Brewster hatte es mir nicht erst angetan, seit er vor einigen Wochen zur Attraktion der Bibliothek wurde. Er war zu uns gekommen, um Recherchen für ein neues Buch und eine eventuelle neue Fernsehserie anzustellen. Seine beliebten Geschichtsdokumentationen werden immer mal wieder auf UKTV gesendet, und obwohl ich bereits jede Folge mehrfach gesehen habe, lasse ich mir keine der Wiederholungen entgehen.

Dennoch sehe ich mich nicht um und gehe ruhig weiter, als hätte unser kleiner, entgleister Pas de deux niemals stattgefunden. Ich bleibe erst stehen, als ich meinen Stammplatz im Park erreiche: eine Bank, die abseits der Plätze liegt, wo die anderen Besucher sich in ihrer Mittagspause niederlassen. Es scheint nicht viele Menschen zu geben, die diesen kleinen Zufluchtsort kennen. Er ist von mehreren großen Bäumen und einer hohen Hecke umstanden, sodass kein Sonnenstrahl dorthin dringt. Das ist wahrscheinlich auch die Erklärung dafür, dass dort nie jemand sitzt. Die meisten Leute hier scheinen immer noch großes Interesse daran zu haben, sich Hautkrebs zu holen. Also habe ich diesen Ort der Ruhe und des Friedens meistens für mich und kann mitten am Tag völlig ungestört sein.

Nicht, dass mir heute besonders friedlich zumute wäre. In meinem Kopf schwirren all die Worte herum, die Nemesis in seinem langen Brief zum Ausdruck gebracht hat. Außerdem taucht immer wieder das Bild in mir auf, wie ich meine Brüste vor Daniel Brewster förmlich zur Schau gestellt habe.

Ich hole meine Wasserflasche aus der Tasche und nehme einen großen Schluck. Sie kommt frisch aus dem Kühlschrank, und die beißende Kälte auf der Zunge sorgt dafür, dass ich mich langsam wieder beruhige. Irgendetwas in mir macht »klick« – wie eine Kamera, die sich scharf stellt. Ich sehe mich um und betrachte das Grün der Blätter und das öde Grau der Kieselsteine. Das und die frische Luft sind real, normal und himmelweit von der aufgeheizten Welt schmutziger Briefe wie auch Spekulationen über attraktive, schrullige Männer entfernt, die sowieso nicht meine Kragenweite sind.

Noch ein paar Schlucke, und ich fühle mich wieder geerdet. Ich bin zwar noch nicht bereit für mein Sandwich, werde es aber in Kürze in Angriff nehmen. Eine Zeit lang sitze ich einfach nur da und fühle mich sehr Zen – eins mit der Natur und all dem Kram. Doch gerade, als ich mich entschlossen habe, dass es jetzt Zeit zum Essen und zur Regulierung meines Blutzuckers wird, springt mir eine Ecke des blauen Briefpapiers ins Auge, das aus meiner Handtasche ragt. Ich ziehe es heraus und entfalte den schriftlichen Irrsinn.

Die Worte schreien mich förmlich an.

Nehmen Sie die dunkle, saftige Nippelbeere zwischen zwei Finger und zwicken Sie sie auf vielerlei Weise, bis Sie selbst ganz feucht und erregt sind?

Das Lesen der Zeilen weckt den Wunsch, das Geschriebene in die Tat umzusetzen, und nachdem ich kurz aufgeschaut habe, befinde ich mich schon wieder in der düsteren Parallelwelt irrationaler Lust. Ich trage zwar keine der weißen Blusen, die für Nemesis eindeutig ein Fetisch sind, aber dennoch wandert eine meiner Hände fast unbewusst nach oben und umfasst durch die dünne Baumwolle meines Oberteils meine Brust.

Mein Nippel ist hart, und wenn er nicht verpackt wäre, würde er zweifellos wirklich dunkel und fest wie eine saftige Beere aussehen. Ich zupfe durch die Stoffschichten – Oberteil und BH, beides aus Baumwolle – ein wenig daran herum und spüre sofort ein heftiges Beben durch meinen Körper fahren. Ich bin überzeugt, dass Nemesis ein Mann ist. Aber für einen Mann scheint er sehr viel über die Verbindung von Titte und Kitzler zu wissen. Zwischen meinen Beinen spüre ich bereits große Hitze, und meine Muschi ist schwer und feucht. Dabei sind es eher die Worte, die mich aufheizen, und nicht meine eigenen Berührungen. Die Worte und die Vision eines dunkelhaarigen, etwas verschrobenen, aber sehr schönen Mannes, der nervös und verlegen ist.

Ich frage mich, ob Professor Adonis' Ohrläppchen mittlerweile wieder etwas abgekühlt sind.

Ich starre auf die kühle grüne Wand der Hecke mir gegenüber, sehe sie aber eigentlich gar nicht. Stattdessen stelle ich mir ein Szenario vor – ganz im Sinne von Nemesis, schätze ich. In meinem kleinen Drama habe ich den Brief fallen lassen, als ich mit Daniel Brewster zusammenstieß, und dabei ist er irgendwie zwischen seine Papiere geraten. Und jetzt, da ich hiersitze und von ihm träume, liest er ihn gerade.

Ich sehe, wie seine niedlichen Ohrläppchen noch röter werden, er seine dunklen Augenbrauen bis zu seinem Haaransatz hochzieht, sodass sie unter den Korkenzieherlocken verschwinden, die ihm in die Stirn hängen. Er nimmt seine elegante, rahmenlose Brille ab, putzt sie und rutscht dann auf seinem Stuhl hin und her – genau wie ich es gerade auf der Bank tue.

Das wäre allerdings äußerst merkwürdig, denn Nemesis' Brief ist ja an eine Frau und nicht an einen Mann gerichtet.

Meine Finger sind vom Umklammern der blauen Seiten schon ganz feucht. Ich weiß, wenn ich auch nur einigermaßen bei Verstand wäre, würde ich seinen Brief zerreißen und jeden weiteren Korrespondenzversuch ignorieren. Das wäre sicher das Vernünftigste. Sexuelle Belästigungen sind wie Pflanzen: Sie sterben ab, wenn man sie vernachlässigt.

Aber die Worte des Briefes und mein Zusammenstoß mit Daniel Brewster haben mich fest im Griff, und ich kann einfach nicht stillsitzen. In meinem Kopf herrscht ein einziges Durcheinander aus Gedanken an Nemesis, Seide und dem Bild des göttlichen Professors, der mit hochrotem Kopf und aufgestellten Beinen auf dem Boden liegt. Mein Körper glüht, angefüllt mit seltsamer Energie, und die empfindlichsten Stellen sind stark durchblutet. Verstohlen öffne ich die Beine und presse mein Geschlecht auf die harte Parkbank. Aber es gelingt mir einfach nicht, so viel Druck auf meinen Kitzler auszuüben, wie es jetzt nötig wäre. Das plötzliche und geradezu stechende Verlangen sorgt dafür, dass ich mir auf die Lippe beiße.

Werde ich es wagen, mich anzufassen? Jetzt und hier? Nicht nur meine Nippel, meine ich, sondern da unten – an meiner Möse?

Was sagst du, Nemesis? Ich habe das Spiel auf die Spitze getrieben, aber du wirst niemals davon erfahren. Das nenne ich ein echtes Spiel mit dem Feuer, du Perversling!

Es ist kein Mensch in der Nähe. Eigentlich habe ich hier noch nie jemanden gesehen. Theoretisch müsste ich es also wagen können. Dennoch erscheint es mir immer noch unglaublich schmutzig und versaut, mich hier draußen anzufassen. Außerdem würde es von einem äußerst schwachen Willen zeugen. Ich würde ihm damit nachgeben und hätte das Gefühl, dass er auch irgendwie davon erfahren würde. Seit ich mich von Simon getrennt habe, lasse ich mich nicht mehr von Männern manipulieren. Ich glaube, ich würde nicht mal das tun, was Professor Adonis von mir verlangen könnte. Sicher bin ich mir allerdings nicht …

Das Ganze wird langsam wirklich ausgesprochen bizarr. Ich weiß nur, dass Nemesis ganz sicher selbstgefällig in seine Boxershorts – oder was immer er auch trägt – abspritzen würde, wenn er wüsste, dass ich voller Verlangen, mich bis zum Höhepunkt zu streicheln, auf der Parkbank hin- und herrutsche.

Ich bin noch immer auf der Hut und blicke mich vorsichtig um. Dann lasse ich meine Hand von der Rundung meiner Brüste, über die Taille und die Hüfte zu meinen Schenkeln gleiten. Ich habe eine Menge Fleisch auf den Rippen, das es abzutasten gilt, aber da Nemesis meine Kurven offensichtlich mag und auch Professor Adonis alles andere als immun gegen meine üppige Oberweite zu sein scheint, stellt das kein Problem dar. Um genau zu sein, fange ich langsam an, die Vorteile meiner ausladenden Formen zu verstehen.

Noch verstohlener beginne ich, die Falten meines Rockes Zentimeter für Zentimeter mit den Fingerspitzen zu unterwandern, sodass sie sich über meiner Hand und dem Gelenk zusammenschieben. Mit einer Geschicklichkeit, die eines Zauberers würdig ist, lasse ich meine Finger über meinen nackten Schenkel gleiten und schiebe sie dann unter das Gummibündchen meines Slips.

Fast geschafft. Wir nähern uns langsam dem eigentlichen Ziel.

Ich streiche über eine borstige Schamhaarlocke und tauche auf der Suche nach dem heißen, magischen Zentrum tief in den Wald ein. Meine Fingerspitzen sind sofort feucht, als ich meine Schamlippen teile. Ich schwimme in meinem eigenen Saft, und obwohl ich weiß, dass ich erregt bin, irritiert mich diese Reaktion doch ziemlich.

Als ich schließlich zu meinem Kitzler gelange, begrüßt er mich mit einem derart heftigen Pochen, dass ich nach Luft ringe.

Ein Teil von mir ist entsetzt über mich selbst, aber der andere Teil platzt vor Erregung. Bisher war ich nie besonders abenteuerlustig oder risikofreudig, aber jetzt scheine ich das Verpasste nachholen zu wollen. Ich tanze am Rande des Wahnsinns, und wenn ich auch nur einen Moment nachdenke, würde ich mich wahrscheinlich sofort zurück in die Sicherheit des Aufenthaltsraums flüchten. Aber ich habe keine Zeit zum Nachdenken. Ich bin nur noch ein Bündel aus Gefühl.

Nach ein oder zwei zögerlichen Berührungen pulsiert mein ganzer Körper vor unterdrückter Energie. Ich bin ein überquellender Brunnen von Sexualität, und jedweder Zweifel, den ich jemals bezüglich meiner Üppigkeit hatte, meiner Pummeligkeit, meiner Plumpheit oder wie immer man es nennen will, löst sich in Luft auf. Jeder Zentimeter und jedes Gramm meines Körpers ist göttlich – genau wie Nemesis schrieb.

Ich atme in Schlucken. Meine Beine spannen sich an, ich schiebe meine Hacken über den Sand vor mir und bereite mich langsam auf das Unvermeidliche vor. Ich sehne mich verzweifelt nach einem Höhepunkt und beginne sogar ein wenig zu zittern. Doch dann höre ich zu meinem Entsetzen etwas, das ich noch nie hier gehört habe: Schritte, die über den Kiesweg immer näher kommen.

Es gelingt mir gerade noch, die Hand unter meinem Rock hervorzuziehen und eine halbwegs normale Sitzhaltung einzunehmen, als eine nur allzu bekannte Gestalt in einem Tweedsakko, Jeans und Halbschuhen um die Ecke biegt. Es ist Professor Adonis, der mich fast dabei erwischt hätte, wie ich an mir rumspiele.

»Oh, hi!«, begrüßt er mich etwas unsicher. Seine Augen zucken hinter der Brille, und er lächelt mich verlegen an. Dann spitzt er die Lippen und lässt sich neben mich auf die Bank fallen, sodass mir nichts anderes übrigbleibt, als ein wenig zur Seite zu rutschen. Er zwingt mir seine Gesellschaft geradezu auf.

»Ich bin so froh, dass ich Sie gefunden habe, Gwendolynne. Ich möchte mich nämlich unbedingt für eben entschuldigen.« Er klopft sich mit seinen langen Fingern auf die Knie, als wäre er genauso von überschüssiger Energie erfüllt wie ich.

Ich bin so verblüfft, dass es mir überaus schwerfällt, auch nur mit einem Wort auf seine Begrüßung zu reagieren. Aber was kann man schon sagen, wenn der Kopf immer noch tief im Land der Masturbation steckt?

Mein neuer Sitznachbar scheint immer noch sehr verlegen zu sein. Er nimmt seine Brille ab, zieht ein großes, makellos sauberes Taschentuch hervor und fängt an, die Gläser mit fast manischer Inbrunst zu putzen.

»Warum denn? Ich war es doch, die Sie über den Haufen gerannt hat.« Es gelingt mir erstaunlicherweise, die Worte verständlich auszusprechen, aber sie kommen immer noch abgehackter aus meinem Mund, als es mir lieb wäre.

Er steckt das Taschentuch wieder ein und sieht immer noch geradezu lächerlich verlegen aus. Das ist schon recht ironisch, denn wenn man bedenkt, wie dicht er neben mir sitzt, sollte eigentlich ich diejenige sein, die nervös ist. Ganz sicher kann er den Saft an meinen Fingern riechen.

»Nein, es war meine Schuld. Als ich unten am Boden

hockte, habe ich auf Ihre Brüste gestarrt, und ich weiß, dass Sie es bemerkt haben. Bitte verzeihen Sie mir. Es war einfach unentschuldbar, Sie so anzustarren. »

Ach, wie süß. Er ist nicht nur ein bildschöner Mann, sondern tatsächlich auch noch ein altmodischer Gentleman. Ich will gerade »null Problemo« oder so etwas sagen, als meine Aufmerksamkeit plötzlich von seiner gerunzelten Stirn und der Art, wie er sich die Brille abnimmt und müde seine Augen reibt, abgelenkt wird. Aus dem Nebel der sexuellen Lust wieder aufgetaucht, werde ich von einer anderen Stimmung ergriffen. Ich habe in der Bibliothek schon öfter beobachtet, wie er sich die Augen rieb – als ob sie übermüdet wären, oder als ob er Kopfschmerzen hätte. Und obwohl ich ihn kaum kenne, finde ich den Gedanken, dass er vielleicht leidet, einfach unerträglich. Jemand, der so hinreißend ist, sollte immer lächeln können.

»Ist alles okay, Professor Brewster? Stimmt irgendwas nicht? Falls Sie Kopfschmerzen haben, ich habe Tabletten in meiner Handtasche.«

»Nein, es ist nichts, danke. Ich bin einfach nur müde. Ich habe heute Morgen schon ganz früh im Hotel gearbeitet. Irgendwann dachte ich mir, ein Ortswechsel und ein anderes Licht würden mich ein bisschen munterer machen. Aber das hat leider nicht geklappt. Deshalb bin ich auch hierhergekommen, anstatt Sie in der Bibliothek abzupassen. Ich brauchte wirklich ein bisschen frische Luft.« Nach diesen Worten wird seine Stirn etwas glatter, und als er die Brille wieder aufgesetzt hat, sind auch seine Augen wieder klarer. »Bitte tun Sie mir einen Gefallen und nennen mich Daniel.«

»Okay … Daniel.« Einen Moment lang wünsche ich mir, dass ich nicht gerade masturbiert hätte und wegen Nemesis nicht so außer mir wäre. Der gute Professor hat etwas ausgesprochen Liebes und Verwirrendes an sich, das mich auf eine gute, aber eben völlig andere Art und Weise erregt. Es ist wie bei den harmlosen, unschuldigen Schwärmereien, die ich als junges Mädchen hatte, noch bevor der Sex sein geiles Haupt erhob. Damals verlor ich mich oft in Tagträumereien, in denen ich Hand in Hand mit irgendeinem erhabenen, aber unerreichbaren Helden über Blumenwiesen spazierte. Aber diese rosaroten Visionen verschwinden genauso schnell, wie sie gekommen sind, denn die Hand, die mein romantischer Held jetzt halten würde, wäre von meinen Säften ganz klebrig.

Und sie stinkt nach Sex. Ich kann es riechen, also muss Daniel es auch riechen können. Aber seine attraktive und sehr edel wirkende Nase verzieht sich nicht mal zu einem Kräuseln. Selbst dann nicht, als er nach der anstößigen Hand greift und sie kurz drückt.

»Es tut mir wirklich sehr leid. Sie haben mir in der Bibliothek so oft und gut geholfen, und ich respektiere Sie als … nun ja, als Freundin. Ich fände es einfach schlimm, durch etwas derart Unpassendes eine so ausgezeichnete Arbeitsbeziehung zu verderben.« Seine Lippen zucken, und er zieht kurz ein wenig unbeholfen die Schultern hoch. So abwegig es auch sein mag, er scheint wirklich nervös zu sein. Ich frage mich, wie ein so attraktiver und weltgewandter Mann den Eindruck erwecken kann, nicht an Gespräche mit Frauen gewöhnt zu sein. Jemand von seinem akademischen Status, der im Fernsehen war, einen derart eindrucksvollen Lebenslauf hat und sehr bekannt ist, hat doch wahrscheinlich ein ganzes Heer an Groupies, die mehr als bereit sind, ihren Rock für ihn zu lupfen.

»Machen Sie sich darüber bitte keine Gedanken«, versichere ich ihm, ganz erschüttert von dem plötzlich auftauchenden Bild, wie ich den Rock für Daniel Brewster lupfe. Was zum Teufel ist nur in mich gefahren? Jetzt macht mich schon die

Tatsache an, dass er schüchtern zu sein scheint! Dazu die Vorstellung, ihm – dem großen Lehrmeister – etwas über die Lüsternheit der Frauen beibringen zu können, und es werden sexuelle Knöpfe in meinem Inneren gedrückt, von denen ich nicht einmal wusste, dass ich sie habe. »Ist ja nichts weiter passiert. Ich bin sicher ... nein, ich habe es sogar schriftlich, dass Sie bei weitem nicht der einzige Mann sind, der mir auf die Brüste schaut, wenn ich Dienst habe.«

Seine feine Augenbraue schnellt erneut nach oben.

»Schriftlich? Was meinen Sie damit?«

Oh je, jetzt ist es passiert. Ich sitze direkt neben dem Inbegriff des forschenden Geistes; einem Mann, der es gewohnt ist, jeden Hinweis und jede Hintergrundinformation zu jedem historischen Thema aufzuspüren; jemandem, der auch noch aus den trockensten Quellen etwas herauszupressen versteht.

Unsere Blicke wandern genau im selben Moment zu den Seiten von Nemesis' Brief, der immer noch rechts neben mir liegt. Professor Adonis sitzt links neben mir. Mir ist, als würde ich mal wieder auf Zehenspitzen vor einem dieser Abgründe hin- und herwippen. Und zwar vor dem, der zwischen Vernunft und völliger Tollkühnheit liegt.

Punkt 1: Ich kenne Daniel Brewster kaum und es gab gerade einen äußerst peinlichen Moment zwischen uns, in dem wir wie zwei Florettfechter auf einem Drahtseil um das Thema Sex herumtänzelten.

Punkt 2: Dieser Brief kommt einer sexuellen Belästigung durch einen Perversen gleich, der vielleicht sogar ein verrückter Sexverbrecher ist. Ich sollte also vorsichtig sein und ihn nicht wahllos herumzeigen.

Punkt 3: Wenn ich diesen geheimen Brief mit einer anderen lebenden Seele teile, verrate ich Nemesis. Oder ist das zu irrational? Schließlich kenne ich den Kerl kaum und er hat mir seine Lüsternheit aufgedrängt. Aber trotzdem habe ich dieses Gefühl. Ich kann es nicht abstreiten.

Bevor ich die Gründe noch recht überdenken kann, greife ich auch schon nach dem Brief und reiche ihn Daniel Brewster.

»Den habe ich heute bekommen. Wenn Sie ihn lesen, wird Ihnen klar werden, dass Ihr versehentlicher Blick auf meine Brüste noch recht harmlos ist, wenn man bedenkt, was im Kopf anderer Männer … na ja, eines anderen Mannes so vorgeht.«

Er liest, und ich starre einen Moment lang nur auf seine Fingerspitzen, die das Papier halten. Ganz plötzlich spielen nur noch Hände eine Rolle. Ich denke an das, was Nemesis von mir wollte, an das, was ich tatsächlich getan habe, und an das, was Nemesis *vielleicht* tun würde, wenn *er* die Chance hätte, bei mir Hand anzulegen. Mein Herz und mein Bauch wissen irgendwie, dass er nichts Böses wollte und dass ich nur etwas zu gewinnen und nicht zu verlieren hätte, wenn den Worten auch Taten folgten.

Daniels Hände sind die reinsten Kunstwerke. Sie sind schlank, sehen aber stark aus und muten ebenso elegant wie klassisch an. Jeder Nerv in meinem Körper sagt mir, wenn *diese* Hände auch nur ansatzweise so geschickt wären, wie Nemesis es von den seinen behauptet, würden sie mir den Verstand rauben. Und das wäre noch nicht alles. Doch jetzt, da sie diese zügellosen blauen Seiten halten und die elegante blaue Schrift lesen, zittern sie.

Und nicht nur das. Er schluckt mehrfach. Seine schwarzen Augenbrauen schnellen erneut nach oben. Er beißt sich auf seine weiche Unterlippe, seine Augen weiten sich, und unter seiner sanften Haut mit dem attraktiven Stoppelbart zeichnet sich eine gewisse Röte ab.

Ganz wie das schamlose Luder, in das ich mich scheinbar mutwillig verwandeln will, wage ich einen kurzen Blick zwischen seine Beine. Auch dort regt und erhebt sich etwas hinter seinem Reißverschluss.

Jetzt habe ich es also geschafft. Die anständige Bibliothekarin Gwendolynne tadelt mich für meine Dummheit, die Sache ins Rollen gebracht zu haben, während Gwen, der weibliche Möchtegern-Casanova, innerlich grinst und nur noch eines denken kann: »Oh Mann! Oh Mann, oh Mann, oh Mann!«

Daniel blättert in den Seiten. Er scheint den Brief erneut zu lesen. Oder vielleicht traut er sich auch nur nicht aufzublicken und mir in die Augen zu schauen. Ich lasse ihn weiterlesen. Er liest. Er blinzelt. Er wird immer härter. Gut so, das gibt mir Zeit, sein Paket einer genaueren Betrachtung zu unterziehen.

Nach der Wölbung unter dem Jeansstoff zu schließen, ist er hinreißend gut bestückt. Nicht nur ein Riese im Reich des Wissens, sondern auch ein Riese, was die körperliche Ausstattung betrifft. Während ich ihn beobachte, rutscht er ganz leicht auf der Bank hin und her. Ich nehme an, dass sein Schwanz es in der Hose nicht besonders bequem hat, er es sich aber verkneift, etwas dagegen zu unternehmen.

»Du meine Güte«, sagt er schließlich mit geröteten Ohrläppchen. »Wann haben Sie den Brief denn bekommen? Und wie?« Er faltet ihn mit seinen langen Fingern zusammen und starrt ihn dabei an, als hätte er es mit einer seltenen und besonders gefährlichen Giftschlange zu tun. Gleichzeitig scheint es ihm aber doch zu widerstreben, ihn loszulassen. »Das ist eine ernste Sache. Ein Mann, der solche Briefe schreibt, könnte sehr wohl gefährlich sein. Es wäre vielleicht klug, diesen Vorfall der Bibliotheksaufsicht zu melden. Nur, um sicherzugehen.«

Er hat Recht, aber das werde ich trotzdem nicht tun. Und zwar nicht nur, weil ich mir nicht gerne sagen lasse, was ich zu tun habe, oder weil die Typen von der Aufsicht sich garantiert darüber lustig machen würden. Nein, der Grund für mein Zögern ist schlichtweg das Bauchgefühl, das ich bezüglich Nemesis' habe. Ich glaube fest daran, dass er trotz seiner Verderbtheit von grundsätzlich gutartiger Natur ist und ich ihm tatsächlich gefalle. Okay, mag sein, dass ich dumm und unvernünftig bin, aber wie oft hört man schon von einem Mann, dass man von ihm verehrt und angebetet wird?

»Er lag in dem Kasten für Verbesserungsvorschläge und war persönlich an mich adressiert.« Als ich den Brief wieder zusammenfalte, spüre ich immer noch einen Hauch von Erregung in mir – fast, als wäre das Briefpapier mit einem Aphrodisiakum getränkt worden. Ein Zaubermittel, das zwischen Daniel Brewsters Beinen eine ebenso starke Wirkung entfaltet wie zwischen den meinen. »Als ich den Kasten heute Morgen um zehn Uhr öffnete, lag er einfach drin.«

Er windet sich voller Unbehagen auf seinem Platz, und ich beobachte das Spiel von Emotionen in seinem Gesicht. In seinen Zügen stehen Entrüstung, Erregung, Verwirrtheit und vielleicht sogar Eifersucht geschrieben. Ich muss ein Lächeln verbergen. Ob Daniel wohl wünschte, *er* hätte mir den Brief geschickt? Will er sein Gelehrten-Image vielleicht schon seit Wochen abschütteln, um sich an mich ranzumachen, und ist jetzt wütend, weil Nemesis ihm zuvorgekommen ist? Ein reizvoller Gedanke, der, sollte ich richtigliegen, meinem Ego ausgesprochen guttäte. Der Mann ist in gewisser Weise ein Superstar und ich eine recht durchschnittliche, etwas übergewichtige Bibliothekarin.

»Was werden Sie denn nun tun?« Seine espressofarbenen Augen werfen mir durch die Brille einen stechenden Blick zu. Mit einer schnellen, aufgeregten Geste wischt er sich eine seiner schwarzen Locken aus der Stirn.

»Also, erst mal gar nichts. Es ist ja nur ein Brief. Vielleicht war's das ja schon, und es kommt nichts weiter.«

Das ist ein Gedanke, der mir eigentlich sehr recht sein sollte. Doch stattdessen verschafft er mir eher einen Dämpfer und verursacht eine gewisse Depression. In meinem Leben herrscht jetzt schon ziemlich lange ein akuter Mangel an erotischem Vergnügen, obwohl ich bisher sowieso nicht allzu viel erlebt habe. Doch jetzt, da ich eine Kostprobe hatte, wird mein Appetit auf weitere Erlebnisse immer größer. Was wird Nemesis wohl als Nächstes von sich geben? Wie weit wird er wohl gehen?

»Der Mann könnte ein ausgesprochen gefährlicher Kerl sein, Gwendolynne.« Daniel hat die Stirn immer noch in Falten gelegt und wirkt fast gereizt. Gleichzeitig ist der Schwanz in seiner Jeans aber immer noch steinhart. Ich vermute, dass er als Mann der Vernunft und des analytischen Denkens vielleicht zornig auf seine eigene Erregung ist. Diese Ahnung verstärkt meine unrealistische Idee noch, er könnte vielleicht eifersüchtig sein.

Ich frage mich, wie Daniel Brewster sich wohl einer Frau nähern würde. Was würde er wohl für Spielchen treiben, um sie ins Bett zu kriegen oder sie auch einfach nur davon zu überzeugen, sich von ihm berühren zu lassen.

Er legt die Fingerspitzen zusammen, als würde er Zwiegespräche führen, und ich bin versucht, ihm zu sagen, dass er es bei mir nicht sonderlich schwer hätte. Seine hinreißende, wenn auch etwas eigenwillige männliche Schönheit hat es mir einfach angetan, und ich würde mich ihm schon für das kleinste Zitat aus einem seltenen geschichtlichen Dokument hingeben. Kein Flirten, keine Essensverabredungen, keine Geschenke – nichts von alledem wäre nötig. Er müsste mir nicht mal irgendwelche schmutzigen, aber herrlich poetischen Briefe schreiben.

So schockierend es auch scheinen mag – wenn ich die Gelegenheit hätte, würde ich es auf der Stelle mit ihm treiben.

»Keine Sorge, Daniel, ich bin sicher, der Brief war nur eine einmalige Sache. In dem Kasten liegen ständig irgendwelche zweifelhaften Mitteilungen oder schmutzigen Bilder.« Meine Fingerspitzen kribbeln geradezu von dem Verlangen, ihn zu berühren und vielleicht sogar beruhigend seinen Oberschenkel zu tätscheln. Ja, klar – als ob ich das jemals tun würde.

»Wenn man das erste Mal nicht reagiert, verlieren die Kerle schnell das Interesse.«

Seine Finger ringen miteinander und sein Gesichtsausdruck verrät mir, dass er mir nicht recht glaubt. Oder vielleicht ist er auch einfach clever genug, meine Signale zu erkennen, und weiß nicht recht, ob sie ihm gefallen – steifer Schwanz hin, steifer Schwanz her.

»Sind Sie sicher?« Er seufzt tief auf, sodass seine Brust sich hebt. Und ich weiß, dass er eine sehr schöne Brust hat, denn als es vor einer Woche besonders heiß war, hat er sein Tweedsakko in der Ausleihe abgelegt und nur in einem weißen T-Shirt gearbeitet, das seine männlichen Brustmuskeln auf betörende Weise umschmeichelte.

»Wird schon nichts sein. Aber trotzdem danke – fürs Sorgenmachen ...«

Er richtet seinen Oberkörper auf und scheint sich plötzlich von Clark Kent in *Superman* zu verwandeln.

»Aber eins müssen Sie mir versprechen, wenn dieser ... dieser Nemesis irgendwelchen Ärger macht, lassen Sie es mich sofort wissen.«

Er *ist* Superman, und trotz der Tatsache, dass ich total auf ihn stehe, bin ich plötzlich gerührt. Und dieses Mal tätschle ich ihm *tatsächlich* den Oberschenkel. Und dann beuge ich mich vor, um mich mit einem Kuss auf die Wange bei ihm zu bedanken.

Na ja, zumindest *sollte* der Kuss auf seiner Wange landen. Doch stattdessen verfehle ich sie, und meine Lippen berühren mit schönster Zielgenauigkeit die seinen.

Zunächst ist es immer noch ein Kuss aus Dankbarkeit, und Daniels Mund fühlt sich unter dem meinen samtweich an. Ist noch immer alles okay. Nichts ist passiert. Das Ganze ist lediglich eine Sache unter Freunden, und wir können immer noch beide ohne gerötete Wangen oder Ohrläppchen aus der Situation herauskommen.

Aber dann verändert sich doch alles. Daniel nimmt mit einer verdächtig geschickten Bewegung seine Brille ab, wirft sie auf die Bank, und dann umfassen seine starken, eleganten Hände, über die ich auf so spektakuläre Weise fantasiert habe, mein Gesicht und positionieren es so, dass unsere Münder perfekt aufeinander ausgerichtet sind.

Als seine Zunge sich gegen meine Lippen presst, hat das so gar nichts Zurückhaltendes mehr. Sie erkundet, wagt sich immer weiter vor und schmeckt mich. Ich zerknülle Nemesis' Brief und lasse ihn zu Boden fallen. Und als ich meine Hände auf Daniels Schultern lege, sind die schmutzigen Worte auf dem blauen Papier völlig vergessen.

Er scheint Pfefferminz gelutscht zu haben, denn genau danach schmeckt sein Mund. Aber der Mann ist weitaus köstlicher als der Geschmack auf seinen Lippen. Und für jemanden, der sich so beherrscht und reserviert gegeben hat, seit ich ihn kenne, weiß er ziemlich gut, wie ein echter Macho küsst.

Angriff. Rückzug. Bitten. Betören.

Ich bin wie Wachs in seinen Händen – ein schmelzender Klumpen vibrierender Hormone, der sich sowohl metaphorisch als auch körperlich zwischen meinen Beinen verflüssigt.

Er tut nichts weiter, als meinen Kopf zu halten, aber er könnte genauso gut die Hand in meinem Höschen haben.

Ich bin weitaus weniger zurückhaltend. Die verrückten Botschaften meines Körpers werden immer heftiger. Einige von ihnen umgehen mein Gehirn, so kann es passieren, dass ich meine Finger völlig außer Kontrolle auf seinen Schritt lege.

Einige Momente lang scheint sein Bewusstsein meine Berührung gar nicht zu bemerken, denn er reagiert völlig männlich und presst seine Erektion gegen meine Hand. Dann melden sich seine grauen Zellen aber doch noch. Daniel löst sich von meinen Lippen, schnellt wie ein erschrockenes Kätzchen zurück und fegt mit dieser Bewegung seine Brille zu Boden. Er beugt sich ruckartig vor, um sie mit umständlichen Bewegungen aufzuheben, und schwups schon sind wir wieder bei der Farce angelangt.

Ich sitze wie versteinert da und spüre eine gewisse Wut in mir aufsteigen. Dabei bin ich nicht ganz sicher, auf wen ich eigentlich wütend bin. Auf mich, weil ich mit einem Mann, den ich kaum kenne, etwas ausgesprochen Dummes und Voreiliges getan habe? Oder auf Professor Adonis, weil er mich erst scharf gemacht hat, nun aber doch kalte Füße bekommt?

Er blinzelt mich durch seine auf wundersame Weise unbeschädigte Brille an und scheint nicht recht zu wissen, was er sagen soll.

»Das war ganz offensichtlich ein unglaublich dummer Fehler.« Ich stehe auf und sammle meine Habe – Tasche, Wasserflasche, schmutziger Brief – vom Boden auf, wohin sie durch Daniels geradezu panischen Rückzug gefallen ist.

»Äh … ja. So könnte man es wohl nennen«, stimmt er mir mit leiser Stimme zu.

Seine Reaktion macht mich sogar noch wütender. Ich weiß,

dass mein Zorn eigentlich nichts weiter als Frust ist, aber ich lasse es trotzdem raus.

»Wenn Sie mir in die Bluse gaffen und meinen Ausschnitt bewundern, ist das also völlig okay? Aber wenn ich Sie anmache, dann ist das Geschrei groß?«

Er lässt einen kleinen, perplexen Schnaufer raus. Der gute Professor mag offensichtlich keine Komplikationen.

»So habe ich das doch nicht gemeint.« Er scheint sich zwar wieder unter Kontrolle zu haben, aber ein Blick nach unten verrät, dass er immer noch – sagen wir – animiert ist. »Es ist nur so, dass wir beide eine ausgesprochen gute Arbeitsbeziehung haben. In der Bibliothek. Ich bin sehr angetan von dem Umgang, den wir dort pflegen.« Er tippt seine Fingerspitzen gegeneinander – eine Geste, mit der offensichtlich versucht, seine Nervosität zu unterdrücken. »Und das möchte ich nicht aufs Spiel setzen oder Sie irgendwie in Verlegenheit bringen.«

»Natürlich nicht, Professor. Betrachten Sie unsere Arbeitsbeziehung als intakt und mich als nicht verlegen.«

»Jetzt führen Sie sich doch nicht auf wie ein beleidigtes Kind, Gwen. Sie sind eine erwachsene Frau und kein kleines Mädchen, dem gerade der Lutscher geklaut wurde. Ich weiß, es ist ein köstlicher Lutscher ... jedenfalls fühlte es sich so an ... aber bitte seien Sie doch vernünftig.«

»Gut. Ich bin froh, dass wir das geklärt haben.« Tipp, tipp, tipp machen seine Finger. Und während meine widerspenstige Möse pocht und sich nach der geschickten Berührung eben dieser Finger sehnt, frage ich mich plötzlich, ob das nicht alles eine gemeine Schau ist. Eine Art schlaue, aber fiese Taktik. »Soll ich Sie zurück in die Bibliothek begleiten? Nur für den Fall?«

Einen Moment lang frage ich mich, was zum Teufel er da redet, doch dann schwant mir etwas. Ist er etwa besorgt, dass Nemesis mich stalken könnte? Spielt er die Kavalierskarte aus?

»Nein, danke. Ich komm' schon allein zurecht. Ich will sowieso noch ins Cathedral Centre und ein bisschen was einkaufen. Sie müssen sich keine Sorgen machen.«

Jetzt reicht's mir endgültig. Ich will nicht weiter in irgendwelche Spielchen hineingezogen werden. Schließlich kenne ich Daniel Brewster kaum besser, als ich Nemesis kenne. Ich muss sofort hier weg.

»Gut. Man sieht sich also.«

Mit diesen Worten drehe ich mich auf dem Absatz um und ziehe gerade so schnell von dannen, dass es nicht wie Rennen aussieht.

Bis zu einem gewissen Punkt mache ich mich sehr gut. Ich bin schon an der nächsten Ecke und kann nicht hören, dass er mir folgt. Aber dann vermassle ich es doch noch. Als ich mich umschaue, steht er immer noch da. Eigentlich sollte er nachdenklich sein, mit gerunzelter Stirn. Aber er lächelt. Nein, er grinst sogar. Und dieses Grinsen macht ihn doppelt so attraktiv, erhöht meinen Zorn aber gleichzeitig ums Zehnfache.

Und so weit ich es aus der Entfernung beurteilen kann, hat er *immer noch* eine Erektion.

Die Verwöhn-Ausrüstung

Ach, meine wunderschöne Gwendolynne ... Haben Sie einen Geliebten? So sehr ich Sie auch ganz für mich allein haben möchte, so kann ich mir doch nur schwer vorstellen, dass es keinen Mann in Ihrem Leben gibt. Oder vielleicht sogar mehrere Männer. Jedes männliche Wesen, das Ihnen über den Weg läuft, muss doch auf der Stelle einen steifen Schwanz bekommen!

Ein weiterer Brief. Noch mehr Verführungskünste in gestochen scharfer Handschrift warten auf mich, als ich von der Mittagspause zurückkehre ... Als wenn ich nicht schon genug Ärger am Hals hätte.

Natürlich haben Sie einen Geliebten. Wie könnten Sie keinen haben? Und nur um Ihnen zu beweisen, dass ich nicht eifersüchtig oder gar besitzergreifend bin, lehne ich diesen Mann auch keineswegs ab. Ich bewundere ihn lediglich für seinen hervorragenden Geschmack, was Frauen angeht.

Dieser Sexprotz, den Sie da haben, besucht er Sie eigentlich oft? Und warten Sie mit klopfendem Herzen und voller Erwartung auf einen himmlischen Fick in Ihrem Bett auf ihn? Wird Ihr herrlicher, bebender Körper schon warm und feucht, wenn Sie an ihn und seinen steinharten Schwanz denken?

Wäre ich an seiner Stelle, würde ich jeden Abend zu Ihnen kommen. Ich könnte gar nicht anders. Ich würde in Ihr Zimmer treten und einen Moment in der Tür stehen, um das herrliche Bauchgefühl zu genießen, welches mir das Wissen bereitet, dass ich gleich in Ihr Inneres dringen darf.

Oh, und da liegen Sie wieder ausgestreckt auf den Satinlaken. Vielleicht tragen Sie sogar die Seidenwäsche, über die wir bereits gesprochen haben. Sie dösen und warten, den Kopf voll schmutziger Gedanken … Vielleicht spielen Sie ja schon an sich herum und genießen Ihre eigene Bereitschaft? Und vielleicht stecken Ihre Fingerspitzen bereits tief in dem erlesenen Tanga, den Sie tragen? In dem weichen Wäldchen Ihrer Scham verbirgt sich eine sprudelnde Quelle aus seidig-saftiger Feuchte. Sie reiben sich ganz zart, stellen sich vor, dass es meine – oder seine – Berührungen sind, die Sie verwöhnen, und bereiten sich vor. Sie wollen bereit sein. Bereit für einen schnellen Höhepunkt. Hungrig nach den ersten Lustgefühlen. Gierig nach einem köstlichen Hors d'oeuvre, um den erotischen Gaumen zu kitzeln und ihn auf ein langes Bankett vorzubereiten.

Während ich noch in der Tür stehe, begrüßen mich Ihre Augen mit einem lüsternen Flackern. Das hält Sie aber nicht davon ab, sich weiter um Ihre Muschi zu kümmern. Ihr Lächeln geht mir sofort in die Lenden, während Ihre Finger unter der Seide und der Spitze kreisende Bewegungen vollführen. Ihr hinreißender Po windet sich auf dem Satin unter ihm und Sie sind vor Erregung schon ganz atemlos.

Ich bettle Sie an, nähertreten zu dürfen. Doch noch haben Sie das Kommando, und Sie versagen es mir. Ich stehe in der Tür, und Sie haben bereits jeden Zentimeter meines Körpers zu Ihrem Sklaven gemacht. Mein Schwanz zuckt fast schmerzhaft. Sie schließen die Augen und schließen Ihre Lust in einer ganz persönlichen, exklusiven Welt ein. Ihre reibenden Bewegungen werden immer schneller, und Sie keuchen und stöhnen.

Mein Verlangen nach Ihnen ist kaum noch zu ertragen. Es ist die reine Qual – als wäre mein Schwanz ein Gefangener in einem engen, eisernen Käfig. Er bäumt sich voller Leiden in der Enge meiner Jeans auf und presst sich so hart gegen den Reißverschluss, dass mir die Tränen in die Augen treten. Oder sind es doch nur Tränen der Freude über ihre natürliche Schönheit und Ihre unsagbare Sinnlichkeit?

Als Sie zum Höhepunkt kommen, halte ich es nicht länger aus. Ihr Anblick ist einfach überwältigend. Ich eile an Ihre Seite, werfe mich auf das Bett und lege mich neben Ihren zuckenden Körper. Jedes Detail Ihrer Bewegungen und Ihrer Schönheit, wie der Schimmer Ihrer zarten Haut und der köstlich gequälte Ausdruck auf Ihrem verzückten Gesicht, wird von mir aufgesogen.

Ich sehe alles. Ich sehe Ihre Lust. Ich sehe alles, was ich will und brauche.

Und jetzt muss ich mich um mich selbst kümmern und dem Druck in meinem Schwanz auf altehrwürdige Weise Tribut zollen. Dabei sehe ich vor meinem geistigen Auge immer noch, wie Ihr wunderschöner Körper sich vor Erregung windet.

Ihr Nemesis

Oh, Mann! Das sind ja echt krasse Zeilen! Ich habe eine Flasche Wein geöffnet – natürlich nur aus medizinischen Gründen – und merke plötzlich, dass ich sie über diesen Brief und den Gedanken an die Widerspenstigkeit von Professor Adonis fast bis zur Hälfte geleert habe.

Männer! Sie sind doch alle entweder Perverslinge oder Kontrollfreaks oder sie wissen nicht wirklich, was sie wollen. In Daniel Brewster scheinen sich alle Möglichkeiten zu vereinen. Aber erfrischenderweise scheint wenigstens Nemesis eine Vorstellung davon zu haben, was er will und wie man darum bittet! Der Kerl ist ganz offensichtlich besessen, aber ich habe immer noch den etwas irrationalen Eindruck, dass es sich bei ihm nicht einfach nur um einen schwer atmenden Perversen handelt, der gerne mit langen Mänteln bekleidet in irgendwelchen Sexkinos rumhängt.

Um mein Weingelage noch zu verschlimmern und mich weiter zu trösten, mache ich mich über eine Riesentüte Kartoffelchips her. Scheiß auf die Diät. Immerhin war es ein wirklich schräger Tag.

Mein Schlafzimmer ist mein Zufluchtsort, in dem sich dankenswerterweise keine Satinlaken finden. Ich bin müde, stehe gleichzeitig aber auch merkwürdig unter Strom. Der Fernseher ist auf leise gestellt, und ich habe meine Verwöhn-Ausrüstung zur Hilfe geholt. Vor mir stehen Wein und Chips, um mich daran gütlich zu tun, um meine Schultern habe ich meinen braunen Bademantel aus Veloursamt gelegt, und mein frisch geduschter Körper steckt kuschelig in meinem weichen, weiten Baumwoll-Pyjama.

Wenn ich einen Mann unter der Bettdecke hätte, gäbe es natürlich weitaus kreativere Möglichkeiten des Verwöhnens. Aber Nemesis ist nun mal nur via seiner perversen literarischen Ergüsse anwesend. Und seit ich mich vor Daniel Brewster in der Mittagspause im Park wie eine komplette Idiotin benommen habe, nachdem ich ihm vorher praktisch meine Brüste ins Gesicht gehalten hatte, sind die Chancen, ihn hierher zu lotsen, deutlich gesunken.

Ich nehme zwar an, dass wir immer noch eine gewisse Freundschaft pflegen können, aber sie wird sich wohl auf eine reine Arbeitsbeziehung beschränken, bei der es unter gar keinen Umständen zu irgendwelchen Zweideutigkeiten kommen wird.

Dabei war dieser Kuss so atemberaubend und wundervoll, dass er zu mehr hätte führen *sollen*. Hätte ich ihm doch nur nicht in den Schritt gefasst … Aber ich konnte einfach nicht anders. Zu meiner Verteidigung muss ich allerdings sagen, dass er durchaus entsprechende Signale gesendet hat. Einem die Zunge in den Mund zu schieben, bedeutet doch wohl in jedermanns Sprache grünes Licht.

Verdammter Kerl! Auf seine eigene gerissene Art und Weise ist er genauso pervers und manipulativ wie Nemesis. Diese verschämte Akademikernummer zum Beispiel – der Mann ist schließlich oft genug im Fernsehen aufgetreten, um ein gewisses schauspielerisches Talent zu entwickeln.

Ist *er* vielleicht Nemesis?

Wenn ja, dann war seine Vorstellung eindrucksvoll. Diese roten Ohrläppchen – das kann man doch wohl kaum mit Absicht spielen.

Aber vielleicht muss er sich dazu ja auch nur meinen üppigen Körper in knapper, sexy Wäsche aus roter Seide vorstellen.

Mein Herz klopft wie wild, und ganz plötzlich ist da wieder dieses seltsame Gefühl. Die Realitätsverschiebung, die ich vorhin schon im Park erlebt habe. Als würde sich eine geheime Tür einen kleinen Spalt öffnen, um einen kurzen Blick auf etwas Strahlendes und Unwiderstehliches zu gewähren. Ein Spiel. Ein wildes Spiel. Ein geistiges Kräftemessen. Ein sexueller Schlagabtausch.

Das alles könnte natürlich auch reine Einbildung sein, aber ich weiß, dass ich so etwas noch nie empfunden oder auch nur gedacht habe. Langsam beschleicht mich ein Gefühl der Unwirklichkeit, des Surrealen. Fast als wäre ich geradewegs in einen Experimentalfilm oder in einen existentialistischen Roman eingetaucht.

Ich leere mein Glas und spüre den starken Wunsch, das Unwirkliche möge Wirklichkeit werden. Ich möchte dem selbst auferlegten Trott ein Ende bereiten. Ich muss meinen Horizont erweitern – auf intellektuelle wie auch auf sinnliche Art und Weise.

Die Kartoffelchips sind alle verspeist. Jetzt gilt es, einen anderen Appetit zu stillen. Mit einem immer wieder unscharf werdenden Bild von Daniel Brewster und einem dunklen, gesichtslosen Mann vor meinem geistigen Auge, rutsche ich auf dem Bett ein wenig tiefer und lege eine Hand auf die Rundung meines Bauches.

Jetzt habe ich Zeit. Jetzt besteht keinerlei Gefahr, erwischt zu werden – leider. Jetzt kann ich mich anfassen und all die Dinge tun, die ich in der Bibliothek oder im Park nicht tun konnte. Ob es nun der Realität entspricht oder nicht, meine Fantasie bastelt sich aus Daniel und Nemesis eine einzige, strahlende Vision von einem Mann.

Wir sitzen wieder auf der Bank. Ohne ein Wort zu sagen, greift er nach mir und nimmt die Hand, mit der ich mich eben noch selbst anfasste, in die seine. Seine Augen hinter der Brille sind vor Lust ganz schmal geworden. Er führt meine Fingerspitzen an seine Lippen und küsst eine nach der anderen. Dabei schnellt seine Zunge immer wieder vor, um die letzten Reste meines Nektars abzulecken. Sein lüsterner, listiger Mund verzieht sich zu einem Grinsen, als er meine Hand auf die riesige Wölbung legt, die den Stoff seiner Jeans spannt.

Diesmal zuckt er nicht zurück wie eine empörte Mutter Oberin. Sanft, aber mit Nachdruck faltet er meine Fingerspitzen um seinen heißen, sich deutlich abzeichnenden Riemen, lehnt sich dann gegen die Rückenlehne der Bank und schließt die Augen. Seine emotionslosen, intelligenten und von männlichen Bartstoppeln dunklen Gesichtszüge entspannen sich langsam. Er sieht aus wie ein gefallener Engel, der den Kuss der Sünde hingenommen hat.

Das erste sanfte Drücken lässt ihn keuchend einatmen. Ich drücke erneut zu, und seine kräftigen Hüften schießen nach oben und verlangen nach weiteren Zuwendungen für das harte Fleisch. Ohne weitere Aufforderung greife ich nach seiner Gürtelschnalle und mache mich dann am Knopf seiner Jeans zu schaffen. Es dauert nur ein paar Sekunden, bis ich auch den

Reißverschluss öffne. Ich bin ganz vorsichtig, um seinen Schwanz nicht einzuklemmen. Und diese Vorsicht ist berechtigt, denn unter seiner Jeans ist er bereits nackt und bereit.

Sein imposanter Riemen springt mir geradezu entgegen. Erst wird mein Mund ganz trocken bei diesem Anblick, füllt sich dann aber vor sinnlichem Hunger schnell mit Speichel. Aus seiner Eichel perlt ein kleiner Lusttropfen, der mich willkommen heißt und mich zu weiteren Liebkosungen ermutigt. Noch wage ich es nicht, ihn zu schmecken, und verschmiere die seidige Flüssigkeit stattdessen auf der Spitze seines Schwanzes. Das feste Fleisch ist hart wie poliertes Holz, und die spiegelglatte Haut ist ob seiner extremen Erregung zum Zerreißen gespannt. Das Organ ist in seiner Mächtigkeit einfach wunderschön. Der pure Ausdruck und die Quintessenz ursprünglicher Männlichkeit.

Es ist schwer, den Blick von seinem aufrechtstehenden Schwanz abzuwenden. Als meine Augen aber dennoch nach oben zu seinem nach hinten gelegten Kopf wandern, fallen sie direkt auf die anbetungswürdige Linie seines Halses. Er schluckt hart und seine Hände ballen sich zu Fäusten, während mein Daumen langsam um seine Eichel kreist.

Sein Körper ist ein Geschenk, ein lebendes Sexspielzeug, ein Objekt der Anbetung. Ich gehe auf dem Kies in die Knie. Kies, der mir in meiner Fantasie keine Schrammen zufügen kann. Wie eine Bittstellerin knie ich zwischen seinen ausgestreckten Beinen und bereite ihm mit beiden Händen die größtmögliche Lust.

Doch das Szenario scheint sich zu verändern, und plötzlich befinde ich mich an einem dunkleren Ort. Ich stehe in einem opulenten Raum, der von einem Duft aus Leder und Lavendelpolitur angefüllt und nur durch Kerzen und dem flackernden Schein eines Kaminfeuers beleuchtet ist.

Wie kommt es zu diesem Bild? Ich musste es mir gar nicht erst ausdenken – sondern es ist einfach so in meinem Kopf entstanden. Vielleicht hat es sich aus Abbildungen in gewissen Büchern zusammengesetzt, die im nichtöffentlichen Archiv der Bibliothek stehen? Pornographische Bände, die sich als Bücher mit künstlerischen Fotos tarnen und über denen wir ungezogene Bibliothekarinnen gerne hocken, wenn wir eigentlich katalogisieren sollten.

Ich sitze immer noch auf den Knien, aber jetzt bin ich nackt. Nackt und gefesselt. Meine Hände sind hinter dem Rücken fixiert, sodass ich das Objekt meiner Anbetung nicht berühren kann. Die Hitze des aufgetürmten Kaminfeuers leckt wie eine riesige, liebkosende Zunge über meinen Körper. Und statt nach oben zu schauen, starre ich jetzt auf den Teppich. Mein Kopf ist aus Respekt vor meinem Meister tief nach unten gebeugt.

Meinem Meister? Bin ich etwa sexuell unterwürfig? Der Gedanke ist mir bisher noch nie gekommen. Hätte man mich gefragt, wäre diese Spielart so ziemlich das Letzte gewesen, was ich als Vorliebe genannt hätte.

»Du darfst nähertreten.«

Seine Stimme klingt seltsam. Sie hallt von den Wänden wider und kommt wie durch einen Filter bei mir an. Gehört sie zu Daniel? Oder stelle ich mir so die Stimme von Nemesis vor? Sie könnte von beiden stammen und sich überschneiden. Oder vielleicht auch von keinem von ihnen. Ich verlasse meine Fantasiewelt für einen winzigen Augenblick, um eine Notiz zu machen, mehr von diesem Wein zu kaufen, den ich getrunken habe. Das Zeug ist wirklich gut und hat eine ganz schön krasse Wirkung auf mich.

»Auf die Knie!«

Von dem Wissen, das ich mir hier und da aus den Büchern

in dem nichtöffentlichen Archiv angeeignet habe, weiß ich, wie wichtig es ist, sich in so einer Situation elegant zu bewegen. Aber das ist leichter gesagt als getan, wenn man auf dem Teppich herumrutscht und wie eine reuige Büßerin in religiöser Ekstase zittert.

Er trägt Leder. Ein Mann – Nemesis? Daniel? Oder irgendeine Gestalt meiner Fantasie? – sitzt in einem großen, thronähnlichen Stuhl. Seine Schenkel sind gespreizt wie die von Daniel vorhin, sind aber jetzt in glänzende schwarze Lederjeans verpackt, die in polierten Stiefeln stecken.

In meiner Fantasie krieche ich nackt auf dem Fußboden. In meiner realen Welt winde ich mich wie besessen auf dem Bett. Die Hand steckt in meiner Pyjamahose, und der Samtüberwurf, die Decke und die Chipstüte liegen auf dem Boden. Ich kann kaum fassen, wie feucht ich bin, aber plötzlich ist nichts mehr real, und die greifbare Manifestation der Erregung verlässt mich. Der durch das Kaminfeuer erhellte Raum verblasst, und ich stöhne frustriert auf, als ich spüre, wie der zum Greifen nahe Orgasmus sich immer weiter von mir entfernt.

»Verdammt!«, heule ich auf und drehe mich blitzschnell zur Seite, um in meinem Nachttisch nach dem letzten Gegenstand meiner Verwöhn-Ausrüstung zu greifen. O ja! Mein treuer Vibrator! Da bist du ja! Billig, willig und effektiv. Als ich meine Pyjamahose heruntergezogen und die schwarze Plastikkanone in meine rote Zone eingeführt habe, findet mein verirrter Orgasmus den Weg zu mir zurück und flattert wie ein aufgeregter Schmetterling, der von Bild zu Bild tanzt, bis ich schließlich aufstöhne.

Und als meine Augen, während ich noch auf dem Traumteppich sitze, nach oben wandern und in das geisterhafte Gesicht von Daniel Brewster blicken, der mich still ansieht, erstrahlt mein Höhepunkt auf der Spitze meines Kitzlers wie ein Kuss aus brennendem Gold.

Mein heutiger Tag in der Bibliothek wird peinlich werden. Und zwar richtig. Die Aussicht, Professor Adonis nach diesem Kuss – und dem damit einhergehenden Grapscher – gegenüberzutreten, lässt meine Ohrläppchen noch röter werden, als es die seinen waren. Dabei habe ich ihn noch nicht mal gesehen.

Und nicht nur das. Selbst wenn die Erinnerung an meine Tätschelei und den Kuss mich nicht knallrot anlaufen lässt, wie soll ich ihn ansehen, ohne an die Fantasie zu denken, die mich gestern Abend überkommen hat? Ganz zu schweigen von der Tatsache, dass ich ihm – und mir – völlig unbewusst einen Lederfetisch untergejubelt habe.

Dennoch scheint es mir wichtig, mich meinen Ängsten und der potentiellen Verlegenheit zu stellen, ohne mich wie ein Weichei aufzuführen. Außerdem muss ich unbedingt scharf aussehen. Oder zumindest so begierig wie möglich, wenn man eine rundliche Frau in den Dreißigern ist und in einer Bibliothek arbeitet.

Um den Teufel – auch als Nemesis bekannt – buhlend, wähle ich eine gestärkte weiße Bluse, die recht eng sitzt und meinen Busen auf geschmackvolle Art und Weise sensationell aussehen lässt. Dazu schlüpfe ich in einen noch engeren, knielangen Rock, der ein wenig an die Fünfzigerjahre erinnert. Und da wir in der Bibliothek keine Absätze tragen dürfen, vervollständige ich das Outfit durch ein Paar schwarze Schuhe mit flachen Absätzen, die den klassischen Look von Audrey Hepburn widerspiegeln.

Und Strümpfe. Ja, Strümpfe. Ich weiß nicht, warum ich mich dazu entschließe. Für mich und mein eigenes Selbstbewusstsein? Oder für Nemesis, der vielleicht sogar jetzt in irgendeiner Ecke lauert und wahrscheinlich die Fassung verlieren wird, wenn er durch den Stoff meines Rockes auch nur die Andeutung eines Strumpfbandhalters sieht?

Oder vielleicht auch für Daniel, der allein schon bei dem Gedanken an solch einen Strumpfbandhalter rot anläuft und das als Entschuldigung benutzt, sich den ganzen Tag im Keller zu verstecken, um dem erbärmlichen Bibliotheksvamp zu entkommen, der die Unverfrorenheit besessen hat, ihm an sein Ding zu greifen?

Die letztere Variante scheint mir am wahrscheinlichsten. Unser lieber Professor hat im Archiv einen improvisierten Studierwinkel. Und obwohl er manchmal heraufkommt und nach Büchern im öffentlichen Ausleihbereich und in den allgemein zugänglichen Sammlungen sucht, haben wir heute noch nichts von ihm gesehen – dabei ist der Tag schon halb rum. Nach dem Debakel von gestern scheint er heute entweder nicht zu kommen, oder er geht vorsichtshalber lieber in Deckung.

Ach, du kannst mich mal, du Feigling! Mich beschäftigen ganz andere Dinge.

Ich entschließe mich, noch einmal in den Kasten für Verbesserungsvorschläge zu schauen. Heute Morgen war noch nichts drin. Na ja, zumindest nicht das, wonach ich suchte.

Um den Kasten zu leeren, muss ich den Schreibtisch der Information umrunden und mich ein wenig vorbeugen, um das Türchen in einer der Holzpaneelen zu öffnen. Das ist im Zeitalter computerisierter Ausleihe und Multimedia-dies und Multimedia-das zwar ein bisschen antiquiert, aber wir haben viele ältere Leser, die die traditionelle und althergebrachte Art und Weise bevorzugen. Da ich die meiste Zeit selbst recht altmodisch bin, weiß ich genau, wie diese Menschen sich fühlen.

Als ich mich so graziös wie möglich nach vorne beuge, habe

ich trotzdem das Gefühl, als wäre ein Suchscheinwerfer mit zehntausend Watt auf mich gerichtet und dass tausend gierige Augen – und nicht nur die von Nemesis – jede meiner Bewegungen beobachten. Als der Gabardinestoff meines Rockes sich um meinen Po spannt und sich dessen wohlgeformte Rundungen abzeichnen, habe ich das Gefühl, ein allgemeines, anzügliches und anerkennendes Grunzen zu hören.

Als ich den Korb schließlich herausnehme, bricht mir zwischen den Brüsten der Schweiß aus. Ich trage heute eines meiner besten Unterwäschesets. Leider kein purpurroter Satin, sondern makellos weiße Spitze mit zarter Stickerei, die das Höschen und die Körbchen akzentuieren und eigentlich nur eins zu rufen scheinen: »Hier bin ich – besorg's mir!« Ich habe nicht die geringste Ahnung, warum ich mir die Mühe gemacht habe. Zumindest weiß ich es nicht wirklich. Aber mein versautes Unterbewusstsein überlegt sich jetzt wahrscheinlich sogar, wie ich Daniel Brewster meine zumindest im Ansatz tolle Unterwäsche präsentieren kann. Oder vielleicht sogar Nemesis – wenn ich irgendwie herausfinden könnte, wer er ist!

Aber der Inhalt des Korbes nimmt mir völlig den Wind aus den Segeln. Kein blauer Briefumschlag! Ist es schon so schnell vorbei? Das ganze Gerede, dass Perverslinge das Interesse verlieren, wenn man nicht auf sie reagiert, stimmt also tatsächlich!

So ein Mist! Ich will aber einen Brief! Oder?

Nachdem ich den Korb weggeschlossen und mich wieder hinter den Schreibtisch verzogen habe, starre ich blind auf die Forderungen, dass den Büchern doch wieder mehr Platz in den Regalen eingeräumt werden sollte und wieso wir so viel audiovisuellen Mist statt richtiger Literatur im Bestand hätten. Beschwerden über lange Wartelisten für die Liebesromanbestseller. Was ist mit mehr Veranstaltungen der Kinderbibliothek? Der übliche Kram also.

Aber die Worte kommen mir vor, als wären sie in einer Fremdsprache geschrieben. Dabei ist die einzige Sprache, die ich lesen möchte, diejenige, die gestochen scharf auf hellblauem Briefpapier geschrieben ist. Mir ist danach, die berechtigten, vernünftigen, aber unglaublich öden Vorschläge zu zerknüllen und die Papierbällchen den langweiligsten und meiner Einschätzung nach unversautesten Lesern zwischen den Regalen ins Gesicht zu werfen.

Ich will etwas Aufregendes, etwas Großes und Atemberaubendes, einen Hauch von düsterer Zwanghaftigkeit, von der ich gestern Abend geträumt habe. Diese ganz spezielle Fetisch-Karte hat Nemesis zwar noch nicht ausgespielt, aber meine Instinkte schreien förmlich danach. Vielleicht hätte er es sogar schon längst getan, wenn ich den Mumm gehabt hätte, ihm zu antworten. Schließlich stand seine E-Mail-Adresse unter jedem seiner Briefe und lud mich dazu ein. Aber ich war zu feige, um darauf zu reagieren. Und jetzt könnte es zu spät sein.

Nachdem ich alle Änderungsvorschläge in winzig kleine Teile zerrissen habe, wird mir klar, dass das eigentlich nicht in Ordnung ist. Wir *sollen* die Zettel schließlich lesen, um die Themen bei den Projektsitzungen der Bibliothek anzusprechen. Wird irgendjemand hinter mein Verbrechen kommen? Ich entschließe mich, meine Tat so gut wie ungeschehen zu machen, indem ich die Schnipsel in den Keller bringe und sie dort in die Tüten für die Reißwolfabfälle stopfe. Um meine Schuld etwas abzumildern, werde ich bei der nächsten Sitzung einige der Themen selbst ansprechen. Ich notiere mir alles, woran ich mich erinnern kann, spüre dabei aber immer deutlicher, wie sich von hinten ganz leise eine gewisse Getriebenheit anschleicht.

Die Tüten für die Papierabfälle stehen im Keller, wo sich das Archiv befindet. Und im Archiv ist auch Daniel Brewsters Arbeitsplatz. Wenn ich Nemesis schon nicht haben kann, dann kann ich doch wohl wenigstens an der Professor McHengst-Front aktiv werden. Das Schlimmste, was mir passieren kann, ist ein neuerlicher Korb. Doch dann weiß ich wenigstens, dass es sinnlos ist, ihm hinterherzuhecheln.

Als eine der Bibliothekarinnen, die für Anfragen der Leser zuständig sind, kann ich meinen Schreibtisch jederzeit verlassen, um im Magazin nach Büchern für die nachgefragten Themen zu suchen. Und das Magazin liegt natürlich im Keller. Also verlasse ich meinen Arbeitsplatz und marschiere blitzschnell zu der Tür auf der »Kein Zutritt« steht und verschwinde nach unten. Das Archiv der Zentralbibliothek und das Magazin sind ein merkwürdiger Ort, der zum größten Teil keinerlei Ähnlichkeit mit dem modernen Gebäude darüber hat. Es handelt sich um Keller, die zu den alten Häusern gehörten, die man für den Neubau der Bibliothek abgerissen hat. Die Räume sind gelblich beleuchtet, und es herrscht eine Atmosphäre, die irgendwo zwischen Gentlemen's Club und Atombunker liegt. Die meisten der Angestellten kommen nicht gerne hier runter und tun so ziemlich alles, um einen Gang in den Keller zu vermeiden. Aber ich hatte irgendwie immer etwas für die Räume übrig – besonders in letzter Zeit.

Oder zumindest bevor ich aus einer Laune heraus Daniel Brewsters Schwanz angefasst habe.

Der Boden ist mit alten Teppichen ausgelegt, sodass meine Schritte so gut wie nicht hörbar sind. Ich entledige mich des vorgeblichen Grundes für meinen Ausflug hierher, stopfe die Schnipsel in die Tüten und sortiere ein paar Bände zurück in die Regale. Dann halte ich kurz inne und versuche, mir eine fröhliche Begrüßung und eine beiläufig hingeworfene Bemerkung bezüglich gestern zurechtzulegen, die uns über den ersten peinlichen Moment hinweghilft und uns auf einen Weg bringt, der zu … na ja, wenigstens irgendwas führt.

Daniels Arbeitsplatz ist unbesetzt. Aber er war hier. Und kommt auch eindeutig wieder, denn sein Tweedsakko hängt an einem Haken am Ende eines der Regale. Auf dem breiten Holzschreibtisch liegt ein wertvoller, aber achtlos aufgeschlagener Band über die Rosenkriege. Man sollte doch wohl meinen, dass er als Historiker etwas respektvoller mit solch seltenen Wälzern umgehen würde. Aber vielleicht hat er ja andere Dinge im Kopf, hm? Zwinker, zwinker.

Neben einer Menge Papiere mit handgeschriebenen Notizen liegen auch zwei Zeitungen auf dem Tisch, die beide bei den Seiten mit Kreuzworträtseln und Sudokus aufgeschlagen sind. Und auf seinem teuren Laptop erstrahlt etwas, das eher wie ein Computerspiel und nicht wie eine wissenschaftliche Abhandlung aussieht. Des Weiteren entdecke ich auf einem Haufen von Computerausdrucken erstaunlicherweise nicht nur eine, sondern gleich zwei große Lupen. Und neben einem offenen Notizblock liegen ein paar Kulis, einige Bleistifte und ein sehr schöner Füllfederhalter.

Füllfederhalter?

Sein Arbeitsplatz ist heller beleuchtet als der gesamte Rest des Archivs. Die uralte Methode, Notizen bei flackerndem Kerzenlicht hinzukritzeln, scheint bei diesem Gelehrten nicht besonders beliebt zu sein. Diverse, überaus helle Gelenkleuchten werfen ein klares blaues Licht auf den Schreibtisch. Professor Adonis mag es offensichtlich hell, sodass alles gut zu erkennen ist.

Genau wie ich. Aber wo zum Teufel steckt er? Wahrscheinlich wühlt er irgendwo weiter hinten in den kleineren Archivräumen herum. Also gehe ich das Risiko ein, ein bisschen näher zu treten, um seine Sachen einer etwas genaueren Untersuchung zu unterziehen.

Und natürlich auch seine Handschrift.

Ich weiß nicht, was ich erwartet hatte, aber seine Schrift hat gar nichts von der Eleganz, wie ich sie aus den Briefen von Nemesis kenne. Seine Buchstaben sind spitz und groß und wirken sehr energisch. Eindeutig die Schrift einer Person, die große Stücke auf die eigene Intelligenz hält. Und die mit dem Füllfederhalter geschriebenen Worte sind in schwarzer Tinte geschrieben und nicht in blauer.

Abgesehen von dem gelegentlichen Rasseln der Laptop-Festplatte und dem entfernten Brummen elektronischer Geräte ist es im Archiv ganz still. Die Luft ist schwer von Wissen und Staub. Doch plötzlich höre ich doch noch etwas anderes. Es ist eindeutig ein Summen und klingt fast genauso wie die Geräusche, die mein Vibrator von sich gibt. In meinem Kopf entsteht sofort ein überaus seltsames Bild. Hat Professor Adonis hier unten vielleicht ein geheimes Gerät, mit dem er sich in diesen heiligen Hallen des Wissens verwöhnt? Vielleicht bin ich in dieser Bibliothek ja nicht die Einzige, die geheimen Perversionen nachgeht.

So oder so, ich muss wissen, was hier vor sich geht. Es ist zwar unglaublich verwegen und könnte sowohl für mich als auch für den, der die Geräusche erzeugt, überaus peinlich werden, aber dennoch schleiche ich auf Zehenspitzen in die Richtung, aus der das Summen kommt. Nach ein paar Schritten bin ich überzeugt, die verdächtigen Laute hinter der Tür des winzigen und ziemlich schäbigen Waschraums auszumachen. Früher war hier die Personaltoilette, aber jetzt haben wir oben neuere und weitaus schönere Räume. Muss man längere Zeit im Magazin verbringen, ist es allerdings sehr praktisch, nicht extra eine Etage höher gehen zu müssen.

Schritt für Schritt arbeite ich mich vor, bis ich um die Ecke schauen kann. Dem Klang nach zu urteilen, den das Summen jetzt angenommen hat, steht die Tür zum Waschraum offen.

Und dann muss ich mir die Handknöchel in den Mund schieben, um nicht wie ein erschrockenes Mäuschen aufzuquieken. Daniel Brewster steht vor dem fleckigen Spiegel und rasiert sich mit einem batteriebetriebenen Rasierapparat. Er steht über das Waschbecken gelehnt, betrachtet angestrengt sein Spiegelbild und verzieht immer wieder das Gesicht, um auch alle Barthaare zu erwischen. Daran ist gar nichts ungewöhnlich. Abgesehen von dem Ort, an dem er seiner Rasur nachkommt – und der Tatsache, dass er splitternackt ist.

Mein Gott, ist der Mann schön!

Er ahnt nicht, dass ich ihn beobachte, und steht völlig entspannt da, die Gliedmaßen ganz locker, elegant, ja fast klassisch. Sein Körper ist muskulös, kompakt, und es ist nicht ein Gramm Fett an ihm. Außerdem ist seine Brust von einem hinreißenden, kleinen Pelz bedeckt.

Meine Augen rasen von einem seiner körperlichen Vorzüge zum anderen und vermeiden dabei fast gewissenhaft die Stelle, an der sie sich eigentlich am liebsten festsaugen möchten. Doch irgendwann gebe ich meinem Verlangen natürlich doch noch nach. Sein Schwanz ist genauso wunderschön wie seine ganze Statur. Obwohl er schlaff und unerregt ist, beeindruckt es mich doch sehr, wie sein Organ schwer zwischen seinen Beinen baumelt, als er zurücktritt und den Rasierer beiseitelegt.

Ich muss mich fest gegen die verputzte Wand drücken, um nicht näher heranzutreten und mich damit vielleicht bemerkbar zu machen. Wie ich das Objekt meiner Fantasie so betrachte und bemüht bin, die Vision, die ich von ihm hatte, nicht zu zerstören, komme ich mir vor wie Nemesis. Aber die Realität von Daniel Brewsters nacktem Körper übertrifft jeden meiner Tag- und Nachtträume. Mein Herz rast, und obwohl ich mich nicht rühre, fürchte ich doch fast, er könnte das laute Klopfen in meiner Brust hören.

Mit einem kleinen Seufzer lässt er Wasser in das Becken laufen und beugt sich dann vor, um sich eine – wie meine gute, alte Mutter es nennen würde – »Katzenwäsche« zu verabreichen. Er reibt sich mit einem eingeseiften Lappen über Arme, Schultern und Oberkörper, wringt ihn dann aus und wischt alle Spuren von Schaum weg.

Dann seift er den Wachlappen erneut ein und führt ihn zu seinen Genitalien. Zunächst säubert er sie nur. Aber nach nach kurzer Zeit, und wie ich annehme unausweichlich, ändern sich seine Bewegungen. Unter den Zuwendungen des Waschlappens wird sein Schwanz länger und dicker und richtet sich schließlich ganz auf. Daniel wirft den Lappen mit einem Grunzen ins Wasser und nimmt sein Organ jetzt richtig in die Hand. Sein glatter, frisch rasierter Kiefer spannt sich an, während er seinen Schwanz mit den Fingern bearbeitet. Er massiert ihn mit langen Wichsbewegungen und zieht seine Vorhaut immer wieder über die mittlerweile harte knallrote Eichel.

Voll erigiert ist sein Riemen von noch viel größerer Schönheit und erfüllt auf wunderbare Weise das Versprechen, das ich gestern erahnte, als ich ihn durch seine Jeans hindurch berührte.

Er atmet schwer und unregelmäßig. Seine herrliche Brust hebt und senkt sich, während er sich jetzt voll und ganz seinem Vergnügen hingibt. Die freie Hand stützend auf das Waschbecken gelegt, beugt er sich vor und lehnt seine Stirn gegen den Spiegel. Ich kann sehen, wie sich seine Lippen bewegen, verstehe aber kein Wort, weil mein Herz so laut klopft.

Sein Körper ist wie ein perfekter Motor, den er langsam darauf vorbereitet, alles aus sich herauszuholen. Als er seine Position verlagert und die Beine spreizt, um besser stehen zu können, schicke ich ein stilles Dankesgebet gen Himmel, denn seine Stellung ermöglicht mir einen noch besseren Blick auf die Erektion, die er in der Hand hat. Auf und ab, auf und ab. Er bearbeitet sein Fleisch gnadenlos und reibt seine Stirn gegen den Spiegel, während sich die Beine im Rhythmus seiner Wichsbewegungen immer wieder anspannen.

Ich frage mich, wie lange er wohl noch durchhält. Ich jedenfalls ertrage es kaum noch. Nicht, ohne dass ich meinen Rock hebe und die Hand in mein Höschen stecke, um sein keuchendes Ritual durch das Reiben meines Kitzlers zu teilen. Mein Geschlecht fühlt sich weit offen und feucht an – als würde es das nur ein paar Meter entfernte, wunderschöne männliche Organ bereits willkommen heißen. Ich greife mir in den Schritt und umfasse durch den Stoff hindurch meine Möse. Doch gerade als ich den Saum meines Rockes anheben will, stößt Daniel ein gebrochenes Stöhnen aus … und es kommt ihm.

Der Saft spritzt nur so aus seiner Eichel heraus und landet in zähen, perlenden Tropfen auf dem Rand des Porzellanwaschbeckens. Sein Erguss scheint gar nicht enden zu wollen. So, als wäre er Wochen oder sogar Monate abstinent gewesen, jetzt aber durch irgendwas gezwungen, sich endlich Erleichterung zu verschaffen. Seine Gesichtszüge haben etwas Gequältes und Weggetretenes, und seine Stimme stößt verzweifelte, zusammenhanglose Flüche aus.

Ich weiß nicht, was ich denken oder wie ich reagieren soll. Ich *kann* kaum denken. Ich bin sprachlos, wie vom Donner gerührt und völlig außer mir. So etwas Erotisches habe ich in meinem ganzen Leben noch nicht gesehen. So perfekt und so intim, einfach überwältigend.

Es ist zu viel. Alles dreht sich, und ich schleiche so schnell und so heimlich es geht davon. Als ich die rettende Ecke des Flurs erreiche, stolpere ich dummerweise. Das Geräusch meines auf dem Fußboden schrammenden Schuhs scheint unglaublich laut zu sein und im gesamten Keller widerzuhallen. Dabei ist es in Wirklichkeit kaum zu hören. Ich drehe mich blitzschnell um und laufe in Richtung Treppe. Ich will nur noch nach oben, hinauf in die normale Welt. Doch bevor ich die rettenden Stufen erreiche, brennt sich mir noch ein Bild ins Auge: Daniels Kopf, der im Türrahmen des Waschraums auftaucht und sich, nach dem Geräusch suchend, hin- und hergedreht.

Hat er mich etwa gesehen? Ungeachtet der Gefahr, weiteren Lärm zu verursachen, sause ich die Treppenstufen hinauf. Ich muss so schnell wie möglich wieder in die Bibliotheksräume kommen. Als ich aus der Kellertür schieße, renne ich fast Tracey um, die den Arm voller Bücher hat.

»Ist alles in Ordnung?« Sie schaut mich mit großen Augen an, während ich keuchend vor ihr stehe. Dabei bin ich nicht vom Rennen außer Atem, sondern von dem, was ich gerade gesehen habe.

»Ja … äh, nein. Ich glaube, ich bin ein bisschen klaustrophobisch«, brabble ich los, während sie besorgt die Stirn in Falten legt. »Normalerweise hab' ich da unten keine Probleme, aber heute ist es irgendwie heißer als sonst.« Ich fächle mir Luft zu – und das nicht, um irgendwas vorzutäuschen. Mein Gesicht muss dunkelrot sein, und ich bin fest überzeugt, dass auch meine Ohren rosiger glühen, als die von Daniel es jemals getan haben. Das Bild von seinem ebenfalls rosigen Schwanz vor Augen schwanke ich ein bisschen hin und her.

»Hör mal, wieso gehst du nicht einfach mal fünf Minuten in den Aufenthaltsraum und machst eine kleine Pause?« Tracey legt den Bücherstapel in ihre Armbeuge und tätschelt mir fürsorglich den Ellenbogen. »Ich werde so lange deinen Schreibtisch im Auge behalten. Da hat sicher niemand was dagegen.«

Sie ist eine gute Seele, und ich nehme ihr Angebot gerne an.

Aber es ist nicht der Aufenthaltsraum, in den ich mit schnellen Schritten eile, sondern die Damentoilette. Dort schließe ich mich in der erstbesten Kabine ein – der Behindertentoilette. Erst als ich auf dem zugeklappten Toilettendeckel niedersinke, merke ich, wie ungewöhnlich schwer ich atme.

Hat er mich gesehen? Und wenn ja, interessiert mich das in diesem Moment überhaupt? Alles, was ich jetzt will, ist ein Orgasmus. Ich muss den Druck abbauen und will genauso kommen wie er. Ich reiße den Rock hoch und schiebe die Hand in mein Höschen. Keine Feinheiten. Kein langsames Herantasten. Das hier ist eine Verzweiflungstat. Ob Nemesis sich auch so gierig befriedigt, wenn er mich lange genug in der Bibliothek beobachtet hat?

Es dauert nicht lange. Ich reibe grob und unkoordiniert an mir herum. Meine Finger versinken in meiner Möse wie in einer großen Pfütze aus Seide. Dabei gehen mir immer wieder die krassesten Bilder durch den Kopf. Daniels Hand an seinem Schwanz. Sein herzerweichendes Profil, als sich sein Gesicht zu einer lüsternen Grimasse verzieht. Samen, der spritzt und spritzt und spritzt.

Mein Kopf fällt seitlich nach hinten, als ich mich dem schweren, fast schmerzhaften Pulsieren hingebe und es mir schließlich kommt.

Danach fühle ich mich wie ein ausgewrungener Waschlappen, und es dauert eine ganze Weile, bis ich mich wieder im Griff habe und mich säubere. Ich wische ziemlich erfolglos mit nassem Toilettenpapier durch meinen Schritt, um den verräterischen Geruch meiner Erregung irgendwie zu beseitigen. Doch die Reibung facht meine Geilheit nur erneut an und ich bringe mich noch einmal zu einem schnellen, harten Höhepunkt, der mich aber mit einer gewissen Schuld erfüllt und alles andere als befriedigend ist. Ich beiße mir auf die Lippen und wünschte auf einmal, gar nicht erst runter in den Keller gegangen zu sein.

Es dauert ziemlich lange, bis ich wieder in die öffentliche Ausleihe zurückkehren kann. Tracey kommt sofort angelaufen, um zu sehen, ob es mir besser geht.

»Jetzt geht's schon wieder«, lüge ich sie an. »Ich brauchte nur mal einen Schluck Wasser und musste ein wenig zu Atem kommen. Es kann in diesem finsteren Loch da unten ganz schön stickig werden.«

»Ich dachte, es gefällt dir da unten«, grinst Tracey mich zweideutig an. »Zumindest der Anblick, der sich dir dort bietet.«

Es ist allgemein bekannt, dass ich Professor Adonis scharf finde – aber das tun die meisten der weiblichen Angestellten. Und sogar einer unserer männlichen Bibliothekare.

»Ja, normalerweise schon, aber er war gar nicht da.« Noch mehr unverfrorene Lügen. »Vielleicht lag es ja an der Enttäuschung, dass ich mich plötzlich so komisch fühlte.«

Wir unterhalten uns noch etwas weiter, bis ich einen unsicher aussehenden, älteren Herrn auf die Information zugehen sehe. Die Pflicht ruft. Was folgt, ist eines der klassischen Bibliotheks-Missverständnisse. Er fragt mich mit leicht zitternder Stimme, wo er Bücher über »Boxer« findet. Doch als ich ihn zu unserer gut ausgestatteten Hundebuch-Abteilung führe und ihm ein Buch über die Hunderasse der Boxer in die Hand drücke, schaut der Rentner mich nur unverständig an und blinzelt verwirrt. Auch ich verstehe nicht so richtig, was los ist, bis ich schließlich nach näherer Befragung dahinterkomme, dass er eigentlich Bücher über berühmte Boxsportler sucht. Also gehe ich mit ihm zu den Regalen, wo er genau das findet, was er sucht. Sein überschwängliches und wirklich zauberhaftes Dankeschön ist geradezu rührend. Das Gespräch hat mich abgelenkt, und ich spüre eine angenehme, professionelle Befriedigung, als wir mit einem Stoß Bücher zu meinem Schreibtisch zurückkehren. Ich informiere ihn noch, dass er im Bestellsystem der Bibliothek auch jederzeit Bücher anfordern kann, wenn ein gesuchtes Exemplar hier nicht vorrätig ist.

Aber das sonnige Glücksgefühl der kompetenten Bibliothekarin wird sofort von einer anderen hitzigen Empfindung abgelöst, als ich Daniel Brewster direkt vor dem Kasten mit Verbesserungsvorschlägen stehen sehe.

Auch wenn das Bild eines nackten und masturbierenden Professors wohl auf ewig in mein Gehirn gebrannt ist, so ist doch auch der bekleidete Daniel immer noch ein ziemlich scharfer Anblick. Besonders da er für irgendeine festliche Angelegenheit gekleidet zu sein scheint. Er trägt kein Tweedsakko und keine Jeans mehr, sondern einen höchst eleganten dunkelblauen Anzug mit passendem Hemd und Schlips. Sein verwuscheltes schwarzes Haar ist gezähmt, er trägt seine Aktentasche in der Hand und hat einen dunklen Regenmantel über den Arm gelegt. Jetzt verstehe ich auch die Rasieraktion im Keller. Er hat sich dort unten ganz offensichtlich auf irgendeine Veranstaltung vorbereitet, die er direkt nach der Arbeit hier in der Bibliothek besucht – auch wenn der Akt der Selbstbefriedigung ganz sicher nichts mit diesen Vorbereitungen zu tun hatte.

Er scheint auf jemanden zu warten. Und als er mich sieht und seine dunklen Augen auf einmal einen ganz warmen Blick annehmen, folgere ich daraus, dass ich wohl die betreffende Person sein muss. Ich werde knallrot. Er hat mich gesehen! Er wusste, dass ich ihn beobachte! Und doch ist sein Gesicht ganz gefasst, offen und voller Sicherheit. Nichts an seinem Ausdruck scheint darauf hinzudeuten, dass er von meiner Anwesenheit im Keller wusste. Er wirkt völlig unbeeindruckt von allem, was heute passiert ist. Oder auch gestern.

»Hallo, Gwendolynne. Sie sehen sehr hübsch aus. Gefällt mir, wie Sie Ihr Haar heute tragen.«

Komplimente? Höflichkeit? Was ist hier los? Selbst wenn er nicht bemerkt hat, wie ich ihn beobachtete, sollte die absurde, kleine Begegnung von gestern doch wohl ausreichen, um dieses scheinbar beiläufige Zusammentreffen wenigstens ein bisschen peinlich sein zu lassen.

»Danke. Ich dachte, ich probiere mal was Neues aus.« Ich hatte schon fast vergessen, dass ich mich heute Morgen anders frisiert hatte als sonst. Ein weiterer, jämmerlicher Versuch, entweder bei Nemesis oder bei Daniel irgendeinen Eindruck zu hinterlassen. Meine Haare sind zwar immer noch nach hinten gebunden, aber der Zopf sitzt etwas seitlich und auch nicht mehr so stramm wie zuvor. Außerdem wird mein Gesicht von ein paar nach vorne gekämmten Strähnchen eingerahmt. Die Frisur sollte ein bisschen lockerer und sinnlicher wirken, um einen Kontrast zu der sehr nüchternen Kombination von Bluse und Rock zu bilden.

Diesmal werde ich aus einem recht unschuldigen Grund rot. Und zwar aus dem schlichten, weiblichen Vergnügen, auf höfliche Weise bewundert zu werden. Aber die Zeit läuft, und ich merke nach einigen Sekunden, dass ich etwas erwidern muss.

»Sie sehen auch sehr schick aus, Professor Brewster. Gehen Sie aus?«

Sein plötzliches Lächeln ist einfach bildschön und seltsamerweise genauso erregend wie der Anblick seines nackten Körpers. Er berührt immer wieder seine Haare, als wäre er es nicht gewöhnt, dass es so gebändigt ist. Selbst wenn er im Fernsehen auftritt, sieht er normalerweise ziemlich lässig aus.

»Ich halte einen Vortrag bei einem Diner und warte auf mein Taxi.« Er starrt auf die polierten Spitzen seiner Schuhe, und als er wieder aufschaut, bemerke ich noch eine Verwandlung – an seinen Augen.

»Was ist denn mit Ihrer Brille passiert? Brauchen Sie die nicht, wenn Sie nicht arbeiten?«

Ein merkwürdiger, ja fast zorniger Ausdruck huscht über sein Gesicht, und sein Mund verzieht sich etwas. Was habe ich gesagt?

»Die brauche ich mehr oder weniger immer, fürchte ich.« Seine Stimme klingt merkwürdig tonlos. »Aber heute Abend trage ich Kontaktlinsen. Das ist besser fürs Image, verstehen Sie?« Sein gekräuselter Mund wird wieder etwas weicher, und er grinst mich an, als wäre ihm seine Eitelkeit peinlich.

Was zum Teufel würde er nur sagen, wenn er wüsste, dass ich ihn nackt gesehen habe? Jetzt bin ich felsenfest davon überzeugt, dass er keine Ahnung davon hat, dass er beobachtet wurde.

Sein Lächeln wird breiter, und er zuckt mit den Schultern.

»Hören Sie, die Sache in der Mittagspause gestern tut mir leid. Ich war schroff und viel zu zimperlich. Dabei hatte ich gar keinen Grund, böse auf Sie zu sein.« Seine Stimme wird zu einem leisen Flüstern und bekommt etwas sehr Aufregendes. All die Nerven, die ich durch meine Session auf der Toilette gerade beruhigt hatte, drohen wieder mit mir durchzugehen. »Das war ein hinreißender Kuss. Ich hab ihn wirklich genossen.«

Seine Augen glitzern hinter den unsichtbaren Linsen.

»Ich auch«, ist alles, was ich erwidern kann.

Sein Blick ist so intensiv und so angefüllt mit geheimnisvollen Botschaften, dass mir fast schwindlig wird. Ist er es doch? Ist er Nemesis? Erneut verunsichert mich diese Frage und ich spüre eine gewisse Furcht in mir aufsteigen, dass er vielleicht doch so clever, so gemein und so ein verdammt guter Schauspieler sein könnte.

Er sieht auf seine Uhr. »Das Taxi müsste jede Minute kommen, und ich werde wohl den ganzen Abend weg sein. Aber vielleicht könnten wir morgen einen Kaffee zusammen trinken? Oder wir gehen essen.«

Sieh einer an – will Professor Adonis sich etwa zu einem Rendezvous mit mir verabreden?

»Cool. Das wäre nett.« Lass es bloß nicht zu begeistert klingen, Gwen!

»Und ehe ich's vergesse, das, was ich über die Briefe gesagt habe, war durchaus ernst gemeint. Sie müssen vorsichtig sein. Wenn Sie wieder einen bekommen und sich Gedanken machen, rufen Sie mich an, ja?« Er zieht eine weiße, nüchterne Visitenkarte aus seiner Brieftasche, auf der seine diversen Nummern stehen.

»Danke. Aber ich mache mir keine Gedanken darüber. Wirklich nicht. Ich glaube, der Kerl ist ziemlich harmlos.«

»Sind Sie da auch sicher? Ich möchte nicht, dass Sie irgendwas Dummes tun.« Seine Stimme wird tiefer, und er scheint noch irgendetwas anderes sagen zu wollen, wird aber vom Hupen eines Autos auf dem Bibliotheksvorplatz unterbrochen. »Das ist mein Taxi. Ich muss los. Wir sehen uns morgen.« Er legt eine Hand auf meinen Arm, und seine Finger fühlen sich selbst durch den Stoff meiner Bluse wie Brennstäbe an. »Und denken Sie dran, vorsichtig zu sein. Es sind oftmals die ruhigen und scheinbar harmlosen Männer, die sich dann als die gefährlichsten Zeitgenossen erweisen.«

Er dreht sich und zieht von dannen. Doch gerade als er die große Eingangstür erreicht hat, schaut er noch einmal zurück. Hat er etwa gezwinkert? Bestimmt nicht … Jetzt hab ich schon Halluzinationen.

Kontakt

War das nun ein Zwinkern oder war es keines? Und wenn ja, was hatte es zu bedeuten? War ihm klar, dass er ein bisschen selbstgefällig war? Wusste er, dass ich ihn im Keller gesehen habe, wie er nackt vor dem Spiegel masturbierte? War er tatsächlich Nemesis und wusste er, dass ich das vermute?

Alle drei Punkte könnten zutreffen. Oder auch keiner davon. Es könnte auch sein, dass ich mir alles einbilde. Das scheint ja zumindest im Moment dauernd vorzukommen. Aber wenn ich mit ihm ausgehe – ob nun ernsthaft oder nur als Bekannte mit einem strikten Berührungsverbot seiner Weichteile –, muss ich einfach mehr über Professor Daniel Brewster herausfinden.

Ich liege wieder im Bett. Es ist schon spät. Ich kann nicht schlafen. Also fahre ich meinen guten, alten Laptop hoch, um ein bisschen zu googeln. Der Professor hat keine eigene Website – erstaunlich für jemanden, der regelmäßig im Fernsehen auftritt. Ich entdecke nur eine Seite seiner Universität, von der er sich ein Jahr hat freistellen lassen. Aber auch dort finde ich nur eine sehr karge Biografie, ein paar wenige Kontaktinfos und eine eindrucksvolle Liste seiner Qualifikationen und akademischen Grade.

Aber weiter unten auf der ersten Seite mit den Suchergebnissen stoße ich auf eine Goldader: eine Fan-Seite von Professor Adonis-Groupies! Ich gieße mir noch ein Glas Wein ein und beginne zu graben.

Die Seite ist eine Fundgrube an Fotos, wobei die meisten von seinen drei Fernsehserien abfotografiert sind. Und wer immer diese Seite auch entworfen hat, muss wirklich äußerst geschickt mit der Bild-Software umgehen können, denn auf den meisten Bildern wirkt er eher wie ein Pin-up-Boy und nicht wie ein Professor. Man kann leicht aufgeknöpfte Hemden sehen und hier und da auch einen Hauch von seinem herrlich dunklen Brusthaar. Auf einem Foto sind seine Ärmel hochgekrempelt, sodass man seine muskulösen Arme erkennen kann. Und auf dem nächsten trägt er tatsächlich Shorts, juchhu! Und da – so wie er auf einem weiteren Bild den Fuß auf einen umgestürzten Stein irgendeiner historischen Ruine gestellt hat, spannt sich seine elegante Hose wunderbar eng um sein Paket.

Als ich den nächsten Schluck des billigen Supermarktweines in mich hineinschütte, frage ich mich, ob ich nicht langsam zur Alkoholikerin werde. Schließlich ist dies schon der zweite Abend in Folge, an dem ich mich betrinke. Wie wohl die verknallten Mädchen, die diese Seite erstellt haben, reagieren würden, wenn sie das gesehen hätten, was ich heute Nachmittag gesehen habe? Wahrscheinlich würden sie sofort vor Ekstase vergehen. Schließlich war ich selbst nicht weit davon entfernt und stehe beim bloßen Gedanken daran schon wieder kurz davor. Ich gebe mir alle Mühe, meine schmutzigen Gedanken einzudämmen, und klicke auf ein paar weitere Unterseiten. Doch schon bald komme ich mir wieder so verdorben und voyeuristisch vor wie heute Nachmittag. Wo haben die bloß all diese persönlichen Informationen her? Hat heutzutage denn niemand mehr irgendwelche Geheimnisse?

Was bin ich doch für eine Heuchlerin? Das ist doch genau die Art von intimen Hintergrundinformationen, auf die ich es abgesehen habe. Laut der Seite, auf der Partnerinnen aufgelistet sind, hat Daniel im Moment keine Freundin. Ich kann einfach nicht anders und muss nachschauen, wann die Informationen das letzte Mal aktualisiert wurden, und stelle fest, dass es erst ein paar Wochen her ist. Eigentlich sollte ich nicht erleichtert aufseufzen und ernsthaft glauben, dass irgendetwas zwischen uns möglich wäre – aber ich tue es trotzdem.

Er hatte tatsächlich schon eine sehr illustre Reihe von Beziehungen. Bisher sind eine Menge wunderschöner und auch recht bekannter Frauen seinem Charme erlegen. Die erwähnenswerteste darunter ist Larena Palmer, eine Frau aus der Schickeria, mit der er mehrere Jahre zusammenlebte und von der man meinte, sie würde ihn schließlich auch heiraten. Ich frage mich, wie verletzt er wohl war, als sie ihn für den Sohn eines Herzogs sitzenließ und damit Teil des Landadels wurde? Gemeines Miststück! Wie konnte sie nur?!?

Tut er mir etwa leid? Ich denke an meine eigene, zerbrochene Ehe. Ich war wirklich froh, als es aus war, denn als die Flitterwochen erst mal vorüber waren, entwickelte mein Exmann schnell die nervtötende Angewohnheit, sich ständig im Recht zu fühlen und mir täglich vorzuschreiben, was ich zu tun und zu lassen hätte. Dennoch versetzt es mir immer mal wieder einen Stich, in einer Sache versagt zu haben, die mir einst so viel bedeutete. Mit gerunzelter Stirn, von der ich nicht weiß, ob sie wegen meiner eigenen Beziehung oder denen von Daniel so kraus wird, wende ich mich vom Bildschirm ab und schenke mir nochmal nach. Morgen gibt's keinen Alkohol. Und das ist ein Versprechen.

Auch sein familiärer Hintergrund erweist sich als interessant. Seine Mutter war eine brillante Wissenschaftlerin, die auf ihrem Gebiet genauso bekannt war wie ihr Sohn heute. Aber sie gab alles auf und beendete ihre Karriere, um seinen Vater zu pflegen, als dieser chronisch krank wurde. Da ist auch ein Foto von ihr und Daniel. Wenn es sich auch nur um einen Schnappschuss handelt, so ist die Aufnahme doch äußerst vielsagend. Obwohl sie lächelt, sieht ihr Gesicht traurig und verloren aus. Und dieser Ausdruck spiegelt sich irgendwie im Gesicht ihres Sohnes wider – fast als würde er die bitteren Auswirkungen ihres Opfers verstehen.

Er hat Probleme. Es gibt Dinge in seinem Leben, die Spuren hinterlassen haben. Solche Menschen tun oft merkwürdige Dinge. Aber sind es wirklich so abwegige Taten, wenn man einer Frau, die man kaum kennt, geheime, schwülstig-erotische Briefe schickt und dann vorgibt, man hätte nichts damit zu tun?

Ich gehe zurück auf die Seite der Universität und klicke auf den E-Mail-Link. Ob er diesen Account überhaupt noch abfragt? Wird er mir antworten, wenn ich ihn anmaile? Nachdem das Programm sich geöffnet hat, schließe ich das *Mail-verfassen*-Fenster sofort wieder. Nein, ich werde ihm nicht schreiben. Es ist einfach zu riskant, denn wenn ich online bin, habe ich die lästige Angewohnheit, mehr zu schreiben, als ich eigentlich will. Mein Glas Wein ruft mich. Und auch ein merkwürdiges Gefühl von Furcht, Schrägstrich Erregung. Ich klicke auf »Neue Nachrichten« und finde ein paar Spam-Mails, den Newsletter von Amazon und dann …

»Sie haben Post von Nemesis.«

Der Satz steht einfach so da und scheint auf dem Monitor förmlich zu pulsieren. Mir wird heiß und kalt. Einen Moment lang bin ich vor Schreck wie erstarrt und frage mich, wie er mich wohl gefunden hat. Doch dann fällt mir auf, dass die Message von einer Web-Community weitergeleitet wurde, bei der ich mich vor ein oder zwei Monaten angemeldet habe, sie aber bisher nie nutzte. Wenn Nemesis besessen genug ist, mir in der Bibliothek im Kasten für Verbesserungsvorschläge erotische Liebesbriefe zu schicken, dann wird er natürlich auch auf Seiten wie MySpace und Facebook nach mir suchen.

Vielleicht sollte ich sie einfach löschen. Das wäre bestimmt sicherer. Selbst wenn Daniel und Nemesis *wirklich* ein und dieselbe Person sind, geht es mir doch zu weit, mit seiner »dunklen« Seite in Kontakt zu treten. Und zwar viel zu weit.

Da ich aber in gewisser Weise unzurechnungsfähig und auch viel zu neugierig bin, öffne ich die E-Mail und klicke auf den darin enthaltenen Link. Es dauert nur einen Moment, und ich finde mich im Message-Center der Web-Community wieder und starre auf einen weiteren Link mit dem Namen »Hallo Gwendolynne«, der mit einem Avatar versehen ist, der einen Federkiel zeigt. Ein historisches Schreibinstrument für einen Historiker, der geheime Briefe schreibt?

Die Seite zeigt mir, dass der Verfasser der Mail online ist. Noch besteht die Chance, mich auszuloggen. Schließlich muss ich nicht auf den Link klicken. Ich kann jederzeit ein Kreuz in dem Kästchen mit »löschen« machen. Oder nicht?

Obwohl ein »Nein! Nein! Nein!« durch meinen Kopf hallt, öffne ich die Nachricht. Um mich auf einen weiteren erotischen Brief vorzubereiten, wende ich meinen Blick zunächst einmal vom Bildschirm ab. Doch als ich erneut auf den Monitor schaue, sehe ich einfach nur ein Feld, mit dem ich ein Instant-Messaging-System öffnen kann und die »N3me3sis«-Mail-Adresse, die ich bereits kenne.

Ich habe das Gefühl, als würde ein Wirbelsturm in meiner Brust wüten. Ich kann nicht. Ich kann einfach nicht in Echtzeit mit ihm »reden«. Das führt nun *wirklich* zu weit. Na ja, zumindest für mich … Er ist wahrscheinlich total scharf drauf!

Ich klicke den Link an, und das Mail-Programm öffnet sich erneut. Sein Name steht bereits im Empfänger-Feld.

Hallo?, tippe ich ein, greife dann nach meinem Weinglas

und starre auf die weiße Fläche des geöffneten Message-Fensters. Ich nehme ein paar Schlucke, um meine Hände absichtlich vom Touchpad und der Tastatur entfernt zu halten. Noch kann ich zurück. Aber mein Glas ist leer, und so atme ich tief ein und klicke auf »senden«. Zu spät wird mir klar, dass ich die Nachricht von meiner privaten E-Mail-Adresse aus geschickt habe, sodass er weiß, dass sie von mir stammt. Wenn auch nur ein paar meiner Gehirnzellen funktionieren würden, hätte ich mir eine anonymere Hotmail- oder Google-Identität gegeben. Idiotin! Idiotin! Idiotin! Mir ist ganz danach, meinen Laptop zuzuklappen und das verdammte Ding nie wieder zu öffnen. Jetzt ist es passiert.

Mit klopfendem Herzen schiebe ich das Gerät ans Ende des Bettes, stehe auf und renne ins Badezimmer. Was bin ich doch für ein Feigling! Ich hocke mich aufs Klo, pinkle, tupfe mich ab – und spüre sofort einen heftigen Luststich. Meine Erregung ist so groß, dass ich förmlich zerfließe. Wie zum Teufel ist das denn jetzt passiert? Ich war mir meiner Geilheit nicht mal bewusst. Noch während ich darüber nachdenke, etwas dagegen zu unternehmen, spüre ich, dass der Computer auf mich wartet. Er wartet, als wäre Nemesis im Zimmer nebenan und würde voller Ungeduld wegen meiner unglaublichen Feigheit mit den Fingern trommeln.

Als ich ins Schlafzimmer zurückkehre, hat das Mail-Programm bereits automatisch die neuen Nachrichten aufgerufen. Er hat geantwortet. Ich wage kaum, seine Entgegnung zu öffnen. Als ich mich aber doch traue, sehe ich erneut einen Link für den Instant Messenger und die Worte *Angst zu reden?*

Ohne zu zögern, schicke ich ein *Nein* als Antwort und öffne das Mail-Programm mit Vollbildansicht in einem neuen Fenster.

Dort taucht neben dem Federkiel-Icon auch mein Avatar

auf, der aus dem sehr fantasielosen Bild eines Buches besteht. Daneben steht mein Name – Librarygirl.

Der Cursor blinkt und blinkt. Hat er kalte Füße bekommen? Ich fange an zu schreiben.

LIBRARYGIRL: *Ist da jemand?*

Nichts. Also gieße ich mir noch ein Glas Wein ein. Ganz offensichtlich kann er nur große Töne spucken, aber wenn's zur Sache geht, zieht er den Schwanz ein. Jetzt glaube ich doch nicht mehr, dass Nemesis und Daniel ein und dieselbe Person sein könnten. Professor Adonis mag vieles sein, aber ein Feigling ist er meiner Ansicht nach ganz sicher nicht.

Dann beginnt das Icon für den Verbindungsstatus zu flackern … und da ist die Antwort.

NEMESIS: *Hallo, Gwendolynne. Wie schön, endlich mit Dir zu sprechen. Ich habe so lange auf diesen Moment gewartet.*

Ist das ein Hinweis? Ist er doch ein Stammkunde der Bibliothek, der seit Monaten Fantasien über mich hat und jetzt nur dazu übergeht, Füller und Papier oder Finger und Tastatur einzusetzen. Also das wäre nun wirklich beängstigend. Hinzu kommt, dass er mich in dieser ersten, virtuellen Nachricht duzt und nicht mehr siezt.

LIBRARYGIRL: *Wie lange?*

NEMESIS: *Seit ich Dich das erste Mal sah, Du hinreißendes Ding. Seit ich Dich das erste Mal sah und mein Schwanz beim Anblick Deines wunderschönen Körpers sofort hart wurde.*

LIBRARYGIRL: *Wirklich? Und wie lange ist das her?*

Erneut tritt eine fast schmerzhafte Pause ein, in der ich registriere, wie ich tatsächlich den Atem anhalte. Ich fühle mich ganz benommen, und meine Gefühle erscheinen mir durch und durch unwirklich.

NEMESIS: *Das möchte ich nur ungern verraten. Sagen wir einfach, lange genug, um mittlerweile völlig vernarrt in Dich zu sein.*

Pause

NEMESIS: *Lange genug, um die Nächte schon nicht mehr zählen zu können, in denen ich mich in den Schlaf gewichst und mir dabei vorgestellt habe, wie Du neben mir liegst ... nackt.*

O je, jetzt geht's los.

NEMESIS: *Oder vielleicht sollte ich eher sagen, nackt unter mir liegst.*

Als der Satz auf dem Bildschirm auftaucht, spüre ich sofort, dass auch ich das möchte. Mein letzter Sex ist viel zu lange her, und seitdem habe ich nur an mir selbst rumgespielt oder einen Vibrator benutzt. Mit meinem Mann war's im Bett nie besonders spektakulär gewesen. Aber richtig unbefriedigend war es auch nicht, und schließlich kann ein Mädchen einiges mit ihrer Fantasie ausgleichen. Doch jetzt habe ich das Gefühl, von einem Blitz getroffen zu sein, und mir wird langsam klar, dass Nemesis so ziemlich genau das ist, wovon ich immer träumte, wenn ich mit meinem Exmann Sex hatte. Und zwar von einem düsteren, geheimnisvollen und gesichtslosen Liebhaber, der real sein könnte oder auch nicht. Plötzlich spielt es gar keine so große Rolle mehr, *wer* er ist. Es ist die Fantasievorstellung, mit der ich eine Verbindung spüre, nicht die Realität.

Mein Mund verzieht sich zu einem Grinsen. Ich bin bereit, mich dem Vergnügen hinzugeben. All meine Ängste, oder zumindest die meisten, sind durch eine Erregung ersetzt, die sowohl mental als auch körperlich spürbar ist.

LIBRARYGIRL: *Und wer bist Du, Nemesis? Hast Du vielleicht Angst, es mir zu verraten?*

Wieder eine lange Pause. Aber irgendwie weiß ich, dass auch er lächelt. Neben seiner Geilheit hat auch er das Gefühl, vor einer gewissen Herausforderung zu stehen.

NEMESIS: *Angst nicht. Ich will das Spiel nur nicht zu früh aufgeben.*

Jetzt ist es an mir, ihn warten zu lassen. Sollte ich voranpreschen oder mich lieber zurückhalten? Sollte ich alles wagen oder mich lieber absichern? Ich spüre etwas in meiner Brust, das sich wie ein kleiner Herzinfarkt anfühlt. Ich presse meine Hand auf das Brustbein, als könnte das meinen Herzschlag wieder etwas beruhigen.

LIBRARAGIRL: *Na schön. Aber habe ich Dich heute in der Bibliothek gesehen? Hast Du mich gesehen?*

Meine Formulierung ist vage genug. Und wenn man bedenkt, dass ich in Gedanken schon die Frage »Bist Du Daniel Brewster?« eingegeben habe, ein wahres Wunder an Selbstbeherrschung.

NEMESIS: *Du hast mich gesehen. Ich habe Dich gesehen. Du sahst umwerfend aus. Elegant. Eine wahre Ikone gepflegten, gekonnten Sex-Appeals. Am liebsten wäre ich auf die Knie gegangen, hätte Deinen Rock hochgeschoben und mein Gesicht an Deinen Strümpfen gerieben. Dabei hätte ich ganz tief eingeatmet, um Dein Parfüm und den Duft Deines Fötzchens zu riechen.*

Wenn er so weitermacht, kann ich es bald selbst riechen. Eigentlich jetzt schon, um genau zu sein. Meine Säfte quellen bereits, und zwischen meinen Beinen fühlt es sich schon ganz feucht und seidig an. Wer immer er ist, ich wünschte, er wäre hier. Und wieder taucht das Bild eines maskierten Mannes vor mir auf. Geheimnisvoll und bedrohlich. Eine düstere Vision.

Das Bild, in dem er sich als knienden Bittsteller darstellt, ist nur ein Trugbild, denn unterwürfig ist er ganz sicher nicht.

LIBRARYGIRL: *Willst Du mich anbeten?*

Während der Cursor blinkt, stelle ich mir vor, wie eine dunkle Gestalt sich erhebt und sich vor mir aufbaut. In meiner Fantasie ist der Mann in Schwarz gekleidet und trägt diese

Maske. Sie ist aus Leder und bedeckt einen Großteil seines Gesichts. Sie erinnert mich an die Maske eines Scharfrichters, denn genauso bedrohlich wirkt sie.

NEMESIS: *Manchmal …*

Oh, wie viel Verheißung doch in einem Wort liegen kann. Meine Gedanken werden von Fotos aus den »verbotenen« Bildbänden der Bibliothek und erdachten Bildern aus den erotischen Romanen, die ich gelesen habe, überschwemmt. Nemesis wird seinem abschreckenden Namen wirklich gerecht – auch wenn der Name in der Mythologie zu einer Göttin der Rache gehört. Es scheint als sei er aggressiv und dominant und habe es auf irgendeine Art von Vergeltung abgesehen. Dabei kann ich mir beim besten Willen nicht vorstellen, wofür er Vergeltung will. Vielleicht für all meine Fantasien. Man könnte wohl sagen, dass ich meinen Exmann betrogen habe, weil ich beim Sex nicht an ihn dachte.

LIBRARYGIRL: *Und was möchtest Du mit mir tun, wenn Du mich nicht anbetest?*

NEMESIS: *Da möchte ich, dass Du mir gehorchst. Dass Du mir erlaubst, Dich etwas zu lehren und Deinen sexuellen Erfahrungshorizont zu erweitern.*

Bingo!

LIBRARYGRIL: *Warum sollte ich das wollen? Was ist, wenn mir mein Horizont weit genug geht? Was ist, wenn ich bereits mehr weiß, als Du glaubst?*

NEMESIS: *Ich denke, wenn wir erst mal loslegen, werden wir beide feststellen, dass es noch sehr viel zu lernen gibt. Du genießt unseren Austausch doch gerade, oder etwa nicht?*

Pause.

NEMESIS: *Und schließlich habe ich Dich heute Abend bereits dazu gebracht, mir zu gehorchen. Und zwar indem Du Dich auf dieses Gespräch eingelassen hast. Ich möchte doch wohl meinen, dass unser Austausch allem widerspricht, was die Vernunft Deines zurückgezogenen Bibliothekarinnen-Daseins sonst ausmacht.*

LIBRARYGIRL: *Wer sagt denn, dass ich zurückgezogen lebe? Ich könnte doch auch einen ganz lockeren Lebenswandel, Dutzende von Freunden und ständig jede Menge Sex haben?!*

Wie viel weiß der Kerl nur über mich? Hat er mich etwa auch außerhalb der Bibliothek beobachtet? Ist er vielleicht ein *echter* Stalker?

NEMESIS: *Na, dann hoffe ich, dass diese vielen Männer auch wissen, welches Glück sie haben. Wirst Du mir gehorchen?*

Ich zittere. Ich leide. Noch nie war ich so erregt. Meine Nippel sind so hart und steif, sie fühlen sich fast wund an. Und meine Pyjamahose ist so nass im Schritt, als hätte ich mir in die Hose gemacht.

NEMESIS: *Wirst Du mir gehorchen?*

Die Wiederholung der Frage ruft mir meine Unentschlossenheit ins Gedächtnis. Die Überreste von dem, was er als die Vernunft meines Bibliothekars-Daseins bezeichnet hat, verglühen bereits, könnten aber jederzeit durch ein »Dann zeig mal, was du draufhast!« wieder entflammt werden. Aber so leicht bin ich nicht zu haben. Lebenslange Zurückhaltung lässt sich schließlich nicht durch einen einzigen Online-Chat ins Gegenteil umkehren.

LIBRARYGIRL: *Ja. Aber woher willst Du wissen, dass ich Dir gehorche? Wenn Du mir jetzt befiehlst, etwas zu tun, woher weißt Du dann, dass ich es tatsächlich getan habe? Schließlich habe ich keine Webcam.*

Was dankenswerterweise tatsächlich stimmt. Wenn wir uns gegenseitig sehen könnten, würde sich der Kitzel der Situation sofort verflüchtigen. Es ist schließlich die Anonymität, die das Ganze so aufregend macht – oder die vermeintliche Anonymität, wenn er *doch* Daniel ist.

NEMESIS: *Vertrauen, meine Liebe. Ich würde Dir vertrauen. Damit liegt die Verantwortung, nicht zu schummeln, allerdings bei Dir.*

Als ich für einen Moment die Augen schließe, meine ich, die seinen hinter der Maske zu erkennen. Sie sind dunkel und glitzern spielerisch. Wenn ich doch nur zeichnen könnte. Dann würde ich die gefährliche Schönheit dieses Anblicks für immer festhalten.

LIBRARYGIRL: *Ich bin keine Schummlerin.*

Und ob ich das bin. Und wenn ich an all die Male denke, bei denen ich meinen Mann mit meiner Fantasie betrogen habe, dann bin ich sogar eine Lügnerin.

NEMESIS: *Ich glaube Dir. Also, was hast Du gerade an?*

Ich spitze meine Lippen. Der übliche Telefonsex/Cybersex-Kram. Ich bin fast ein wenig enttäuscht von ihm. Aber auch nur fast. Soll ich schwindeln?

Ich bin so erregt und werde gleichzeitig so nervös, dass ich platzen könnte. Ich komme mir vor wie Schokolade, die über dem Herdfeuer schmilzt – und ich bin so feucht, zwischen meinen Beinen scheint tatsächlich etwas zu schmelzen. Ich entschließe mich zu einem Kompromiss. Ein bisschen von der Wahrheit mit einem Hauch von Irreführung. Schließlich verrät er mir auch kaum etwas, um das Puzzle auch nur ansatzweise zusammensetzen zu können.

LIBRARYGIRL: *Einen Seidenpyjama … rot. Sehr aufreizend.*

In Wirklichkeit ist mein Pyjama aus Baumwolle und blauweiß gestreift.

NEMESIS: *Ah, eine geheime Verführerin … Jemand, der Seide und Satin mag … Da lag ich ja ganz richtig, als ich mir hinter Deinem ach so passenden Bibliotheks-Outfit etwas Exotisches vorgestellt habe. Du machst mich hart. Sehr hart. Aber ich nehme an, das weißt Du sicher?«*

Aha. Er ist also doch nicht in der Lage, Gedanken zu lesen oder über weite Strecken sehen zu können, so wie ich es befürchtet hatte. Das verschafft mir wenigstens einen kleinen Vorteil, eine Trumpfkarte sozusagen. Wir spielen *beide* miteinander. Und das gefällt mir.

LIBRARYGIRL: *Na ja, ich hatte es zumindest irgendwie gehofft. Ansonsten würde die ganze Sache hier doch wohl keinen Sinn machen, oder?*

Eine Minute lang Schweigen.

NEMESIS: *Wir könnten auch einfach nur Freunde sein.*

Unter diesem Satz steht ein Smiley.

LIBRARYGIRL: *Freunde mit dem gewissen Extra?*

NEMESIS: *LOL. Natürlich … Bist Du feucht?*

LIBRARYGIRL: *Ja.*

NEMESIS: Köstlich*! Das dachte ich mir schon. Sag mir wie feucht. Ist Dein Pyjama schon durchgeweicht? Läuft der Lusthonig Dir schon in deine süße Poritze?*

Ich lasse ein Stöhnen raus. Ich kann einfach nicht anders. Mein Saft fließt tatsächlich schon. Er überflutet meine Muschi wie der tropfende Nektar eine Blüte. Ich rutsche auf meinem Platz hin und her, und als ich den Laptop auf meinen Schenkeln ein wenig verschiebe, gleiten ein paar seidige Tropfen in die Ritze zwischen der Rückseite meiner Schenkel und meinem Po. Noch nie in meinem Leben bin ich so nass gewesen.

LIBRARYGIRL: *Ich bin sehr feucht. Der Hosenboden meines Pyjamas hat schon einen dicken Fleck. Und der Saft fließt immer weiter. Ich kann es an den Innenseiten meiner Schenkel spüren.*

Ich zögere nur den Bruchteil einer Sekunde.

LIBRARYGIRL: *Macht Dich das noch härter?*

In meinem Kopf höre ich ein leises, sehr männliches Lachen, und die Lippen hinter der imaginären Ledermaske verziehen sich zu einer Kurve, die lüstern und zugleich ein wenig bedrohlich wirkt.

NEMESIS: *Natürlich. Das weißt Du auch. Und Du wirst jetzt ein wenig vorwitzig, Du heiße, kleine Bibliothekarin.*

Also, das sollte mich jetzt eigentlich nerven und empören. Doch stattdessen macht es mich nur heißer und aufgesexter, als ich es jemals war. Meine Muschi fühlt sich groß, geschwollen und weit geöffnet an. Bedürftig. Ich spreize meine Schenkel und wünschte, ich könnte den Laptop ganz beiseiteschieben und mittels Telepathie und ohne die Hilfe von irgendwelchen elektronischen Krücken mit Nemesis kommunizieren.

Ich wünschte, er wäre hier, sodass er eine Hand zwischen meine Beine legen und meinen Kitzler berühren könnte.

LIBRARYGIRL: *Und was ist mit Dir? Wie sieht Dein Schwanz aus? Bist Du gut bestückt?*

Mir ist, als könnte ich alles zu ihm sagen, doch gleichzeitig gefällt es mir auch, dass er scheinbar die Kontrolle über mich hat. Es kommt mir vor, als würde sich meine Persönlichkeit teilen – genau wie die seine es getan haben muss – und von der Vorstellung gleichzeitig real, aber doch eine Fantasiefigur zu sein, wird mir geradezu schwindelig.

NEMESIS: *Und wieder treibst Du mich ein Stückchen weiter, Gwendolynne. Du bist eine sehr verwegene und stimulierende Frau. Wenn ich Dir meinen Schwanz beschreiben soll, musst Du einen guten Preis dafür zahlen … Kapierst Du das?*

Mein Herz beginnt erneut zu rasen und ich presse meinen Körper auf die Matratze. Jetzt durchnässe ich meinen Pyjama *und* mein Bettlaken. Aber das ist mir egal.

LIBRARYGIRL: *Ja. Ich kapiere. Das ist nur fair.*

NEMESIS: *Na schön.*

Er macht eine Pause, in der ich mir vorstelle, wie er an seinem eigenen Körper herabsieht und nach Worten sucht, um ihn zu beschreiben. Ich frage mich, ob er wohl wie viele andere Männer ist und zu argen Übertreibungen neigt, wenn es um sein bestes Stück geht.

NEMESIS: *Ich würde meine Ausstattung als »ansehnlich« beschreiben. Nicht riesengroß, aber ich bin zufrieden mit dem, was ich habe, und auch damit, wie es sich bisher bewährt hat. Und ich liebe das Gefühl, mich selbst anzufassen, wenn ich an Dich denke. So wie jetzt …*

In geradezu schmerzhafter Klarheit ersteht vor meinem geistigen Auge das Bild von Daniel im Waschraum, das sich aber recht schnell mit dem des Maskenmannes vermischt. So sehe ich plötzlich Daniel mit einer Ledermaske nackt auf einem Bett liegen, wo er wie besessen seinen Schwanz wichst und sich auf genau dem weißen Seidenlaken windet, das Nemesis in seinem Brief so begeistert beschrieben hat. Und Daniel ist mehr als »ansehnlich« bestückt.

Aber eine Sache will einfach nicht gelingen. Ich habe große Schwierigkeiten, das Tippen mit dem nagenden stechenden Drang, an mir rumzuspielen, zu verbinden. Wie zum Teufel schafft Nemesis das nur?

LIBRARYGIRL: *Wie kannst Du denn schreiben und Dir gleichzeitig einen runterholen?*

NEMESIS: *LOL.*

LIBRARYGIRL: *Nein, ernsthaft. Mir fällt das hier gerade ziemlich schwer. Und Dir dürfte es doch eigentlich nicht anders gehen.*

NEMESIS: *Vielleicht verwende ich ja eine Sprachsteuerung zum Schreiben. Hast Du das schon mal in Erwägung gezogen?*

LIBRARYGIRL: *Du meinst so was wie Internet-Telefonie oder Voice Chat? Ist es das, was Du willst?*

Der Cursor blinkt und blinkt. Ganz plötzlich spüre ich, dass ich das nicht will. Seine Stimme zu hören, würde dem Ganzen eine Menge von der Spannung nehmen. Wenn es sich um Daniel oder jemand anderen handelt, mit dem ich in der Bibliothek gesprochen habe, würde ich die Stimme erkennen, und das seltsame Spiel hätte ein Ende. Und auch wenn ich durchaus misstrauisch bin, ist es doch irgendwie befreiend, nicht zu wissen, um wen es sich bei meinem Chat-Partner handelt. Solange ich nicht weiß, wer er ist, kann ich alles zu Nemesis sagen. Aber *wenn* ich es wüsste, würde ich sofort vorsichtig werden. Und dann könnte der Zauber ganz verschwinden, sodass ich keine Lust mehr hätte, weiterzuspielen.

NEMESIS: *Vielleicht irgendwann mal ... Aber noch nicht jetzt. Ich mag es ganz gern, wenn ich mich in den kleinen Pausen anfassen kann. Das erhöht die Spannung und macht die Berührungen umso aufregender.*

Einen Moment lang höre ich fast auf, an Sex zu denken, und spüre die Andeutung von etwas Tiefgründigerem. Eine andere Art von Kommunikation. Denken im Gleichklang ...

LIBRARYGIRL: *Ja! So empfinde ich es auch!*

NEMESIS: *Gut. Ich dachte mir schon, dass Du das verstehst. Aber jetzt wird es Zeit, dass Du den Preis bezahlst, von dem ich sprach. Das hast Du doch wohl nicht vergessen, oder?*

LIBRARYGIRL: *Nein. Sag nur, was Du willst. Tu Dein Übelstes.*

Erneut höre ich in Gedanken ein seltsames, leises, anonymes Lachen. Wie von einer Stimme, aber doch nicht so richtig. Gleichzeitig kommt sie mir aber so real vor wie das Streichen einer Feder über meinen schmerzenden Kitzler. Meine Muschi pocht, und ich presse meinen Unterleib wieder auf die Matratze, während ich auf Nemesis' Preis warte.

NEMESIS: *Zieh Deine Pyjamahose aus. Ich will wissen, dass Deine Muschi freiliegt und mir zur Verfügung stünde, wenn ich bei Dir wäre. Das gefällt mir. Ich mag die Vorstellung, dass ich sie immer anfassen könnte, wenn ich wollte. Auf meinen Befehl hin.*

Ich kann nicht atmen. Mir dreht sich alles. Es fühlt sich an wie eine starke Benommenheit – als hätte ich die ganze Flasche Wein ausgetrunken, würde statt irgendwelcher schlimmen Nebenwirkungen aber nur das Befreiende und das Berauschende des Alkohols spüren. Meine Möse pulsiert wie verrückt und erkennt damit ihren Meister an.

NEMESIS: *Gwendolynne? Bist Du bereit, mir zu gehorchen?*

LIBRARYGIRL: *Ja. Ich gehorche Dir bereits jetzt schon.*

NEMESIS: *Braves Mädchen. Deine Möse gehört mir. Leg sie für mich frei.*

Jetzt geht es endgültig mit mir durch. Ich schiebe den Laptop beiseite und befreie mich von meiner Pyjamahose. Der Schritt ist klitschnass, und ich spüre, wie feucht auch das Laken unter mir bereits ist. Meine Muschi zerfließt für ihren Meister. Ich schaue hinab auf den seidenweichen Schamhaarbusch und schließe dann die Augen, als könnte ich das Bild damit quer durch den Äther direkt an Nemesis senden.

Ich weiß, dass er auf meine Antwort wartet, aber ich bin geil und lüstern. Ich will spielen. Die Region zwischen meinen Beinen ist nicht nur mein, sondern auch sein Spielzeug. Ich ziehe die Knie an und spreize die Schenkel, um mehr zu sehen. Ich will die glitzernde, pfirsichweiche Röte sehen, meine Schamlippen, meinen Kitzler und die von Saft durchtränkte Spalte.

Hier ist sie! Sieh hin! Sie gehört ganz Dir, rufe ich ihm stumm zu und mache die Beine noch breiter. Ich muss mich sehr zwingen, seinen Besitz erst dann zu berühren, wenn er es mir erlaubt. Stattdessen greife ich in meine Pyjamajacke und fasse meine Nippel an.

Großer Fehler. Die Berührung meiner Brüste stellt sofort

die teuflischsten Dinge mit meinem Kitzler an. Er schwillt an und zuckt. Tränen treten mir aus den Augenwinkeln und ich kneife mir in die Brustwarzen, um mich dafür zu bestrafen. Ich stöhne laut auf und mache Geräusche, die ich noch nie von mir gegeben habe, seit ich denken kann. Ich drehe mich zur Seite und schaue auf den Bildschirm.

NEMESIS: *Gwendolynne?*

Mit großem Unbehagen nehme ich eine andere Position ein und beginne zu tippen.

LIBRARYGIRL: *Verzeihung. Es … es ist mir mir durchgegangen. Meine Muschi liegt jetzt frei.*

NEMESIS: *Hast Du sie berührt? Du weißt, dass ich Dir dazu noch keine Erlaubnis erteilt habe. Ich wäre sehr enttäuscht, wenn Du meinen Anweisungen vorgegriffen hättest.*

Ich schnappe nach Luft. Ich ertrinke förmlich in meinem Verlangen und giere verzweifelt nach einem Höhepunkt. Aber die Vorstellung, Nemesis zu enttäuschen, erschüttert mich zu sehr.

LIBRARYGIRL: *Nein! Ich habe meine Muschi nicht berührt. Ich wollte es tun … Ich sehne mich danach, es zu tun … Und lange halte ich es auch nicht mehr aus … Aber ich habe sie nicht berührt.*

Gequält durch die Verweigerung einer Berührung bäumt mein Körper sich wie von selbst auf. Der Strom meines Lustsaftes wird immer stärker, überzieht die zarte Haut meines Geschlechts und fließt weiter zwischen meine Pobacken.

NEMESIS: *Aber irgendetwas hast Du getan.*

Auch wenn ich keine Webcam habe, könnte ich schwören, dass er mich beobachtet. Vielleicht kennt er mich aber auch einfach nur besser, als ich mich selbst kenne.

LIBRARYGIRL: *Ich habe an meinen Nippeln rumgespielt. Das ist besser als gar nichts.*

Er lächelt. Zumindest vor meinem geistigen Auge. Ich sehe nur einen starken und ausgeprägten Mund, der äußerst lüstern wirkt. Weiße Zähne, die glänzen. Absolut hinreißend. Ich sehe einen nackten Mann, der sich über meinen nackten Körper beugt. Wunderschöne, wuschelige, dunkle Haare, die über meine Schenkel und meinen Bauch streichen. Es ist Daniel, denn er ist der einzige Mann, den ich in letzter Zeit nackt gesehen habe. Seine Lippen sind gespitzt.

NEMESIS: *Aber in gewisser Weise vielleicht auch dasselbe. Auf jeden Fall ist es ein Verstoß. Vielleicht werde ich eines Tages dafür sorgen, dass Du kommst, ohne Deinen Kitzler zu berühren. Ich werde mit Deinen Nippeln spielen, bis Du es nicht mehr aushältst. Ich werde jedes Deiner Körperteile berühren, nur nicht Deine Muschi … Und wenn Du dann fast durchdrehst vor Frustration, werde ich Deinen Kitzler lecken … und dann wirst Du kommen.*

Gut! Das reicht! Ich habe genug!

Oder auch nicht mal annähernd genug. Ich lege meine Hand auf meine Möse und tauche mit dem Mittelfinger tief hinein. Es braucht nur zwei grobe Berührungen, und ich komme wie ein Schnellzug. Kurzfristig bin ich blind, taub und stumm und kann an nichts weiter denken als an den weißen Himmel zwischen meinen Beinen. Dabei schlage ich wie wild um mich, sodass meine Hand gegen eine Ecke des Computerbildschirms stößt. Zwar durchfährt mich ein stechender Schmerz, aber er scheint meilenweit weg zu sein und kann mir rein gar nichts anhaben.

Sekunden oder vielleicht auch Minuten später keuche ich immer noch. Meine Brust hebt und senkt sich wie ein Blasebalg, und meine Muschi fühlt sich an, als wäre sie an einem völlig anderen Ort. Ich gebe mir alle Mühe, mich zu konzentrieren, und blinzle, um den Bildschirm besser zu erkennen.

Erstaunlicherweise habe ich ihn in meinem Ausbruch der Ekstase nicht zertrümmert und sehe Worte, die mir vorwurfsvoll ins Gesicht zu springen scheinen.

NEMESIS: *Was tust Du da, Gwendolynne?*

Sie tauchen wieder und wieder auf.

NEMESIS: *Was tust Du da, Gwendolynne?*

NEMESIS: *Was tust Du da, Gwendolynne?*

Die Strafe

Am nächsten Tag fühle ich mich, als hätte ich einen Kater. Aber nicht von dem Alkohol. So viel Wein habe ich schließlich gar nicht getrunken. Nein, bei diesen Nachwehen handelt es sich um ein ganz anderes Phänomen – um einen Sex-Kater! Ich habe dasselbe vage Gefühl von Unwohlsein, Schwindel und Schuld, das ich normalerweise immer dann bekomme, wenn ich mich richtig betrunken habe. Hinzu kommt noch eine merkwürdige Entrücktheit, die dafür sorgt, dass mir die Erlebnisse des vergangenen Abends völlig unwirklich erscheinen.

Hat unser Austausch wirklich stattgefunden? Es fühlt sich eher wie ein Traum an, oder wie etwas, das ich nur bei halbem Bewusstsein im Fernsehen gesehen habe, während ich einschlief. Ich kann mir nicht recht erklären, wie es zu unserem Chat kommen konnte, denn normalerweise tue ich solche Dinge einfach nicht.

Aber es muss passiert sein, denn auf meinem Laken ist immer noch ein feuchter Fleck zu sehen. Und zwar genau an der Stelle, an der mein Lustsaft überlief, als ich zu erregt war, um noch klar denken zu können. Außerdem gibt es noch die Abschrift unseres Chats. Ich habe ihn ausgedruckt, aber als ich versuche, ihn zu lesen, bekomme ich Bauchschmerzen. Ich nehme an, dass in meinem Inneren die vage Idee aufkeimt, Daniel damit zu konfrontieren, bin aber nicht sicher, ob ich das wirklich will. Wenn ich Nemesis eines Bluffs überführe, dann ist das Spiel vorbei, bevor wir richtig angefangen haben. Und heute muss ich mich erstmal mit der Strafe auseinandersetzen, die er mir für meinen Höhepunkt auferlegt hat.

NEMESIS: *Du bist ungehorsam, Gwendolynne. Und jetzt musst Du dafür bezahlen.*

Ich rutsche auf meinem Stuhl am Schreibtisch der Information hin und her. Irgendwie ist mir nicht wohl. Ich fühle mich nicht wirklich schlecht, aber sehr, sehr merkwürdig. Meine Strafe besteht darin, ohne Höschen zur Arbeit zu gehen. Ziemlich furchterregend – und auch recht zugig. Und was soll ich sagen, ausgerechnet heute ist es kühler geworden, sodass ein kühler Schauer um meinen Unterleib weht, der mir meine Nacktheit permanent in Erinnerung ruft.

Ich bin allerdings durchaus froh über diese Ablenkung und dankbar für die Erregung. Heute Morgen waren in der Post nämlich weitaus unangenehmere Mitteilungen: ein weiteres Schriftstück in der scheinbar endlosen Reihe der Schreiben vom Anwalt meines Exmannes, der immer noch versucht, mich beim Verkauf unseres Hauses über den Tisch zu ziehen. Ich hätte die Beziehung so gerne zumindest mit einem gewissen Wohlwollen für ihn beendet, aber das macht er mir mit seinen unfairen Forderungen wirklich verdammt schwer.

All das lässt die Daniel/Nemesis/versaute-Briefe-und-versaute-Herausforderungen-Situation zu einem umso wertvolleren Geschenk werden. Nicht mal in meinen wildesten Träumen wäre mir eine bessere Methode eingefallen, mich von meinen Problemen abzulenken. Ein genialer Aufheizer. Ein verrücktes Spiel. Ein geistiges Kräftemessen, das mich stimuliert und erregt. Obwohl ich einen für die Arbeit angemessenen, knielangen Rock trage, komme ich mir auf köstliche Weise entblößt und verfügbar vor. Es ist fast, als könnte plötzlich jeder Kerl in der Bibliothek durch meine Kleidung hindurchschauen und würde auf meine Muschi starren.

Jeder Mann, der mir heute über den Weg läuft, hat ein leicht lüsternes Lächeln auf den Lippen. Selbst die harmloseste Begrüßung klingt wie eine schlecht getarnte Schlüpfrigkeit. Mir müssen heute mindestens schon zehn Männer begegnet sein, die Nemesis sein *könnten*, doch mein Hauptverdächtiger hat sich bis elf Uhr noch nicht blicken lassen. Vielleicht ist er ja schon unten in seiner Höhle, aber ich war bislang zu beschäftigt, um ihn zu besuchen. Je mehr der Tag voranschreitet, desto nervöser und zappeliger werde ich. Die Strafe hat nämlich noch eine Zusatzvereinbarung.

Der Zusatz ist zwar nicht obligatorisch, aber Nemesis hat mir aufgetragen, noch etwas zu tun. Etwas Absurdes. Verrücktes. Gefährliches. Und wenn die Sache schiefläuft, werde ich wahrscheinlich gefeuert. Ich muss im Laufe des Tages irgendwann offenbaren, dass ich nichts drunter trage. Ich muss also vor jemandem meinen Rock hochziehen – entweder aus Versehen oder mit Absicht.

Da wir heute voll besetzt sind, kommt irgendwann Tracey, um mich für meine Kaffeepause abzulösen. Und selbst sie wirft mir einen seltsamen, verschwörerischen Blick zu.

»Gehst du runter ins Archiv?« Als ich mich verlegen von meinem Stuhl erhebe und ein paar Bücher zur Hand nehme, die im Keller wegsortiert werden müssen, werden ihre Augen zu kleinen Schlitzen. »Lass deinen Freund besser nicht zu lange warten.«

»Was redest du denn da? Er ist nicht mein Freund.«

»Josie hat Professor Adonis neulich in Richtung Park gehen sehen. Kurz nachdem du gegangen bist. Er ist dir ganz offensichtlich gefolgt. Und als er gestern Abend ging, hat er sich vorher noch mit dir unterhalten.«

»Na und? Schließlich ist das ein öffentlicher Park. Und gestern Abend wollte er freundlich sein. Mehr ist da nicht. Ich wünschte, es wäre so!«

Sie kichert. »Außerdem ist es schon auffällig, dass du in letzter Zeit sehr oft Bücher findest, die unten im Keller einsortiert werden müssen.« Ihr eindringlicher Blick wandert zu dem Bücherstapel in meinem Arm.

Das ist jetzt wirklich ziemlich alarmierend, und mein Gesicht scheint das auch zu verraten.

»Keine Sorge. Du wirst nur von mir und Josie beobachtet, nicht von einem der Chefs. Deine geheime Affäre bleibt also ganz unter uns.«

»Ich habe keine geheime Affäre!«, zische ich sie an, als sie sich auf meinen Stuhl setzt. Ach, wie beruhigend muss es doch sein, mit Höschen auf diesem Platz zu sitzen. Ich bin allerdings tatsächlich erleichtert, dass Mr Johnson, dem Bibliotheksleiter, noch nichts Ungewöhnliches aufgefallen ist. Ich schätze, er wäre alles andere als begeistert, wenn er von irgendeiner unbibliothekarischen Verbindung mit unserem Stargast erfahren würde.

»Wenn du es sagst«, schnurrt Tracey und loggt sich am Computer der Information ein. »Und jetzt runter mit dir! Dein Prinz wartet sicher schon!«

Ich werfe ihr einen gespielt genervten Blick zu und eile davon. Als ich die Tür zum Keller hinter mir geschlossen habe, lehne ich mich erst mal dagegen, um wieder zu Atem zu kommen. Zwar fehlt bei meiner üblichen Kleidung nur das Höschen, aber es könnten ebenso gut mein Rock, meine Bluse und alles weitere sein. Meine Muschi fühlt sich an wie ein Kessel voll kochender Hormone. Ich drehe hier noch durch, ich schwör's!

Nach ein paar Sekunden steige ich die Treppe hinab und

versuche mir einzureden, dass alles völlig normal ist und ich nur nach unten gehe, um einige Bücher wegzusortieren. Doch ich denke die ganze Zeit nur an eines: Ist er da? Ist er da?

Als ich den schwachen Lichtschein im hinteren Teil des Magazins sehe, hyperventiliere ich fast. Er *ist* da! Daniel? Nemesis? Beide?

Auf Zehenspitzen gehe ich leise ans Ende der langen Reihen von hohen Bücherregalen. Daniels Arbeitsplatz ist nicht annähernd so hell beleuchtet wie sonst, und es ist keinerlei Geräusch zu hören. Was zum Teufel treibt er nur? Ich stelle mir sofort bildlich vor, wie er wieder masturbiert. Ich sehe ihn mit gespreizten Beinen auf dem alten Chefsessel sitzen, den er irgendwo dort unten gefunden hat. Sein Reißverschluss steht offen, und sein hinreißender Schwanz sticht aus der Hose hervor wie eine dicke rote Lanze, die er mit seinen Fingern poliert.

Ich schleiche jetzt geradezu und arbeite mich Zentimeter um Zentimeter vor. Ohne zu wissen, welcher Anblick mich erwartet, aber in der Hoffnung auf ein ähnliches Spektakel wie gestern, schaue ich um die Ecke.

Er hängt tatsächlich mit gespreizten Beinen in dem Sessel. Mit Masturbieren ist er zwar nicht beschäftigt, aber er trägt eine Maske. Er trägt eine verdammte Maske!

Ich schwanke und lasse fast die Bücher in meinem Arm fallen, während ich blitzschnell versuche, mir diesen Anblick zu erklären. Mir wird schnell klar, dass es sich bei dem Gegenstand nicht um die versaute Ledermaske aus meiner Fantasie handelt, sondern dass er sich eine blassblaue Eismaske auf die Augen presst, die mich sofort an den Film *American Psycho* denken lässt. Er hält sie mit beiden Händen fest. Seine Fingerknöchel sind ganz weiß und sehen sehr angespannt aus. Um genau zu sein, wirkt sein ganzer Körper sehr gestresst.

»Gwendolynne?«

Langsam, als würde es ihm Schmerzen bereiten, lässt er die Maske los, legt sie beiseite und steht mit unsicheren Bewegungen von seinem Platz auf. Seine sonst so wunderschönen Augen sehen rot und angegriffen aus. Er blinzelt stark, als er in meine Richtung schaut, und legt den Kopf zur Seite, um mich besser erkennen zu können. Er fährt sich durchs Haar, massiert seine Kopfhaut und umfasst dann vorsichtig seinen Hinterkopf.

Was zum Teufel hat er denn nur?

Er greift nach seiner Brille, die auf dem Tisch liegt, und setzt sie auf. Jetzt scheint er wieder klarer sehen zu können und auch seine Körperhaltung macht einen deutlich agileren Eindruck. Er wirft mir ein etwas unsicheres Lächeln zu.

Also doch nicht Nemesis.

»Ist alles in Ordnung?« Eine überflüssige Frage. Aussehen tut er jedenfalls nicht so. Er schiebt seine Brille auf die Stirn und reibt sich wieder die Augen – so, als wüsste er gar nicht, was er eigentlich tut. »Stimmt was nicht mit Ihren Augen?«

»Nein. Es ist nichts. Meine Augen sind in Ordnung. Ich bin nur ein bisschen müde, das ist alles.«

Aber es ist mehr als das. Jeder Dummkopf kann sehen, dass er Schmerzen hat. Es sind seine wunderschönen Augen selbst, die ihn der Lüge überführen. Er macht sich Sorgen, hat vielleicht sogar Angst. In den braunen Tiefen seiner Iris sind Schatten zu sehen. Sehr dunkle Schatten.

»Sind Sie sicher?«

»Absolut sicher. Kein Grund zur Sorge«, sagt er knapp. Sein Körper wird immer wacher, und er schüttelt die letzten Anzeichen von Schwäche ab. »Wie geht's? Haben Sie neue Briefe bekommen?«

Ich denke etwa eine Zehntelsekunde an den Brief vom Anwalt, dränge den Gedanken aber entschlossen beiseite. Und so, wie Daniels Mund sich zu einem Lächeln verzieht und sein Gesichtsausdruck sich aufhellt, fällt mir das auch nicht weiter schwer. Wenn es eine Sache gibt, die einen Mann garantiert von seinem Leid und seiner Qual ablenkt, dann ist das Sex. Und das gilt auch für die mörderischen Gedanken, die Frauen manchmal bezüglich ihrer Exmänner haben.

»Na ja, nicht unbedingt einen Brief. Es gab eher so etwas wie einen *Austausch* …«, antworte ich absichtlich vage, um ihn ein bisschen neugierig zu machen.

Er wirft mir einen sehr professionellen Blick zu, der nach »Bitte führen Sie Ihre Antwort etwas weiter aus, Sie aufsässige, kleine Studentin« aussieht.

»Einen Online-Chat. Ich hatte gestern Abend einen Online-Chat mit Nemesis.«

»Tatsächlich?«

Also, wenn er wirklich Nemesis sein sollte, dann ist er sogar noch cleverer, als ich dachte. Seine Stimme klingt völlig neutral. Sie hat weder etwas absichtlich Uninteressiertes noch etwas schlüpfrig Interessiertes. Für jemanden, der leicht neugierig und vielleicht auch ein wenig besorgt ist, das Phänomen aber ansonsten von außen betrachtet, ist die Tonlage perfekt.

»Möchten Sie darüber reden? Oder möchten Sie lieber nicht mit einem Dritten darüber sprechen?« Er spitzt die Lippen und sieht fast ein bisschen verletzt aus. Ist er jetzt etwa eifersüchtig, weil er sich ausgeschlossen fühlt? Oder ist das nur eine weitere Facette seines unglaublich guten Schauspieltalents.

»Doch, doch. Ist ja keine große Sache.«

Und ob es eine große Sache ist. Und ob er nun tatsächlich Nemesis oder nur ein unschuldiger Beobachter ist, es wäre eindeutig verrückt und absoluter Wahnsinn, ihm davon zu erzählen. Wenn er es nicht ist, sind die Worte viel zu freizügig. Und wenn er es doch ist, na ja, dann verstricke ich mich immer mehr in die Welt eines wirklich verschlagenen Spielers. Doch jetzt gibt es kein Zurück mehr – weder für meinen Körper noch für meinen Geist.

»Haben Sie ein bisschen Zeit, um noch hierzubleiben?« Er umrundet bereits seinen vollgekramten Schreibtisch und zieht einen Stuhl für mich heran. Noch einen von diesen durchgesessenen Chefsesseln auf Rädern, bei denen an einigen Stellen schon das Polster aus dem Leder hervorquillt.

»Ja, ich habe Kaffeepause. Und bei meinen Überstunden kann ich die ruhig ein bisschen ausdehnen.« Das ist natürlich totaler Quatsch, aber Tracey wird mir schon den Rücken freihalten. Schließlich scheint sie recht entschlossen, dass aus mir und Professor Adonis irgendetwas wird.

»Sie können auch immer sagen, dass Sie mir bei meiner Recherche geholfen haben.« Er greift in seine Aktentasche, wühlt kurz darin herum und zwinkert mir dabei auf viel oder auch wenig sagende Weise zu. Als er wieder auftaucht, hält er zwei kleine Apfelsaftdrinks mit Strohhalmen und eine große Tüte Kartoffelchips in den Händen.

Oh, prima, ein Picknick! Eigentlich darf man Nahrungsmittel nur im Aufenthaltsraum auspacken, aber was soll's? Schließlich ist Daniel ein geschätzter Gast. Da muss man ihm schon eine gewisse Freiheit zugestehen.

»Wow! Danke!« Der süße Apfelsaft scheint meine Zunge irgendwie zu lösen. »Na ja, also das war gestern Abend schon ziemlich verwegen. Ich habe so etwas noch nie gemacht. Die Anonymität gibt einem das Gefühl, alles sagen zu können ... Wirklich sehr befreiend.«

»Aber wie um alles in der Welt hat er Sie denn nur gefunden? Ich meine, Ihre E-Mail-Adresse, oder was man eben ...«

Er nimmt einen langen Schluck aus seinem Strohhalm und schlürft dabei wie ein Schuljunge. Die Art, wie er mich über den Saftkarton angrinst, ist einfach umwerfend. »Das ist doch wohl ziemlich besorgniserregend, würde ich sagen.« Er legt die Stirn in Falten. »Sie spielen mit dem Feuer, Gwendolynne. Sie sollten wirklich vorsichtiger sein.«

Feuer – ja, das kann man wohl sagen. Und auch jetzt, in diesem Moment, fühle ich mich, als würde ich auf einem Rost gebraten.

»Er hat mich über MySpace gefunden und mir eine Nachricht geschickt. Eine Einladung zum Chat.«

Daniel zuckt mit den Schultern und schüttelt den Kopf, als würde er wieder über die aufsässige Studentin verzweifeln.

»Hören Sie, Professor Neunmalklug, ich weiß, für Sie mag das alles sehr tollkühn klingen, aber es ist … es ist *aufregend!* Und wenn Sie ständig in diesem Bücher-Gulag sitzen müssten, wäre Ihnen vielleicht auch irgendwann danach, mal ein Risiko einzugehen. Außerdem …« Wie soll ich es erklären? Und wage ich es, ihn herauszufordern? Selbst, wenn er *nicht* Nemesis ist, wie soll ich ihm klarmachen, dass ich den Mann für harmlos halte? »Also, wer immer Nemesis auch sein mag, ich glaube nicht, dass er mir irgendwas Böses will. Er ist ein Freak, aber irgendwie wirkt er auf mich trotzdem gutartig.« Jetzt ziehe ich selbst schlürfend an meinem Strohhalm, und wir lachen beide.

»Aber mal ernsthaft. Ich habe nicht die Absicht, irgendetwas zu sagen oder zu tun, was ich nicht wirklich will.«

Daniel hört sich meine Ausführungen an, und ich glaube zu erkennen, dass er ernsthaft über meine Worte nachdenkt. Mit einem leichten Stirnrunzeln öffnet er die Tüte mit den Kartoffelchips und bietet mir davon an. Doch mein Magen fühlt sich vor seltsamer Erregung so verknotet an, dass ich dankend ablehne. Diese Höhle in den Tiefen der Bibliothek ist ein ebenso unwirklicher Kokon wie der, den ich gestern Abend beim Chat mit Nemesis um mich herum spürte.

»Wenn Sie es sagen ...« In seiner Stimme schwingt jetzt eine gewisse Resignation mit, als würde er mich für eine komplette Idiotin halten, was er aber nicht sagen will. Entweder ist das seine ehrliche Meinung oder aber eine hervorragende Vorstellung eines unglaublich begabten Schauspielers.

»Ja, wenn ich es sage ...« Ich schaue ihm in die Augen und versuche, seine Geheimnisse zu ergründen. Aber ich erkenne nichts außer einem Hauch von Humor, der tief in ihm verborgen liegt und den ich mir möglicherweise auch einbilde. Ich greife in meine Tasche und ziehe die zusammengefaltete Mitschrift des Chats heraus. »Und hier ist das, *was* ich gesagt habe.«

Er legt den Kopf zur Seite, und die Augen hinter seiner Brille verengen sich zu Schlitzen.

»Ich habe den Chat gespeichert. Hier ist die Mitschrift. Wollen Sie sie lesen?« Ich zwinkere ihm neckisch zu. »Es ist zwar kein Kupferdruck auf Büttenpapier oder was auch immer, aber der Inhalt, na ja, der ist schon ziemlich scharf.«

Er greift mit elegant gespreizten Fingern nach den Blättern und hält kurz inne. »Aber da steht ja auch, was Sie geschrieben haben ... Sind Sie sicher, dass Sie mich das lesen lassen wollen?« Er rückt ein kleines Stückchen von mir ab.

»Das macht mir nichts aus. Lesen Sie nur.«

Ohne mir weiter Gelegenheit zu geben, meine Meinung noch zu ändern, nimmt Daniel mir die Seiten mit einer schnellen Bewegung ab und faltet sie auf. Dann knipst er noch eine weitere seiner Gelenklampen an.

In den nächsten paar Minuten scheint die Atmosphäre hier unten in Professor Adonis' Versteck sich so zu verdichten, als säßen wir in einer Druckkammer. Abgesehen von dem gelegentlichen Rascheln des Papiers und dem diskreten Brummen der Klimaanlage und der Heizungsrohre herrscht völlige Stille. Und abgesehen von Daniels Atmen, das die immer größer werdende Spannung und das Verlangen nur noch zu verstärken scheint. Ich bin mir auf fast schmerzhafte Weise bewusst, dass ich kein Höschen trage und dass der wunderschöne Mann, der nur ein paar Meter von mir entfernt sitzt, dieser Tatsache jede Sekunde gewahr werden wird. Als sein Blick für einen kurzen Moment in Richtung meines Beckens irrt, werde ich fast ohnmächtig.

Irgendwann legt er den Papierstoß endlich beiseite und atmet tief ein. Seine Körperhaltung auf dem Sessel sieht jetzt sehr unbequem aus und das leichte Wiegen seiner Hüften, während er die Abschrift las, trägt nur dazu bei, dass ich seine Erektion noch deutlicher vor meinem inneren Auge sehe. Von meinem Platz aus liegt sein Schritt etwas im Schatten, aber ich weiß, dass er hart sein muss.

Er tippt sich mit dem Finger auf die zarte Unterlippe. »Wow …« ist das Einzige, was er hervorbringt. Er spielt weiter an seiner Lippe herum, lehnt sich zurück und starrt nicht mich an, sondern einfach nur ins Leere.

Wow? Ist das alles? Mein Gott, kriegen Sie sich bloß wieder ein, Professor Adonis.

»Was meinen Sie?« Aus irgendeinem Grund ärgert mich sein studiertes Desinteresse und das Leugnen seiner eigenen Körperreaktion. Ich entschließe mich, ihn ein bisschen zu provozieren. »Turnt Sie das genauso an wie mich?«

Ha! Sein Blick schnellt zu mir zurück und er rutscht erneut auf dem Stuhl herum.

»Na ja, natürlich. Das ist ein sehr erotisches Szenario. Sehr heftig.« Er gibt ein leichtes, durch und durch akademisches

Schnauben von sich. »Aber ich glaube immer noch, dass Sie sich mit diesem Herrn auf sehr dünnem Eis bewegen.«

Auf dünnem Eis bewegen? Mit Feuer spielen? Nun, zumindest scheine ich eine gewisse Freude an unterschiedlichen Metaphern in ihm geweckt zu haben.

»Inwiefern? Er ist doch wahrscheinlich völlig harmlos. Viel Gerede, aber keine Action. Ich wette, er ist ein Typ, der heulend zu seiner Mami laufen würde, wenn ich ihm gegenübertrete.« Nimm das, du ach so gelehriger Professor!

»Das kann man nie wissen. Irgendwo steht doch hier was von *eines Tages*, oder? Ich würde sagen, dass er definitiv vorhat, sie persönlich kennenzulernen und mit Ihnen zu ficken.«

Oh, er hat *ficken* gesagt. Aus seinem Munde klingt das total abwegig und unpassend. Ich stelle mir vor, wie er das Wort herausstöhnt oder es auch fluchend aus seinem Mund presst, während er die Spalte zwischen meinen Beinen stopft.

Oh, wie ich ihn begehre. Ihn *und* Nemesis – selbst wenn sie *nicht* ein und dieselbe Person sind. Meine Gefühle sind so pervers, sie machen mir geradezu Angst.

»Und das wäre schlimm?« Trotz meiner Bedenken scheine ich ihn zwanghaft provozieren zu müssen.

Er vermeidet es, mich anzusehen, und zwirbelt an einer seiner dunklen Locken herum. Ein Anblick, der mich sofort daran denken lässt, wie es sich wohl anfühlen würde, wenn er an mir herumzwirbeln würde.

»Ich glaube auf jeden Fall, dass er gefährlich sein kann.«

»Das kann ich auch sein.«

Er schaut auf. »Das bezweifle ich keinen Moment, Gwendolynne. Für mich sind Sie auf jeden Fall gefährlich. Zumindest sind Sie eine ernsthafte Bedrohung für meine Konzentration.«

Der letzte Satz sorgt dafür, dass ich sofort aufspringe. »Gut, dann gehe ich jetzt. Ich halte Sie ohnehin von Ihrer Arbeit ab.« Was ist nur los mit ihm? Die meisten Männer würden sich wie die Geier auf eine solche Vorlage stürzen.

»Nein!« Jetzt springt er auf – und zwar mit einer Erektion, die noch größer ist, als ich erwartet hatte!

»Es ist ja nur … diese Situation hier zwischen uns ist äußerst ungewöhnlich.« Er bedeutet mir mit einer eleganten Handbewegung, mich wieder zu setzen. Die Geste hat etwas Höfliches, wirkt gleichzeitig aber auch wie ein Befehl, dem ich mich nur schwer verweigern kann. Ich nehme erneut Platz und staune über mich selbst, dass ich ihm so leicht nachgebe. »Wir kennen uns schließlich kaum. Und doch sprechen wir über Sex. Irgendwie scheinen wir geradezu auf eine *Ménage à trois* zuzusteuern. Und das finde ich … höchst verwirrend.«

»Sie haben doch angefangen«, erwidere ich und frage mich gleichzeitig, ob er jetzt wohl beichten und das Rätsel damit auflösen wird.

Doch er runzelt nur die Stirn – was ihn attraktiver scheinen lässt als je zuvor – und legt seine Hände auf die Tischplatte vor sich. Tut er das vielleicht, um sie nicht an eine Stelle zu legen, wo er sie jetzt nicht platzieren möchte? »Ich weiß nicht, was Sie meinen, Gwendolynne? Wieso soll *ich* damit angefangen haben?«

Welch Demonstration der Unschuld. Sehr überzeugend.

»Na ja, Sie haben mir doch in die Bluse geschaut und sind mir dann extra nachgerannt, um sich dafür zu entschuldigen.« Ich greife nach meinem Apfelsaft, nur um festzustellen, dass der Karton bereits leer ist. Also fummle ich an dem Strohhalm herum. »Hätten Sie mich nur wie ein normaler Mann begafft, der nicht das Bedürfnis empfindet, sich zu entschuldigen, hätte ich Ihnen den Brief niemals gezeigt. Wir hätten dann einfach nur höfliche Floskeln ausgetauscht, wenn wir uns irgendwo in der Bibliothek begegnet wären.«

Er zuckt mit den Schultern und scheint sich geschlagen zu geben. Dann schenkt er mir ein hinreißendes, verlegenes Lächeln, das mir einen Schauer über den Rücken jagt und meine nackte Muschi vor Verlangen zucken lässt.

»Das ist wohl wahr, stimmt.«

Voll überschüssiger Energie klopfe ich mit den Fingerspitzen auf den Saftkarton. Die Situation ist wirklich äußerst bizarr. Langsam habe ich Schwierigkeiten, mir zu überlegen, was ich als Nächstes sagen soll.

Doch in die Stille hinein ertönt plötzlich wieder Daniels Stimme. Sie klingt rau und heiser.

»Und haben Sie getan, worum er Sie gebeten hat? Oder haben Sie den armen Kerl an der Nase herumgeführt?« Er streckt seine Finger, krümmt sie und streckt sie erneut. Der Mann ist eindeutig nervös. »Hatten Sie *wirklich* einen roten Seiden-Pyjama an?«

»Nein, es war einer aus blaugestreiftem Flanell.«

Sein Kiefer fällt nach unten, und er leckt sich mit einer äußerst beweglichen Zunge über die Lippen. »Aber der Rest stimmte?«

»So ziemlich …«

Er schüttelt den Kopf, sodass seine Locken wild herumfliegen. Ganz plötzlich fühle ich mich genauso entblößt wie gestern Abend. Die Briefe von Nemesis waren eine Sache, aber jetzt habe ich einem Mann, den ich kaum kenne, bereitwillig von meiner Sexualität und sogar von meinen Orgasmen erzählt. Jetzt bewege ich mich eindeutig auf unbekanntem Terrain, aber die Angst erregt mich umso mehr.

»Sind Sie jetzt angewidert von mir?«

»Nein! Wirklich nicht, glauben Sie mir!« Seine Augen, die

bei meiner Ankunft noch so müde und ausdruckslos wirkten, strahlen jetzt geradezu. »Ich bin sehr beeindruckt von Ihnen, Gwendolynne. Ich habe zwar ein wenig Angst um Sie, aber ansonsten bin ich hoch erfreut. Dass Sie … Ihre Sexualität so bereitwillig vor mir bloßlegen, ist ein echtes Privileg.«

Ganz plötzlich beginnt er offen und frei zu lachen, wie ein ungezogener Schuljunge. »Ist sie denn entblößt? Wie es die Strafe verlangt?« Seine Augen mit den langen, verführerischen Wimpern wandern erneut zwischen meine Beine.

»Natürlich.«

Mein Herz macht bumm-bumm-bumm.

»Also … wenn Sie sie *mir* zeigen, dann müssten Sie es vor niemand anderem tun. So könnten Sie Ihre Strafe in völliger Sicherheit verbüßen. Ohne jedes Risiko.« Seine Wimpern sind wirklich verführerisch. So übermütig habe ich ihn noch nie erlebt. Es scheint, als würden wir einen Schritt weitergehen, ohne es recht zu merken. Einen Schritt in die andere Realität. »Ich würde nicht mal genau hinsehen. Sie wäre also gar nicht richtig entblößt.«

Was für ein Unterschied zu der zimperlichen Chorknaben-Nummer, die wir da im Park abgezogen haben, als ich seinen Schwanz berührte. Er will es. Er ist bereit. Seine Augen, sein Mund, das ganze Paket ist einfach umwerfend verlockend.

Aber das bin ich schließlich auch. Ich habe wieder meine Strümpfe mit den Strumpfhaltern an. Und obwohl meine Schenkel nicht ganz so stramm sind, wie ich es gerne hätte, macht der anthrazitfarbene Spitzenbesatz das bisschen überschüssige Fleisch doch mehr als wett. Und mein Strapsgürtel, der so rot und seidig ist, wie es mein Pyjama nicht war, bildet einen perfekten Rahmen für die dunkelblonde Behaarung meiner Muschi.

Der Anblick wird auf jeden Fall nicht ohne Wirkung auf

ihn bleiben. Daniels Männlichkeit ist zwar von einer gewissen Distanziertheit geprägt, aber er bleibt immer noch ein Mann. Und wenn eine Frau einem Mann ihr nacktes Geschlecht zeigt, dann spricht sie das Primitive in ihm an und nicht den Teil, der über ein enzyklopädisches Wissen der Geschichte, Naturwissenschaft oder sonst was verfügt. Wie gelehrt und berühmt er auch sein mag, was Sex und das Körperliche angeht, kann ich auf jeden Fall mit ihm mithalten.

»Na gut.«

Ich erlaube mir kein Zögern, stehe auf und schiebe meinen Sessel zurück. Dabei bin ich so entschlossen, dass dieser prompt gegen das Bücherregal hinter mir stößt. Während Daniel auch seinen Stuhl ein wenig nach hinten rollt, um einen besseren Blick zu haben, presse ich die Handflächen auf meinen Rock und beginne ganz, ganz langsam, ihn hochzuschieben. Eigentlich wollte ich den Stoff nur für den Bruchteil einer Sekunde hochreißen, aber jetzt, da ich dabei bin, ziehe ich tatsächlich eine Schau vor ihm ab.

Seine Augen hinter der Brille weiten sich ungefähr im selben Tempo, wie mein Rock nach oben wandert. Ungefähr so schnell, wie sein lieblicher Mund sich öffnet. Als unter dem Saum des Rockes langsam meine Schamhaare auftauchen, seufzt er wieder auf.

Ich fühle mich äußerst sexy. Und ich weiß, dass ich richtig liege. In diesem Moment habe ich ihn völlig in der Hand. Er ist fasziniert von dem Dreieck aus weichem rotblondem Haar, und ich erlaube ihm, es noch ein paar Sekunden länger anzustarren. Sein Mund ist noch immer weit geöffnet, und seine Augen glitzern. Als ich meinen Rock schließlich wieder nach unten fallen lasse, erinnert er mich an einen kleinen Jungen, dem am Heiligabend jemand auf seine neue Playstation getreten ist.

»Das heißt jetzt aber nicht, dass wir verlobt sind oder so was.« Er verfolgt jede meiner Bewegungen, als ich meinen Rock glattstreiche. »Das Ganze war ein reiner Dienst unter Freunden … und einem Mann, der einen Blick darauf erhascht, was Mann gerne als Belohnung betrachtet. In Ordnung?«

»Äh, ja. Ja, ich schätze schon.«

Will er mehr? Die deutlich sichtbare Wölbung in seiner Hose scheint das nahezulegen.

»Alles okay, Daniel?«

Er atmet so tief ein, als hätte er gerade einen Marathon gelaufen und wäre völlig außer Atem.

»Ja … Ja, alles okay. Ich dachte nur, dass ich die Sache leidenschaftslos und mit einer gewissen Distanz angehen und einfach nur meine Hilfe anbieten könnte.« Er rutscht auf seinem Stuhl herum und zupft an seiner Jeans, um die offensichtlich unbequeme Enge seiner Hose etwas abzumildern. »Aber ich bin scheinbar doch mehr *angetan* von dem Anblick, als ich dachte.« Er grinst reuevoll. Seine weichen Lippen kräuseln sich, und er sieht mich mit leicht benebeltem Blick an.

Was zieht der hier bloß für eine Schau ab? Selbst wenn es sich bei ihm nicht um Nemesis, den Erzperversling handelt – er ist ein berühmter und charismatischer Mann in den Dreißigern. Er hat doch wahrscheinlich schon mit mehr Frauen irgendwelche Sexspielchen getrieben, als ich in meinem Leben warme Mahlzeiten hatte.

»Das ist doch sicher nicht das erste Mal, dass Sie die Möse einer Frau sehen, oder? Erzählen Sie mir jetzt bloß nicht, Sie wären so eine Art Fundamentalchristen-Jungfrau oder so was.«

»Nein, natürlich nicht«, antwortet er *sehr* scharf. Ist er sauer? »Nur sehe ich sie normalerweise nicht unter diesen Umständen.« Dann lächelt er wieder. »Normalerweise gehe ich mit den Damen vorher ein paarmal essen, ins Theater oder vielleicht auch in eine Ausstellung. Na ja, und dann kommt irgendwann der Satz »Willst du noch auf einen Kaffee mit zu mir.«. Sie wissen schon, die übliche Nummer.« Seine Schultern heben sich zu einem süßen, kleinen Zucken. »Und erst *dann* kriege ich das zu sehen, was Sie mir gerade gezeigt haben.«

»Aber Sie haben es selbst vorgeschlagen«, erinnere ich ihn.

»Ja, ich weiß. Ich muss zugeben, dass ich Sie seit meinem ersten Tag hier in der Bibliothek aus der Entfernung bewundert habe. Und gestern hatte ich Sie ja auch um eine Verabredung gebeten.« Er legt erneut die Stirn in Falten, aber diesmal nicht aus Verdrießlichkeit. »Aber jetzt frage ich mich doch, ob es nicht besser wäre, eine so gute Arbeitsbeziehung wie die unsere lieber nicht zu gefährden. Besonders da ich schon bald nach London zurückkehren werde. Und ...« Er hält inne und seufzt erneut vernehmlich auf. »Also ich weiß nicht, wie ich das jetzt sagen soll, ohne arrogant und eingebildet zu klingen ...«

»Sagen Sie schon.«

»Die Sache ist die ... ich bin im Moment eigentlich gar nicht auf der Suche nach einer Beziehung. Ich kann Ihnen nur so etwas wie einen ... na ja, man könnte es wohl »Flirt« nennen, anbieten.« Die Muskeln seines schönen Gesichts arbeiten, als würde er verzweifelt nach der richtigen Ausdrucksweise suchen. Sehr erstaunlich für jemanden, der eigentlich als besonders begabter Sprecher anerkannt ist. »Aber das liegt nicht daran, dass irgendwas an Ihnen nicht in Ordnung ist. Im Gegenteil. Sie sind wunderbar. Sie sind hinreißend. Eine umwerfende Frau. Es ist nur so, dass ich im Moment einfach kein Anwärter auf etwas Langfristiges bin. Das Ganze wäre Ihnen gegenüber also unfair.«

Ganz plötzlich sieht er fast verzweifelt aus. Und trotz der Tatsache, dass mein Herz bei Worten wie »wunderbar«, »hinreißend« und »umwerfend« ganz albern zu flattern beginnt und mein Körper vor Verlangen immer noch in höchster Alarmbereitschaft ist, mache ich mir mit einem Mal richtig Sorgen um ihn. Ich bin neugierig, was das für ein Problem ist, das ihn so zu belasten scheint. Irgendetwas *muss* es sein – das sagt mir einfach mein Instinkt.

»Wie schon gesagt, meine kleine Vorführung heißt nicht, dass wir jetzt verlobt sind.« Voller Kühnheit klopfe ich mir mit der flachen Hand auf den Schritt. »Und ich bin auch noch nicht sicher, ob ich das hier Nemesis zur Verfügung stellen will.« Darauf hatte ich eigentlich mit einer Reaktion gerechnet, aber er zuckt nicht mal mit der Wimper. »Vielleicht könnten wir uns ja doch ein bisschen besser kennenlernen, solange Sie hier sind. Nichts Ernstes, nur ein bisschen Spaß. Ein paar Verabredungen. Ein bisschen Sex? Wir könnten die Geschichte mit Nemesis ja irgendwie zusammen verfolgen.« Die Idee gefällt ihm eindeutig. »Keine Liebesschwüre, keine Verpflichtungen, nur eine vorübergehende Verbindung. Oder auch »Flirt«, wie Sie es nannten. Ganz unverbindlich und offen. Aber auch ohne Hemmungen.«

Ich weiß gar nicht recht, was in mich gefahren ist, aber verdammt nochmal, ich glaube, ich bin sehr angetan von der Vorstellung!

»Sie sind eine bemerkenswerte Frau, Gwendolyyne«, sagt Daniel mit sanfter Stimme, und in seinem Gesicht zeichnen sich die unterschiedlichsten Emotionen ab. »Ich glaube, so jemanden wie Sie habe ich noch nie kennengelernt. Sie sind so … anpassungsfähig, so mutig. Und auch ein bisschen verrückt.«

»Danke … Das ist doch wohl als Kompliment gemeint, oder?«

»Ja, glauben Sie mir, das ist ein Kompliment. Anpassungsfähig, mutig und verrückt ist eine unschlagbare Kombination.« Er steht auf und kommt näher. Sein Schwanz ist immer noch steinhart. »Außerdem sind Sie wunderschön. Ihr Körper ist einfach sensationell.«

»Ach, hören Sie auf. Ich bin doch nur eine pummelige Provinzbibliothekarin.«

Doch innerlich zittere ich. Und trotz meines Draufgängertums weiß ich nicht, was ich tun soll. Wie schnell geht man wohl bei vorübergehenden Verbindungen, Schrägstrich Flirts vor? Ich schätze, wir könnten uns wohl erneut küssen, aber die Art, wie er da so vor mir steht und sein steifes Gemächt zur Schau stellt … nun, ganz plötzlich möchte ich nur noch seinen Schwanz sehen. Das wäre wirklich ein schmutziger Zug, von dem ich Nemesis bei unserem nächsten Chat berichten könnte. Ich könnte so tun, als wäre das Ganze nur eine Fantasie und mir dabei ins Fäustchen lachen, weil ich weiß, dass es wirklich passiert ist.

Aber wenn Daniel Nemesis ist, dann wird er das natürlich bereits wissen. Die Sache ist schrecklich kompliziert – aber ich genieße jede Minute!

Sein Mund zuckt ein wenig. Fast so, als könnte er meine Gedanken lesen.

Sie halten mich also für mutig und leicht verrückt, Professor McSchnittchen, der vielleicht Nemesis ist? Na, dann passen Sie mal auf.

Noch bevor er mich aufhalten kann, greife ich nach dem Gürtel seiner Jeans und ziehe ihn an der Schnalle zu mir heran. Ich öffne ihn so schnell es geht und möglichst flüssig, ziehe den Reißverschluss auf und greife ihm in den Hosenstall.

Daniel keucht, passt sich dann aber doch der Situation an und legt eine Hand auf meine Schulter. Sie wandert nach oben und umfasst mein Gesicht. Einen Moment lang sieht er mir mit einer Mischung aus Unsicherheit und Arroganz in die Augen und lässt seine Finger zu meinem Nacken gleiten. Dann zieht er mir das Band aus dem Haar.

Während er meinen Zopf öffnet, befreie ich seinen Schwanz. Ach, mein wunderschöner, alter Freund. Seit ich dich das erste Mal sah, habe ich fast unablässig an dich gedacht.

Er ist so hart. Und er wird immer härter. Schon jetzt treten herrlich seidige Lusttropfen aus seiner dicken, glänzenden Eichel, die noch halb von strammer Vorhaut bedeckt ist und deren winziger, klaffender Schlitz mich wie ein Auge anzusehen scheint. Und all das nur aufgrund eines kurzen Blicks auf meine Muschi? Ich lege meine Finger um seinen Riemen und beginne mit langsamen Pumpbewegungen. Er presst sich wie ein gieriges Hündchen in meinen Griff und gibt ein tiefes, männliches Grollen von sich. Seine Finger vergraben sich in meinem Haar, umfassen meinen Kopf und drücken ihn schließlich sanft nach unten.

Ich weiß natürlich, was er will. Wollen das nicht alle Männer? Das Einzige, was mich an der ganzen Sache wundert, ist das Tempo, in dem wir an diesem Punkt angelangt sind. Eben noch ein höfliches »Guten Morgen. Wie geht's?« in der Bibliothek, und jetzt sitze ich bereits auf meinen Knien und bereite mich darauf vor, einen Mann zu blasen, den ich kaum kenne.

Ich schaue kurz nach oben, aber seine Augen sind geschlossen. Daniel hat den Kopf nach hinten gelegt, und der Ausdruck auf seinem Gesicht wirkt wie eine exakte Kopie von dem Blick, den er neulich auf der Toilette hatte. Seine Schönheit berührt mich auf fast unerträgliche Weise. Ich beuge den Kopf vor und umschließe seine Eichel mit dem Mund.

Er schmeckt gut. Heiß und salzig. Sein Fleisch ist fest und

strotzt nur so vor Potenz. Ich lecke ihn mit schnellen und enthusiastischen Zungenbewegungen. Zwar mag ich keine Virtuosin sein, aber ich habe meine Instinkte. Und ein wunderschöner Schwanz wie dieser kann fast unweigerlich nur Können und Einfallsreichtum hervorrufen. Es dauert nicht lange, bis er stöhnt, sich hin- und herwiegt und meinen Kopf immer fester gegen seinen Prügel presst. Dabei graben sich seine Finger wie kleine Feuerspitzen in meine Kopfhaut.

Als ich mich mit einer Hand an seinem Oberschenkel abstütze, spüre ich durch den derben Stoff hindurch seine harten, angespannten Muskeln, die sich äußerst definiert anfühlen. Wieder muss ich an seinen nackten Körper denken, als er vor dem Waschbecken stand. Unter dem weiten T-Shirt, dem Tweedsakko und der recht gewöhnlichen Jeans verbirgt sich der Körper eines Hengstes, eines Adonis'. Ich versuche, ihm die Hose runterzuziehen, um seine Eier umfassen und daran herumspielen zu können, aber er wird auf einmal ganz hektisch und rammt seinen Schwanz wild und gierig in den Mund.

Ob ich würgen muss? Nein! Irgendwo aus meinem Inneren ziehe ich eine Ruhe und eine Entspanntheit, die meinem Mund eine scheinbar unendliche Kapazität verleiht.

Ein paar Minuten bewegen wir uns in völligem Gleichklang, während meine Lippen und meine Zunge ihn verwöhnen. Doch irgendwann merke ich, wie seine Erregung immer stärker wird und die Ekstase auf den Höhepunkt zusteuert. Er stößt zu, stößt zu, stößt zu – und ich kann schon fast den Schrei der Lust hören, der ihm bereits auf den Lippen liegen muss.

Er atmet schwer, packt meinen Kopf und keucht »Gwendolynne!« Doch bevor er richtig losbrüllen kann, wird unser vielsagendes und verräterisches Schaubild von einem anderen

Geräusch eingefroren. Gedämpfte Schritte, die sich recht schnell vom anderen Ende der langen Kellergänge nähern. Was jetzt?

Daniel zieht sich sofort aus mir zurück. Ich aber packe ihn bei den Pobacken und stülpe meinen Mund erneut über seinen Schwanz. Gleichzeitig suche ich mit meiner Hand die Naht seines Hosenbodens, und als ich sie gefunden habe, presse ich mit einem Finger fest gegen seinen Anus. Er hält meinen Kopf noch immer umfasst und nutzt die freie Hand, um sie sich vor den Mund zu legen und so sein ekstatisches Keuchen zu unterdrücken.

Plötzlich spritzt mir cremiger, zähflüssiger Saft in den Mund. Er schmeckt köstlich. Der perfekte Mann mit reichhaltiger Ladung. Die Schritte werden immer lauter, und ich schlucke so schnell ich kann. In einem äußerst unschicklichen Tanz zwischen Daniel und mir gelingt es uns schließlich, seine Jeans wieder hochzuziehen und sogar noch den Reißverschluss zu schließen. Und als eine Gestalt um die Ecke biegt, stehe ich bereits wieder, habe meinen Mund abgewischt und mir einen Bücherstapel von seinem Schreibtisch in die Armbeuge gelegt.

»Ja, natürlich, Professor Brewster, das ist kein Problem«, flöte ich fröhlich und spüre gleichzeitig einen Lachanfall in meiner Kehle aufsteigen. Es gelingt mir gerade noch rechtzeitig, ihn zu einem leisen Räuspern abzumildern, bevor ich weitersprechen kann. »Ich werde die Bücher für Sie wegsortieren und Ihre Bestellung an die interne Ausleihe weitergeben. Das Ganze sollte nicht länger als eine Woche dauern.«

Daniel und ich drehen uns zu dem Eindringling um. Es ist Greg, der Computertechniker. Er hat eine Kabelrolle und eine kleine Werkzeugtasche bei sich.

Ich glaube zwar, wir haben unsere Spuren ausreichend verwischt, aber der junge Mann grinst uns so wissend und frech an, er muss einfach ahnen, was hier gerade vorgefallen ist.

»Oh, hi, Professor. Hi, Gwen. Entschuldigen Sie die Störung.« Er zieht anzüglich die Augenbrauen hoch, und als ich Daniel anschaue, wirft er Greg gerade einen fast verschwörerischen Blick männlichen Draufgängertums zu.

»Ich glaube, ich könnte Ihnen eine Erweiterung des Bibliotheks-Netzwerks nach hier unten klarmachen. Dann hätten Sie eine schnellere Internetverbindung. Die WLAN-Verbindung dürfte hier unten so gut wie nicht existent sein. Dauert weniger als 'ne Viertelstunde.«

»Danke. Das wäre großartig.« Daniels Lächeln hat noch immer etwas leicht Selbstgefälliges, und mit einem Mal spüre ich das dringende Bedürfnis, ihm in die Rippen zu knuffen. Der Mistkerl! Er gibt an! Er lässt Greg wissen, dass hier unten irgendeine Sexgeschichte abgegangen ist.

»Gut. Dann verschwinde ich jetzt mal, Professor. Bis später«, verabschiede ich mich kurz und gehe, ohne einen Blick zurück in die Richtung, aus der Greg gerade gekommen ist.

Männer! Sie sind doch alle gleich! Frauen ausnutzen, um die sie sich eigentlich anderweitig kümmern sollten, und dann auch noch mit diesen Eroberungen angeben! Fiese Typen! So viel zu vorübergehenden Verbindungen und Flirts! Am liebsten würde ich zu Daniels Arbeitsplatz zurückmarschieren, sobald Greg fertig ist, und den ersten richtigen Streit vom Zaun brechen.

Entschädigung

Den Rest des Tages bin ich stinksauer. Besonders als Professor »Seht her, mir ist gerade einer geblasen worden!« sich weder in der Mittagspause noch den ganzen Rest des Tages oben in der Bibliothek blicken lässt. Das ganze Gerede über Essensverabredungen, Ehrlichkeit, keine langfristigen Bindungen und all das – war das vielleicht in Wirklichkeit nur dazu gedacht, irgendwie seinen Schwanz in meinen Mund schieben zu können?

Ich ärgere mich allerdings immer noch lieber darüber, dass Daniel Brewster mich dazu gebracht hat, ihm einen zu blasen, als über die öden Probleme mit meinem Exmann. Und schließlich ist es ja nicht so, dass ich ihm keinen blasen wollte. Teufel nochmal, er ist Professor McSchnittchen, der berühmte Fernsehhistoriker, auf den ich schon scharf war, bevor er auch nur einen Fuß in unsere bescheidene Bibliothek gesetzt hatte. Es muss da draußen Tausende von Frauen geben, die alles dafür geben würden, das zu tun, was ich gerade getan habe – mit oder ohne das Angebot eines Flirts.

Außerdem steckt hinter der Sache doch mehr. Das weiß ich einfach. Irgendetwas nagt an ihm. Irgendetwas Ernstes. Er versucht, sich mit Vergnügungen und Spielchen abzulenken, aber dahinter verbirgt sich irgendeine Form von Angst. Das kann ich spüren. Und wenn ich ihm irgendwie helfen kann, damit fertigzuwerden, dann tue ich das sehr gern. Ich verbringe den Rest des Tages also damit, mir auch über diese Frage Gedanken zu machen. Und gerade als ich kurz vor Feierabend meine Jacke überziehe, um nach Hause zu gehen, werde ich von einer Ahnung erfasst, die mich schlagartig innehalten lässt.

Stimmt irgendetwas nicht mit Daniel Brewster? Ist er vielleicht krank? Glaubt er deswegen, er wäre kein Anwärter auf eine längerfristige Beziehung zu einer Frau? Schließlich hat er ab und zu schlimme Kopfschmerzen. Der Gedanke scheint ein bisschen drastisch, aber meine Fantasie ist so lebhaft, dass solch extreme Gedanken sich schon mal bei mir einschleichen können. Ich versuche, mir irgendwelche möglichen Anzeichen in Erinnerung zu rufen, aber ich kann einfach nichts finden, was auf eine Krankheit schließen könnte. Sein Körper ist in Topform, und wenn man nach seiner sexuellen Konstitution geht, ist er so weit von einem Invaliden entfernt, wie man es sich nur vorstellen kann. Sein Schwanz war härter und unnachgiebiger, als ich es je bei einem Mann erlebt habe. Nicht dass ich schon dutzendweise männliche Organe gesehen hätte, aber eine Frau weiß so etwas doch einfach.

Mein Kopf ist noch immer angefüllt von diesen Gedanken, als ich durch die Hintertür ins Freie trete und Professor Adonis an das Treppengeländer gelehnt dastehen sehe. Ein paar Meter weiter parkt ein Taxi. Der Fahrer liest eine Zeitung und scheint auf Daniel zu warten – und Daniel ganz offensichtlich auf mich.

»Gut. Ich habe schon auf dich gewartet.« Jetzt sind wir also beim »du« angelangt – na ja, das ist nach dem Erlebnis im Keller auch nur angemessen. »Ich bringe dich nach Hause. Ich, äh, habe das Gefühl, als wären da noch einige Dinge ungeklärt, die wir besprechen müssen.«

Mein Kiefer klappt nach unten. Er glaubt doch wohl nicht, dass wir unsere kleine Nummer im Keller auf dem Rücksitz eines Taxis besprechen werden. Und wieso überhaupt ein Taxi?

Ich war eigentlich immer davon ausgegangen, dass Daniel selbst von seiner Wohnung in die Bibliothek fährt – wo immer diese Wohnung auch sein mag. Aber da habe ich mich wohl geirrt. Ich habe allerdings auch nie aus dem Fenster geschaut, wenn er ankam.

»Schon gut. Ich nehme den Bus. Ist nur eine kurze Strecke.« Das stimmt sogar und das ist auch der tatsächliche Grund, weshalb ich meistens den Bus nehme. Manchmal laufe ich sogar – CO_2-Bilanz und so.

Daniel seufzt leicht genervt auf, verschränkt die Arme vor der Brust und wirft mir seinen »jetzt hat der Professor aber genug von der dämlichen Studentin«-Blick zu, den er so gerne zum Einsatz bringt. Ich komme mir sofort undankbar und dickköpfig vor – ungefähr zu gleichen Teilen.

»Na gut. Danke. Das wäre sehr nett.«

Er verdreht die Augen, um sich ein »endlich!« zu ersparen, und sprintet vor, um mir die Tür aufzuhalten. Dann hilft er mir auf den Rücksitz, als wäre ich eine Art ältliche, arthritische Herzogin. Entweder das oder er will nur sicherstellen, dass ich es mir nicht doch noch anders überlege und mich auf den Weg zur Bushaltestelle mache.

»Das mit vorhin tut mir leid. Es war wirklich bedauerlich, dass Greg so unpassend auftauchte«, legt er los, während das Taxi langsam anfährt. »Ich hatte mir auch ein anderes Ende für unser kleines Intermezzo vorgestellt.«

Unglaublich! Jetzt ist es an mir, genervt die Augen zu verdrehen, und ich nicke wiederholt in Richtung Taxifahrer, der unser Gespräch bereits fasziniert zu verfolgen scheint.

»Okay, okay«, gibt Daniel sich schließlich geschlagen, grinst aber frech, als würde er sich trotz meiner Einwände jeden Moment weiter auslassen. Ich stelle mir vor, dass Nemesis wahrscheinlich einfach weiterreden und jedes Detail der Blasnummer in den schillerndsten Farben beschreiben würde – ob ich es nun wollte oder nicht.

Wir machen Smalltalk, sprechen über die Bibliothek, über Daniels Buch über die Rosenkriege und die Adelsgeschlechter, die in den Konflikt involviert waren und hier lebten. Er fragt, wo ich wohne, damit er dem Fahrer die Adresse nennen kann. Sieht ganz so aus, als wollte er meine Wohnung einer etwas genaueren Betrachtung unterziehen. Da ich nicht in die Situation kommen will, ihm sagen zu müssen, dass ich früher mal ein richtig schönes Haus und auch einen vermeintlich netten Ehemann hatte, frage ich ihn, wo *er* während seines Aufenthaltes hier wohnt.

»Im *Waverly Grange Country Hotel.* Kennst du das?« Er lehnt sich entspannt auf dem Sitz zurück, macht gleichzeitig aber einen irgendwie fordernden Eindruck. »Ein sehr schönes Hotel. Sehr komfortabel und der Service ist ausgezeichnet.«

»Ja, das ist eins der besten Hotels in der Umgebung.«

Das *Waverly*? Na, das ist ja mal interessant. Das Hotel ist tatsächlich eines der bekanntesten Hotels des Landkreises. Ich bin zwar noch nie dort gewesen, habe aber gehört, dass es im viktorianischen Stil eingerichtet ist. Recht kitschig, doch auf diskrete Weise luxuriös. Es hat außerdem einen gewissen Ruf, der so gar nicht zu der grundsoliden und etablierten Fassade passen will. Gerüchte, die man sich hinter vorgehaltener Hand erzählt. Zweifelhafte Geschichten, die man vom Freund eines Freundes eines Freundes gehört haben will und die davon berichten, dass dort seltsame, sexuelle Dinge vor sich gehen. Ich frage mich, ob Daniel während seines Aufenthaltes wohl schon Beweise für diese gewagten Berichte gesehen hat.

Ich will gerade den Mund öffnen, um ihn danach zu fragen, doch plötzlich greift Daniel nach meiner Hand und drückt sie fest. Als ich in seine Augen blicke, sehe ich hinter den Gläsern seiner Brille ein Feuer brennen. Ganz plötzlich sind wir wieder im Keller der Bibliothek, Mann und Frau, versunken im Sex. Jetzt kann ich nur noch daran denken, dass ich kein Höschen trage und dass er sich dieser Tatsache voll bewusst ist.

Wieso überrascht es mich nicht, als er eine Hand auf meinen Schenkel legt, sie langsam nach oben wandern lässt und mich sanft durch den Rock hindurch streichelt? Ich spüre sofort, wie ich feucht werde – bereit für seine Berührung. Meine Haut ist aufgeladen wie ein elektrisches Feld, und die heftigsten Gefühle rasen direkt auf meinen Kitzler zu.

»Vielleicht besuchst du mich dort ja irgendwann mal. Wir könnten was essen oder einfach einen Drink nehmen.«

»Was?«, platzt es abwesend aus mir heraus. Mir ist vollkommen entfallen, wovon wir eben sprachen. Ich kann nur noch an die Hitze seiner Hand denken, die mich durch den Stoff meines Rockes hindurch wärmt. Seine Fingerspitzen bewegen sich kaum, aber die Art, wie sie leicht vor- und zurückwandern, hat etwas unglaublich Aufreizendes.

»Im *Waverly*. Schon vergessen?« Er lacht zwar nicht laut auf – um genau zu sein, lächelt er nicht einmal –, aber seine Körpersprache hat etwas lausbubenhaft Fröhliches.

Ich schüttle den Kopf, um wieder klar denken zu können. Dann zupfe ich an meinem Rock herum und ziehe ihn zusammen mit meinem Oberschenkel unter seiner Hand weg.

»Ja. Gut. Das wäre nett.« Meine Stimme klingt angespannt, unfreundlich und nervös. Ich wollte nicht ungehalten wirken, bin aber ungehalten mit mir selbst, weil ich so rübergekommen bin. »Würde mich sehr freuen«, füge ich mit etwas mehr Begeisterung hinzu.

Daniel nimmt seine Hand weg und legt sie auf den Sitz. Er wirkt entspannt und unbeeindruckt. »Mich auch«, murmelt er, kehrt dann erstaunlicherweise sofort zu den Smalltalk-Themen zurück und befragt mich zu diversen Häusern, an denen wir auf dem Weg zu meiner Wohnung vorbeifahren.

Wir halten schließlich vorm sogenannten *Merivale House*, in dem sich meine Wohnung befindet. Ich greife nach der Tür, öffne sie und weiß immer noch nicht so recht, auf welche Weise wir uns voneinander verabschieden sollen. Mit einem Handschlag? Einem Luftkuss? Einer Umarmung? Oder vielleicht doch mit einem Zungenkuss und entsprechender kurzer Fummelei? Doch Daniel öffnet nur die Tür auf seiner Seite und eilt um das Taxi herum, damit er mir beim Aussteigen helfen kann. Ich bin ganz erstaunt, wie schnell er sich bewegt, wenn er sich einmal dazu entschlossen hat.

»Ich bringe dich noch rein«, teilt er mir dominant und männlich mit. Er legt ganz leicht eine führende Hand auf meinen Rücken und wirft dem Fahrer über die Schulter hinweg eine Geste zu, dass er warten möge.

»Schon gut. Das schaff' ich schon allein.« Was sogar stimmt. Das Gebäude ist ruhig und sehr sicher. Ich könnte höchstens ein bisschen mehr Geld brauchen, damit ich mich nicht die ganze Zeit so aufreiben müsste, um meine Wohnung zu bezahlen.

Daniel reagiert nicht auf meinen Einwand, sondern geht mit mir bis zur Eingangstür, wo ich den Zutrittscode in die Tastatur eingebe. Ja, das Gebäude ist gut gesichert, aber ich bin im Moment unsicher, ob ich für mich selbst garantieren kann.

Als wir die Eingangshalle betreten, wirkt der Raum verlassen und kühl. Es riecht nach Bohnerwachs. Und wieder erhebt sich die heikle Frage, ob es nun Handschlag, Umarmung, Kuss oder etwas mehr zu unserer Verabschiedung werden soll. Plötzlich erklingen Stimmen von oben, und es sind Schritte auf der Treppe zu hören. Eigentlich rechne ich damit, dass

Daniel ein Stückchen von mir zurückweicht und irgendein lapidares Gespräch vortäuscht, doch stattdessen blickt er sich schnell um, ergreift meine Hand und zieht mich in die kleine Besenkammer unter der Treppe im hinteren Teil der Eingangshalle. Von innen ist sie doppelt so groß, wie sie von außen erscheint, und es stehen diverse Dinge zur Pflege des Hauses darin: Wischmopps, Eimer und Gießkannen für die diversen Topfpflanzen, die im Gebäude verteilt herumstehen.

Die Stimmen kommen jetzt schon aus der Eingangshalle, sodass ich keine protestierende Laute von mir geben kann, als Daniel mich an die Rückwand der Kammer drückt und so mit voller Wucht in meinen persönlichen Raum eindringt. Seine linke Hand schießt nach vorn, umfasst meinen Hals und zieht meinen Mund zu seinen Lippen. Während die Zunge von meinem Mund Besitz ergreift, macht seine raffinierte rechte Hand sich an meinen Oberschenkeln zu schaffen und reibt mit dem Stoff meines Rockes über meine Haut.

Sein Mund ist unersättlich und zwingt mich, den meinen zu öffnen, um seiner Zunge Einlass zu gewähren. Sein Geschmack lässt meine Muschi beben. Sie sehnt sich nach seinem Schwanz und seinen köstlichen, berauschenden Stoßbewegungen. Ich gebe mein Bestes, um seinem Angriff auf meine Sinne etwas Entsprechendes entgegenzusetzen, aber er ist ein Tyrann, der mich völlig unterwirft. Er schwingt das Zepter.

Und nicht nur mit seinem Mund. Daniel ist zwar kein ausgesprochen großer Mann, aber er ist kräftig, entschlossen und hat einen Hunger in sich, der offensichtlich dem meinen entspricht. Als er mich erneut gegen die Wand presst, gelingt es uns knapp, nicht über einen Wischeimer zu stolpern und so ein lautes Durcheinander zu erzeugen. Ich stoße mit dem Rücken gegen den Putz der Wand. Seine Finger wandern nach unten, ziehen mir in einer flüssigen Bewegung den Rock über die Schenkel und schieben sich dann sofort zwischen meine Beine.

Ich stöhne auf. Doch das Einatmen zieht seinen Atem so in meinen Mund, als würde ich seinen Geist in mich aufnehmen. Eine weitere seiner Eroberungen, die der Invasion durch seine Zunge gleichkommt.

Und seine Finger.

Er findet meine feuchte Hitze ohne jede Anstrengung. Seine Fingerspitzen kämmen durch mein Schamhaar und teilen dann meine Schamlippen. Ein weiteres Aufstöhnen später schnipst er schon gegen meinen Kitzler. Er schnipst. Er reibt. Er massiert und umkreist. Und auch ich mache kreisende Bewegungen. Wieder und wieder stößt mein Po gegen die Wand, während ich mein Becken rotieren lasse. Aber er kommt nicht ein einziges Mal aus dem Takt.

Ich glaube, ich werde gleich ohnmächtig. Mein Bauch und mein Geschlecht pulsieren vor Hitze. Ich schnappe fast verzweifelt nach Luft, sodass Daniel meinen Mund kurzfristig freigibt und mir stattdessen kleine Küsse auf die Wange drückt. Mir sitzt ein lautes Keuchen in der Kehle, das jeden Moment raus will. Doch er erstickt es kurzerhand, indem er mir einen seiner Daumen in den Mund schiebt, damit ich daran sauge. Sein eigener Mund macht sich jetzt an meinem Ohr zu schaffen.

Irgendjemand draußen in der Halle drängt seine Begleitung, sich zu beeilen, sonst würde man den Film noch verpassen. Doch alles, was ich wirklich noch mitkriege, ist ein tiefes, kaum verständliches Flüstern an meiner Haut.

»Entspann dich, Gwendolynne. Ich bin dir noch einen Orgasmus schuldig. Lass dich einfach verwöhnen.«

Ich kann nicht sprechen. Sein Daumen steckt in meinem Mund. Aber selbst wenn das nicht so wäre, ist mir in diesem

Moment jede Sprache fern. Meine Muschi zuckt immer wilder und wird vor Erwartung ganz schwer.

Seine Stimme klingt so seltsam. Sie ist dunkel und bestimmend und scheint irgendwie nicht mehr ganz von dieser Welt. Und als er ein kleines Stück zurücktritt, und ich ihn aus einem gewissen Abstand betrachten kann, ist sein Blick wie weggetreten – fast als wäre er irgendwo anders. Er schaut mich zwar an, aber sieht er mich auch wirklich?

»Entspann dich«, fordert er mich erneut auf und erhöht den Druck seiner kreisenden Finger ein wenig. »Ich will dir etwas geben, wovon du heute Abend deinem Freund Nemesis erzählen kannst.«

Die Worte »*Du* bist mein Freund Nemesis … das weiß ich genau« rasen durch meinen Kopf, aber irgendwie habe ich das Gefühl, als würde eine ganz andere Person diese Gedanken haben.

Ich kann mich nur noch der Lust hingeben. Ich spreize die Beine noch ein bisschen mehr und lasse los. Daniel lacht fast unhörbar, und ich komme.

Jetzt sind alle Gedanken verflogen. Na ja, zumindest fast alle. Ein winzig kleiner Teil in mir kann immer noch nicht aufhören zu denken. Als Daniels Mund sich erneut auf den meinen presst, bin ich am Rande der Bewusstlosigkeit. Mein Körper zuckt wie wild. Und auch in meinem Kopf zuckt etwas. Und zwar der Gedanke »Dies ist ein Spiel, dies ist ein Spiel«.

Seine Zunge steckt wieder in meinem Mund, während sein Mittelfinger die kreisenden, schnipsenden Bewegungen fortsetzt. Am liebsten möchte ich ihn beißen. Doch gerade als ich kurz davor bin, zieht er sich ein wenig zurück und presst seine Lippen an meinen Hals. Mein Kopf füllt sich mit dem Duft seines Shampoos, das immer noch in seinen Locken haftet.

Wieder und wieder bringt er mich an den Rand, aber nur um sich kurz vorm Absprung wieder zurückzuziehen. Seine Hand umfasst mein Geschlecht, als wollte er es beruhigen. Wir stehen wortlos und eng umschlungen da und atmen im Gleichklang.

Es *ist* ein Spiel. So muss es sein. Ich weiß zwar nicht genau, weshalb er es spielt, aber ich spiele mit. Zug um Zug. Strategie für Strategie. Auch wenn es hier doch eigentlich nur um ein bisschen heftige Fummelei geht.

Die Filmfans in der Eingangshalle sind weg. Die Luft ist rein, aber wir stehen immer noch in der Besenkammer. Plötzlich spüre ich eine Veränderung in der Art unserer Umarmung. Was eben noch wild, gierig und fast animalisch war, wird plötzlich unsagbar zärtlich. Daniels Hand kreist weiter um meine Möse herum, doch seine Berührung hat jetzt eher etwas liebevoll Beschützendes. Es fühlt sich fast an, als würde er das weibliche Zentrum, das er gerade verwöhnt hat, auf gewisse Art und Weise ehren wollen. Seine Lippen an meinem Hals fühlen sich herrlich weich an. Immer noch sagt keiner von uns ein Wort, aber sein warmer Atem und die Art, wie er seine Nase an meinem Haar reibt, sagen mehr als tausend Worte.

»Du bist unglaublich«, murmelt er schließlich, tritt einen Schritt zurück und geht dann in die Knie, um mir den Rock vorsichtig über die Hüften nach unten zu schieben. Noch bevor ich ihn davon abhalten kann, drückt er mir direkt über meiner Muschi einen Kuss auf den Rock. Die Geste macht mich noch fassungsloser als irgendeiner der Orgasmen.

Als er sich wieder aufrichtet, haucht er mir einen letzten Kuss auf die Lippen und sieht mir dann direkt in die Augen. Sein Blick hat immer noch etwas Düsteres, Verwirrtes, Benebeltes und Tiefgründiges. Seine Gesichtsmuskeln arbeiten und verraten mir, dass er nach den richtigen Worten sucht. »Ist alles in Ordnung?«, fragt er schließlich und streicht mit seinem Daumen über meine Wange. Er wirkt, als würde er nach etwas suchen. Nach der Antwort auf eine Frage, die er selbst nicht recht versteht. Und ich auch nicht. Plötzlich spitzt er die Lippen, und der seltsame, kurze Moment ist vorbei, noch bevor ich Zeit hatte, über eine Entgegnung nachzudenken.

»Ich muss jetzt los, Gwendolynne. Ich habe eine Videokonferenz mit ein paar amerikanischen Historikern über ein Tudors-Projekt, und dann muss ich noch ein Papier vorbereiten.« Seine Stimme ist rau und klingt aufrichtig bedauernd, aber ich spüre bereits, wie er eine Distanz zwischen uns schaffen will. Noch vor wenigen Sekunden waren wir uns näher und in größerem Einklang, als ich es je in meinem Leben mit einem Menschen erlebt habe. Doch jetzt ist er im Verabschiedungsmodus. Auch wenn seine harte Erektion sich gierig an meinem Bauch reibt, als ich mich zu ihm beuge und ihn küsse.

»Kannst du nicht noch eine Minute mit raufkommen?«

Idiotin! Idiotin! Idiotin!

Jetzt bettle hier doch nicht rum, Gwen, du Schwachkopf! Denk dran, dies ist ein Flirt und nichts weiter. Also keine Gefühlsduseleien wegen dieses Mannes. Wenn er Nemesis sein sollte, ist er nichts weiter als ein berechnender Zyniker. Egal, wie zärtlich er eben noch war.

Zu meinem Entsetzen spüre ich, wie mir Tränen in die Augen treten. Das ist nur der Orgasmus, die Entspannung. Nein, ich heule nicht wie ein Baby, weil ich etwas nicht haben kann. Das hoffe ich zumindest.

Daniel fängt eine meiner Tränen mit dem Daumen auf und sieht mich verblüfft an. Dann streichelt er mir mit unglaublicher Zärtlichkeit übers Gesicht, zieht mich zu sich heran und wiegt mich in seinen Armen.

»Scheiß drauf«, murmelt er und hält mich ganz fest. »Die Videokonferenz kann warten.« Seine Fingerspitzen fliegen über meine Haut. »Verdammte Akademiker.«

Er hält mich gegen seinen Körper gepresst, streichelt und beruhigt mich. Er hat zwar immer noch einen Steifen, doch das scheint ihn nicht weiter zu quälen. Seine Umarmung ist herrlich, aber ich weiß, dass ich ihn nicht halten kann. Also befreie ich mich aus seiner Umarmung, als er nach seinem Handy greifen will. »Ist schon gut. Geh du nur zu deiner Konferenz. Ich komm schon klar. Und tut mir leid, dass ich hier so das Weichei gebe.«

»Bist du sicher? Wirklich ganz sicher? Ich lasse dich jetzt nicht gern allein. Das weißt du auch, oder?«

»Geht schon«, wiederhole ich. Er scheint mir zu glauben, denn er zuckt nur mit den Schultern.

Gott, ich bin so eine Schwindlerin.

»Na gut. Wenn du so sicher bist …« Seine Stimme klingt überzeugt, aber seine Augen blicken mich argwöhnisch an. Er nimmt meine Hand und führt mich aus der Kammer heraus in die offene Eingangshalle. Der kristallene Kreis unserer Vereinigung ist gebrochen.

Die Hände auf meine Oberarme gelegt sieht er mir geschäftsmäßig, vernünftig und rational in die Augen. »Hör zu, vielleicht können wir uns morgen ja überlegen, mal irgendwas Normales zu unternehmen. So, wie ich es schon vorgeschlagen hatte. Wie klingt das?«

Ich zucke mit den Schultern. Langsam weiß ich nicht mehr so recht, wie ich Professor Adonis einschätzen soll. Seine Identität verändert sich pausenlos. Manchmal vermischt sie sich mit der von Nemesis, manchmal auch nicht. Er ist ein unergründliches Rätsel, und ich bin nicht sicher, wie ich mit ihm umgehen soll.

»Zu langweilig?« Er zieht eine Augenbraue hoch und lächelt mich neckisch an.

»Nein, überhaupt nicht. Langweilig ist gut. Und vor allem nicht so erschütternd.«

Er will gerade den Mund öffnen, um mir entweder zuzustimmen oder zu widersprechen, doch genau in diesem Moment hupt der Taxifahrer so laut, dass wir beide erschrecken. Ich bin erstaunt, dass er nicht schon früher auf die Hupe gedrückt hat, aber vielleicht hat er es ja auch getan und ich war einfach zu weggetreten, um es zu hören.

»Wir sehen uns morgen in der Bibliothek.« Die Hupe ertönt erneut. »Oder vielleicht kann ich dich auch hier abholen?«

»Nein, schon gut. Wir sehen uns dort.« Er beugt sich vor, drückt mir einen Schmatzer auf die Wange, dreht sich um und geht blitzschnell in Richtung Tür. Dann wendet er noch einmal den Kopf und zwinkert mir zu. »Viel Spaß mit Nemesis heute Abend!« Dann sieht er mit einem Mal für einen kurzen Moment sehr ernst aus. Fast als wollte er noch mehr sagen, doch er beißt sich auf die Lippen und winkt mir zu.

Und noch ehe ich ihm zurufen kann, dass ich den Rechner heute vielleicht gar nicht mehr anschalten möchte, ist er aus der Tür getreten und verschwunden.

»So ein verdammter Mist!«

Angewidert stehe ich von meinem bequemen Sessel auf, marschiere in die Küche und werfe mein aufgewärmtes Fertiggericht in den Mülleimer. Diese Junkfood-Gerichte sind eine meiner Vergnügungen, denen ich mich mit gewissen Schuldgefühlen hingebe, aber das, was ich heute Abend gewählt habe, schmeckt wirklich überhaupt nicht.

Ich bin unruhig, nervös und aufgedreht. Wenn ich unten in

der Besenkammer nicht all die Orgasmen gehabt hätte, würde ich schwören, dass ich einfach nur geil bin. Vielleicht muss ich einfach noch einmal kommen. Oder sogar noch öfter. Was weiß ich? Die Gedanken rasen nur so durch meinen Kopf, und ich bin voller Fragen, die mich ausgesprochen verwirren. Die meisten von ihnen haben mit Daniel und Nemesis zu tun, aber ein paar drehen sich auch um meinen Ex und das Geld aus dem Hausverkauf.

Mein Blick wandert zu dem Laptop, der auf dem Schreibtisch steht, und ich bin sehr versucht, ihn doch noch anzuschalten. Wenn Daniel heute Abend zu tun hat, dann ist kein Nemesis da, mit dem ich spielen könnte. Und wenn er da ist, dann ist Daniel nicht Nemesis ...und ich *möchte,* dass er es ist. Glaube ich zumindest ... oder nicht? Ja, ja, das Hamsterrad meiner Gedanken.

Ach, du kannst mich mal, Mystery Man! Du bist doch genauso verkorkst wie ich.

Ich brauche frische Luft. Ich schlüpfe in meine Turnschuhe, schnappe mir eine Jacke und meine Tasche und stehe in ein paar Minuten vor der Tür, um einen Spaziergang in der milden Abendluft zu machen. Ich muss einfach ein bisschen Energie und Anspannung abbauen. Ein paar Kalorien dabei zu verbrennen, ist sicher auch nicht schlecht, und ein strammer Gang scheint die beste Therapie zu sein, um wieder einen klaren Kopf zu bekommen. Besonders, wenn mein Weg mich an einem Fish-and-Chips-Imbiss vorbeiführt.

Nach ein oder zwei Stunden bin ich wieder zu Hause. Und mein Kopf ist immer noch nicht klar. Um genau zu sein, bin ich noch verwirrter als zu Beginn meines kleinen Ausflugs.

Zunächst lief alles nach Plan. Statt eines entspannten Bummels entschloss ich mich zu einem schnellen, halbstündigen

Marsch in die Innenstadt und dann einmal um die Piazza herum. Die Piazza ist Ausdruck der urbanen Regenerationsbemühungen des Landkreises. Das Ganze zollt der lächerlicherweise »Café-Kultur« genannten Entwicklung städtischen Lebens Tribut und besteht aus einem offenen Platz, der an den Kanal grenzt und von Bars, Cafés und einer Anzahl von auch abends geöffneten, trendigen Boutique-Outlets umgeben ist. Es reicht zwar nicht an Paris oder Mailand heran, ist aber dennoch recht gelungen. So kam ich mir dann auch recht kosmopolitisch vor, als ich auf einer Bank meine Pommes frites aß, frisch gepressten Zitronensaft trank und dabei die Balzrituale der Piazza-Besucher am Brunnen beobachtete.

Doch nach einer Weile verflüchtigte sich das Unterhaltsame meiner Beobachtungen, und ich kam mir ein bisschen auffällig vor. Der Platz ist genau die Art von Ort, wohin man nur mit Freunden oder mit einem netten Kerl gehen sollte. Ich stelle mir vor, wie ich mit Daniel hier sitze und alle mich um meinen berühmten, attraktiven Begleiter beneiden würden. Wie schön wäre es doch gewesen, sich hier mit ihm zu küssen, so wie es viele Paare auf dem Platz getan haben.

Nur küssen. Nichts weiter. Kein Gefummel, kein Gegrapsche und kein gegenseitiges Zeigen unserer primären Geschlechtsorgane.

Was ist nur los mit mir? Er hat mir schließlich gesagt, was zur Option steht, und ich dachte auch, dass ich das akzeptiert hätte. Doch stattdessen sehne ich mich nach mehr … Nach einer Romanze? Nach …?

Die Gedanken waren erschreckend, und ganz plötzlich bot auch die Piazza nicht mehr die Ablenkung, die ich mir erhofft hatte. Also entschloss ich mich, den Bus zu nehmen, anstatt zu Fuß nach Hause zu laufen. Über eine Abkürzung durch eine kleine Seitenstraße ging ich zur nächsten Haltestelle. Dabei bot sich mir allerdings ein Anblick, der momentan durchaus auch in mein eigenes Leben gepasst hätte.

In einem Hauseingang, der nur spärlich von einer etwas weiter entfernt gelegenen Laterne beleuchtet war, sah ich ein Paar, das gerade am Ficken war. Direkt vor Ort. Gegen die Wand gedrückt. Wie läufige Tiere waren sie zugange, bumsten, stöhnten und stießen immer wieder heftig gegen die Mauer.

Sie war blond und hübsch. Er war groß. Ein starker Mann in dunkler Jacke und Hose und die Boxershorts so heruntergezogen, dass von hinten nur ein kleines Stück seiner muskulösen, behaarten Schenkel zu sehen war. Er hielt sie aufgespießt an der Hüfte fest und sein kräftiges Becken rammte wie ein Presslufthammer immer wieder tief in ihre Mitte. Sie umklammerte ihn, als würde sie sich verzweifelt festhalten. Ihr Kopf war nach hinten gegen die Mauer gepresst, während er wie ein Vampir sein Gesicht in ihrem Hals vergrub.

Das Paar war so in der eigenen Leidenschaft versunken, dass es mich nicht sah. Für sie war ich auf einem anderen Planeten – auch wenn ich in einem Universum lebe, das sie durchaus verstanden hätten. Ein Reich, in dem man enthemmten Sex hat und ganz spontan verrückte Dinge tut.

Ich konnte einfach nicht weitergehen und musste mit plötzlich schmerzenden Lenden zuschauen.

Das Mädchen war sehr laut. Sie stöhnte, keuchte und feuerte ihn an, während er seine Stöße mit einer Reihe von brummigen, glücklichen Grunzern vertonte. Als das Pärchen sich ein bisschen drehte, konnte ich einen genaueren Blick auf das Profil des Mannes werfen. Und ich schien ihn zu kennen.

Ich glaube immer noch, dass es vielleicht eine Halluzination war, aber ich könnte schwören, dass es sich bei dem geilen

Bock in der Seitenstraße um Robert Stone, den Bezirksleiter der Finanzbehörde, gehandelt hat. Ich habe ihn schon ziemlich häufig in der Bibliothek gesehen, wenn er auf dem Weg zu einem Meeting in unserem Vortragssaal war. Der Mann sorgt grundsätzlich für ein gewisses Maß an weiblicher Aufmerksamkeit. Er ist zwar untersetzt, schon etwas angegraut und bereits in den 40ern, aber andererseits genau der Typ Mann, bei dem man einfach weiß, dass er ein Tier im Bett ist. Und offensichtlich auch in irgendwelchen Seitenstraßen – denn es dauerte nicht lange, bis seine Gefährtin mit verdrehten Augen einen lüsternen Schrei ausstieß, und es ihr kam.

Ich kam mir vor wie ein Räuber, der aus den niedersten Gründen eine Art sexuellen Diebstahl begeht, konnte meinen Blick aber dennoch nicht von dem Anblick der zuckenden Körper lösen. Ich musste mich förmlich zwingen, irgendwann meiner Wege zu gehen. Doch gerade als ich mich wegschleichen wollte, drehte der große, attraktive, dunkel gekleidete Mann sich um. Er schien mich zu sehen … und zwinkerte mir zu. Ich rannte nur noch.

Und jetzt bin ich wieder zu Hause und fühle mich kein Stück besser. Im Gegenteil, ich bin aufgewühlter und verwirrter denn je. Daniel? Nemesis? Eine Person? Oder zwei? Und mit welchem von beiden hätte ich gern in dieser Seitenstraße gestanden? Ach, verdammt!

Ich gehe meine Garderobe durch und lege mein Outfit für den nächsten Tag zurecht. Den Laptop lasse ich links liegen. Ich ziehe mich aus, wasche mich, putze meine Zähne und creme mein Gesicht ein. Jetzt geht's ins Bett. Den Laptop lasse ich links liegen. Ich stelle meinen kleinen Schlafzimmerfernseher ein und lege mich bequem hin, um ein bisschen Spätprogramm zu gucken. Den Laptop lasse ich links liegen.

»Mist!!!«

Ich knipse die Nachttischlampe an, greife nach dem Netzkabel, stecke es in die Buchse und schalte den Laptop an.

Zunächst widerstehe ich noch, den Instant Messenger zu aktivieren und tue so, als wollte ich nur meine üblichen News-Movie- und Info-Sites checken. Wikipedia, Amazon. Aber es dauert nur ein paar Minuten, bis ich den IM lade und darauf hoffe, mit einer verzweifelt geilen Nachricht von Nemesis begrüßt zu werden. Aber nein, sein Avatar ist nicht anzuklicken. Kein Lebenszeichen. Kein versauter und atemloser Sex-Talk.

In gewisser Weise ist das natürlich überaus wichtig. Daniel hat heute Abend zu tun. Er hat seine Videokonferenz und muss an seinem Papier arbeiten. Das sollte also eigentlich ein Zeichen dafür sein, dass er nicht Nemesis ist. Dabei frage ich mich immer noch, ob ich überhaupt will, dass die beiden ein und dieselbe Person sind. Ich möchte Daniel trauen können. Ich möchte ihm näherkommen. Ich will … na ja, ich will einfach irgendwas *Reales* mit ihm. Aber ist das wirklich gesund und erstrebenswert, wenn er außerdem ein perverser, hinterhältiger Stalker ist, der hinter dem Schutz einer Maske abgedrehte Sexspielchen treibt?

Gerade kommt wieder die Szene in der Seitenstraße in mir hoch und facht ein Verlangen an, das die ganze Zeit in meinem Leib vor sich hinsiedet. Es fühlt sich an, als hätte ich leichtes Fieber, und das Keuchen und Stöhnen des Mädchens klingt immer noch in meinen Ohren. Und auch das wissende Zwinkern des großen, dunklen Mannes, der vielleicht der Leiter der Finanzbehörde ist, kann ich immer noch vor meinem geistigen Auge sehen.

»Mistkerl!« Nachdem ich diese Beleidigung einer vagen Mischung aus Daniel, Nemesis und Robert Stone entgegengebellt habe, schiebe ich meinen Laptop beiseite. Vielleicht lenkt mich ja irgendein sinnloser Quatsch im Spätprogramm ab. Es ist zwar eine fast vergebliche Hoffnung, aber ich rolle mich trotzdem zur Seite und versuche, mich auf das Fernsehprogramm zu konzentrieren. Ich bin bereits beim zweiten Beitrag von *Mit der Polizei unterwegs* und kichere tatsächlich leise über die Sprüche eines betrunkenen Autofahrers, der seine Finger nicht auf der Nase zusammenführen kann, als sich plötzlich mit einem *Pling* der Laptop neben mir meldet.

Nemesis will chatten.

Die Saga der Zufallsbekanntschaft

Ich fühle mich wie in einem Fahrstuhl, der ungebremst nach unten saust und die Realität mit sich ins Dunkle zieht. Ich lege den Laptop auf meine Knie und öffne das Chat-Fenster.

NEMESIS: *Hast Du mir irgendwas zu berichten?*

Ah, gleich zur Sache kommen, was? Keine Höflichkeiten. Kein langsames Annähern. Mein Herz schlägt wie verrückt in der Brust, und vor meinem geistigen Auge ersteht ein Bild von Daniel.

LIBRARYGIRL: *Ja.*

Ich sehe ein triumphierendes Lächeln vor mir. Typisch Mann. Ja, das hättest du wohl gern, dass ich gleich strammstehe und dir jedes kleine, schmutzige Detail erzähle, was? Dabei kennst du sie doch bereits alle. Das weiß ich.

NEMESIS: *Fabelhaft! Meine fabelhafte, mutige Gwendolynne. Ich wusste doch, dass ich mich auf Dich verlassen kann. Berichte mir, bitte.*

Frecher Kerl! Er ist felsenfest überzeugt, dass er die Oberhand über mich hat!

Ich lächle. Das langsame Auftauchen aus der Unwirklichkeit sorgt dafür, dass ich auch meine Mitte wiederfinde. Ich kann dieses Spielchen ebenso gut spielen wie er. Wenn nicht sogar besser. Schließlich gibt es nichts, wovor ich Angst haben müsste … Ich kenne ihn.

LIBRARYGIRL: *Ich bin heute Abend noch ein bisschen spazieren gegangen. Und ich habe gesehen, wie ein Mann und eine*

Frau in einer Seitenstraße fickten. Das war einer der schärfsten Anblicke, die ich je gesehen habe.

Ja und zwar gleich nach dem Bild eines wunderschönen Akademikers, der sich bei der Arbeit auf dem Kellerklo einen runterholt. Vielleicht sollte ich dir von diesem Erlebnis berichten, Daniel/Nemesis? Mal sehen, was du davon hältst, hm?

Der Cursor blinkt. Ich kann ihn fast »Äh … was?« sagen hören. Wird er meinen Eröffnungszug akzeptieren und das Spiel nach meinen Regeln mitspielen?

Oder ist er doch wie mein Exmann, der sofort sauer wurde, wenn es mal nicht nach seiner Mütze lief? Nur irgendwie kann ich mir nicht vorstellen, dass er sich wie ein verzogener Bengel aufführt. Er mag verschlagen und durch und durch pervers sein, aber kindisch ist er bestimmt nicht.

Er lässt sich allerdings verdammt viel Zeit mit seiner Antwort.

Schließlich jedoch …

NEMESIS: *Wirklich? Das ist zwar nicht ganz die Geschichte, die ich erwartet hatte, klingt aber sehr interessant. Ich würde sehr gerne mehr über Deine enthusiastischen Freunde in der Seitenstraße hören. Bitte, fahr doch fort.*

Enthusiastisch? Fortfahren? Oh ja, du bist *definitiv* Daniel …

LIBRARYGIRL: *Ich wollte nur ein bisschen frische Luft schnappen, um meine Gedanken zu sortieren. Mir geht im Moment eine Menge im Kopf rum.*

Das kannst du interpretieren wie du willst …

LIBRARYGIRL: *Ich wollte dann mit dem Bus nach Hause fahren und nahm eine Abkürzung zur Haltestelle. Plötzlich hörte ich ein Geräusch, und da sah ich sie. Er hatte sie gegen eine Wand gedrückt und fickte sie. Ihre Schenkel waren um seinen Körper gewunden und seine Hose hing auf Halbmast. Er hat es ihr so rich-*

tig besorgt, und sie war am Stöhnen, am Keuchen und am Zucken. Sie hat es ihm genauso gut gegeben wie er ihr.

Fast hätte ich noch hinzugefügt, dass ich richtig neidisch war. Doch ich halte mich zurück. Schließlich will ich ihm nicht sofort alles auf dem Silbertablett servieren.

NEMESIS: *Das klingt nach einem köstlichen Szenario. Du hast wirklich großes Glück, Gwendolynne. Ich wünschte, ich wäre bei Dir gewesen. Vielleicht hätte ich Dich dann in eine andere Seitenstraße gezogen und dasselbe mit dir getan. Hätte Dir das gefallen?*

Aber das hast du doch, oder etwa nicht? Oder zumindest so etwas Ähnliches. Das Bild des sich liebenden Paares verblasst und wird von der lebendigen und körperlichen Erinnerung, die weitaus stärker ist, abgelöst, wie ich von Daniel in der Besenkammer überwältigt wurde. Geküsst und liebkost von diesem seltsamen Mann, den ich kaum kenne. Zum Orgasmus gebracht, seiner Lust ausgesetzt und gleichzeitig so zärtlich verwöhnt.

NEMESIS: *Gwendolynne, bist du noch da? Würdest Du gern in irgendeiner Seitenstraße stehen und von mir gefickt werden?*

Teufel, ja! Jetzt gleich. Nichts wäre mir lieber.

LIBRARYGIRL: *Ja …*

NEMESIS: *Wenn ich Dir auftragen würde, Dich irgendwo mit mir zu treffen, würdest Du dann kommen? Wenn ich jetzt nach Dir schicken würde, würdest Du dich dann von mir ficken lassen? Gegen eine Wand gedrückt?*

Wenn ich dem zustimme, wäre das Spiel vorbei. Bin ich bereit für ein neues Spiel?

LIBRARYGIRL: *Es ist schon spät. Ich muss morgen früh aufstehen. Es ist nicht so, dass ich es nicht wollte. Es sind rein praktische Beweggründe, Nemesis. Langweilig, ich weiß – aber nun mal leider eine Tatsache.*

Ich hab's versaut. Jetzt habe ich alles verdorben. Ich kann seine Enttäuschung fast über das W-LAN und das DSL spüren. Ich Feigling.

NEMESIS: *Du hast ganz recht, meine Bibliothekskönigin. Der Vorschlag ist albern. Ich lasse mich eben einfach von meiner Besessenheit für Dich mitreißen und vergesse dabei, dass Du ja noch ein Leben hast. Vielleicht sollte ich Dich jetzt schlafen lassen.*

Du lieber Himmel, so ernst. So vernünftig. Seine Rücksichtnahme rührt mich zwar in gewisser Weise, aber ich *will* jetzt albern sein. Ich möchte diesen Kitzel wieder spüren, dieses Gefühl, vor Erregung fast den Verstand zu verlieren.

LIBRARYGIRL: *Ich habe nicht gesagt, dass ich nicht weiterchatten will. Außerdem habe ich Deine erste Frage noch gar nicht beantwortet. Bezüglich der Strafe.*

Die Minuten verstreichen und gerade als ich nachhaken will, erscheint seine Antwort auf dem Bildschirm.

NEMSIS: *Bravo, meine wunderschöne Gwendolynne. Ich wusste, Du würdest mich nicht enttäuschen. Hast Du getan, was ich Dir aufgetragen habe? Hast Du Dich einem Mann gezeigt?*

Ich werfe mich erleichtert in die Kissen. Jetzt fühle ich mich wieder locker. Sexy. Immer noch herzrasend nervös, aber auch irgendwie entspannt. Als wäre ich in Gesellschaft eines alten Freundes. Er kommt mir tatsächlich wie ein alter Freund vor, dieser doppelgesichtige, verlockende Spielgefährte von mir. Dabei kenne ich in Wahrheit keiner seiner Verkleidungen.

LIBRARYGIRL: *Ja, allerdings. In der Bibliothek. Aber nur kurz.*

NEMESIS: *Und wer war der Glückliche? Ist er Deiner auch wert? Weiß er das Geschenk zu schätzen, das Du ihm gemacht hast?*

Es erscheint mir riskant, seinen echten Namen in unserem Chat zu erwähnen. Damit würden wir uns erneut einem eventuellen Ende des Spiels nähern.

LIBRARYGIRL: *Es war einfach nur ein Mann, eine Zufallsbekanntschaft. Im Grunde einfach nur ein paar Augen, um mich anzuschauen. Das ist alles.*

Es entsteht eine weitere lange, sehr lange Pause, die durch den blinkenden Cursor und die Stimmen aus dem Fernseher nur noch betont wird. Während die Spannung immer größer wird, greife ich nach dem Headset und stelle den Fernseher auf stumm. Lächerlicherweise habe ich Angst, Nemesis' Antwort zu verpassen, wenn ich von der Glotze abgelenkt bin.

NEMESIS: *Was für ein Glückspilz! Deine Schönheit sehen zu dürfen und jedes Detail Deines Geschlechts. Hast Du Dich ihm zur Schau gestellt? Hast Du ihm gestattet, die liebliche Blüte Deines Fötzchens zu sehen … die perfekten, pinkfarbenen Fältchen … Deinen Kitzler? Oh ja, der Mann hatte wirklich Glück, das alles sehen zu dürfen.*

Ich wünschte, ich könnte seine Stimme hören. Diese Worte. Sie sind nur Pixel auf einem Bildschirm, haben aber unvorstellbarerweise eine unmissverständliche Färbung. Was ist das? Ironie? Es ist fast lächerlich, aber irgendwie sorgen seine Formulierungen dafür, dass eine gewisse Bitterkeit, eine Traurigkeit von mir Besitz ergreift.

Und er verwendet immer wieder das Wort »sehen«.

LIBRARYGIRL: *Keine Sorge, ich habe ihm nur einen ganz kurzen Blick gewährt. Du weißt nicht weniger über meine Muschi als er.*

Besonders, da du sie berührt hast.

Ich tippe die Frage »Bist du Daniel?« ein, lösche sie aber sofort wieder. Es ist zu früh. Wenn er bereit ist, wird er es mir schon verraten.

NEMSIS: *Und was hast Du dabei empfunden? Wie hast Du Dich damit gefühlt, so etwas Waghalsiges und Versautes zu tun? Hat es Dich angemacht?*

Ob es mich angemacht hat? Teufel, ja! Es macht mich sogar jetzt noch an. Der Sex in meiner Ehe war zwar ganz nett, aber auch angepasst und gewöhnlich. Gar kein Vergleich zu all dem hier.

LIBRARYGIRL: *Ja, das hat es.*

Er will natürlich, dass ich weiter aushole. Aber wenn er mehr wissen will, dann soll er gefälligst fragen. Ich kann spüren, dass er lächelt – wo immer er auch ist. Aber diesmal sehe ich nicht sein Gesicht, sondern nur das Geisterbild eines wunderschön geschwungenen Lippenpaares und glänzend weiße Zähne. Gott, das ist alles so merkwürdig. Fast als würden Daniel und Nemesis sich wieder voneinander lösen. Plötzlich schleicht sich ein gewisser Zweifel an meinen Schlussfolgerungen ein und nagt an meinem Hirn.

NEMESIS: *Und hast Du Deiner Erregung irgendwie nachgegeben? Hast Du Dich dieser Zufallsbekanntschaft angeboten und ihn gebeten, Dich zu ficken, um Deine Geilheit zu befriedigen? Oder hast Du Dich an einen geheimen Ort zurückgezogen und selbst Hand an Dich gelegt?*

Von wegen, Du Schlauberger – keins von beiden!

Ich tippe den Satz fast ein, zittere aber einfach zu sehr. Dies ist wirklich ein seltsamer Tanz. Ein Katz- und Mausspiel. Ich sollte es aussprechen. Ich sollte Klarheit und die Preisgabe seiner Identität verlangen. Aber ich weiß, dass ich das nicht tun werde. Ich kann es einfach nicht, und mein Bauch sagt mir, dass er durch dieselbe Hemmung davon abgehalten wird. Er hat unseren Geist aneinandergebunden, ohne dass einer von uns es gemerkt hätte. So habe ich mich noch nie erlebt. Einen derartigen sinnlichen und intellektuellen Zweikampf habe ich mir bisher noch nicht einmal vorstellen können. Und doch ist er jetzt so wichtig für mich wie die Luft zum Atmen.

LIBRARYGIRL: *Nein, habe ich nicht. Ich habe nichts von alledem getan.*

Pause.

LIBRARYGIRL: *Obwohl ich es gerne wollte. Eins davon. Oder beides.*

Ich hoffe, dass er jetzt mal ein bisschen außer Atem gerät. Oder zumindest irgendwas Ähnliches. So oder so, er lässt sich eine Minute Zeit, um meine Antwort auf sich wirken zu lassen. Und während die Sekunden verstreichen, wird das Verlangen, Hand an mich zu legen, immer größer und größer.

NEMESIS: *Was? Keine Erlösung für meine hinreißende Gwendolynne? Das ist ja wirklich eine Schande! Eine wunderschöne Frau wie Du sollte nie unbefriedigt zurückbleiben. Das solltest Du Dir nicht verwehren. Niemals.*

Jetzt ist er an der Reihe, mich auf glühenden Kohlen sitzen zu lassen.

NEMESIS: *Es sei denn natürlich, ich trage Dir auf, es Dir zu verwehren.*

LIBRARYGIRL: *Ich habe nie behauptet, dass es mir nicht gekommen ist.*

Mal sehen, was du daraus machst, Mister – oder sollte ich sagen Professor – Schlauberger!

Der Cursor blinkt und blinkt und ich denke über meine Optionen nach. Soll ich mir eine Tasse Tee machen? Soll ich den Ton von »Mit der Polizei unterwegs« wieder anstellen? Soll ich mir in die Pyjamahose fassen und Hand an mich legen? Das hieße, Nemesis ein geheimes Vergnügen direkt unter seiner Cybernase fortzunehmen und ihn bei seinem eigenen Spiel zu schlagen. Und doch habe ich das unheimliche

Gefühl, er würde merken, wenn ich mich anfasse. Er würde es einfach irgendwie wissen.

Ich ziehe trotzdem am Bündchen meiner Pyjamahose. Doch plötzlich strömen wieder Worte über den Bildschirm.

NEMESIS: *Du meine Güte, Du bist wirklich die spannendste und unberechenbarste Frau, die mir je begegnet ist, meine liebe Gwendolynne. Es scheint Dir große Freude zu bereiten, mich zu verwirren und zu reizen.*

Und das ausgerechnet von ihm …

NEMESIS: *Ich erwarte totale Offenheit von Dir, und Du entziehst Dich und täuschst mich bei jeder sich bietenden Gelegenheit. Ich sollte Dir wirklich eine weitere Strafe auferlegen. Oder vielleicht sollten wir unser Spiel langsam ein bisschen vorantreiben.*

LIBRARYGIRL: *Soll heißen?*

Kann er mein Herz hämmern hören?

NEMESIS: *Auf dem nächsten Level unseres Spiels treffen wir uns, und ich bestrafe Dich wirklich.*

Oh, mein Gott. Genau das will ich! Glaube ich zumindest. Denn gleichzeitig will ich es irgendwie auch nicht. Ich habe Angst vor dem neuen Spiel, bin langsam aber auch frustriert, dass nichts passiert. Die Widersprüchlichkeit meines Spielgefährten färbt bereits auf mich ab, und ich glaube, wir wissen schon beide nicht mehr ganz genau, was wir jetzt eigentlich wollen.

Aber die Vorstellung einer Bestrafung sorgt immerhin dafür, dass ich meine Hand jetzt fast aufsässig zwischen meine Beine presse. Der Typ kann mich mal! Ich will jetzt meinen Spaß haben! Ich stöhne leise auf, als ich spüre, dass ich bereits klitschnass bin.

Bilder von Daniel tauchen auf – wie er sich ganz in Schwarz gekleidet über mich beugt. Seine halb von einer Maske bedeckten Gesichtszüge sorgen dafür, dass ich mich auf dem Bett winde und der Laptop auf meinen Knien hin- und herrutscht. Ich lasse Nemesis ganz absichtlich warten, während ich an meinem Kitzler herumspiele. Die beiden Personen sind jetzt ungeachtet jeder Realität verschmolzen, und Nemesis hat Daniels wunderschönes Gesicht, als er sich wie ein sinnlich drohender Prinz über mich beugt.

Mein Kitzler ist bereits so empfindlich, dass ich kaum wage, ihn zu berühren. Aber dennoch mache ich weiter und bestrafe mich, indem ich ihn immer weiter anfasse und ihn umkreise. Dabei rechne ich die ganze Zeit mit der Frage »Gwendolynne, was tust du da?« von seiner Seite. Ganz besonders, als ich die kleine Lustknospe zwischen meine Fingerspitzen nehme und sanft daran ziehe. Ich bin kurz davor. Ich schwanke am Abgrund. Ich stehe, bildlich gesprochen, auf Zehenspitzen hoch oben auf dem Springturm einer Skischanze. Doch dann lasse ich erstaunlicherweise von mir ab. Nur seinetwegen.

Meine Finger sind klebrig und glitzern von meinem Lustsaft, als ich sie auf die Tastatur lege und zu tippen beginne.

LIBRARYGIRL: *Wann habe ich eigentlich jemals gesagt, dass Du total offen zu mir sein könntest? Ich kann mich jedenfalls nicht erinnern, das getan zu haben.*

NEMESIS: *Touché.*

Ist das alles? Ein paar Momente tauchen keine weiteren Worte auf, sodass ich schon fast ein bisschen in Panik gerate. Wenn er nun an nichts weiter als totaler Offenheit interessirt ist? Aber das ist Quatsch. Schließlich ist er es doch, der nicht ganz offen ist, oder? Diese ganze Maskerade mit dem albernen Namen!

Ich bin so gut wie sicher, dass Daniel Nemesis ist. Und nicht nur das – ich wette, er weiß auch, dass ich es weiß. Dann beginnen wir eben mit einem neuen Spiel. Ich krieg das schon hin! Verdammt, ich *will* es sogar!

Ohne zu sehr über die Konsequenzen nachzudenken, tippe ich wieder.

LIBRARYGIRL: *Aber ich glaube, jetzt sollte ich mal ganz offen sein. Ich muss noch ein bisschen mehr gestehen. Es geht mir schon die ganze Zeit im Kopf herum. Und wem sollte ich es anvertrauen, wenn nicht Dir?*

Das gilt für Nemesis und für Daniel.

NEMESIS: *Schon besser. Jetzt machen wir langsam Fortschritte. Du hast gesagt, Du wärst gekommen, nachdem Du dieser Zufallsbekanntschaft Deine Muschi gezeigt hast. Erzähl mir mehr Details. Ich will alles wissen. Halte nichts zurück.*

Ich nehme an, diesmal wird er es aus einer anderen Perspektive genießen. Und vielleicht werde ich auch ein bisschen flunkern. Das gibt dem Ganzen noch ein wenig mehr Schärfe.

LIBRARYGIRL: *Als ich meine Muschi zeigte, wurde er ganz geil. Der Schwanz in seiner Hose wurde steif, und ich dachte mir, wenn er meine gesehen hat, will ich auch seinen sehen.*

NEMESIS: *Scheint mir nur gerecht.*

LIBRARYGIRL: *Also bin ich auf ihn losgegangen, habe seinen Reißverschluss aufgemacht und ihn rausgeholt.*

NEMESIS: *Du meinst, Du hast die Hose dieser Zufallsbekanntschaft aufgemacht und seinen Schwanz herausgeholt, obwohl Du ihn kaum kennst? Wo um alles in der Welt ist das denn passiert? Doch ganz sicher nicht in der Bibliothek, oder?*

LIBRARYGIRL: *Nein, natürlich nicht. So verrückt bin selbst ich nicht.*

NEMESIS: *Wo dann? Ich hatte um Details gebeten, schon vergessen? Und bisher bist Du ziemlich geizig damit. Denk an die Strafe!*

Wie könnte ich die vergessen? Ein Teil von mir kann gar nicht aufhören, mir die Strafe vorzustellen. Eine köstliche, markierte Demütigung, die mich dahinschmelzen und zittern lässt. Die Zuwendungen durch eine bisher unbekannte und geheimnisvolle Seite von Professor Daniel Brewster.

LIBRARYGIRL: *Es gibt im Keller der Bibliothek einen sehr abgelegenen Raum. Ein geheimes Bibliothekarsversteck, das perfekt für derlei Dinge geeignet ist.*

NEMESIS: *Was für Dinge?*

LIBRARYGIRL: *Geduld. Dazu komme ich ja gleich.*

Ich möchte mich so gern anfassen, aber er zwingt mich, weiterzutippen. Der Mistkerl! Er ist derjenige, der bestraft gehört. Einen kurzen Moment lang drifte ich in eine Fantasie ab, in der ich ein Leder-Outfit trage. Ich habe ein bisschen abgenommen und sehe einfach fantastisch aus. Und er kniet vor mir. Ich sehe ihn in völlig idealisierter Form vor mir – ein Urbild von einem Mann mit glatten Muskeln, strahlender Haut und dunklen, zerzausten Haaren. Daniels Haar. Sein Gesicht kann ich nicht erkennen, denn er hat seine Lippen auf meine glänzend polierten Stiefel gepresst.

Meine Finger schweben über der Tastatur und ich bin kurz davor, den unterworfenen Mann zu beschreiben. Doch dann fällt mir ein, wovon ich Nemesis eigentlich berichten soll.

LIBRARYGIRL: *Er war wunderschön und groß, und ich habe ihn gelutscht. Er hat meinen Mund ganz ausgefüllt und schmeckte herrlich salzig. Einfach köstlich. Ich habe ihn geblasen, bis es ihm kam, und habe alles geschluckt. Wirklich lecker.*

NEMESIS: *Du meinst, Du hattest Oralsex mit dieser fremden Zufallsbekanntschaft?*

LIBRARYGIRL: *Er ist kein Fremder. Ich kenne ihn oberflächlich. Ich bin scharf auf ihn. Um genau zu sein, würde ich so einer Sorte Mann immer einen blasen.*

Ich scheine Daniels Geschmack wieder im Mund zu haben. Er vermischt sich mit dem Aroma roher sexueller Erregung, die durch das Netzwerk fließt und in Byte-Form von Nemesis zu mir schießt. Es fühlt sich fast an, als könnte ich die Energie und das Blut spüren, die seinen Schwanz steif werden lassen.

Ich stürze hinab in eine düstere, lüsterne Welt. Und zwar an seiner Seite. Er lächelt. Ich lächle zurück und beobachte den Cursor, der wie ein Herzschlag oder wie das Pochen meines Kitzlers pulsiert.

NEMESIS: *Und wie oft bläst Du Männer, auf die Du scharf bist? Einmal die Woche? Zweimal? Dreimal? Wie gehst Du vor? Suchst Du sie Dir in der Bibliothek aus, lockst sie dann in Dein Versteck und saugst ihre Schwänze aus? Langsam klingt das für mich nach einem kleinen Flittchen, Gwendolynne. Einer Schlampe geradezu. Du scheinst mir eine Frau mit großem Appetit zu sein, den sie aber kaum unter Kontrolle bekommt.*

Ich reibe meine Hüften gegen die Matratze. Er hat recht. Ich kann meine eigene Geilheit riechen. Sie sammelt sich zwischen meinen Beinen und klebt zwischen meinen Fingern. Mein Appetit *ist* groß, aber er ist es, der ihn zu einer derartigen Intensität gesteigert hat. Er gibt mir fast das Gefühl einer Wiedergeburt oder einer Art Häutung. Ich fühle mich völlig anders. Vor ihm war ich ruhig. Ich lebte auf Nummer sicher. Ich war zwar glücklich, aber auf eine unaufgeregte, ordentliche Art und Weise. Jetzt bin ich völlig außer mir. Und es gefällt mir. Es gefällt mir gut. Ach, Quatsch, ich liebe es, verdammt!

Und ich liebe es, ganz altmodisch »Flittchen« oder »Schlampe« genannt zu werden.

LIBRARYGIRL: *Ich habe nicht so oft Gelegenheit, Schwänze zu blasen, wie ich es gerne hätte. Deshalb habe ich die Gelegenheit mit meiner Zufallsbekanntschaft ja auch gleich beim Schopf gepackt. Und da ich Dich nicht bedienen kann, dachte ich mir, ich nehme einfach ihn.*

Kein Wort erscheint auf dem Bildschirm, aber in meinem Kopf höre ich beglücktes, männliches Lachen. Ich habe ihn angefüttert, das weiß ich. Und doch werde ich, wie aus dem Blauen heraus, mit einem Mal ganz sehnsüchtig. Ich wünsche mir so sehr, dass er jetzt hier im Bett neben mir liegen würde, sodass ich meinen Laptop beiseiteschieben und zu ihm rüberrollen könnte und wir uns lieben würden. Vielleicht könnte ich ihm auch erst mal einen blasen. Nur so für den Anfang. Und danach würde ich ihn auf den Rücken drehen, würde mich auf ihn setzen und die Situation und ihn unter meine Kontrolle bringen.

NEMESIS: *Keine Sorge, dazu wirst Du schon noch Gelegenheit bekommen, meine Liebe. Ich werde mir all die Vergnügungen holen, die Dein Mund zu bieten hat, meine wunderschöne Gwendolynne. Und zwar eher früher als später. Denk an meine Worte.*

Na, dann mal los, Du Macho! Ich kann einiges vertragen! Am liebsten würde ich aufspringen und mit der Faust in die Luft schlagen. Doch ich begnüge mich mit einem in mein leeres Schlafzimmer gebrülltes »Ja!«

LIBRARYGIRL: *Tatsächlich?*

Ich halte kurz inne, um ihm etwas Zeit zu geben, mache dann aber einen überaus gewagten Zug.

LIBRARYGIRL: *Vielleicht hattest Du ja schon das Vergnügen mit mir.*

Langes Schweigen. Sehr langes Schweigen. Oh, Mist, jetzt hab' ich alles vermasselt.

NEMESIS: *Ich glaube, Du bist müde, meine Liebe. Du sprichst in Rätseln. Vielleicht sollte ich Dich jetzt lieber schlafen lassen.*

Mein Herz beginnt erneut zu rasen. Er hat es nicht abgestritten, aber auch nicht bestätigt. Soll ich weiter vordringen?

Nein. Noch nicht. Noch nicht.

LIBRARYGIRL: *Mir geht's gut. Ich bin nicht müde. Um*

genau zu sein, bin ich geil. Du kannst ein Mädchen nicht so scharfmachen und dann einfach so verschwinden.

Und wieder erklingt das phantomhafte Dröhnen eines Lachens und das Geisterbild eines wunderschönen Lächelns erscheint. Ich meine, so etwas wie ein taktisches Eingeständnis zu spüren. Er weiß wirklich, dass ich es weiß. Und dass ich weiß, dass er weiß, dass ich es weiß. Am liebsten möchte ich mich selbst umarmen, laut lachen und auf dem Bett hin- und herrollen. Aber noch viel mehr als das möchte ich endlich kommen – und auch das weiß er.

NEMESIS: *Du bist sehr unverschämt und geradeheraus, Gwendolynne. Ich dachte eigentlich, ich hätte hier das Sagen. Wenn ich Dich verwöhne und wir heute noch ein bisschen länger spielen, wird aber eine schwerere Strafe fällig. Es kann sein, dass ich Dich zwingen muss, den nächsten Schritt zu tun und ein weiter reichendes Spiel zu riskieren.*

Du weißt, dass ich es will. Hab' ich recht, Nemesis?

Seine Worte und die Muster der Bildpunkte scheinen wie elektrischer Strom in meinen Kitzler zu fahren. Allein der Gedanke an dieses weitreichendere Spiel, dieses höhere Level, diese engere Bindung lässt meinen Kopf ganz leicht werden – fast als wäre er mit Schaum gefüllt. Heute Nachmittag habe ich einem relativ fremden Mann mein Geschlecht gezeigt. Wozu kann er mich schon bringen, was das noch toppt? Was wäre gewagter? Was wäre riskanter? Ich betrete einen mit Samt ausgeschlagenen Käfig der Sünde.

LIBRARYGIRL: *Gib Dein Schlimmstes. Ich kann es ab. Lass uns spielen.*

NEMESIS: *Steck Dir zwei Finger rein. Schieb sie rein und raus, als würde ich auf Dir liegen und immer wieder in Dich hineinstoßen. Mach das fünf Minuten lang. Kein Tippen. Fick Dich nur mit den Fingern.*

LIBRARYGIRL: *Okay.*

NEMESIS: *Kannst Du Dir dabei vorstellen, wie ich aussehe? Leg dir ein Bild von mir in Deinem Kopf zurecht. Oder nimm ein Gesicht, das Du kennst, und tu so, als wäre ich es.*

Gerissener Kerl!

LIBRARYGIRL: *Kein Problem. Ich nehme einfach meine Zufallsbekanntschaft. Er ist sehr attraktiv.*

NEMESIS: *Gut, dann mach das. Aber lass Dir nicht zu viel Zeit. Sonst musst Du drei Finger nehmen.*

LIBRARYGIRL: *Schon gut, schon gut.*

Ich kann seine Antwort nicht abwarten. Ohne auf die Empfindlichkeit des Laptops Rücksicht zu nehmen, werfe ich ihn zur Seite und schiebe die Decke über meine Hüften. Meine Pyjamahose verknotet sich um meine Oberschenkel, als ich sie herunterrolle und gleichzeitig auf dem Bett nach unten rutsche, sodass mein bloßer Po über die Matratze reibt.

Die Decke dient als Leinwand für meine Fantasien. Ich klemme eine Hand zwischen meine Beine und suche nach dem Eingang zu meiner Möse. Mit ihrer Hitze und ihrer Feuchtigkeit gleicht sie einem Sumpfgebiet. Die zwei Finger, die ich hineinschiebe, versinken wie in einem Stück geschmolzener Butter. Soll ich es mit einem Dritten versuchen? Soll ich seiner Anweisung zuvorkommen?

Die Sache ist schwieriger, als ich erwartet hatte. Drei ist eine Menge. Aber ich atme tief ein und versetze mich an einen anderen Ort. Und zwar in den Keller der Bibliothek, wo ich auf einem Tisch liege und von Daniel bestiegen werde. Meine drei Finger werden zu seinem wunderbaren Schwanz und dringen ohne Mühe in mich ein.

Es ist die reinste Zerreißprobe, von ihm genommen zu werden. Ich bin aufgespießt, geschändet, geöffnet und gedehnt. Ich weiß, dass ich mir all das selbst zufüge, aber irgendwie kommt es auch von ihm. Er ist groß und atemberaubend.

Ich schwöre mir, dass ich diesen Traum eines Tages in die Tat umsetzen werde.

Mit weit gespreizten Beinen auf irgendwelchen Papieren und wertvollen, unersetzbaren Dokumenten liegend, zucke ich und winde mich wie ein kleines Äffchen. Ich bin total außer mir und habe völlig die Kontrolle verloren. Der Rock ist nach oben geschoben, das Höschen schlackert um einen meiner Knöchel, die vormals schneeweiße Bluse ist aufgerissen und der BH runtergezerrt. Daniel/Nemesis ist über mir. Seine Kleidung ist gleichermaßen in Unordnung. Ich umfasse seine nackten Pobacken, während er mit halb runtergezogener Jeans wieder und wieder in mich hineinstößt.

Während ich mich selbst beglücke, versinke ich immer tiefer in meiner Fantasie. Daniel hält mich mit einem starken Arm nach unten gedrückt, während er mit seiner freien Hand grob meine Brüste befummelt. Er kneift in meine Nippel und zieht immer wieder an ihnen. Und ich finde es nur herrlich. Dies ist die gröbste und unbehaglichste Sexnummer, die ich je hatte. Und doch berührt sie mein Herz und auch meine Seele.

Oh, ich will dich, Professor Adonis! Ich will dich so sehr!

Mich selbst so zu bearbeiten, kann nur zu einem führen. Eine derartige Vorstellung kann man nicht lange aufrechterhalten. Mein Körper zuckt, und ich brülle laut auf, als es mir schließlich mit brutaler Macht kommt. Mein schwerer Atem schneidet durch die Luft, als wäre ich gerade einen Marathon gelaufen. Ein paar Zentimeter weiter wartet das Chat-Fenster noch immer in leerer Stille auf eine Antwort von Nemesis. Doch dann – als hätte ich sie gerufen – erscheinen wieder Worte auf dem Bildschirm.

NEMESIS: *Und, Gwendolynne? Hast Du es getan? Hast Du getan, was ich von Dir verlangt habe?*

Ich hieve mich wieder in die sitzende Position und wische mir die Finger an der Bettdecke ab. Was bin ich doch für ein Ferkel. Wozu sind denn die Taschentücher auf dem Nachttisch da? Langsam werde ich wirklich nachlässig.

Mein Körper fühlt sich an wie durch die Mangel gedreht, und ich habe kaum die Kraft, den Laptop wieder auf meinen Schoß zu ziehen. Meine Arme hängen herab wie bei einer Stoffpuppe, und am liebsten möchte ich einfach nur dasitzen und noch ein bisschen länger vor mich hinkeuchen. Doch Nemesis' Worte pulsieren auf dem Monitor, als würden sie sich dauerhaft in den Bildschirm einbrennen wollen.

LIBRARYGIRL: *Ja.*

Mehr krieg ich nicht hin.

NEMESIS: *Ja? Ist das alles? Ich will Einzelheiten, junge Dame, Einzelheiten! Ich will die leuchtendsten Farben und die genaueste Terminologie. Sonst gibt es gleich eine neue Strafe. Und diesmal eine harte.*

Gieriges Schwein! Immer diese Forderungen und diese Drohungen. Ich sehe ihn lächeln, während er mich provoziert und antreibt. Und ich lächle zurück. Eigentlich möchte ich gern noch länger spielen, aber ich bin müde. Ich bin so müde.

LIBRARYGIRL: *Du hast mich fertiggemacht. Ich bin total erschöpft. Ich nehme die Strafe.*

Seine Triumphrufe scheinen die kilometerlangen Telefonleitungen locker überwinden und per W-LAN direkt in meinem Schlafzimmer landen zu können. Genau das hat er gewollt. Denn jetzt ist er derjenige, der mit dem Kopf voll schmutziger Fantasien Hand an sich legen wird. Fantasien, in denen ich jeden auch noch so abwegigen erotischen Akt vollführen werde, den er sich einfallen lässt.

NEMESIS: *Wie gesagt, diesmal wird sie schwerer ausfallen. Ich werde eine Menge von Dir verlangen, mein Liebling. Einen Quantensprung sozusagen.*

Mein Herz rast vor Energie, und trotz der Lethargie meines Körpers spüre ich schon wieder eine erneut Erregung in mir aufsteigen.

LIBRARYGIRL: *Dann schieß mal los.*

Er schießt los. Und wie … Aber ich kann eigentlich nur an das Wort »Liebling« denken.

Ein Quantensprung

Ich kann es gar nicht erwarten, Professor Adonis davon zu erzählen! Zu gern möchte ich sein Gesicht sehen, wenn ich ihm von meiner nächsten Strafe berichte. Ich möchte das versteckte Lächeln und die geheime Mittäterschaft ahnen können. Ich möchte sehen, wie weit ich ihn provozieren kann, bis er endlich aufgibt, seine Niederlage eingesteht und ich gewinne. Ein Wettstreit ist es nämlich mittlerweile auf jeden Fall. Ein Wettstreit, bei dem jeder prüft, wie weit er gehen kann, und ein Wettstreit, wer wohl als Erster kapituliert.

Wird er sagen: »Na gut! Ich gebe auf! Ich bin Nemesis!«? Oder werde ich sagen: »Gib's zu! Gib's endlich zu! Du bist Nemesis!«?

Ein Teil von mir hat allerdings immer noch den Hauch eines Verdachts, dass ich das alles völlig falsch eingeschätzt habe und er doch nicht Nemesis ist. Ein winzig kleiner Teil von mir hält es immer noch für möglich, dass ich mit einem ernsthaft verdrehten und perversen Menschen ein äußerst gefährliches Spiel spiele. In meinem Herzen dagegen, wo rationales Denken nicht allzu häufig auf der Tagesordnung steht, weiß ich einfach genau, dass Daniel Brewster mein Nemesis ist. Oder Nemesis mein Daniel. Oder was weiß ich.

So oder so, ich bin entschlossen, ihn dazu zu bringen, als erster nachzugeben.

Kleidungstechnisch habe ich mich heute für die Bibliothek mal so richtig ins Zeug gelegt. Und ich muss zugeben, dass die

Blicke, die ich von dem Techniker Greg, Clarkey und sogar von Mr Johnson, dem Bibliotheksleiter, geerntet habe, absolut unbezahlbar waren. Das Sahnehäubchen auf meinem köstlich aufregenden Kuchen.

Ich gebe mal wieder die nymphomanische Bibliothekarin aus den 50ern – enge Bluse, enger Rock und Strümpfe. Zu schade, dass ich in der Leihbibliothek und den anderen öffentlich zugänglichen Räumen keine High Heels tragen darf. Die Böden wurden vor kurzem gerade erneuert und Stilettos sind streng verboten.

Die Haare habe ich heute mal ein bisschen anders frisiert als sonst. Sie sind wieder zu einem sehr lockeren und asymmetrischen Zopf zusammengebunden, doch diesmal wird mein Gesicht von noch mehr verführerischen Locken eingerahmt, die an der Seite herunterhängen.

Ich finde, dieser Büro-Sexbomben-Look steht mir hervorragend. Und die Blicke verraten mir, dass es funktioniert. Die Zeit der Sack-Kleider ist vorbei. Von jetzt an werde ich die Zeiten zu neuem Leben erwecken, als es noch akzeptiert war, jede Menge Kurven zu haben. Teufel, die Monroe war nach den heutigen, albernen Maßstäben geradezu untersetzt. Und vor der sind die Männer schließlich auf den Knien rumgerutscht.

Ein Teil von mir möchte auch Daniel auf den Knien rutschen sehen. Oh ja. Ein anderer, deutlich stärkerer Teil von mir, hat allerdings diese verstörenden, Höschen durchnässenden Visionen, dass ich vor ihm auf den Knien rutsche. Und nicht nur das … Immer wieder tauchen in meinen Fantasien die Ledermaske und manchmal auch ein Paar hohe schwarze Jagdstiefel auf.

In dem Kasten für Verbesserungsvorschläge befinden sich heute leider keine blauen Briefe. Zugegebenermaßen enttäuschend, aber ich tröste mich damit, dass wir ja schließlich zu etwas interaktiveren Kommunikationswegen übergegangen sind. Nemesis hat mir sogar eine Handynummer gegeben, die ich anrufen soll, wenn ich meine Entscheidung getroffen habe. Auch wenn ich noch nicht die geringste Ahnung habe, wann das sein wird. Dieser sogenannte Quantensprung ist schon wirklich eine extrem verrückte Herausforderung.

Ich soll eine weitere meiner »Zufallsbekanntschaften« in einer Bar ansprechen. Er sagt, er würde mich eventuell – oder auch nicht – aus sicherer Entfernung beobachten, während ich einen geilen Mann, den ich noch nie gesehen habe, abschleppe, um irgendwo anonymen Sex mit ihm zu haben. Ob er wohl einen dieser berüchtigten Callgirl-Blogs gelesen hat?

Ich starre lächelnd in den Bibliothekssaal. Wir haben erst kurze Zeit geöffnet, aber einige der Stammkunden schlendern bereits durch die Regalreihen oder haben sich mit den aktuellen Tageszeitungen an einen der Tische gesetzt. Was würden sie wohl denken, wenn sie wüssten, was ihre gute, alte Miss Price heute vorhat? Vielleicht ahnen einige von ihnen ja etwas? Es waren nämlich nicht nur die Augenbrauen des Personals, die heute Morgen bei meinem Anblick nach oben schnellten. Einer der Arbeitslosen wirft mir über die *Sun* und später über das langweilige Lokalblatt hinweg immer wieder schüchterne Blicke zu.

Nemesis sagt, dass ich mir für meine Nutten-Nummer ein Hotel aussuchen soll, und ich habe auch schon eine vage Vorstellung, mit welcher Wahl er rechnet. Ich nehme an, ich sollte ihm den Gefallen tun, hätte aber auch nicht übel Lust, ihn so richtig zu schocken, indem ich irgendeine schmutzige, alte Absteige wie das *Horse and Jockey* oder das *Master Bricklayer's Arms* auswähle.

Apropos Nemesis, wo steckt der Hauptverdächtige heute

Morgen eigentlich? Vor der regulären Öffnungszeit hatte ich es gerade noch geschafft, einen kurzen Blick in Professor Adonis' Kabuff zu werfen, um zu sehen, ob er vielleicht durch die Hintertür reingekommen wäre. Aber sowohl vorhin als auch jetzt ist nichts von ihm zu sehen. Das allein ist noch nicht besonders ungewöhnlich. Er ist schließlich nur Gast hier, hat keine festen Arbeitszeiten und könnte auch mal einen Tag wegbleiben. Obwohl ich eigentlich dachte, dass es hier mittlerweile Anreize gibt, die über die Verlockungen des *Livesey*-Archivs und seiner einmaligen Dokumente hinausgehen.

Der Gedanke, ihn am heutigen Tag *nicht* zu sehen, hat eine außerordentlich starke Wirkung auf mich. Ich dachte immer, es sei nur eine Redewendung, wenn jemand erklärt, das Herz würde ihm in die Hose rutschen. Aber ich könnte schwören, das meine sauste nur so nach unten bei der Vorstellung, sein anbetungswürdiges Gesicht heute nicht zu sehen.

Anbetungswürdig? Was zum Teufel ist nur in mich gefahren? Hab' ich mich etwa in ihn verliebt? Bisher dachte ich, dass ich nur auf eine vielleicht etwas alarmierende Art scharf auf ihn wäre, und nur abwegige Sexspielchen mit ihm treiben wollte. Verbergen sich hinter meiner Lust etwa noch weitaus tiefere Gefühle? Also, das wäre wirklich vorsätzliche Dummheit.

Diese beunruhigenden Gedanken lassen die Freude auf diesen Tag ganz schnell verblassen. Doch ich versuche, mir möglichst nichts anmerken zu lassen. Ich setze ein Dauergrinsen auf und wende mich mit fast manischem Enthusiasmus der Auskunft der Leser zu. Selbst die bescheidenst vorgebrachten Fragen werden von mir bis ins letzte Detail beantwortet. In der Frühstückspause rase ich dann in den Keller, aber unten ist alles dunkel. Und auch als ich nach oben ins Helle zurückkehre, trage ich die trostlose Verwaistheit des Kellers immer noch in mir.

Ich muss mich einfach irgendwie von dem Gedanken an Männer mit wunderschönem Mund, magischen Fingern, dämonischen Gedankengängen und verdrehten Fantasien ablenken. Ich darf meiner unberechenbaren Vorstellungskraft einfach nicht erlauben, diese überaus gefährliche Richtung einzuschlagen.

Er will nur einen vorübergehenden Flirt. Und genau das will Nemesis auch. Oh, die Sache ist festgefahrener als ein schweres Auto in einer Schneewehe! Und dennoch kann ich die Mittagspause kaum erwarten. Dann kann ich endlich erneut in den Keller laufen, um zu sehen, ob er vielleicht gekommen ist.

Kurz vor meiner Pause – ich habe die Hoffnung schon fast aufgegeben – erscheint er schließlich. Er kommt durch den Haupteingang und hat eine Frau bei sich! Und sie ist sehr schön ... Die beiden bleiben kurz im Vorraum stehen, und sie schaut ihm voll zärtlichem Interesse in die Augen. Dann tätschelt sie ihm den Arm, beugt sich vor und flüstert ihm etwas offensichtlich Fürsorgliches ins Ohr.

Mein Bauch fühlt sich an, als wäre er mit geschmolzenem Blei gefüllt, und ich möchte der Person am liebsten die Augen auskratzen. Sie ist älter als ich und auch älter als er. Um die vierzig, würde ich sagen, aber strahlend und im wahrsten Sinn des Wortes in den besten Jahren. Ihre Frisur mit diversen hellen und dunklen Strähnchen sieht teuer aus und sie trägt einen hinreißenden Anzug, der förmlich »Designerklamotte« schreit. Eigentlich dürfte sie gar nicht Daniels Typ sein, aber er erwidert ihren liebevollen Blick mit einem seltsam intim wirkenden Schulterzucken und einem Kräuseln der Lippen. Jetzt möchte ich auch *ihm* die Augen auskratzen.

Wenn ich doch nur hören könnte, was sie sagen. Die Körpersprache verrät mir immerhin, dass sie sich um ihn zu sorgen scheint und irgendwelche vernünftigen Argumente bringt. Und auch wenn er einen Moment lang seine Brille abnimmt und sich erst die Augen und dann seinen Hinterkopf reibt, ist er doch ganz Mann und tut ihre Ängste mit einem Achselzucken ab.

Nachdem das Gespräch noch ein bisschen hin- und hergegangen ist, beugt sie sich erneut vor und gibt ihm einen zärtlichen Kuss auf die Wange. Die Berührung ihres Mundes hinterlässt den Hauch eines pinkfarbenen Lippenstiftabdrucks auf seiner Haut, den sie mit einer weiteren besitzergreifenden Geste wegwischt.

Nachdem die Frau gegangen ist, wandert Daniels Blick sofort zu meinem Schreibtisch. Doch gerade als er auf mich zukommt, erklingt neben mir eine dünne, unsichere Stimme. »Könnten Sie mir wohl bitte helfen?«

»Nein! Verpiss dich! Ich habe Mittagspause!«, möchte ich am liebsten brüllen, drehe mich aber um und lächle. Neben mir steht eine junge und sehr abgespannt aussehende Frau mit einem Kinderwagen, sie sieht aus, als würde sie gleich weinen. Stockend erklärt sie mir, dass ihr älteres Kind eine Hausaufgabe hat, die bis morgen fertig sein muss. Offensichtlich hat heutzutage doch nicht jedermann Internet, und so hat sie sich zum ersten Mal in ihrem Leben in eine Bibliothek gewagt, um hier nach Informationen zu suchen. Zehn Minuten später und mit einem Arm voller Bücher sieht sie mich begeistert an und ist rührend dankbar. Selbst das Kleinkind in der Karre scheint den Wechsel in der gestressten Stimmung seiner Mutter gespürt zu haben und beruhigt sich. Die Frau bedankt sich überschwänglich, und ich fühle mich trotz meines Ärgers über Daniel deutlich besser. Es hat etwas überaus Tröstendes und Befriedigendes, mal wieder das zu tun, was meinen Job ausmacht, und nicht einfach immer nur irgendwelche bürokratischen Vorgänge zu wiederholen. Ich ermutige sie noch, jederzeit wiederzukommen und nach mir zu fragen.

Doch dieses Gefühl von missionarischem, professionellem Wohlsein verflüchtigt sich nur allzu schnell, als meine Gedanken wieder zu Ms Strähnchen-Designerklamotte und ihr scheinbar Gott gegebenes Recht wandern, Daniel in der Öffentlichkeit zu küssen. Da die Bibliothek mal wieder chronisch unterbesetzt ist und mich niemand zur Mittagspause ablösen kann, bleibt mein Schreibtisch verwaist, nachdem ich meine Karte durch die Stechuhr geschoben habe und über die Hintertreppe in den Keller eile.

Es geht doch nichts über eine kleine Konfrontation, um die wachsende Spannung abzubauen. Na ja, eigentlich fällt mir schon etwas Besseres ein … und hey, vielleicht krieg ich es ja auch, wenn ich stattdessen doch keinen Streit anfange?

Mein Herz hüpft wie ein Flummi, als ich in gewagtem Tempo die Treppe runterrenne. Wenn der alte Johnson irgendwo in der Nähe wäre, würde ich ganz sicher eine Abmahnung bekommen. Aber wen interessiert's? Ich muss herausfinden, wer diese Frau ist.

Ich weiß, meine Eifersucht ist einfach lächerlich. Professor Adonis und ich sind kein Paar. Wir hatten ja noch nicht mal Sex. Jedenfalls nicht richtig. Ein bisschen Gefummel und Geblase sind nicht das Zeug, aus dem feste Beziehungen gemacht sind. Ein vorübergehender Flirt eben – wie er es selbst sagte. Die Frau in der Eingangshalle sah mir allerdings weder nach etwas Vorübergehendem noch nach einem Flirt aus.

Ich verlangsame mein Tempo. Ich muss mich beruhigen. Es ist nur ein Spiel.

Er sitzt nicht in seinem Kabuff. Wie immer ist der Schreibtisch voller Bücher und Papiere und der Bildschirm seines

Laptops leuchtet. Mir fällt sofort auf, dass mal wieder eines seiner Strategiespiele auf dem Rechner läuft. Arbeitet er hier unten eigentlich irgendwann mal? Sein Tweedsakko hängt über der Stuhllehne. Ob er wohl wieder auf der Toilette vorm Waschbecken steht? Die Erinnerung an seinen Anblick neulich lässt mich fast aus meinen flachen Schuhen kippen. So elegant. So wunderschön. So männlich.

Mein lüsterner Gedächtnisfilm wird von einem leisen Geräusch unterbrochen. War das ein Stöhnen? Auf jeden Fall klang es so. Ist er etwa schon wieder dabei?

Ich schleiche ans Ende des Kellers, wo ein paar abgenutzte, alte Möbel aus früheren Zeiten lagern, als ein Gang in die Bibliothek noch ein etwas gediegeneres Ereignis war. Damals hatte die Bibliothek einen eleganten Lesesaal mit schweren Ledersofas, auf denen es sich der niedere Adel bequem machen und die *Times* lesen konnte. Die ehrwürdigen Sitzmöbel sind mittlerweile zwar völlig zerschlissen, aber dennoch entdecke ich Daniel ausgestreckt auf einem der Sofas liegend. Er hat den Arm über sein Gesicht gelegt und bedeckt seine Augen damit. Der andere Arm hängt an der Seite herunter und berührt fast den Boden. In der Hand baumelt seine Brille. Er sieht aus wie eine Mischung aus gefallenem Engel und einem viktorianischen Poeten, der sich mit Absinth und Laudanum die Kante gegeben hat.

»Ist alles in Ordnung?«

Meine Stimme lässt ihn nach oben schießen, aber eine Hand wandert sofort zurück zu seinem Kopf.

»Ja … einigermaßen.«

»Schwindler!«

Seine Augen sehen in der schlecht beleuchteten Ecke des Kellers wie zwei dunkle Höhlen aus, und er hat ganz offensichtlich Schmerzen. Dies ist schon das zweite Mal, dass ich ihn hier unten nicht gerade in absoluter körperlicher Höchstform antreffe.

Er schwingt seine Beine von dem Sofa und bietet mir einen Platz neben sich an. Ich setze mich, aber er macht sich zunächst äußerst umständlich daran, seine Brille aufzusetzen, und sieht mich daher immer noch nicht direkt an. Genau wie die elegante Frau aus der Eingangshalle lege ich ihm eine Hand auf den Arm. Seine Haut fühlt sich durch die dunkelblaue Baumwolle seines Hemdes heiß und fiebrig an.

»Was ist denn? Stimmt irgendwas nicht?«

»Nur ein bisschen Kopfschmerzen, nichts weiter. Mach dir keine Gedanken darüber.«

Seine Stimme klingt angestrengt und rau.

»Du scheinst oft Kopfschmerzen zu haben. Warst du mal bei einem Arzt?«

Er rückt die Schultern gerade, setzt sich aufrecht hin und schaut mich jetzt auch an. In seinen Augen ist wieder ein gewisses Funkeln zu sehen.

»Ich arbeite einfach nur zu viel. Es ist nichts.« Er legt seine Hand auf die meine und streicht sanft mit den Fingerspitzen darüber. »Wie geht es *dir* denn?«

Fantastisch natürlich – jetzt, da er mich berührt hat. Es sind dieselben Finger, die mich gestern Abend in den Wahnsinn getrieben haben, und ihre sanften Bewegungen sorgen dafür, dass ich beinahe schon wieder durchdrehen könnte. In einer Sekunde bin ich von der Arbeitswelt der Bibliothek mit ihren begrenzten Budgets und sorgenvollen Nutzern in das brennend heiße Reich von Nemesis und seinen verspielten Sex-Fantasien übergewechselt.

Hier kann ich alles sagen, alles tun, alles wollen.

»Willst du das wirklich wissen?«

»Natürlich. Wir sind doch schließlich Freunde, oder?«

Schöner Freund … Ich schaue auf seine Hände und stelle sie mir sofort auf meinem Körper vor. Doch plötzlich sehe ich, wie seine Finger einen Stift halten oder über eine Tastatur tanzen. Es liegt mir auf der Zunge, die Wahrheit von ihm einzufordern, sage stattdessen aber nur: »Na gut, ich werd dir sagen, wie es mir geht. Ich bin geil!« Seine Augenbrauen schießen nach oben, aber er lächelt. »Da hast du's! Ist das freundschaftlich genug für dich?«

»Nun, das ist *eine* Möglichkeit, einen Mann von seinen Kopfschmerzen abzulenken.« Er rückt näher, sodass mir ein Hauch von seinem intensiven Rasierwasser in die Nase steigt. Es hat etwas Hölzernes, Würziges und duftet so exotisch, dass sich mir fast die Fußnägel kräuseln. Und zwischen meinen Beinen ist ein deutliches Pochen zu spüren. »Und willst du … äh … etwas dagegen unternehmen?« Seine dichten, dunklen Wimpern flattern nach unten. Durch die vergrößernden Gläser seiner Brille sehen sie in dem schwachen Licht wie schwarze Samtfächer aus. »Natürlich rein freundschaftlich. Außerdem hättest du dann Nemesis etwas zu berichten.«

»Scheiß auf Nemesis!«

Ich muss lachen, als mir auffällt, dass er das aufgrund seiner wahren Identität vielleicht als Beleidigung auffassen könnte. Doch er lacht auch. Als ich schließlich glaube, ein schlüpfriges Lächeln zu sehen, als er mir seine ebenen weißen Zähne zeigt, weiß ich, dass ich wohl Halluzinationen habe.

»Allerdings«, erwidert er mit leicht schief gelegtem Kopf. Hat er eben gezwinkert? Es könnte sein. Das wäre durchaus möglich.

Allerdings, allerdings. Er ist so verlockend, so köstlich. Und er hat etwas an sich, das mir das Gefühl gibt, Macht über ihn zu haben. Mag sein, dass er meistens die Oberhand hat, aber im Moment sieht er immer noch ein bisschen erschöpft und verletzlich aus. Ich beuge mich vor, gebe ihm Gelegenheit für einen langsamen Anfang, ziehe ihn dann aber doch recht schnell zu einem Kuss heran. In der letzten Sekunde reißt er sich die Brille von der Nase und wirft sie über das Sofa hinweg auf den Boden. Ich höre ihre sanfte Landung auf dem dünnen, alten Teppich. Meine Sorge, dass sie vielleicht kaputtgehen könnte, ist allerdings meilenweit entfernt. Ich liebe das Gefühl, Daniels Locken durch meine Finger gleiten zu lassen und die feuchte Hitze seines Mundes um meine eindringende Zunge herum zu spüren. Ich liebe es, wie er »Mmmh …« macht und meinen Atem förmlich zu verschlucken scheint.

Seine Gefügigkeit ist allerdings nichts weiter als eine Nummer, denn sogar während ich ihn küsse, sind seine geschickten Hände pausenlos bei der Arbeit. Ehe ich michs versehe, hat er mir die Bluse aus dem Bündchen meines Rockes gezogen, und seine heißen suchenden Fingerspitzen wandern bereits über meinen Rücken, um an den Verschluss meines BHs zu gelangen. Er hakt ihn mit verdächtiger Raffinesse auf, und das Gefühl, den Stoff des geöffneten Kleidungsstückes auf meiner Haut zu spüren, ist merkwürdig, hat gleichzeitig aber auch etwas Anrüchiges und äußerst Erregendes. Der Anrüchigkeitsfaktor wird noch erhöht, als eine seiner Hände nach vorne wandert, eines der Körbchen hochreißt und meine Brust grob und fordernd knetet. Im selben Moment schnellt seine Zunge nach vorn und ergreift mit einer Sicherheit von meinem Mund Besitz, wie ich sie noch nie an den Tag gelegt habe.

Ich stöhne stumm und wackle mit den Hüften, als er in einen meiner Nippel kneift. Der Schmerz ist winzig, aber so stechend, dass er mein Herz und meine Seele zu durchbohren scheint. Woher zum Teufel weiß er nur, dass mich das anmachen würde? Ich wusste es ja selbst nicht mal.

Er wiederholt sein Kneifen – nicht fest, aber mit Autorität –, und ich spüre sofort den warmen Rausch der Erregung in meinem Höschen. Plötzlich möchte ich dort unten nackt sein. Ich will wieder seine Hand spüren, wie sie mich berührt, erforscht und beglückt. Ich will seine Finger in mir haben. Vielleicht nicht gleich drei, aber auf jeden Fall zwei. Rein, rein, tief rein! Sie sollen mich vorbereiten auf das Eindringen seines Schwanzes.

Während er noch immer an meinen Brüsten herumspielt, greife ich nach unten, schiebe meinen Rock hoch und lege meinen Strumpfbandhalter und die Oberkante der Strümpfe frei. Jetzt benutze ich beide Hände, um den störenden Stoff des Rockes irgendwie um meine Hüfte herum zusammenzuknüllen. Dann gehe ich dazu über, an meinem Höschen zu ziehen. Als Daniel merkt, was ich vorhabe, lässt er von meinen Brüsten ab und hilft mir. Gemeinsam ziehen wir den Slip über meine Schuhe, sodass ich schließlich von der Hüfte bis zum oberen Teil meiner Schenkel nackt bin.

Als ich meine Augen öffne, stelle ich fest, dass die von Daniel geschlossen sind und seine schweren Wimpern auf den hohen Wangenknochen ruhen. Er genießt mich in der Dunkelheit, und seine Berührungen beschränken sich jetzt darauf, ganz leicht am Gummi meines Strumpfbandhalters zu ziehen. Dann wandern seine Finger über eines der Bänder hin zu der dicken schwarzen Oberkante meiner Strümpfe. Eine der Fingerspitzen gleitet unter das Nylon und streichelt mich. Sein Nagel fühlt sich ganz hart auf meiner weichen, nackten Haut an, die ich für so lange Zeit immer nur selbst gespürt habe. Entweder beim Waschen … und gelegentlich auch, wenn ich an mir selbst herumgespielt habe.

Ungefähr eine Minute lang beschäftigt Daniel sich ausschließlich mit meinen Strümpfen und macht mich immer heißer. Er ist ganz dicht an meiner Mitte, hält sich aber mit voller Absicht noch davon fern. Ich spüre, wie ich tropfe, und mein Lusthonig sammelt sich bereits unter meinem Po auf dem porösen Leder der Couch. Mein Geschlecht steht bereits weit offen und schreit stumm nach Kontakt.

Irgendwann verliere ich die Geduld, packe seine Hand und zwinge sie zwischen meine Beine. Ich habe genug von diesem unentschlossenen Gefummel, und das tiefe, zustimmende Keuchen, das Daniel mir ins Ohr stöhnt, zeigt mir, dass es richtig war, die Initiative zu übernehmen.

Er tut sofort alles, wonach ich mich sehne. Seine Hand legt sich zärtlich auf meine Möse, und der Mittelfinger drängt gebieterisch zwischen meine Schamlippen und zielt direkt auf meinen Kitzler. Er presst seinen Finger fest gegen meine Lustknospe – genauso entschlossen, wie er mich eben in die Brustwarze gekniffen hat. Und genau in dem Moment, in dem ich das bemerke, steckt er seine Hand erneut in meinen offenen BH und dreht vorsichtig an meinem schmerzenden Nippel. Drehen, ziehen, pressen, reiben. Drehen, ziehen, pressen, reiben.

Mein Fötzchen beginnt zu flattern und zu zucken. Als es mir schließlich kommt, beiße ich Daniel beinahe in die Zunge. Ich bin nur froh, dass er die Herrschaft über meinen Mund hat, denn sonst hätte ich laut aufgeschrien. Und obwohl wir uns hier unten im verlassenen Keller der Bibliothek befinden, hätte mich ganz sicher jemand gehört.

Er bearbeitet mich während des gesamten Höhepunkts gnadenlos weiter. Ich zucke und wippe und zerfließe und wimmere. Ich ziehe eine Schau vor ihm ab. Doch innerlich plane ich längst Vergeltung. Im Moment verlangt er meine Leidenschaft, aber schon bald werde ich die seine besitzen.

Noch immer zitternd löse ich mich von ihm, lege meine Hände gegen seine Brust und drücke ihn auf das Sofa zurück.

»Kondom? Hast du ein Kondom?«, keuche ich und werfe

mich wenig elegant, aber mit atemloser Entschlossenheit an ihn.

»Ja«, stöhnt er zurück, kramt in der Tasche seiner Hose und zieht schließlich die altbekannte Folienverpackung hervor.

Na, da ist ja mal jemand gut vorbereitet.

Seine Augen öffnen sich für einen Moment, und er wirft mir ein trockenes Lächeln zu, das von einer rollenden Bewegung seiner Schultern begleitet wird.

Du Teufel! Du hast das die ganze Zeit geplant! Ich möchte ihn am liebsten schütteln und ihm sagen, dass er ein arroganter, überheblicher, provokanter Mistkerl von einem manipulativen Perversling ist. Aber ich tue es nicht. Erstens ist der Satz zu lang und zweitens möchte ich ihn ficken.

Mit einem strengen, mahnenden Blick – den er allerdings fast verpasst, weil er sich schon wieder zurücklehnt und die Augen schließt – öffne ich erst seine Gürtelschnalle, dann den Knopf seiner Jeans und schließlich den Reißverschluss. Erstaunlicherweise trägt er keine Unterhose. Also hat er ganz arrogant geplant, sich heute über mich herzumachen. Eigentlich sollte ich ihm sagen, dass er ganz schön Nerven hat, aber der Anblick seines imposanten Schwanzes, der wie ein rosiger Speer aus den dunklen Falten seiner Jeans hervorsteht, verschlägt mir die Sprache.

Die Vorfreude lässt mich fast ohnmächtig werden. Ich will ihn. Ich will ihn in mir spüren. Ich will Sex mit dem berühmten Fernsehhistoriker und cleveren Allround-Teufel Professor Daniel Brewster haben. Und zwar jetzt sofort.

»Gib her!« Ich schnappe mir das Kondom und reiße die Verpackung auf. Der Gummi ist glatt und seidig, aber nicht annähernd so glatt und seidig wie Daniels Eichel. Aus dem kleinen Auge auf der Spitze tritt bereits klare, silbrige Flüssigkeit aus. Seine Erregung ist genauso groß und verräterisch wie die meine.

Es ist schon eine ganze Weile her, dass ich einem Mann ein Kondom übergerollt habe. Aber glücklicherweise ist das eine der Fähigkeiten, die man nie verlernt. Schließlich geht sie immer mit dem Vergnügen einher, die herrliche Steifheit eines männlichen Organs zwischen den Fingern zu spüren. Es gelingt mir, unser gemeinsames Ziel ohne viel Gefummel zu erreichen, aber die Hitze seines mächtigen Riemens bringt mich um den Verstand. Genauso wie die gequälte Schönheit, die seine Gesichtszüge annehmen, während ich seinen Schwanz verpacke.

Endlich ist er bereit. In Gummi eingepackt und noch härter und aufrechter als zuvor – wenn das überhaupt möglich ist. Meine Muschi pocht und schnurrt vor freudiger Erwartung.

Also, wie gehen wir die Sache jetzt an? Ich habe das große Verlangen, oben zu sitzen, muss dafür aber die Oberhand gewinnen. Ich werfe meine Schuhe von mir, klettere auf ihn und setze mich mit gespreizten Beinen auf seine Schenkel. Das uralte Sofa knirscht verdächtig, während ich noch nach der richtigen Stellung suche, mich an der Rückenlehne festhalte und ihm beinahe meine halbnackten Brüste ins Gesicht drücke. Die Anstrengung, mich in dieser Position möglichst geschickt zu halten, lässt auch die Muskeln meiner Schenkel knirschen. Ich greife unter mich, nehme seinen Schwanz in die Hand und führe ihn in mich ein.

Mein Absenken scheint ewig zu dauern. Es besteht eben doch ein himmelweiter Unterschied zwischen dem bloßen Anblick eines großen Schwanzes und dem Glück ihn dann schließlich in mir zu haben. Und erst jetzt, da es endlich passiert, begreife ich die wahrhaft exquisiten Unterschiede. Er fühlt sich sowohl in der Länge als auch in der Breite so riesig an, dass er mir den Atem raubt. Ich schnappe nach Luft, sacke ein weiteres Stück nach unten und öffne mich dabei immer weiter, um ihn ganz aufnehmen zu können.

Endlich sitze ich ruhig auf ihm, aufgespießt von diesem heißen, herrlichen Fleischprügel. Es dauert einen Moment, bis ich mich an diese Tatsache gewöhnt habe.

Ich beuge mich über ihn und genieße schwer atmend das Gefühl, ganz von ihm ausgefüllt zu sein. Das Erlebnis ist äußerst intensiv, hat etwas fast Feierliches und ist für mich unerwartet emotional. Meine Augen füllen sich mit seltsamen, irrationalen Tränen. Nur ein Flirt? Oh Mann, wenn das mal keinen Ärger gibt.

Mein geöffneter BH schlackert mit jeder Bewegung gegen meine Brüste. Noch etwas tiefer rutschend und mit einem leisen Keuchen schiebe ich meine Bluse über die Schultern und zerre heftig an den immer noch geschlossenen Ärmeln, bis schließlich die Knöpfe abreißen. Ich werfe das gute Stück in die Luft und meinen BH gleich hinterher. Jetzt bin ich bis zur Taille nackt und bis zum Anschlag von dem Schwanz des Mannes ausgefüllt, von dem ich die schreckliche Vermutung habe, dass ich schon jetzt in ihn verliebt bin. Und ob das Ärger gibt!

Ich bin nur froh, dass Daniels Augen noch immer geschlossen und die Birnen der Notbeleuchtung im Keller so gnädig schwach sind, falls er sie doch wieder öffnet. Die Tränen stehen mir nämlich noch immer in den Augen und ich bin ganz sicher, dass die hoffnungslose Liebe mir ins Gesicht geschrieben steht.

Seine Hände ruhen auf den kurvigen Rundungen meiner Hüften und meines Pos. Die Zärtlichkeit seines Griffes ist überwältigend. Ich hoffe inständig, dass dies nur eine Vernarrtheit ist. Wenn nicht, wird es die Hölle auf Erden, wenn der Flirt dann vorbei ist.

Ich schaue in sein Gesicht – sein wunderschönes, berühmtes, verschlagenes Gesicht – und mein sexgetriebener Kummer verwandelt sich sofort in Zorn. Oh ja, diese Nummer bedeutet für ihn nicht mal im Ansatz so viel wie für mich. Der Mann muss doch Horden von Groupies haben. Und wo wir schon mal beim Thema Frauen sind, wer war eigentlich diese elegante, kultivierte Erscheinung, mit der er in der Eingangshalle gesprochen hat?

»Wer war diese Frau?«

Ich kann nicht glauben, dass ich die Frage laut ausgesprochen habe. Was zum Teufel ist nur los mit mir? Ich ertrinke in den herrlichsten Gefühlen, doch mein blödes, eifersüchtiges Hirn vermasselt mal wieder alles.

Daniel öffnet die Augen und blickt mich einen Moment lang abwesend und benebelt an. Er blinzelt, als wäre er nicht ganz sicher, wen er vor sich sieht. Aber ich sehe nur noch rot. Vielleicht hat er ja sogar gerade an sie gedacht. »Du weißt schon, die Dame mit dem Anzug, die du in der Eingangshalle abgeknutscht hast.«

Er legt die Stirn in Falten und rollt angestrengt mit den Augen. Erst dann scheint er seinen Blick scharfstellen zu können. Mit einem übertriebenen Seufzer packt er mich fest an der Hüfte, bringt sein Becken erneut in Position und rammt mich noch fester auf seinen erigierten Schwanz.

Ich stöhne laut auf und habe das Gefühl, als würde Dampf aus meinen Ohren treten. Meine Möse ist zum Zerreißen gespannt, und diese Spannung hat die extremsten Auswirkungen auf meinen Kitzler. Ich vergesse, dass je eine andere Frau auf diesem Planeten existiert hat. Es gibt nur noch mich, die auf Daniel sitzt und bis zum Anschlag von seinem Schwanz gestopft ist. Er stößt sein Becken erneut nach oben und zieht mich gleichzeitig fest nach unten. Und wieder ist es nicht nur das klapprige Sofa, das ächzt und stöhnt.

»Diese Frau …« Seine Stimme klingt tief und angespannt, sein Griff ist immer noch sehr fest. »Diese Frau ist meine Cousine Annie. Sie ist Mitbesitzerin des *Waverly Hotels*. Deshalb wohne ich auch dort.« Er geht dazu über, mich nur mit einer Hand festzuhalten, lässt die Finger seiner anderen Hand zwischen unsere Körper wandern und bearbeitet meinen Kitzler. Meine Muschi zieht sich um seinen Schwanz zusammen, und ich sehe Sterne hinter meinen geschlossenen Augen. Noch ein Schnipsen an meiner Lustknospe und die Wellen eines heftigen Höhepunktes bäumen sich vor mir auf. Ich bin immer noch verwirrt. Verwirrt und wütend.

»Zufrieden?«, raunt er, nimmt meinen Kitzler zwischen Zeigefinger und Daumen und drückt zu. Als er mir schließlich auch noch einen kleinen Klaps auf den Po gibt, *bin* ich zufrieden … und komme. In meiner Kehle sammelt sich ein Schrei, den ich in letzter Sekunde unterdrücke, indem ich mir die Faust in den Mund schiebe. Mein Kitzler strahlt eine Lustwelle nach der anderen ab, und obwohl ich wie wild zucke und mich winde, unterbricht Daniel seine Zuwendungen nicht.

Er gibt mir erneut einen kleinen Klaps, und mein Orgasmus entlädt sich vollends. Ich werde fast ohnmächtig. Dann falle ich erschöpft nach vorne und hocke ein paar Minuten einfach nur auf ihm. Mein Körper ist gegen den seinen gepresst, meine Brust hebt und senkt sich und mein Geschlecht prickelt von kleinen Nachbeben. Plötzlich schließen sich seine Arme um mich. Unglaublich sanft und zärtlich wiegt er mich. Dabei war er eben noch so dominant. Es fühlt sich an, als wäre ich ins Weltall geschossen worden und würde jetzt ganz langsam an einem Fallschirm wieder nach unten schweben.

So habe ich Sex noch nie erlebt. Vielleicht hatte ich zuvor ja noch niemals Sex, sondern immer nur eine blasse, farblose Simulation davon.

Irgendwann atme ich tief ein und komme wieder auf den Boden zurück. Doch das Wichtigste, worum ich mich jetzt kümmern muss, ist die wilde Erektion, die immer noch heiß und hart in meiner Mitte steckt.

Wie um alles in der Welt kann das sein? Hat der Mann vielleicht übermenschliche Kräfte? Mein Ex oder auch jeder andere meiner bisherigen Partner wären längst fertig gewesen. Niemals hätten sie einen derart aufpeitschenden Ritt überstanden, denn für ihn war es sicher genauso rasant wie für mich. Und doch steckt er immer noch in mir. Hart wie ein Stein. Nur wie ein warmer, durchbluteter Stein, der von der Kraft seines Lebens pulsiert.

Ich richte mich ein wenig auf und schaue zu ihm hinunter. Der Teufel! Sein Lächeln ist ein Bild für die Götter. Und da ist tatsächlich Zärtlichkeit zu entdecken. Ich habe mich nicht geirrt. Und dahinter ist auch ein Hauch von männlicher Selbstgefälligkeit zu erkennen. Ein Blick, der zu sagen scheint: »Sieh mich an … sieh nur, wie lange ich durchhalten kann … mich besiegst du nie.« Doch genau dieses Verlangen löst der Anblick bei mir aus. Ich will ihn besiegen. Ich will ihn so überwältigen, dass er in mir abspritzt. Er soll mein hilfloser Sklave sein!

Ich lehne mich erneut gegen seine Brust und verändere meine Position. Dann hebe ich das Becken und lasse mich mit aller Macht auf seinem Schwanz nieder, der noch tiefer als zuvor in mich eindringt. Meine Muschi zuckt gefährlich. Ein weiterer Höhepunkt scheint nur eine Berührung weit entfernt. Aber ich kümmere mich nicht darum. Mir reicht im Moment die Befriedigung zu sehen, wie sich Daniels Augen weit öffnen. Und als ich meinen Ritt fortsetze, lässt er einen fluchenden Schrei los, der eher zu einem Matrosen als zu einem gebildeten und kultivierten Akademiker passen würde.

»Pst!«, ermahne ich ihn, beuge mich wieder etwas vor und lege meine Hand über seinen Mund.

Dann reite ich ihn. Und zwar richtig. Wieder und wieder hebe und senke ich meinen Unterleib. Es dauert nur Sekunden, bis es mir in einer plötzlichen und heftigen Zugabe ein zweites Mal kommt. Doch ich reiße mich zusammen und mache weiter. Mein Körper bewegt sich wie auf Autopilot, während mein Geist irgendwo oben zwischen den Sternen schwebt.

Und der Mistkerl verweigert sich doch tatsächlich immer noch!

Jetzt reicht's. Ich lasse mein Becken nach unten plumpsen, presse mich fest auf ihn und spanne meine glühende Möse um seinen Schwanz herum an. Zwar sehe ich sofort wieder Sterne, aber ich beiße die Zähne zusammen und packe und melke ihn, wie ich noch nie zuvor einen Mann genommen und gemolken habe.

Seine Hände packen mich bei den Hüften und die Fingernägel krallen sich in mein überschüssiges Fleisch. Der Fiesling! Er hält mich immer noch hin. Sein wunderschönes Gesicht ist eine Maske aus Anspannung und Sturheit. Sein Kiefer wirkt hart wie Eisen, und er hat die Zähne fest zusammengebissen.

Jetzt hab ich die Faxen dicke!

Ich hebe mein Becken ein letztes Mal an und lasse es wieder hinabfallen. Dann passieren zwei Dinge gleichzeitig. Nein, drei Dinge. Nein, eigentlich sogar vier …

Daniel stößt einen weiteren Seefahrerfluch aus. Er spritzt mit wild zuckenden Hüften ab. Ich komme ein drittes Mal, und die Lust wringt sich aus mir heraus, fast als wäre sie ein schmerzhafter Krampf.

Und das uralte Sofa gibt endlich der Strafe nach, die wir ihm auferlegt haben, und bricht schließlich mit einem lauten Krachen unter uns zusammen.

Wir können die Sache auch beenden

Es kommt zu einem Moment totaler, sprachloser Stille. Als ich meine Augen öffne, sehe ich direkt in die von Daniel. Sie sehen strahlender und glücklicher aus, als ich es je bei ihm erlebt habe. Obwohl er keine Brille trägt, schauen sie mich voller Klarheit und Heiterkeit an. Wir fangen beide an zu prusten, und unser Gelächter scheint immer mehr an Wucht zu gewinnen – so wie die riesige, runde Felskugel, von der Indiana Jones gejagt wurde. Doch kurz bevor ich in heulende Verzückungsschreie ausbreche, hören wir ein Geräusch, das uns beide erstarren lässt.

»Wer ist da? Was ist hier los?«

Es ist Mr Johnson, der Bibliotheksleiter. Und auch wenn er noch am anderen Ende des Kellers sein muss, klingt es ganz danach, als käme er direkt auf uns zu.

In hektischen, verschwommenen Bewegungen lösen wir uns voneinander und sammeln eilig unsere Sachen zusammen, als wären wir eine Spezialeinheit, die auf einen Hinterhalt reagiert. Ganz instinktiv greife ich nach Daniels Hand und ziehe ihn in eine Ecke des Magazins, in der ich mich schon öfter versteckt habe, wenn ich mal genug vom Büchereinsortieren hatte und stattdessen lieber ein paar Minuten Schweinkram lesen wollte.

Entschlossene Schritte nähern sich.

»Ist hier jemand?«, wiederholt der verwirrte Bibliothekar, der jetzt offenbar vor dem zusammengekrachten Sofa steht.

Es ist dunkel in unserer kleinen Nische. Ganz in der Nähe hängt zwar eine kleine Lampe an der Wand, aber sie ist nicht angeschaltet. Daniel und ich sitzen zusammengekauert neben einer Versandkiste und einem Stapel alter Zeitungen. Während Mr Johnson leise Laute der Empörung von sich gibt, meldet sich unsere kurzfristig unterdrückte Hysterie erneut zurück. Der Drang, laut loszulachen, ist so groß, dass wir die Hände vors Gesicht pressen und heroisch dagegen ankämpfen müssen. Ich wage mir nicht mal vorzustellen, was passieren würde, wenn mein Chef uns hier so finden würde. Ich halbnackt und Daniel mit schlaffem, immer noch aus der Hose schauendem Schwanz. Herrichten können wir uns nicht, denn selbst das leiseste Geräusch würde eine Entdeckung nach sich ziehen.

Auch wenn Mr Johnson das Sofa wahrscheinlich nur einer ganz kurzen Untersuchung unterzogen hat, scheint es uns doch, als würde er jeden Zentimeter des kaputten Möbelstücks genau betrachten. Mein Chef gibt einen weiteren verwirrten Laut von sich und verschwindet dann mit schnellen Schritten aus dem Magazin.

Erst als wir hören, wie die Tür am anderen Ende des Kellers geöffnet und wieder geschlossen wird, brechen Daniel und ich in ein befreiendes Gelächter aus. Unser Anfall dauert mehrere Minuten, während wir aus unserem Versteck kriechen, unsere Kleidung richten und die belastenden Beweise in Form von benutzten Kondomen und abgerissenen Knöpfen beseitigen. Als wir beide wieder einigermaßen vorzeigbar aussehen, setzen wir uns gemeinsam an Daniels Schreibtisch. Doch keiner von uns kann aufhören zu grinsen und hin und wieder in ein lautes Kichern auszubrechen.

»Das war irre. Einfach irre!« Ich kremple meine Ärmel hoch, um das Fehlen der Knöpfe zu kaschieren. Sieht sogar recht stylish aus und ähnelt noch mehr den Fünfzigerjahren ... Vielleicht setze ich damit ja einen Trend beim Personal. Schon immer hatte ich mir vorgestellt, dass hier irgendwelche schmutzigen Dinge vor sich gehen könnten, hätte aber nie gedacht, dass ich jemals darin verwickelt sein könnte.

»Das war unglaublich, Gwendolynne.« Daniel lächelt mich durch seine Brillengläser hindurch an. Gleichzeitig wirkt er aber auch sehr ernst. Sind wir zu weit gegangen? War das zu heftig? Haben wir unsere Grenzen überschritten und den Flirt damit zunichtegemacht? »*Du* warst unglaublich ... Ich habe das Gefühl, als hättest du gerade den Boden mit mir aufgewischt. Aber auf gute Art und Weise.«

Ich will gerade etwas erwidern, als ich völlig aus dem Blauen heraus zu zittern beginne. Und zwar nicht nur, weil ich eben etwas getan habe, was mich ohne weiteres meinen Job hätte kosten können. Nein, es sind meine Gefühle. Es ist das, was ich dummerweise habe geschehen lassen. Auch wenn es lächerlich ist, bin ich jetzt so gut wie sicher, mich in Daniel Brewster verliebt zu haben. Und ich will weitaus mehr von ihm, als nur so einen blöden, kleinen Flirt.

»Was ist los?«

Ich schaue auf und merke, dass ich einen Moment lang völlig weggetreten war. Daniel starrt mich mit hochgezogenen Augenbrauen an. In seine Stirn hängt eine wunderschöne Locke, die ich am liebsten berühren und um meinen Finger wickeln möchte. Allein der Gedanke an die zärtliche Vertrautheit einer solchen Geste beruhigt mich – auch wenn es das nicht sollte. Kurz bevor ich nach der Haarsträhne greifen kann, nimmt er allerdings meine Hand, drückt sie leicht und bewahrt mich so davor. Die Wärme seiner Fingerspitzen ist genauso entspannend und beruhigend.

»Ich dachte nur gerade, dass das eben wirklich sehr knapp

war. Was für ein Wahnsinn, an einem Ort Sex zu haben, wo wir jederzeit von irgendeinem Angestellten entdeckt werden könnten.«

Daniels Mund verzieht sich. Aber diesmal ist es kein Lächeln, sondern eher ein Ausdruck von Verwirrung. Gleichzeitig versucht er aber immer noch ganz offensichtlich, mir eine Stütze zu sein.

»Tut mir leid. Das war alles meine Schuld. Ich hätte nicht so leichtsinnig sein sollen. Die Geschichte hätte dich deinen Job kosten können. Das war falsch von mir.« Er macht eine Pause und sieht mich sehr ernst an. »Hör zu, wir können die Sache auch beenden, wenn du willst. Du musst es nur sagen. Ich finde es großartig, was wir hier haben. Es ist ... na ja, etwas ganz Besonderes. Aber ich möchte auf keinen Fall, dass dein Leben dadurch irgendwie aus den Fugen gerät, glaub mir. Und zwar in keiner Weise.«

Wir können die Sache auch beenden ...

Eine Sekunde lang kämpfe ich erneut mit den Tränen. Er ist aufrichtig. Ich glaube ihm. Ich bedeute ihm wirklich etwas – auch wenn seine Gefühle sich nur innerhalb unserer augenblicklichen Leidenschaft bewegen. Aber plötzlich kommt mir ein verstörender Gedanke. Was genau sollten wir eigentlich beenden?

Gwendolynne und Daniel? Oder Gwendolynne und Nemesis? Oder waren diese beiden immer ein und dieselbe Person?

»Ich will die Sache aber nicht beenden.«

Meine Worte hängen in der Luft. Ich kann sie fast dort schweben sehen, und sie klingen viel zu vehement und verzweifelt. Daniel schaut mich an und sieht zu meiner Bestürzung ausgesprochen argwöhnisch aus. Er ist clever und hat eine intuitive Auffassungsgabe. Ich wette, er kann in mir lesen wie in einem der alten Wälzer im Archiv. Wahrscheinlich sogar noch besser. Ich könnte mich in den Po beißen. Er will einfach nicht mehr als eine vorübergehende Beziehung und mir muss ins Gesicht geschrieben stehen, dass ich deutlich mehr will. Er zieht seine breiten Augenbrauen zu einem Kräuseln zusammen. Er sucht nach der richtigen Formulierung, aus der Situation herauszukommen. Das weiß ich genau.

»Ich auch nicht.«

Einen Moment lang glaube ich, Halluzinationen zu haben. Ich habe genau das gehört, was ich hören wollte, und der Drang, auf dem Tisch zu tanzen, lässt mich fast wirklich draufklettern. Doch ich kann mich gerade noch zurückhalten. Er *will* weitermachen! Es gibt immer noch eine Chance! Bevor mein Grinsen allerdings zu doof wird und ich etwas tue, was noch abwegiger und närrischer ist, als die Dinge, die ich bereits getan habe, bewahre ich die Fassung. Jetzt schau bloß nicht *zu* begeistert drein, Mädel. Denk dran, die Sache ist nur vorübergehend. Reiß dich einfach zusammen und genieße, was du hast, so lange es geht.

»Na, dann ist das ja auch geklärt«, täusche ich Unbekümmertheit vor. Ich weiß zwar, dass er mich ganz sicher durchschaut, aber das kümmert mich im Moment nicht allzu sehr. »Ich finde nur, wir sollten uns in Zukunft hier unten benehmen. Meinst du nicht auch?«

»Auf jeden Fall. Schließlich gibt es viele andere geeignete Orte für einen netten, kleinen Fick, oder?«

Ich will ihn fragen, was für Orte er meint, greife stattdessen aber nach seiner Hand und ziehe ihn in Richtung eines dieser Orte. Doch plötzlich erklingt das brummende Läuten der alten Rathausuhr. Der Klang zeigt mir an, dass die Fickereien und die verrückten Spiele mit Nemesis, der außerdem Daniel ist, jetzt vorbei sind, und ich wieder in den Alltag zurückkehren muss. Ich habe meine gesamte Mittagspause hier unten verbracht und sollte hinauf zur Stechuhr. Und zwar unverzüglich.

»Oh, so ein Mist! Ich muss wieder rauf an die Arbeit!«

Ich springe auf, und Daniel tut es mir gleich.

»Aber was ist denn mit dem Essen? Du musst doch was essen … Ich wollte gerade vorschlagen, noch in einen Pub, ein Café oder ein Restaurant zu gehen.«

Eine zauberhafte Idee und vor meinem geistigen Auge entsteht auch sofort das Bild, wie wir irgendwo gemeinsam an einem Tisch sitzen, etwas essen, ein Bier trinken, uns unterhalten und lachen. Nichts besonders Sexuelles, sondern einfach nur die Gesellschaft des anderen genießen. Nähe.

»Nun, das ist zwar ein reizendes Angebot, Professor, aber ich habe in meiner Mittagspause gerade dich verspeist.« Sein spitzbübisches Lächeln bringt mich fast um. »Ich muss nach oben, wirklich. Ich muss!«

Er knabbert an seiner Lippe, greift blitzschnell nach seiner Laptoptasche und fördert einen übergroßen Schokoriegel zutage.

»Hier. Das Essen geht auf mich.« Er legt den Riegel in meine Hand, aber für mich fühlt es sich an, als hätte er mir gerade eine Diamanthalskette oder einen riesigen Lottogewinn überreicht.

»Und wenn du nachher Feierabend hast, hole ich dich ab, und wir gehen irgendwo hin. Okay?«

Eine Zeit lang starre ich ihn nur an. Mit seinem dunklen, zerzausten Haar, der ernsten Brille und einem Gesicht, das unendlich männlich, gleichzeitig aber auch unendlich liebevoll aussieht, wirkt er auf mich wie ein verwirrter Engel.

Oh, Mist! Ich bin wirklich total verknallt in ihn.

»Okay. Gut. Dann sind wir also verabredet. Oder so was Ähnliches.«

Bevor ich noch etwas unglaublich Dummes tue, gebe ich ihm einen kurzen Schmatzer auf die Wange, drehe mich um und trete den schnellsten aller Rückzüge an. Ich laufe an den großen Regalen vorbei in Richtung Treppe. Den Schokoriegel trage ich, als wäre er der Heilige Gral. Dabei weiß ich genau, das ich ihn mir irgendwann doch reinstopfen werde. Zwar mag er das netteste Geschenk sein, dass ich je bekommen habe, aber ein Mädchen muss ja schließlich auch mal was essen.

Kurz vor Feierabend ist der Schokoriegel nichts weiter als eine süße, aber entfernte Erinnerung, und es ist sicher nicht gut für meine Diät, dass ich schon wieder Appetit habe. Ich lungere in der Eingangshalle herum und ernte neugierige Blicke von Tracey, die heute die Spätschicht am Auskunftsplatz hat. Ich hatte mich zuvor mit voller Absicht vor den Haupteingang und damit außer Plauderreichweite gestellt, aber da es draußen nieselt, wäre es einfach Unsinn, dort auf jemanden zu warten. Auch wenn es sich um Professor Adonis handelt.

Was ist das denn jetzt wieder für ein Spiel? Meine Uhr verrät mir, dass ich jetzt schon seit ungefähr fünfzehn Minuten von einem Fuß auf den anderen trete und versuche, ruhig zu bleiben. Daniel weiß doch, wann ich normalerweise Feierabend habe. Wo zum Teufel steckt er also?

Ich fühle mich schuldig, mache mir gleichzeitig aber auch Sorgen. Es hatte schließlich einen Grund, dass er auf dem Sofa lag, bevor wir es später zertrümmerten. Ich schätze, er hat wohl wieder einen dieser seltsamen Kopfschmerzanfälle bekommen oder was immer ihn heimsucht. Vielleicht sitzt er ja im Keller, hat den Kopf auf den Schreibtisch gelegt und kann sich vor Schmerzen kaum rühren?

Doch gerade als ich die Schwingtür zur öffentlichen Ausleihe aufstoßen will, sehe ich ihn wie einen Flaschengeist, den ich vom Land der Träume herbeigerufen habe, aus der Tür zum Keller treten. Er will für heute offensichtlich Schluss machen, denn er hat seinen dunklen Regenmantel an, die Laptoptasche über die Schulter gehängt und die Aktentasche in der Hand. Mit seinen wilden schwarzen Locken, der glitzernden Brille und dem ganzen akademischen Brimborium ist er das perfekte Abbild des zerstreuten, aber sexy Professors.

»Entschuldige. Ich musste in letzter Minute noch ein paar E-Mails beantworten. Ich hoffe, du wartest noch nicht allzu lange.«

Sein vieldeutiges Lächeln lässt jede einzelne der fünfzehn Minuten lohnenswert erscheinen. In seinem Gesicht steht echte Reue geschrieben. Aber dahinter ist auch wieder diese augenzwinkernde Verschmitztheit zu erkennen, die mir so ans Herz gewachsen ist. Der aufreizende Geist von Nemesis scheint eben doch immer wieder durch die äußerlich so gelehrt wirkende Persönlichkeit von Daniel hindurch.

Wie schön wäre es doch, wenn wir jetzt wieder auf dem Sofa im Keller liegen würden – selbst wenn es mittlerweile völlig zusammengebrochen ist.

»Oh, Mist!«, entfährt es ihm, als wir zusammen die Bibliothek verlassen. Traceys stechender Blick begleitet uns fast bis ins Freie. Sie hatte die ganze Zeit verzweifelt versucht, Augenkontakt mit mir aufzunehmen. Tja, sieht wohl so aus, als würde zumindest ein kleiner Teil meiner geheimen Beziehung noch während der Spätschicht unter die Leute gebracht werden.

»Ich hätte nicht gedacht, dass es regnet.« Er sieht die Straße entlang. »Was ist denn am nächsten, wo wir was essen könnten?«

»Also, da wären die West-Side-Fischereien …« Die Diät, die Diät! »Die sind am Ende der Straße.« Ich zeige in die entsprechende Richtung und bin hin- und hergerissen zwischen aufflackernden Bildern knuspriger goldener Pommes frites und dem Zeiger auf meiner Waage, der in die falsche Richtung ausschlägt. Einem unbestreitbar wunderschönen Mann hier und da ein paar Körperteile gezeigt zu haben, hat plötzlich dazu geführt, dass ich mir meines Gewichtes bewusster bin, als ich es seit den ersten Monaten nach meiner Scheidung war.

»Gut. Dann also zu den West-Side-Fischereien.« Er packt mich recht kräftig beim Arm und zieht mich durch den strömenden Regen.

Schon bald sitzen wir an einem Tisch und essen.

»Das ist wirklich gut. So kriegt man die bei uns im Süden gar nicht.« Er beißt mit seinen scharfen, weißen Zähnen in eine Pommesstange und scheint dieses einfache Vergnügen überaus zu genießen.

»Ja, das sind die besten Fish and Chips, die man im ganzen Landkreis kriegen kann. Aber das hier und der Schokoriegel – ich habe wirklich den Eindruck, du willst meine Figur ruinieren. Vielleicht hätte ich lieber einen Salat nehmen sollen.«

Daniel hört auf zu essen, legt sein Besteck beiseite und greift nach seiner Teetasse. Er nimmt einen Schluck und wirft mir unter seinen dunklen Brauen hervor einen sehr mahnenden, professionellen Blick zu. Nachdem er abgewartet hat, bis die Kellnerin außer Hörweite ist, sagt er mit leiser Stimme: »Dein Körper ist einfach wunderschön, Gwendolynne. Er ist so herrlich üppig und sinnlich. Superb. Ich liebe jeden Zentimeter davon. Du solltest stolz auf deine Kurven sein. So was bringt die Männer um den Verstand.«

Die Worte bringen mich zum Zittern. Sie klingen so rau, so leidenschaftlich, so hungrig. Es hört sich an, als wollte er mich mit demselben Genuss verspeisen, den er offensichtlich bei seinem Fisch, den Chips und dem Erbsenmus empfindet. Die

Augen hinter seiner Brille glitzern, als wollten sie die Inbrunst seiner Worte noch unterstreichen.

Ist das Nemesis, der hier spricht? Oder Daniel? Es besteht wirklich kein großer Unterschied mehr zwischen ihnen, und jeder Unterschied, den es vielleicht mal gab, verschwindet sehr schnell. Er ist nur ein einziger Mann, der aber wie Janus zwei Gesichter hat. Ständig reizt er mich und lässt mich nie wissen, mit welcher seiner Persönlichkeiten er mir als Nächstes begegnen wird.

»Na ja, aber du weißt ja, wie es ist. In der heutigen Zeit ist es einfach nicht mehr so richtig angesagt, dass die BH-Größe bei 85B oder sogar noch höher liegt.«

»Dummes Zeug! Dieser ganze Modekram ist doch völlig bedeutungslos! Männer haben Frauen mit sinnlicher Figur schon immer angebetet. Und so wird es auch bleiben.« Er spießt ein paar Pommes mit seiner Gabel auf und isst sie auf eine Art und Weise, die ein bisschen ungehobelt aussieht. »Und du, meine liebe Bibliothekskönigin, bist das Nonplusultra an sinnlicher Üppigkeit.«

Da habe ich also die Bestätigung. Nemesis nennt mich auch Bibliothekskönigin. Daniel scheint überhaupt nicht zu bemerken, dass er sich soeben verraten hat. Oder vielleicht doch …

»Hey, gibt's irgendwas Neues von dem alten Perversling Nemesis? Wie lautet seine nächste Aufgabe oder Strafe oder was immer er da von dir verlangt? Habt ihr gestern Abend gechattet?«

Ich sehe ihn mit schmalen Augen an, aber er gibt kein Stück von seiner Tarnung preis. Sein Gesicht ist sexy und interessiert, sieht gleichzeitig aber völlig unschuldig aus. Vielleicht ja nur scheinbar. Eine Sekunde lang erlebe ich einen Hauch von echter Angst, etwas mit einem Mann zu haben, der entweder teuflisch verdreht und hinterhältig oder aber das Opfer einer Persönlichkeitsspaltung ist. Doch schnell gewinnt die Freude an dem Spiel wieder die Oberhand, und ich frage mich, ob ich ihn wohl dazu bringen kann, aufzugeben und seine geschickten, kleinen Tricksereien zuzugeben.

»Ja, es gab einen Chat.« Ich mache eine Pause, schenke mir Tee nach und beiße von einer gebutterten Weißbrotscheibe ab.

Daniels Reaktion auf meinen ersten Zug in diesem Poker-Duell besteht in einem kaum merkbaren Kopfschütteln. »Und?«

»Na ja, das Übliche eben.«

Seine Zunge fährt kurz aus dem Mund hervor und leckt leicht über die Unterlippe.

»Irgendwann hat er mir dann eine neue Aufgabe gestellt.«

Während ich ihm das Straf-Szenario eines Callgirls, das einen Freier aufreißt, beschreibe, weiten sich Daniels Augen auf eine Weise, die in ihrer Glaubhaftigkeit eines Sir Laurence Olivier würdig wäre.

»Wirst du es tun? Das Ganze klingt ziemlich riskant.«

»Finde ich eigentlich nicht. Du hast doch gesagt, du würdest mir helfen, oder? Du könntest zum Beispiel den Freier geben.«

Er lächelt, und es kommt zu einem kurzen Moment perfekter Komplizenschaft. Ein herrliches beiderseitiges Bewusstsein des Spiels und seiner Freuden. Es ist gar nicht nötig, darüber zu sprechen, es in Worte zu fassen oder gar zu hinterfragen. In gewisser Weise ist das gemeinsame Wissen ebenso intim wie der Sex. Alles, was wir tun müssen, ist spielen.

»Okay, ich bin dabei.«

»Wirklich?«

Er lacht. »Teufel, ja! Aber klar doch!«

Seine Erwiderung trifft mich bis ins Mark, und ich zittere. Was geht wohl unter dieser unschuldigen, makellosen, rotweißen Tischdecke vor sich? Ist er schon hart, weil er sich unsere nächste Begegnung vorstellt? Hat der Gedanke an ein Nutte-und-Freier-Spiel dafür gesorgt, dass er mitten in der West-Side-Fischerei eine Erektion bekommt?

»Okay. Dann müssen wir nur noch einen Ort, einen Abend und eine Uhrzeit festlegen. Und dann muss ich natürlich Nemesis informieren.« Ich versuche, ruhig und planvoll zu bleiben, kann aber eigentlich nur an Daniels Körper denken. Bilder seines nackten Körpers und des harten, rosigen Riemens jagen durch meinen Kopf und machen jeden Versuch, mich zu konzentrieren, zunichte. »Ich weiß allerdings nicht, ob Nemesis mich dabei beobachten will, oder ob ich ihm hinterher nur Bericht erstatten soll. Er scheint mich ganz gerne im Ungewissen zu lassen.«

Daniel hebt den Kopf etwas an, und seine Augen verengen sich. »Im letzteren Fall musst du gar nichts tun. Du kannst die ganze Sache doch auch einfach erfinden.«

Aha, er will mich testen.

»Das wäre ja gemogelt.«

»Aber du bist ihm doch nichts schuldig. Der Mann ist nichts weiter als ein Perversling. Außerdem manipuliert er dich.«

Ach, und du nicht?

»Um genau zu sein, finde ich schon, dass ich ihm etwas schuldig bin.« Noch während ich es ausspreche, trifft es mich wie *Shakubuku*, dieser schnelle, spirituelle Schlag gegen den Kopf, von dem in Filmen immer die Rede ist. »Ohne ihn hätte ich niemals … niemals das Licht gesehen.« Daniel neigt den Kopf zur Seite und runzelt die Stirn. »Ohne ihn wäre mir der Sex mit seinen ganzen Spielarten weiter ein Rätsel geblieben. Sicher, ich hätte zwar weiterhin insgeheim erotische Bücher gelesen und mir wohl hin und wieder auch 'nen Porno angeschaut … aber *getan* hätte ich es nicht. Und den Mut, mich mit *dir* einzulassen, hätte ich ohne ihn auch nie im Leben aufgebracht! Du bist ihm also auch was schuldig.«

Daniel betrachtet seine Gabel, schaut dann aber wieder mich an. Seine Wimpern wirken hinter der Brille unendlich lang. Schließlich wirft er mir ein seliges Lächeln zu, das mich mal wieder fast ohnmächtig werden lässt. *Gut gemacht!*, scheint es mir zu sagen. *Jetzt begreifst du es endlich, junger Skywalker! Der Schüler hat seinen Meister endlich eingeholt.*

»Da hast du wohl recht.« Er lacht leise. »Dafür sollte ich dem Mann glatt die Hand schütteln.«

»Vielleicht hast du irgendwann ja mal Gelegenheit dazu?« Ich möchte im Moment allerdings mehr, als ihm nur die Hand zu schütteln. Weitaus mehr. »Und wo setzen wir dieses Szenario nun um? Wie wär's mit deinem Hotel, dem *Waverly*? Die haben da eine sehr schöne Bar, die genau richtig wäre. Das hab ich zumindest gehört. Dort gewesen bin ich noch nie.«

»Dann solltest du das so bald wie möglich nachholen, Gwendolynne«, sagt er geradeheraus und tätschelt dabei meine Hand. »Dann kümmern wir uns jetzt mal um die Einzelheiten.«

Als ich später versuche, über unseren Plan nachzudenken, muss ich feststellen, dass ich viel zu verwirrt und unbefriedigt bin, um diesem Vorhaben wirklich gerecht zu werden. Ich mache mir sogar ein wenig Sorgen und bin leicht verärgert.

Daniel ist nach London gefahren.

Die nächsten Tage und das Wochenende über wird er sich in der Hauptstadt aufhalten – weit, weit weg von dieser Stadt und dieser so sexbesessenen und liebeskranken Bibliothekarin. Er hatte es mir erst gestanden, nachdem wir unser Abendessen beendet hatten und ich bereits atemlos darüber grübelte, ob wir uns heute noch lieben würden oder nicht. Irgendwann teilte er mir schließlich mit, dass er direkt von dort zum Bahnhof fahren würde. Er hatte eine nicht näher definierte Verabredung, die ihm scheinbar unangenehm war. Und der Besuch bei seinen Eltern, den er danach eingeplant hatte, löste auch nicht gerade Begeisterungsstürme bei ihm aus.

Als wir uns trennten, tauschten wir immerhin Telefonnummern aus, und er versprach, mich anzurufen. Heißt das, er wird sich wirklich melden? Oder wird er mich vielleicht als Nemesis anrufen? Und sich damit wahrhaftig outen?

Im Moment ist mir das allerdings ziemlich egal. Irgendwas an unserer Verabschiedung war merkwürdig. Es schien, als würde er weitaus mehr verbergen, als nur eine geheime, sexuelle Identität.

Ich bin nicht weiter in ihn gedrungen. Verdammt, ich kenne den Mann bisher ja kaum – wenn ich auch bereits alle möglichen Arten von Sex mit ihm praktiziert habe.

Ich nehme an, all das ist auch der Grund für mein Unwohlsein. Wie jeder Junkie bin ich besonders dann heiß auf meine Droge, wenn ich sie nicht haben kann. Immer wieder sehe ich nach, ob vielleicht eine E-Mail gekommen ist. Immer wieder überprüfe ich, ob mein Handy auch angeschaltet ist. Und immer wieder frage ich mich, ob ich nicht doch noch in die Bibliothek hätte laufen sollen, um zu sehen, ob dort nicht vielleicht einer der blauen Briefe auf mich wartet.

Aber heute Abend gibt es nichts mehr für mich – außer einer Flasche billigen Lambrinis, den ich vor ein paar Wochen aus einer Laune heraus im Supermarkt gekauft habe.

Schokoriegel, Fish and Chips und schon wieder ein Abend, an dem ich mich betrinke. Mein Plan, mich gesund zu ernähren, ist heute sowieso den Bach runtergegangen, also kann ich den Tag auch ungesund beschließen. Dann ernähre ich mich die nächsten paar Tage, wenn Daniel weg ist, eben von Slimfast. Das wird die Völlerei vielleicht nicht ausgleichen, aber vielleicht zumindest mein Gewissen ein bisschen beruhigen. Dieser Gedanke lässt mich zum ersten Mal, seit er in Richtung Bahnhof verschwand, wieder lächeln. Was zum Teufel rede ich mir da nur ein? Ich werde mich vollstopfen, als ginge es um die Ehre Großbritanniens, bis er wieder da ist.

Der Wein ist leicht und lieblich, und es dauert nicht lange, bis ich ziemlich angesäuselt bin. Gut, dass ich morgen Spätdienst habe. Das verschafft mir ein paar Extrastunden, um wieder nüchtern zu werden.

Ich liege zusammengerollt unter der Decke und drifte in einen dicken, erotischen Nebel ab. BH und Höschen habe ich anbehalten – wie eine kleine Schlampe. Eigentlich sollte ich aufstehen und vorm Schlafengehen noch duschen, aber ich schaffe es einfach nicht, die nötige Energie aufzubringen. Außerdem will ich den schwachen Duft von Daniel nicht wegwaschen, der immer noch auf meiner Haut liegt. Der Geruch ist mir Trost, erinnert mich gleichzeitig aber auch an seine Unehrlichkeit. Die Haut zwischen meinen Beinen, auf meinen Brüsten und auf meinem Hals ist von einem seidigen Film bedeckt, der die Erinnerung an ihn wachhält.

Mistkerl! Nimm dir, was du willst, und dann verpiss dich! Ich werde mich schon rächen. Eines Tages wirst du vor mir kriechen, Professor Adonis! Ich werde dich zum Grunzen bringen, und du wirst mich anbetteln, ein wenig an mir schnuppern zu dürfen!

Einmal angestachelt, nimmt die Fantasie langsam Form an. Ich greife nach meinem Glas und nehme einen Schluck Lambrini. Die Flasche ist jetzt fast leer, aber ich brauche auch nichts mehr. Die Gedanken in meinem Kopf sind ohnehin weitaus berauschender.

Wir sind in einem Hotelzimmer. Es ist ruhig, luxuriös und

duftet zart nach Lavendel. Die Einrichtung ist altmodisch und kitschig. Ich nehme an, es ist das *Waverly*. Das Bild ist eine Mischung aus meinen Vorstellungen, wie es dort aussehen könnte, und ein oder zwei Fotos, die ich in einem der Touristenprospekte gesehen habe, die in der Bibliothek ausliegen.

Ich liege in einem aufreizenden roten Satin-Leibchen und French Knickers auf einer der altmodisch gemusterten Decken und wiege zehn bis fünfzehn Pfund weniger. Also, das nenn ich mal eine Fantasie!

Daniel trägt nichts weiter als eine schwarze Jeans und kniet vor mir. Er ist barfuß, und das Licht der Lampe lässt seine Haut wie frische Sahne schimmern. Sein Haar ist wild und zerzaust, als wäre er gerade mit den Fingern hindurchgefahren. Oder war ich das vielleicht? Auch wenn er keine Brille trägt, kann ich seine Augen nicht sehen, denn sein Kopf ist devot geneigt.

»Zieh dich aus!«, befehle ich ihm, und er springt sofort auf. Als seine Finger sich dem Knopf seiner Jeans nähern, schaut er für einen kurzen Moment auf. Entweder er trägt Kontaktlinsen, oder er kann in meinem Traum sowieso ganz normal gucken – jedenfalls ist sein Blick voll zorniger Aufsässigkeit, während er mir gehorcht und seinen Reißverschluss runterzieht. Als er sich aus der schwarzen Jeans herausschält, springt sein Schwanz hervor und klatscht schwer gegen seinen Bauch. Er ist steinhart, und seine Eichel glänzt förmlich von Lusttropfen. Das kleine Schlitzauge auf seiner Schwanzspitze ist so weit gedehnt, dass ich fast meine, es würde mir zuzwinkern.

»Fass dich an!«, befehle ich ihm, wie er nun so ganz ohne Hose dasteht.

Er will dem Befehl Folge leisten, aber sein Körper ist so angespannt, dass die Muskeln sich trotz eines leisen Aufstöhnens nicht bewegen. Seine Erregung muss überwältigend sein, und ich kann sehen, wie er sich auf seine Unterlippe beißt, um dem quälenden Drang zu widerstehen, nicht sofort abzuspritzen.

Während er langsam anfängt, sich in den Hüften zu wiegen und einen Rhythmus zu finden, der ihm offensichtlich gefällt, fahre ich ihn erneut herrisch an.

»Schluss jetzt damit! Jetzt bin ich an der Reihe.« Ich lege mich auf dem Bett zurück und weise mit dem Kinn auf meine Möse. »Na los! Nun mach schon!«

Er ist voller Zorn, Empörung und rasender Leidenschaft, klettert aber doch voller Eleganz auf das Bett, kniet sich neben mich und schält mich aus den duftenden French Knickers. Ich weiß, dass sie ein gewisses Aroma haben, denn hier in der realen Welt meiner muffigen Bettlandschaft habe ich mir längst eine Hand zwischen die mehr als feuchten Schenkel geschoben. Und es riecht wirklich.

»Küss sie!«, befehle ich ihm, und er presst sein Gesicht in den würzigen Satinstoff, reibt es daran und genießt jede Berührung. Seine Augen schließen sich voller Verzückung. Mir, der Göttin, scheint es allerdings, als würde er ein bisschen zu viel Spaß haben. Er sollte *mich* lieben und nicht mein Höschen.

»Das reicht! Mach dich gefälligst nützlich!«

In meiner Fantasie liege ich da wie eine Kaiserin, spreize die Beine und zeige ihm alles, was mein etwas schlankerer Körper zu bieten hat. Trotz seiner Behauptung, auf üppige Frauen zu stehen, wirkt er überaus begeistert, hat aber auch immer noch etwas Wütendes an sich. Mit einer divenhaften Geste zeige ich zwischen meine Schenkel. Und weil er weiß, dass ich das Sagen habe, macht er sich sofort ans Werk.

Ich rechne eigentlich damit, dass er mich leckt oder vielleicht sogar sofort in mich eindringt. Doch plötzlich scheint irgendeine Sicherung in meinem Hirn durchzubrennen, denn obwohl dies *meine* Fantasie ist, die angeblich nur *ich* unter Kontrolle habe, verliere ich doch den Faden.

Daniels seltsame Augen beginnen zu glitzern, und er lächelt mich wieder mit diesem wissenden Ausdruck an. *Ich könnte Nemesis sein*, scheint er mir zu sagen, führt dann ganz langsam seine Hand zum Gesicht und betrachtet seinen Mittelfinger. Und dann, ganz träge und mit einer geradezu grotesken Langsamkeit, leckt er über seine Fingerspitze.

Jetzt *ist* er Nemesis. Und zwar mit jeder Faser seines Seins. Seine Zunge gleitet über seine weichen Lippen und leckt dann erneut den Finger ab. Dann lässt er mit fest auf mich gerichtetem Blick eine Hand nach unten wandern, arbeitet sich durch meine Schamhaarlocken zu meiner Muschi vor und entdeckt meinen Kitzler. Fast als wollte er sagen: »Der gehört mir. Der steht unter meiner Kontrolle.«

Wie ferngesteuert fasse ich mich jetzt selbst an und eifere den flüchtigen, beleidigenden und berechnenden Berührungen von Nemesis' Fingerspitzen nach. Immer wieder umkreist er die winzige Fleischknospe und reibt sie mal in die eine, mal in die andere Richtung. Seine kniende Haltung ist ganz entspannt und er hat seine freie Hand locker auf den Oberschenkel gelegt, während er mit meinem Kitzler spielt, als wäre er der Joystick einer ferngesteuerten Orgasmusmaschine.

Meine Fersen knallen in beiden Welten auf das Bett, und ich bäume mich so wild auf, dass mein Hinterteil glatt zwei Handbreit von der Matratze abhebt.

»Das gefällt dir, was, meine Bibliothekskönigin?«, scheint er mit provozierendem Grinsen zu sagen. »Du bist nichts weiter als eine Sklavin deines Kitzlers, hab ich Recht? Du bist der Gnade seines Zuckens hilflos ausgeliefert.«

Als ich auf dem Höhepunkt dieses quälenden Aufbäumens bin, wendet er den bekannten, kleinen Trick an, von dem er weiß, wie sehr ich darauf stehe. Er kneift das winzige Organ mit Daumen und Zeigefinger und hält mich förmlich daran fest.

Ich stöhne in beiden Reichen und bin fast so weit.

»Du bist nichts weiter als eine kleine Schlampe, stimmt's? Dein Kitzler schwillt sofort an und wird ganz empfindlich, wenn du die Kerle hinter deinem Schreibtisch beobachtest und dir vorstellst, wie sie dich bedienen … wie sie dich lecken …«

Nein!, möchte ich rufen. *Er schwillt nur für dich an! Ich werde nur für dich feucht, Daniel/Nemesis! Nur für dich!!*

Aber stimmt das überhaupt? Habe ich nicht schon andere an meinem Schreibtisch vorbeigehen sehen, die ein Kitzeln in mir auslösten? Der süße Techniker Greg? Der Mann mit den dicken Muskeln von der Baufirma, der neulich da war, um das Fenster zu reparieren? Selbst Stone, der große, etwas untersetzte Leiter der Finanzbehörde, der vor kurzem zu einer dieser ständigen Budget-Besprechungen in der Bibliothek war? Und neulich, als ich meinte, ihn in dieser Seitenstraße beim Ficken gesehen zu haben …?

Ja, ich war auf all diese Männer scharf. Und ja, ich habe es zwischen meinen Beinen gespürt. Nemesis hat recht, ich bin nichts weiter als eine Schlampe. Und um dieser augenblicklichen Fantasie gerecht zu werden, hat mein Kitzler tatsächlich die Kontrolle über mich.

Ich werfe den Kopf hin und her. Meine Hüften beben. Mit Daumen und Zeigefinger bearbeite ich das Zentrum meiner Lust, so wie ich mir vorstelle – und so sehr wünsche –, dass er es tun würde. Ich bin so erregt. Die Laute meiner Geilheit gleichen dem eines Tieres.

Als es mir schließlich kommt, schreie ich einen Namen in die Nacht hinaus: »Nemesis!«

Das berüchtigte *Waverly Hotel*

Das ist es also, das berüchtigte *Waverly Grange Country Hotel.*

Oberflächlich betrachtet sieht es völlig unscheinbar aus. Ruhig, luxuriös, ein bisschen altmodisch vielleicht – und alles andere als eine Höhle der Ausschweifungen und Perversionen. In der Lobby entdecke ich nur ein paar enttäuschend normal und recht betucht aussehende Menschen. Sie stehen am Empfangstresen oder sitzen in den nobel gepolsterten Sesseln im Erker und reden wahrscheinlich darüber, wie normal und betucht sie doch sind.

Als ich eintrete, blicken mich ein oder zwei der Anwesenden neugierig an und lösen eine gewisse Verlegenheit bei mir aus. Ich habe extra mein Sparschwein geplündert, um mir für diese kleine Eskapade ein neues Kleid zuzulegen, fühle mich aber dennoch ziemlich fehl am Platz – auch wenn dieser Platz angeblich das hiesige Sodom und Gomorrah ist. Doch während ich möglichst distinguiert und selbstbewusst das Hotel betrete, starren mich tatsächlich ein oder zwei Männer mit eindeutig lüsternen Blicken an. Offensichtlich hat es sich gelohnt, mich für ein geschickt abgenähtes schwarzes Kleid, einen geschickt gestützten BH, ein Paar geschickt hoher Schuhe und einen geschickt gebundenen Haarknoten als Outfit zu entscheiden. Leben Sie wohl, Ms Price aus der Bibliothek, und hallo, La Gwendolynne, lüsterne Verführerin.

Nervös bin ich allerdings immer noch, und mein Blick flitzt auf der Suche nach der *Lawns Bar* nervös hin und her. Ah, da ist sie ja. Gleich am anderen Ende der Eingangshalle. Ein sanft beleuchteter, einladender Ort, den man durch eine offene und sehr elegante Doppeltür betritt. Ist Daniel bereits da? Wartet er schon auf mich? Er hatte gesagt, er würde versuchen, rechtzeitig da zu sein. Aber laut seiner SMS hat die Fahrt nach London mehr Zeit in Anspruch genommen als erwartet.

Noch haben wir nicht konkret besprochen, was wir heute Abend spielen werden. Im Moment liegen wir irgendwo zwischen Fantasie und Realität, auf einer sich ständig verändernden Grenze. Sind wir Gwendolynne und Daniel? Oder Gwendolynne und Nemesis? Ich bin nicht mal sicher, ob uns das überhaupt noch wirklich interessiert. Wir sind einfach nur zwei Menschen, die in einer vorübergehenden Beziehung ihre Fantasien ausleben. Eine von diesen Personen ist wahrscheinlich recht angetan von der anderen. Und die andere ist verliebt wie ein alberner Trottel. Aber ich werde mir jetzt keine Gedanken darüber machen und uns so den Spaß verderben.

Die *Lawns Bar* sieht wirklich toll aus. Sie ist warm und geräumig, und die Stimmung ist irgendwie sexy. An den Tischen und an der Bar werden leise Gespräche geführt, und im Hintergrund ist die tiefe Stimme von Sarah Vaughan zu hören. Während ich mich umsehe, wird mir klar, dass das *Waverly* seinen Ruf scheinbar nicht umsonst hat. Diese Erkenntnis macht mich allerdings ausgesprochen nervös. Schließlich traue ich mich ganz allein als Frau an solch einen berüchtigten Ort. Meine Haut kribbelt, als wären alle Augen nur auf mich gerichtet. Und auch wenn das nicht ganz stimmt, so bemerke ich doch einige Blicke, die in meine Richtung gehen. Von Daniel ist nichts zu sehen. Um meine innere Aufgeregtheit nicht preiszugeben, schlendere ich, so selbstbewusst es geht, zu der langen, indirekt beleuchteten Bar. Dabei weiß ich genau, dass sich Hüfte und Po durch die ungewohnt hohen Schuhe hin- und herwiegen wie bei Marilyn Monroe in *Some Like It Hot.*

Ich habe Glück, dass ich in diesem gut besuchten Etablissement tatsächlich einen freien Barhocker finde, und lasse mich so elegant wie möglich darauf nieder. Ich habe nicht die geringste Ahnung, was ich sagen sollte, wenn mich jemand außer Daniel ansprechen würde, und konzentriere mich daher lieber auf die Frage, welches Getränk ich mir bestelle. Etwas Schwaches, um einigermaßen bei Verstand zu bleiben, oder etwas Starkes, um meine Nerven zu beruhigen?

Reiß dich zusammen, Gwen! Da kommt der Barkeeper. Und was für ein Barkeeper! Eine große Gestalt in einem perfekten, dunklen Anzug gleitet auf mich zu. Er sieht nach einem Europäer aus. Ein bisschen gewollt vielleicht, aber trotzdem umwerfend. Sein Haar ist pechschwarz und zu einem strengen Pferdeschwanz nach hinten gebunden. Er trägt eine Brille mit Goldrand und hat einen hinreißenden Schmollmund. Schon wieder ein scharfer Typ mit Brille. Was ist das nur mit denen?

»Was darf ich Ihnen anbieten?« Sein italienischer Akzent bringt mich ein wenig aus dem Gleichgewicht – auch wenn er eigentlich gar nicht so recht mein Typ ist. Der Kerl ist bei weitem zu glatt und scheint sich ziemlich viel auf sein Aussehen einzubilden. Außerdem ist er nicht Daniel. Trotzdem hat seine Anwesenheit eine gewisse Auswirkung auf meine Hormone. »Vielleicht ein Glas von unserem heutigen Hauswein?«, schlägt er vor, als ich nicht sofort antworte. »Der ist wirklich gut.«

»Ja! Das wäre wundervoll. Danke schön.«

Er geht davon und kehrt mit meinem Wein zurück. Nach einem italienischen Trinkspruch, der irgendwie schmutzig klingt, es aber wahrscheinlich gar nicht ist, zieht er sich wieder zurück.

Am liebsten würde ich das Glas auf einen Zug in mich hineinschütten, begnüge mich dann aber doch mit kleinen Schlucken. Der Wein ist tatsächlich sehr gut. Ein sanfter und doch recht starker Frascati mit einer leichten Apfelnote, dessen feinere Nuancen ich aber in meiner Aufregung kaum schmecken kann.

Wo ist Daniel? Nemesis? Wer auch immer? Ich sehe mich erneut in der Bar um und versuche, nicht auf meinem Barhocker hin- und herzurutschen. Glücklicherweise bin ich es von einigen meiner Arbeitsplätze in der Bibliothek gewohnt, auf so einem Ding zu sitzen, und kriege es daher recht gut hin. Solange mein vermeintlicher Freier noch nicht hier ist, nutze ich die Zeit und denke darüber nach, warum dieser Ort solch einen eindeutigen Ruf hat.

Genau wie im Foyer sieht auch hier in der Bar alles völlig normal aus. Auf den ersten Blick. Doch mir fällt schnell auf, dass ein oder zwei Frauen überhohe High Heels und auffallende Kleider tragen. Und sogar noch auffallendes Make-up. Ein bisschen wie meine eigene Aufmachung, nur noch eindeutiger. Sind sie etwa Dominas? Die Männer, die sie begleiten, sehen jedenfalls ausgesprochen unterwürfig und eingeschüchtert aus.

Wenn Daniel nicht bald kommt, werde ich ihm vielleicht später auch eine entsprechende Behandlung zuteilwerden lassen. Ich muss nur herausfinden, wie man das macht. Es ist ja gut und schön, sich solche Dinge in der Fantasie vorzustellen – sie dann aber wirklich durchzuziehen, ist eine völlig andere Sache.

Ich versuche es wieder mit diesem Tagtraum, in dem ich eine Maske trage und ganz in Leder gekleidet bin. Ich komme allerdings nur bis zu der Szene, wie er nackt vor mir kniet. Dann schweife ich ärgerlicherweise ab und mache mir wieder

Gedanken darüber, wo er wohl bleibt. Ob da irgendwas nicht stimmt? Ob er gelähmt von schrecklichen Kopfschmerzen in seinem Zimmer liegt und nicht mal mehr eine SMS schreiben kann?

Ich will gerade aufstehen, um mich diskret zu erkundigen, als ich ein bekanntes Gesicht im Spiegel der Bar erblicke. Robert Stone, der Leiter der Finanzbehörde, der jetzt von der Eingangshalle auf die Doppeltür der Bar zugeht. Er sieht so lässig-elegant wie immer aus und ist in Begleitung einer wunderschönen, jungen Frau, die ein verführerisches, eng anliegendes Kleid in Dunkelblau trägt. Als das Pärchen an mir vorbeigeht, fällt mir auf, dass er seine Hand ziemlich tief auf ihren Rücken – also eigentlich eher auf ihren Po – gelegt hat. Es scheint ihm aufgefallen zu sein, dass es mir auffiel, denn er sieht mit einem Mal zu mir herüber. Er nickt mir zu – entweder weil er mich aus der Bibliothek kennt oder weil er einfach jede Frau erstmal prüfend betrachten muss – und sieht mich mit einem seltsam verschmitzten, sinnlichen Blick an, als würde er etwas wissen, das ich nicht weiß. Die große Hand bleibt derweil die ganze Zeit auf dem Po seiner Begleitung ruhen.

All das passiert in einer Millisekunde, drängt aber die Frage auf, was zum Teufel hier eigentlich vor sich geht. Eines weiß ich nun allerdings – ich bin so gut wie sicher, dass er tatsächlich der Mann ist, den ich neulich in der Seitenstraße sah. Und das schöne Mädchen an seiner Seite ist dasselbe, das er dort gefickt hat. Ich kann zwar nur schwer begreifen, warum ein so prominenter Mann so etwas völlig Irrwitziges tut, aber wenn er hier Stammgast ist, lebt er vielleicht gern gefährlich.

Und immer noch kein Zeichen von Daniel. Als ich mich wieder der Bar zuwende, sehe ich die elegante, ältere Frau dahinterstehen, mit der er neulich in die Bibliothek kam. Seine kussfreudige Cousine. Sie arbeitet mit dem italienischen Hengst zusammen, und es ist offensichtlich, dass die beiden was miteinander haben. Sogar mehr als das. Bei näherem Hinsehen entdecke ich zueinanderpassende Eheringe, und obwohl sie sich nicht berühren, wirken die beiden, als wären sie von einem Kokon aus Intimität umgeben. Sie plappert fröhlich vor sich hin, während er sie voller Bewunderung, aber auch voller ungezügelter Gier anschmachtet. Diese Art von lüsterner Zärtlichkeit sorgt bei mir für eine gewisse Eifersucht. Nicht auf ihren hinreißenden Latin Lover, sondern auf die enge und scheinbar leichte Liebe, die die beiden zur Schau stellen. Das will ich auch! Mit Daniel! Aber um das zu erreichen, muss erst etwas Festes daraus werden – und nicht nur ein Flirt.

Obwohl die *Lawns Bar* voller Menschen ist und es geradezu tropisch warm ist, fühlt der Laden sich mit einem Mal leer und kalt an.

Eigentlich hatte ich mir geschworen, mich nicht nach etwas zu verzehren, was gar nicht zur Debatte steht. Und doch sitze ich hier und drehe wegen Professor Adonis schon fast wieder durch. Warum kann ich nicht das genießen, was ich im Moment habe, und das Beste daraus machen? Die Antwort liegt nahe: Weil ich etwas erlebt habe, wofür mir viele Frauen die Augen auskratzen würden. Eine Reihe von umwerfenden sexuellen Begegnungen mit einem berühmten und intelligenten Mann.

Ich setze mich aufrecht hin und strecke die Brust heraus. Ein Mann, der ein paar Barhocker weiter sitzt, glotzt mich an wie ein Hund einen saftigen Knochen. Okay, Daniel und ich werden also nie zusammen in ein Häuschen mit hübschem Vorgarten ziehen, aber das ist schließlich auch nicht das Ende der Welt.

Und schon ist die *Lawns Bar* wieder eine heiße Brutstätte der Sinnlichkeit. Und wie der Höllenfürst, der von der Hitze angezogen wird, erscheint auch endlich Daniel. Ich bin nicht sicher, wie und wann er hereinkam, aber plötzlich sitzt er da mit seinem herrlich strammen Hintern auf einem der Hocker am anderen Ende der Bar. Seine Cousine serviert ihm auch schon ein klares Getränk mit Eis in einem Longdrinkglas. Vielleicht Gin Tonic oder auch Wodka – ich kann es nicht sagen. Während sie sich mit ihm unterhält, wirft er mir an ihr vorbei einen langen, festen Blick zu. Er tut zwar so, als würde er mich nicht kennen, aber hinter dieser Fassade und der gut polierten Brille hat sein Blick etwas sehr Intimes.

In meiner Brust breitet sich ein hektisches Gefühl aus. Angst, Sorge, Erregung – der Kick, den ich bei seinem Anblick immer verspüre, nur obendrein noch überlagert von einer verwegenen Pikanterie.

Das Spiel beginnt.

Ich lasse mir nicht einen Moment, um ins Zaudern zu geraten, trinke meinen Frascati aus, rutsche von meinem Barhocker und gehe auf ihn zu. Wundersamerweise – oder vielleicht auch aus einer Art kosmischer Vorhersehung – ist der Platz neben ihm gerade frei geworden.

Der kleine Teufel beobachtet jeden meiner Schritte und täuscht unschuldige Überraschung vor, als ich schließlich neben ihm stehe. Seine Augen glitzern, als er galant den Hocker vorzieht und meinen Arm nimmt, um mir beim Hinsetzen zu helfen.

»Guten Abend.« Seine Stimme hat etwas herrlich Freches.

Meine Ängste und Besorgnisse scheinen wie weggewischt.

»Guten Abend.« Ich schaue ganz bewusst auf seinen Drink.

»Was möchten Sie trinken?« Er verstärkt das prickelnde Spiel noch, indem er wieder zum *Sie* wechselt.

Alles möchte ich sagen. »Ein Glas von dem Hauswein, bitte.«

»Wie wär's mit Champagner?«, erwidert er und lächelt fröhlich.

»Wieso nicht? Gibt es was zu feiern?«

Er zuckt mit den Augenbrauen, winkt seine Cousine heran und bestellt mit leiser Stimme die Edelbrause. Auch wenn sie offensichtlich glücklich mit ihrem italienischen Hengst verheiratet ist, reicht schon dieser kleine Austausch, um meine Eifersucht erneut zu entflammen.

Daniel wendet seine Aufmerksamkeit wieder mir zu und strahlt geradezu.

»Feiern wir nun etwas, oder nicht?«, wiederhole ich meine Frage.

»Oh, aber auf jeden Fall. Es kommt schließlich nicht jeden Tag vor, dass die hinreißendste Frau im ganzen Raum direkt auf mich zukommt, ohne dass ich mich besonders anstrengen muss.«

»Der Blick ist von hier einfach besser.« Ich habe nicht die geringste Ahnung, wie derlei Flirt-Meisterschaften funktionieren. Das ist alles so neu für mich – sowohl die Art von Beziehung als auch dieses Spiel. Und doch spüre ich tief in meinem Geschlecht ein schauderndes Lustgefühl.

»Jetzt ist der Blick allerdings besser.« Daniel hört nicht auf zu lächeln und seine Augen wandern unverfroren über die Kurven meiner Brüste. Mein Ausschnitt ist zwar nicht besonders tief und das Oberteil auch nicht besonders eng, aber der geschickte Schnitt lässt meine Oberweite einfach sensationell aussehen. Seine Wimpern scheinen meinem Dekolletee zu applaudieren, und er rutscht auf seinem Sitz ganz leicht nach vorn.

Mein Herz rast, und das Prickeln in meiner Möse wird zu einem sehnsuchtsvollen, verlangenden Pochen. Ich bin übrigens nicht der einzige Gast in dieser Bar, der sensationell aussieht. Daniel trägt einen dunklen Anzug mit weißem Hemd, das seine leichte Bräune betont und sie so praktisch zum Leuchten bringt. Sein wildes Haar ist zur Abwechslung mal gekämmt, seine Locken haben aber immer noch etwas Ungezähmtes. Er sieht stark, animalisch und dominant aus – das reinste Sexmonster.

»Und kommen Sie oft hierher?«, frage ich. Wir prusten beide sofort los und schlüpfen so für einen kurzen Moment aus unseren Rollen. Das Gekicher beschert uns einen neugierigen Blick seiner Cousine, die gerade unseren Champagner bringt. So direkt wie sie nun mal ist, öffnet sie mit professionellem Geschick einfach nur die Flasche und lässt uns mit einem leichten Lächeln auf den Lippen wieder allein.

Ob sie wohl eingeweiht ist? Ich nehme es mal an. Es stört mich jedenfalls nicht. Ich bin auf Daniel konzentriert. Einzig und allein auf Daniel. Oh, und auf Nemesis …

»Ja, um genau zu sein«, antwortet er schließlich immer noch lächelnd. »Das ist eins meiner Lieblingshotels.« Er macht eine Pause und wirft mir erneut einen dieser erregenden Blicke zu, die mich förmlich auszuziehen scheinen. »Wahrscheinlich weil die Frauen hier immer so unglaublich schön sind.«

Ich kann nicht anders und muss erneut auflachen. Ich weiß, wir flirten hier nur und spielen Spielchen. Doch mein Herz und mein Bauch sagen mir, dass er das wirklich ernst meint. Bin ich schön? In meinen Augen bin ich es heute Abend. Da ich aber nicht weiß, was ich darauf antworten soll, nehme ich meine Champagnerflöte und halte sie ihm für einen Toast entgegen. Das Klirren unserer aneinanderstoßenden Gläser ist vorerst Kommunikation genug.

Der Champagner ist superb. Ich bin keine Expertin, aber irgendwie verbindet sich seine weiche Vielschichtigkeit mit all meinen Sinnen. Das zarte Perlen ist die pure Verkörperung der Erregung, die zwischen mir und Daniel schwelt. Als ich ihn beobachte, wie er einen winzigen Schluck aus seinem Glas nimmt, zittere ich innerlich und möchte ihn sofort ganz tief in mir spüren. Sein Mund berührt den Glasrand, und ein kleiner Champagnertropfen glitzert auf seiner Lippe. Ganz langsam leckt er mit seiner Zunge die weiche und sinnliche Rundung seines Mundes ab. Es genügt schon, ihm dabei zuzusehen, um meinen Körper zum Beben und Zucken zu bringen.

»Und jetzt?«, fragt er mit leiser Stimme und stellt sein Glas auf den Tresen der Bar.

Mist, ich will keine Spielchen mehr spielen. Falsch! Ich will nur *ganz gewisse* Spielchen spielen. Sexy Spielchen mit Daniel, oben auf seinem Zimmer. Dieses ganze Herumlavieren und so zu tun, als wären wir jemand ganz anderes – das hält mich doch nur davon ab, ihm wirklich näherzukommen.

Daniels lange Finger fahren auf seinem Glas rauf und runter, und er sieht mich von der Seite an, als würde er versuchen, meine Gedanken zu lesen.

»Wollen Sie etwa nicht spielen?«

Seine Frage trifft mich in die Magengegend. Ich nehme einen großen Schluck Champagner, und es gelingt mir gerade noch, nicht zu niesen, als mir die Blasen in die Nase steigen. Woher zum Teufel weiß er nur immer, was in meinem Kopf vorgeht?

»Doch, ich will spielen.« Ich führe das Glas erneut zu den Lippen und stelle es dann auf den Tresen. »Aber nur ein einfaches Spiel. Nur du und ich. Vergessen wir doch einfach diesen ganzen Kram mit Ne …«

In einer schnellen Bewegung legt er mir seine Finger auf die Lippen. Sie sind ganz warm, und die Berührung lässt mich ganz schwach in den Knien werden.

»Nur ein einfaches Spiel?« Seine braunen Augen schauen mich durch die Brille hindurch intensiv an. Für einen kurzen Moment schleicht sich ein Schatten in seinen Blick und er legt ganz leicht die Stirn in Falten. Dann verändert sich sein Ausdruck blitzschnell, und er lächelt mich wieder an. »Einverstanden.« Daniel streicht mir sanft über die Lippe, zieht seine Hand dann zurück und greift erneut nach seinem Glas. Er ist allerdings sehr zurückhaltend und nimmt nur einen winzigen Schluck.

Auch ich nippe wieder an meinem Champagner. Was es auch kostet, in Zukunft werde ich dieses Zeug nur noch trinken. Eine Flasche pro Monat aus dem Discounter – ich finde, das kann man sich schon mal leisten, um die Erinnerung an diesen ganz besonderen Abend wieder wachzurufen.

Ganz plötzlich geht es dann doch recht schnell. Daniel bittet darum, den Rest der Flasche einzuschenken, und bestellt auch gleich eine weitere aufs Zimmer. Ich leere mein Glas, aber er lässt das seine halb voll stehen. Dann führt er mich aus der Bar heraus, quer durch das Foyer bis hin zum Lift.

Die Fahrt nach oben ist zwar nur kurz, kommt mir aber wie eine Ewigkeit vor. Ich möchte ihn berühren und ihn küssen, aber er wirft mir nur einen gespielt strengen Blick zu und stellt sich ganz in die Ecke der kleinen Kabine. Er hat die Fingerspitzen aneinandergelegt vor den Mund geführt und starrt mich an. Würden seine Augen nicht so glühen, man hätte meinen können, er meditiert.

Langsam schwant mir, dass ich jetzt nicht mehr die Kontrolle über die Situation habe. Ich hatte sie, aber ohne den genauen Moment benennen zu können, habe ich sie an Daniel verloren. Ich muss jetzt nach seiner Pfeife tanzen, und diese Erkenntnis lässt mich so vor Ausgelassenheit überschäumen wie der Champagner. Ich bin voll von ungehemmter Lust. Die wildesten Fantasien schießen mir durch den Kopf. Bruchstückhafte Szenarien aus den geheimen Erotikbüchern der Bibliothek, die in düsteren Tiefen meines Unterbewusstseins eingeschlossen waren und die ich bisher noch nicht kannte.

Daniel ist jetzt Nemesis – und ich lechze danach, alles zu tun, wonach es ihm verlangt.

Als wir auf seiner Etage ankommen, führt er mich ohne ein Wort zu sagen über den Flur. Wir kommen an diversen Zimmern vorbei – 11, 15, 17 –, bis er schließlich vor der 19 stehenbleibt und seinen Kartenschlüssel aus der Tasche zieht.

Er gibt mir zu verstehen, dass ich ihm folgen soll.

Ich zittere und habe leichte Atemprobleme, als ich nach ihm den Raum betrete. Das hier fühlt sich so viel bedeutungsvoller an als unsere kleinen Eskapaden im Bibliotheksarchiv oder die Nummer in der Besenkammer. Das Ganze hat etwas Rituelles und ausgesprochen Formelles. Aus den dunklen Tiefen meiner Fantasie steigt das Bild von Daniel mit Ledermaske auf und sorgt für ein erneutes Aufflammen meiner Lust.

Wenn ich auch nicht weiß, was ich sagen soll, öffne ich trotzdem den Mund, um irgendetwas von mir zu geben. Doch Daniel legt mir wieder ganz sanft die Finger auf die Lippen.

»Das hier ist ein ganz einfaches Spiel. Vergiss das nicht. Keine Einwände, keine Komplikationen.« Seine Finger ruhen noch immer warm auf meinen Lippen, also nicke ich nur. »Ich würde gern die Kontrolle übernehmen. Und zwar die totale Kontrolle. Bist du damit einverstanden?«

Die Macht, die er ausstrahlt, lässt mich so schwach wie nie zuvor werden, und ich nicke erneut. Doch ich spüre einen wilden Wirbel in mir, der mich wie ein Sturm aus dem Reich der Realität und des Normalen fortträgt. Noch nie in meinem Leben hatte ich solche Angst. Und noch nie in meinem Leben war ich so erregt.

Daniel nimmt die Hand von meinen Lippen, tritt ein paar Schritte zurück und setzt sich in einen der großen Chintz-Sessel. Er lehnt sich zurück, legt die Arme auf die Lehnen und wirkt vollkommen entspannt. Doch wie bei einem Raubtier sind seine Augen noch immer fest und mit düsterem Glitzern auf mich gerichtet. Die Augen von Nemesis. Aber es ist nicht der schmeichelnde Nemesis der Briefe und Nachrichten. Nein, es ist ein anderer Nemesis, der genau weiß, was er will.

Ohne irgendwelche formellen Anweisungen weiß ich nicht, was ich jetzt tun soll. Also stehe ich einfach nur da und klammere mich an mein kleines Abendtäschchen, während ich seinen herausfordernden Blick auf meinem Körper spüre. Ich kann nur auf die Stille horchen und merke dabei deutlich, wie die Hormone, das Blut und weitere Flüssigkeiten durch meinen Körper und über meine Haut jagen. Der Schweiß kitzelt zwischen meinen Brüsten und in meinem Schritt, und meine Möse ist bereits sehr feucht.

»Zeig mir dein Höschen!«

Seine Stimme klingt ruhig und sachlich, lässt mich aber trotzdem zusammenfahren. Seine Forderung ist zwar ganz einfach, fühlt sich aber so extrem und empörend an, als hätte er mich aufgefordert, mich nackt auf den Teppich zu legen und es mir mit einem Vibrator selbst zu besorgen. Mit zitternder Hand lege ich mein Täschchen auf den Nachttisch und ziehe langsam meinen Rock hoch. Die Aktion erinnert mich daran, dass ich in der Bibliothek bereits mehr oder weniger dasselbe getan habe. Aber es kommt mir jetzt vor, als hätte das eine völlig andere Person vor Ewigkeiten getan.

Immer noch zitternd lege ich meine roten French Knickers und die kunstvoll verzierte Spitze meiner Strümpfe frei, die an dem Strumpfgürtel befestigt ist.

Sein Gesicht bleibt ruhig, ganz ruhig, doch seine Augen

zucken wie lodernde Flammen. Ich spüre die Hitze durch den ganzen Raum. Sie verbrennt mich förmlich, während er mich durch die Macht seines Blickes scheinbar stundenlang auf der Stelle stehen lässt.

Schweiß und andere Sekrete sammeln sich und fließen.

Nach einer gefühlten Ewigkeit sagt er schließlich: »Zieh es aus und bring es mir.« Ich habe das Gefühl, als hätte man mir einen Eisenring um die Brust gespannt, und das Atmen fällt mir schwer. Meine Erregung ist so groß, ich bin nicht sicher, ob ich mein Höschen mit einer gewissen Eleganz ausziehen kann, ohne ins Stolpern zu geraten. Aber ich habe meine Anweisungen bekommen, und jetzt muss ich gehorchen.

Ich entscheide mich für einen Kompromiss, indem ich mich gegen den Nachttisch lehne, während ich unter die Falten des Rockes greife und am Bündchen meines Höschens ziehe. Ich bin nicht sicher, ob ich mich so abstützen darf, oder ob er meine Muschi die ganze Zeit sehen möchte, aber Daniel scheint zumindest oberflächlich völlig unbeeindruckt zu sein von meinen Bemühungen um ein Minimum an Grazie.

Die hauchdünne Spitze läuft Gefahr, sich am schmalen Absatz meines Schuhs zu verheddern. Doch die Götter sind auf meiner Seite, und es gelingt mir, mein Höschen auszuziehen, ohne nach vorne oder nach hinten zu fallen. Dann lasse ich den Rock herausfordernd wieder nach unten fallen, gehe langsam auf ihn zu und halte ihm das gewünschte Objekt hin.

»Duftet es schon?« Seine Lippen kräuseln sich frech. Er hebt seine Hände und legt die Fingerspitzen auf diese typisch weise, akademische Art zusammen. Was will er nur? Soll ich vor ihm an meinem eigenen Höschen riechen? Mein Gefühl für Schicklichkeit meldet sich zwar, aber ich überhöre es geflissentlich und halte die rote Spitze vor meine Nase. Dann atme ich tief ein. Das Höschen riecht bereits beißend nach dem meeresähnlichen Duft meiner Erregung, und das überrascht mich in keiner Weise. Wer wäre in der hypnotischen Gegenwart dieses wunderschönen Mannes, der da vor mir sitzt, nicht klitschnass?

Er streckt eine Hand aus, und ich schieße nach vorne, um ihm das Bündel zu überreichen. Daniel grinst mich so lausbubenhaft an, wie ich ihn kenne und liebe. Nachdem er das Stoffstück aufgefaltet hat, unterzieht er es einer so genauen Untersuchung, als handle es sich um ein Artefakt, das er bei einer seiner Recherchen entdeckt hat. Sein Daumen gleitet über die Spitze, prüft die Beschaffenheit und die Durchsichtigkeit. Dann hebt er es am Bündchen an und betrachtet es in voller Größe. Der Vorgang lässt mich knallrot anlaufen – nicht weil es mein Höschen ist und mit dem Duft meiner Lust getränkt ist, sondern eher, weil es nicht gerade klein ausfällt, damit ein Mädchen wie ich hineinpasst.

Daniels Augen wandern von meiner Unterwäsche hin zu mir. Und wieder scheint es, als wäre er irgendwie in der Lage, meine Gedanken zu lesen.

»Was für ein ein apartes Höschen! Genauso hinreißend wie du!«

Er legt den Kopf etwas zur Seite und setzt wieder diesen leicht genervten Blick des Professors auf, der wegen einer dummen Studentin verzweifelt.

»Dürre Frauen interessieren mich nicht. Ich mag Kurven, Fleisch, Weiblichkeit ... Genau wie die meisten Männer, meine hinreißende Gwendolynne, genau wie die meisten Männer.«

»Wenn du es sagst.« Obwohl er es mir nicht befohlen hat, weiß ich, dass ich nicht sprechen soll. Doch ich kann mich einfach nicht beherrschen und lasse es raus. Ich bin so froh, dass er das eben gesagt hat. Zwar wusste ich es insgeheim schon, aber es ist trotzdem gut, es aus seinem Munde zu hören.

Er wirft mir einen strengen Blick zu und scheint mich gerade ermahnen zu wollen, als es plötzlich leise an der Tür klopft.

»Ah, das ist sicher unser Champagner. Das wurde aber auch Zeit.«

Mit ungeahnt schnellen Bewegungen springt er auf und drückt mir einen festen Kuss auf den Mund. Dann tänzelt er mit mir in einer Art Tangoschritt zum Bett, lässt mich dort Platz nehmen und ruft nach einem weiteren, kurzen Kuss schließlich: »Herein!«

Spiele

Die Tür geht auf. Oh Gott, sie war die ganze Zeit, während ich mein Höschen auszog, unverschlossen. Wenn nun der Zimmerservice geklopft hätte und dann wie üblich, ohne eine Antwort abzuwarten, hereingekommen wäre? Aber glücklicherweise weiß man im *Waverly*, was sich gehört, und es entsteht eine kleine, taktvolle Pause, bis eine große, sehr würdevolle Frau mit einem wunderschönen schwarzen Dutt eintritt und einen Servierwagen in das Zimmer schiebt.

»Ihr Champagner.« Ihr Lächeln ist diskret, neutral und schwer einzuschätzen. »Die Hotelleitung hat sich erlaubt, ein paar Erdbeeren mitzuschicken.« Neben dem riesigen Eiskühler, in dem unsere halbleere und eine neue, ungeöffnete Flasche stehen, befindet sich auf dem Servierwagen noch eine Silberschale mit prallen, köstlich aussehenden Erdbeeren und zwei große Champagnerflöten. Sieht alles sehr nach *Pretty Woman* aus.

»Kann ich Ihnen sonst noch etwas bringen, Sir?«, fragt die Kellnerin. Wenn ich sie jedoch wirklich genau betrachte, ist das eigentlich gar keine Kellnerin. Sie trägt einen sehr eleganten und strengen schwarzen Hosenanzug mit einem überaus diskreten Namensschild, auf dem *Saskia Woodville, stellvertretende Direktorin* steht.

»Nein, danke.«

Sie holt ein kleines Mäppchen hervor, in dem sich die Quittung befindet. Daniel unterschreibt zwar mit dem Rücken zu mir, sodass ich die eigentliche Transaktion nicht sehen kann, aber ich bemerke doch, dass der Mund der stellvertretenden Direktorin sich zu einem verschwörerischen Lächeln verzieht. Ist sie etwa auch ein Teil der Charade? Schließlich ist dies das Hotel von Daniels Cousine.

Jetzt wirft die große Frau auch mir ein Lächeln zu. Es ist offen, angenehm und scheint tatsächlich ehrlich zu sein. »Guten Abend, Madam«, sagt sie leise und zieht sich dann zurück. An der Tür hält sie noch einmal kurz inne, und ihre Augen wandern zu dem Chintzlehnsessel, in dem Daniel noch vor einer Minute saß. Die Winkel ihres rot bemalten Mundes ziehen sich ein letztes Mal nach oben, und dann ist sie auch schon durch die Tür verschwunden, die sie lautlos von außen schließt.

Erst als ich der Richtung ihres letzten Blickes folge, sehe ich, dass mein rotes Höschen eindeutig sichtbar auf der Sitzfläche des Sessels liegt. Ich möchte am liebsten im Erdboden versinken und werde knallrot. Doch es dauert nicht lange, und ich entspanne mich wieder. Was ist schon dabei, wenn hier ein aufreizendes Höschen herumliegt? Das *Waverly* ist schließlich ein anrüchiges Hotel mit einem anrüchigen Ruf. Und ich bin eine anrüchige Frau, die in einer anrüchigen Beziehung steckt. Ms Woodville hätte wahrscheinlich nicht mal eine Miene verzogen, wenn ich splitternackt auf dem Bett gelegen hätte. Oder wenn Daniel auf mir gelegen und es mir besorgt hätte.

»Das ist dir doch nicht peinlich, oder?« Daniel setzt sich wieder in seinen Sessel, spießt mein rotes Höschen mit einem Finger auf und wedelt leicht damit herum. »Die sehen hier jeden Abend noch viel schmutzigere Dinge«, fügt er hinzu und bestätigt meine Vermutungen. Nachdem er sich zurückgelehnt hat, geht er dazu über, mein Höschen auf so sinnliche Weise anzufassen, dass ich mir nur noch wünschen kann, er würde *mich* mit solch lüsterner Bedächtigkeit anfassen. Jetzt, da mein Unterleib völlig unbedeckt ist, spüre ich, wie der klebrige, seidige Saft meiner Erregung immer mehr ins Fließen gerät. Und als Daniel mir schließlich ein freches Lächeln zuwirft und seine dunklen Augenbrauen hochzieht, perlt ein dicker Tropfen verräterisch über meinen Schenkel und fließt bis zum Spitzenrand meiner durchsichtigen Strümpfe.

»Das kann ich mir vorstellen.« Ich werde wieder nervös. Ich bin angespannt, voller Energie und zu allem bereit. Dabei weiß ich nicht mal genau, wofür ich bereit sein sollte. Die gespannte Erwartung fühlt sich an wie ein Stahlband, das mir den Atem raubt und meinen Körper und meine Gliedmaßen kontrolliert. Ich gebe mir alle Mühe, nicht aufzustöhnen und meinen Zustand so zu verraten.

»Gieß mir etwas Champagner ein«, sagt Daniel beiläufig, mein Höschen noch immer in seiner Hand.

Soll ich ihn jetzt bedienen? Soll ich ihm die Zofe machen? Ein kleiner Teil von mir lehnt sich gegen solch eine unterwürfige Rolle auf, aber der wesentlich größere Teil ist auf instinktive, ursprüngliche Art erregt. Der Rand meiner Strümpfe wird von einem weiteren Träufeln meines heißen Honigs aufgeweicht.

Ich versuche, ohne zu zittern zum Servierwagen zu treten und Champagner in eines der schönen, hohen Gläser zu gießen. Als ich kurz innehalte und mit der Flasche gerade zum zweiten Glas übergehen will, wirft Daniel mir einen warnenden Blick zu. Offensichtlich muss ich mir meinen Champagner erst verdienen – wie, das weiß ich allerdings noch nicht.

Ich bediene ihn, und er lässt mein Höschen auf die Lehne fallen, bevor er mir das Glas aus der Hand nimmt. Daniel nimmt einen ganz kleinen, aber sehr lange hinausgezögerten

Schluck. Er trinkt heute fast gar nichts, und aus irgendeinem Grund habe ich den Eindruck, dass er das nicht unbedingt freiwillig tut. Ich will gerade anfangen, mir die Sache näher durch den Kopf gehen zu lassen, als mir sein Blick verrät, dass ich mir weitere Spekulationen sparen soll. Nachdem er seinen winzigen Schluck genommen hat, stellt er das Glas auf den Tisch neben seinem Sessel.

Die Augen noch immer fest auf mich gerichtet, gibt er mir mit einer kleinen, aber recht herrischen Geste zu verstehen, dass ich zu ihm herantreten soll. Als ich mich ihm nähere, spreizt er die Beine und ermöglicht es mir so, mich direkt dazwischenzustellen. Ich bin nicht mal sicher, ob ich überhaupt hinschauen darf, aber ich muss einfach in den makellos sitzenden Schritt seiner Hose starren, hinter der überaus deutlich seine harte Erektion zu erkennen ist.

»Zieh dein Kleid aus, Gwendolynne«, sagt die Stimme von Nemesis. Als ich nach meinem Reißverschluss taste, legt er lässig eine Hand in seinen Schritt und zupft an seinem Schwanz, um ihn in die richtige Lage zu bringen. Arroganter Kerl! Aber ich liebe es.

Ich schäle mich aus meinem schicken, neuen Kleid, lasse es zu Boden fallen und schiebe den Stoffhaufen mit einem Fuß beiseite. Es gab Zeiten, in denen wäre es mir unglaublich peinlich gewesen, meinen stattlichen Körper so zu zeigen – besonders wenn ich kein Höschen anhabe. Aber der Blick in Daniels heiße Augen, die Art, wie seine herrlich dichten Wimpern flattern und wie die Finger seinen noch verborgenen Schwanz leicht massieren, beschert mir ein Gefühl von der Macht meines Körpers. Und ich genieße es. Zwar spielt Daniel die überlegene Rolle, ist aber gleichzeitig auch Sklave meiner Brüste, meiner Hüften und meines Pos. Er sehnt sich nach meinem üppigen Fleisch genauso sehr wie ich mich nach seinen geschmeidigen Muskeln und seinen fantastisch zuckenden, harten Schwanz.

Jetzt, da ich in meinem roten BH, dem roten Strumpfgürtel und den Strümpfen mit Spitzenrand vor ihm stehe, ist der Schimmer meiner Erregung ganz eindeutig an den Innenseiten meiner Oberschenkel zu sehen. Plötzlich beugt Daniel sich ohne Vorwarnung vor, wirft die Arme um meine Taille und zieht mich zu sich heran. Gleichzeitig presst er sein Gesicht zwischen meine Brüste und reibt die Wangen an ihren weichen, spitzenbedeckten Kurven – fast wie ein Kind oder ein Hündchen, das sich trostsuchend an etwas kuschelt. Ich wiege seinen Kopf hin und her und fahre mit den Fingern durch seine seidigen Locken, während meine Gedanken immer weiter rasen.

Das Ganze ist ein seltsam asexueller Moment, der eine tiefe Verbundenheit ausdrückt. Daniel gibt einen Laut von sich, der wie ein Stöhnen, ja fast wie ein Keuchen klingt und kuschelt sich tiefer zwischen meine Brüste. Er sucht tatsächlich Trost. Ich komme mir ganz merkwürdig vor. Wenn ich meine Erregung schon riechen kann, muss er den Duft doch auch bemerken. Aber der Drang, ihn zu trösten, ist größer als die unbändige und eindringliche Lust, die ich gleichzeitig spüre. Hat er wieder seine Kopfschmerzen? Auf jeden Fall scheint er sich nach irgendeiner Art von Beistand zu sehnen.Da es sein könnte, dass sein Kopf heute besonders empfindlich ist, halte ich ihn nur ganz leicht. Ohne ein Wort zu sagen, greift er nach oben und legt eine Hand auf die meine, während er mit der anderen immer noch meine Hüfte umschlungen hält. Unsere Finger verschränken sich, und er stößt einen leisen Seufzer aus.

Ich wage nicht, etwas zu sagen, obwohl ich ihn doch so gerne fragen würde, was mit ihm los ist. Diese Kopfschmerzen kommen häufig, das habe ich miterlebt. Und da liegt es eigentlich nahe, dass es sich um etwas Ernstes handelt. Ich möchte gerne wissen, was ihm fehlt – auch wenn es jetzt ein schlechter Zeitpunkt ist, da er mich halbnackt in den Armen hält und mein bloßes Geschlecht sich leicht gegen sein Hemd presst.

»Stimmt irgendwas nicht?«

Hab ich diese Frage wirklich gestellt? Es muss wohl so sein …

Einen Moment lang ist weder eine Bewegung noch eine Reaktion von Daniel zu spüren. Dann lassen seine Hände von meinem Körper ab, und er schiebt mich ein kleines Stück von sich weg.

Mist! Mist! Mist! Jetzt hab ich alles verdorben! Männer wirken nicht gerne schwach. Besonders dann nicht, wenn sie den Meister spielen wollen.

Er legt die Stirn in Falten, und ein Hauch von Ärger huscht über sein Gesicht. Ist er auf mich zornig? Oder auf sich selbst? Mein Gefühl sagt mir: das Letztere.

»Nein, nein, alles bestens«, sagt er schließlich kurz. »Besonders mit dir.« Seine Lippen verziehen sich zu einem Lächeln. Sie sehen gerötet und hungrig aus. »Besonders mit dir ist alles in Ordnung, meine wunderschöne Gwendolynne. Du bist wirklich eine Augenweide.« Kurz kehrt der zornige Ausdruck auf sein Gesicht zurück. Er packt mich erneut und zieht mich mit seiner linken Hand zu sich heran, während die rechte voller Arroganz zwischen meine Beine gleitet und sich dort auf die Suche nach meinem Kitzler macht. Als er ihn ohne Mühe findet, ist es an mir, zu stöhnen. Doch er ermahnt mich mit leiser Stimme, nicht so laut zu sein.

»Du musst jetzt ein ruhiges, braves Mädchen sein, meine Bibliothekskönigin. Kein Geächze und Gestöhne, während ich an dir rumspiele.«

Da ist sie wieder diese Anrede. Die Anrede, die eindeutig beweist, dass er Nemesis ist. Aber im Moment ist es mir ganz egal, wer er ist oder wo er herkam. Ich kann nur daran denken – wenn man das überhaupt als Denken bezeichnen kann –, was er da zwischen den feuchten Furchen meiner Muschi anstellt. Er drückt fest gegen meinen Kitzler, schnipst ihn und spielt damit herum. Ich verspüre einen fast unwiderstehlichen Drang, meine Hüften kreisen zu lassen. Aber ich reiße mich zusammen, denn ich weiß, dass ich stillhalten soll.

Ich beiße mir auf die Lippe, um ein Stöhnen zu unterdrücken. Die intensivsten, aber auch frustrierendsten Gefühle durchströmen meinen Körper. Da ich es nicht über mich bringe, in sein liebes, anziehendes Gesicht zu schauen, schließe ich die Augen. Aber er gibt mir mit einem unmissverständlichen Laut zu verstehen, dass ich sie wieder öffnen soll. Seine Züge sind erhaben, stark und doch sehr fein. Er wirkt durch und durch männlich und selbstzufrieden, ist gleichzeitig aber schön wie ein gefallener Engel auf dem Gemälde eines Alten Meisters.

Seine Berührungen sind schockierend wie der Inbegriff der Sünde. Mit jedem Streicheln reißt er mich weiter fort in das Land der Lust, hält aber immer wieder inne, wenn ich ganz kurz davor bin.

Gerade als ich so weit bin, ihn anzuschreien, dass er es mir endlich besorgen soll, zieht er seine Finger ganz zurück. Dann nimmt er langsam und lasziv einen kleinen Schluck Champagner, taucht danach Zeige- und Mittelfinger in das Glas mit dem köstlichen Getränk und berührt damit erneut meinen Kitzler. Ich brülle heiser auf, während das leichte Prickeln mich an den Rand bringt und ich schließlich komme. Der Orgasmus schmerzt fast, und meine Möse pulsiert und versucht, sich zuckend um eine quälende Leere zu schließen.

Meine Arme sind Schraubenschlüssel. Sie packen ihn, umklammern ihn und halten sich mit aller Macht an ihm fest, während es mir wild bebend kommt. Ich bin so verloren in meinem Gefühl, dass ich mich über ihn beuge, mein Gesicht in seine schwarzen Locken drücke und einen tiefen Zug von seinem berauschenden Kräutershampoo einatme. Noch ganz tief in meiner Lust versunken, drücke ich ihm einen Kuss auf den Kopf und spüre ein geradezu mütterliches Bedürfnis, den Schmerz zu lindern, der ihn da manchmal befällt.

Schließlich zieht Daniel mich auf seinen Schoß. Ich protestiere zwar automatisch, dass ich kein kleines Mädchen und auch viel zu schwer für ihn sei, doch er ignoriert mich völlig. Stattdessen greift er erneut nach seinem Glas und gibt mir den Rest der goldenen Flüssigkeit zu trinken. Ich bin so durstig, dass ich den Champagner wie Limonade in mich hineinschütte.

Ich stehe zwar immer noch ziemlich unter Schock und bin sehr aufgewühlt, aber es dauert nicht lange und ich fange wieder an, nachzudenken und Dinge zu bemerken, die schwer zu ignorieren sind. Zum Beispiel die riesige Erektion unter mir, die sich durch den feinen Stoff von Daniels Anzughose noch immer gegen meine glühende Möse presst.

»Du bist ja wirklich sehr hart«, platze ich unbedacht heraus, und er lacht.

»Ja. Ich bin gerne hart.«

»Willst du vielleicht etwas dagegen unternehmen?«

»Bald.« Er krault mich unter meinem Kinn, als wäre ich ein Kätzchen. Er schaut mich vergnügt und verspielt an. »Aber noch nicht jetzt.« Er leckt sich über die Unterlippe, als würde er etwas ganz besonders Köstliches genießen. »Manchmal zögere ich den Höhepunkt ganz gerne ein bisschen hinaus und warte, bis ich ihn so richtig will. Und ich weiß, es wird unglaublich schön werden, wenn ich in dir komme. Das Warten lohnt sich also ganz sicher.«

Für den Bruchteil einer Sekunde berührt er erneut meinen Kitzler, und ohne es unterdrücken zu können, wimmere ich und bin schon fast wieder soweit.

»Lass uns doch einfach ein bisschen fernsehen«, schlägt er vor, während ich verzweifelt, aber vergeblich versuche, seine Finger wieder in mich einzuführen. Doch er hebt mich mit unglaublicher Leichtigkeit und Stärke hoch, stellt mich auf die Füße und führt mich zum Bett. Dann schüttelt er ein Kissen auf und weist mich in strengem Ton an, mich hinzusetzen.

Mein Herz rast, während ich mich auf die Chintzdecke zurücklehne. Ich habe keine Ahnung, was ich jetzt tun soll. Daniel schiebt den Schwanz in seiner Hose zur Seite, löst die Spangen in meinem Haar, legt sie beiseite und breitet die schweren Locken auf meinen Schultern aus.

»Hinlegen!«, weist er mich an und zeigt auf das Kissen. Ich tue, wie mir geheißen, und versuche, mich möglichst verführerisch auf dem Bett zu drapieren. Dabei muss ich die ganze Zeit daran denken, dass mein Schritt völlig unbedeckt ist und nur von den schmalen Bändern meines Strumpfhalters umrahmt ist. Ich kann meinen Blick einfach nicht von meinem nackten Geschlecht abwenden. Der Anblick ist in gewisser Weise äußerst obszön, gleichzeitig aber auch verführerisch und exotisch. Und die Hitze in Daniels Augen verrät mir, dass er dasselbe denkt.

Er gießt Champagner nach und stellt die Gläser auf die kleinen Nachtschränkchen, die an beiden Seiten des Bettes stehen.

»Entspann dich.« Er grinst mich mit einem selbstgefälligen Lächeln an. Dann platziert er mich so, wie er mich haben will. Er packt mich bei den Handgelenken, legt meine Arme mit locker gefalteten Händen über meinen Kopf auf die dicken Kissen und spreizt meine Beine leicht auseinander, um meine Möse zu öffnen.

»Entspann dich«, flüstert er erneut, doch diesmal ist seine Stimme so sanft, als wollte er mich aus der plötzlichen Schockstarre herauslocken, in die ich gerade gefallen war. Sicher könnte ich tun, was ich will, aber ich fühle mich gelähmt wie ein Häschen auf der Straße, das von einem Lastwagen angestrahlt wird.

Seine Finger gleiten ehrfürchtig über mein Gesicht und streichen das Haar auf den Kissen glatt. Das beruhigt mich tatsächlich. Dann schlüpft er aus seinem Sakko heraus, öffnet seinen Schlips und wirft beides von sich. Dieser Anblick beruhigt mich sogar noch mehr. Nachdem er sich auch seiner Schuhe entledigt hat, tänzelt er fast ans andere Ende des Bettes.

Die Federn springen ein wenig, als er sich neben mich wirft – ganz so, als wollten wir jetzt still und leise zusammen Fußball gucken. Als er nach der Fernbedienung greift und die Kiste anstellt, rechne ich damit, dass gleich *Spiel des Tages* auf dem Bildschirm erscheinen wird. Aber nein, man sieht nur das Logo des *Waverly Hotels*. Daniel wirft einen kurzen Blick auf sein Glas, entscheidet sich aber offensichtlich, nichts zu trinken. Stattdessen zappt er sich durch die Fernsehprogramme.

Ich fasse es nicht! Selbst unter den ausgefallensten und schärfsten Umständen, ist er doch genau wie jeder andere Mann auch. Wenn's ums Zappen geht, kann er einfach nicht widerstehen. Als wir schließlich bis zum britischen History Channel vorgedrungen sind und uns sein Gesicht von der Mattscheibe entgegenlächelt, muss ich laut losprusten. Er sitzt irgendwo auf einer Mauer und spricht über die normannische Eroberung Englands.

»Igitt! Ein furchtbarer Typ! Was für ein Weichei!« Mit einem Kichern drückt er auf einen Knopf, und wir sind wieder beim Menü.

Es kommt mir ausgesprochen seltsam und irgendwie auch abwegig vor, hier auf dem Bett zu liegen, während Daniel sich durch die Kanäle schaltet. Aber da auch ich fernsehsüchtig bin, muss ich einfach mit auf den Fernsehschirm starren – auch wenn ich kaum etwas anhabe und auf dem Präsentierteller liege wie eine Haremsdienerin.

Er schaltet zurück zum Menü. Filme. Ein Konzert. Boxen, buäh. Und schließlich findet er natürlich einen Porno. Als Erstes landen wir bei einem Paar großbusiger, aber graziler Blondinen, die wild herumknutschen und sich wie Schlangen umeinanderwinden. Doch das scheint Daniel nicht besonders anzumachen. Er geht zurück ins Menü und scrollt ein bisschen weiter runter.

Als Nächstes sehen wir einen Mann, den ich sofort als den berühmten Ron Jeremy erkenne und der es einer weiteren Blondine gerade wie besessen von hinten besorgt.

»Den kenn ich schon«, überrascht Daniel mich. Wer ahnt denn wohl, dass jedermanns Lieblingsakademiker auf Pornos steht?

Zurück geht's zum Menü. Klick, klick, klick, und er ist bei *Live Feed* angelangt. Was zum Teufel ist das denn? Doch leider ist auf dem Bildschirm nichts weiter zu sehen als die bekannte Meldung »Kostenpflichtiger Sender«.

»Hoppla!«

Noch bevor ich fragen kann, was eigentlich genau auf dem *Live Feed* läuft, springt Daniel vom Bett auf und zieht einen Kartenschlüssel aus der Sakkotasche, der so ähnlich aussieht wie der zu seinem Zimmer. Dann schiebt er ihn in einen Schlitz im Fernseher, drückt erneut auf den Knopf und wirft sich wieder neben mich auf das Bett. Jetzt sind seine Augen allerdings mehr auf den Bildschirm gerichtet und nicht mehr auf meinen nur spärlich bekleideten Körper. Na toll …

Die erste Einstellung kommt mir seltsam bekannt vor. Chintz. Sanftes Licht. Zwei Liebende – der Mann angezogen, die Frau teilweise nackt. Das ist eine Webcam-Übertragung. Nicht von uns, Gott sei Dank, aber eindeutig aus einem der Zimmer hier im Hotel.

»Ach nein, der schon wieder!«

Daniels Aufmerksamkeit richtet sich schlagartig wieder auf mich, und er sieht mich neugierig an.

»Kennst du den?« Er nickt in Richtung Bildschirm, wo sich ein maskierter, aber immer noch gut zu erkennender Mann über eine Frau beugt, die ich auch schon einmal gesehen habe. Und zwar vor kurzem erst. In einem Zimmer, ganz ähnlich dem unseren, ist der weltmännische und doch unglaublich leichtsinnige Robert Stone, Leiter der Finanzbehörde, gerade kurz davor, seiner blonden Geliebten den Po zu versohlen. Sie ist genau das hübsche Ding, mit dem ich ihn neulich gesehen habe. Er sitzt auf der Bettkante und trägt eine Scharfrichter-Ledermaske, die mich an eine meiner Fantasien erinnert. Mein Herz macht einen schockierten Hüpfer. Normalerweise würde diese Maske seine Identität wahrscheinlich verbergen, aber ich erkenne ihn trotzdem. Seine Gespielin liegt auf seinem Knie. Sie trägt eine Schößchenjacke und eine ähnliche, aber etwas feiner geschnittene Maske mit einem Spitzenrand und sonst nichts weiter.

Wenn man die Lichtverhältnisse bedenkt, ist die Farbauflösung überraschend gut. Mann kann deutlich sehen, dass er sie bereits leicht gezüchtigt hat, denn ihr beneidenswert knackiges und trainiertes Hinterteil ist rot und scheint sehr zu brennen. Sie zittert, als würde sie vor Schmerzen schluchzen.

Doch als sie uns ihr Gesicht zuwendet und uns so einen genaueren Blick auf dessen Ausdruck gewährt, glitzern ihre Augen in den Schlitzen der ausgefallenen Maske vor Erregung. Sie grinst, als würde sie sich selbst anlächeln. Sie liebt diese Behandlung, kein Zweifel!

»Eine Spanking-Session! Super! Das ist scharf!«, murmelt Daniel neben mir und spricht genau das aus, was ich auch denke. Er rutscht ein wenig auf dem Bett umher, als würde die versaute Szene ihm jetzt schon in die Lenden fahren. Mir geht es auf jeden Fall so.

Stone lässt einen trägen Schlag auf das Hinterteil seiner Kleinen niedergehen. Sie zuckt wie wild auf seinem Schoß hin und her und lässt die Hüften kreisen. Ihr Mund bewegt sich, als würde sie stöhnen, doch es ist kein Ton zu hören. Wahrscheinlich, um dem Paar eine gewisse Privatsphäre in diesem ansonsten so offen exhibitionistischen Szenario zu gewähren. Ich muss mir auf die Lippen beißen, um nicht laut aufzustöhnen, und als ich meine Augen eine Sekunde lang vom Fernseher losreiße, stelle ich fest, dass Daniel mich ansieht und nicht auf den Bildschirm schaut.

»Macht dich so was an?« Seine Augen blitzen auf und verraten mir, dass diese Vorstellung wiederum ihn anmacht. Er beugt sich zu mir rüber, und sein Blick schießt mehrfach zwischen dem Bildschirm und mir hin und her. Während Robert Stone seiner Geliebten ein paar weitere Schläge verabreicht, lässt Daniel eine Hand zwischen meine Beine wandern, um nach einer Antwort auf seine Frage zu suchen.

Er findet genau das, womit ich gerechnet hatte, und diesmal kann ich mein Stöhnen beim besten Willen nicht unterdrücken. Ich bin feucht und glitschig. Heiß und bereit für seine Berührung. Als ich mich winde und meine Hand auf die seine presse, sagt er nur »Oh-oh!« und wirft mir einen strengen

Blick zu, der allerdings durchaus vielschichtig ist. Zum einen voller Humor, gleichzeitig aber auch leicht ermahnend. Ich frage mich, ob ich vielleicht an einen ebenso begabten Zuchtmeister geraten bin wie jener, der da gerade via Webcam-Übertragung Hand anlegt.

Es kostet mich zwar einige Mühe, aber ich bringe meine Hände wieder zurück in ihre Position – leicht gefaltet und auf meinem ausgebreiteten Haar liegend. Es ist als wäre ich gefesselt und gleichzeitig nicht gefesselt. Obwohl ich noch nie Bondage-Spiele getrieben habe und diese Praktik nur von Bildern oder aus Büchern kenne, weiß ich instinktiv, dass es wahrscheinlich weitaus schwieriger ist, in solch einer Situation nicht fixiert zu sein. Vielleicht gibt es in Fesseln ja sogar so etwas wie Entspannung? Zumindest müsste man damit nicht gegen den permanenten Drang ankämpfen, sich bewegen oder wehren zu wollen. Besonders wenn ein wunderschöner Mann, den man anbetet, mit der Fingerspitze über den Kitzler streicht.

Ich schnappe nach Luft, und meine Hüften bewegen sich in ihrem ganz eigenen Rhythmus – genau wie die von Robert Stones wunderschöner Gespielin. Er hält einen Moment lang mit den Schlägen inne, und sie windet sich auf seinen stämmigen Knien. Dabei versucht sie immer wieder, sich irgendwie an ihm zu reiben, um so an ihre Stimulation zu kommen.

»Du bist genauso versaut wie sie.« Daniel kommt näher. Sein Mund ist nur ein Zentimeter von dem meinen entfernt. »Ich wette, das macht dich scharf. Ich wette, du liest da unten in eurem Bibliothekskeller jede Menge schmutziger Bücher, hab ich recht? Ich hab sie gesehen. Ich weiß, was da unten alles so rumliegt.«

Und die ganze Zeit über schnippst er *schnipp-schnipp* gegen meinen Kitzler, sodass ich nur noch mein Becken kreisen lassen kann. Aber das bringt ihn nicht von seinem Ziel ab. Oh, nein. Sein Finger arbeitet so chirurgisch präzise, fast als wäre er lasergesteuert.

»Aber das heißt ja, dass du auch in diesen Büchern liest«, stöhne ich. Gleichzeitig versuche ich immer noch, mich zu wehren, denn ich ahne, dass er genau das von mir haben will. Es gehört zum Spiel und ist eine Figur, die man während dieses Tanzes tanzen muss. »Dann bist du also auch ein Perversling.«

»Pst!« Er drückt mir einen harten Kuss auf die Lippen – den klassisch-romantischen Bestrafungskuss eben – und bearbeitet mich weiter an genau den richtigen Stellen. Doch als mein Körper sich schon für das Unvermeidliche bereit machen will, bricht er den Kuss ab, zieht seine Finger zurück und hält sie mir vor den Mund. Sie riechen nach mir. »Wir reden hier nicht über mich, Ms Gwendolynne Price, sondern über dich. Wir reden über all die schmutzigen, kleinen Geheimnisse, die du hinter dieser spröden, professionellen Bibliothekarinnenfassade verbirgst.«

Ich möchte ihm sagen, dass ich nie absichtlich eine spröde Fassade aufgesetzt habe. Nicht einmal, als ich noch ziemlich unerfahren war. Doch für eine Erklärung stehe ich zu kurz vorm Orgasmus. Und außerdem liegt seine starke Hand immer noch auf meinem Mund.

Stattdessen wenden wir unsere gemeinsame Aufmerksamkeit wieder dem Bildschirm zu. So angespannt wie ich bin, ist das allerdings keine gute Idee. Robert Stone ist in der Zwischenzeit nämlich dazu übergegangen, seine Geliebte aufs Bett zu legen und sie dort in die Hündchenstellung zu bringen. Ihr nackter, rosiger Po ist hoch in die Luft gereckt und die schlanken Schenkel sind gespreizt. Als unser exhibitionistischer Freund seinen Hosenstall öffnet und einen eindrucksvollen

Schwanz zutage fördert, der seiner Körpergröße und Statur mehr als entspricht, muss ich hinter Daniels Hand laut aufstöhnen.

Als ich kurz zu Daniel rüberschaue, wirft er mir ein Lächeln zu, das nur ihm gehören kann und nicht Nemesis.

Ich bin nicht eingeschüchtert. Ich bin nicht eingeschüchtert. Ich bin nicht eingeschüchtert. Daniel rollt die Augen bei dem Anblick, den Robert Stones Organ bietet. Da ich nicht sprechen kann, gebe ich ihm mit meinen Augen zu verstehen, dass ich in der Richtung keinerlei Beschwerden vorzubringen habe. Ich bin höchst erfreut, begeistert und angetan von *seinem* hinreißenden Schwanz. Er versteht mich und zwinkert mir zu. Dann wenden wir uns wieder der Vorstellung auf dem Bildschirm zu. Ich bin immer noch kurz davor, und auch Daniel hat eine riesige Wölbung in der Hose.

Das Pärchen fickt jetzt. Immer wieder stößt Stone mit einer gewissen Erhabenheit und großem Enthusiasmus in seine Geliebte hinein. Er hat etwas von einem Dampfhammer, wirkt gleichzeitig aber auch irgendwie zärtlich. Es muss wohl die Art sein, wie er ihre Hüften festhält und wie er ab und zu nach vorne greift, um seine Hand auf ihre Schulter oder ihren Hals zu legen. Da ist eindeutig Liebe in ihrer Vereinigung zu erkennen. Wilde, süße Liebe. Oh, wie gern ich das doch auch hätte! Ich möchte auch diese herrlich hingebungsvolle Eleganz spüren, mit der er seinen Körper an den ihren schmiegt, während sie eindeutig kurz davor steht, zu kommen. Ich möchte es sein, die erlebt, wie sein Mund völlig stumm unmissverständliche Worte formt. Und ich möchte diejenige sein, über deren Rücken und Po er streichelt, um das Erlebnis noch schöner zu machen.

Sie stoßen und zucken. Ihre Lippen formen sich zu Schreien der Ekstase und der Liebe. Ihre Hüften wiegen und drehen sich, bis es schließlich vorbei ist. Dann vollführt Robert Stone eine Art Seitenrolle mit seiner Liebsten, um sie neben sich liegen zu haben, anstatt sich einfach nur mit seinem nicht gerade unerheblichen Gewicht auf sie fallen zu lassen, während die Schwerkraft nach und nach wieder spürbar wird. Das Letzte, was mir auffällt, bevor Daniel den Fernseher ausstellt, sind die Eheringe, die sie beide tragen. Und ich kann mir nur schwer vorstellen, dass die beiden nicht miteinander verheiratet wären.

»Sieh an, sieh an, sie ist seine Frau. Die beiden wollen offenbar etwas Feuer in ihr eheliches Sexleben bringen. Sie könnten es auch zu Hause treiben, wenn sie wollten, haben aber offensichtlich Spaß daran, sich zur Schau zu stellen.«

»Das ist bei einigen Paaren wohl so, schätze ich.« Daniel zieht die Stirn in Falten und setzt sich auf. Er fährt sich durchs Haar und reibt sich hinter der Brille die Augen.

In meinem Herzen geht eine Alarmanlage los. Geht es ihm nicht gut?

Dann, nur einen Moment später, lächelt er schon wieder.

»Und? Haben dich diese versauten Exhibitionisten angeturnt?«

»Das weißt Du doch ganz genau.« Er will es offensichtlich aus meinem Munde hören. »Fühlen konntest du es jedenfalls ganz bestimmt.«

»Ja, du bist herrlich nass, meine wunderschöne Bibliothekskönigin. Ist ja ein richtiger See da unten.« Er legt seine Hand leicht gewölbt über meinen Schamhaarbusch und taucht ohne eine richtige Berührung den Mittelfinger in meinen Saft. Ich könnte vor Verlangen schreien und wild um mich schlagen. Doch stattdessen verharre ich in der Pose, die er für mich vorgesehen hat.

»Wunderschön? Das ist doch wohl nicht dein Ernst?«

»Tss ss, wir wollen diese Diskussion doch nicht schon wieder führen, oder?« Er schüttelt streng den Kopf, und sein Finger wandert ein bisschen näher zu meiner Hitzequelle. Plötzlich wird sein Blick ganz offen, ernsthaft und seltsam unschuldig. »Es ist keine Lüge oder irgendein Spruch, wenn ich dir sage, dass du einen fabelhaften Körper hast, Gwendolynne. Nein, es ist wahr. Genau so sehe ich es. Du hast die wunderschönste und anbetungswürdigste Figur, die ich je gesehen habe.« Einen kurzen Moment lang sieht er völlig hingerissen aus – und schrecklich verängstigt. Doch gleich darauf wird sein Ausdruck wieder ganz normal. Fast normal. »Oder höchstwahrscheinlich jemals sehen werde …«

Ich bin kurz davor, den Mund zu öffnen und ihn anzuflehen, mir doch endlich zu erzählen, was mit ihm ist. Doch bevor ich ein Wort sagen kann, berührt er mich, und wir versinken erneut in der lüsternen Welt alles verschlingender Sinnlichkeit. Er streichelt meinen Kitzler und beugt sich über mich, um seine Lippen erst auf meinen Hals und dann auf den oberen Ansatz der üppigen Brüste zu pressen, die er so mag. Meine Hüften heben sich ihm suchend entgegen und meine Haut brennt unter seinem Mund.

»Und was darf es sein, Göttin?«, keucht er und haucht seinen heißen Atem dabei wie ein Windgott über die hügeligen Kurven meiner Brüste. »Soll ich dir den Po versohlen? Oder soll ich dich ficken? Teufel, ich weiß jedenfalls genau, was ich will!« Er legt sich seitlich neben mich, sodass er seine harte Erektion an meiner nackten Hüfte reiben kann. Er ist riesig und heiß, aber ich weiß jetzt verdammt noch mal auch, was ich will. Die ausgefallenen Spanking-Spiele der hingebungsvollen Stones können wir auch noch ein andermal nachholen.

»Ich auch!« Ich breche den geheimen Bondage-Pakt, greife nach unten und umfasse seinen Riemen. Daniel schnappt zischend nach Luft und reibt sich an meiner Hand. Und auch seine Finger reiben – an meinem Kitzler.

Dann sind wir beide auf einmal nur noch ein Wirbelsturm aus hektischen Bewegungen. Als hätten wir jetzt die unausgesprochene Übereinkunft getroffen, uns ganz auszuziehen. Ohne die Augen auch nur einen Moment von der Schönheit seines erwartungsvollen Schwanzes zu nehmen, den ich neulich zum ersten Mal auf der Bibliothekstoilette sah, zerre ich etwas planlos an meinen BH-Trägern und den Strumpfbändern herum. Es dauert nicht lange, bis ich mich all meiner Kleidung entledigt habe, aber Daniel ist weitaus umsichtiger. Besonders als er äußerst zögerlich seine Brille abnimmt und sie beiseite legt. Er fängt sofort an zu blinzeln, reißt sich dann aber blitzschnell die restlichen Klamotten vom Leib und wirft sich mir gierig entgegen. Es ist fast, als wollte er sein alles andere als perfektes Sehvermögen durch möglichst viel Hautkontakt ausgleichen.

Daniel küsst mich und reibt sich mit der vollen Länge seines Leibes an dem meinen – ganz ähnlich wie er vor kurzem sein Gesicht an meinen Brüsten gerieben hat. Es fühlt sich an, als wollte er mich mit seinem Körper statt mit seinen Augen »sehen«. Als wollte er die Beschaffenheit meiner Haut aufnehmen, die Geschmeidigkeit meines Fleisches, das verspielte Kitzeln meines Schamhaares spüren. Sein eigenes Schamhaar und der mächtige Penis, der daraus hervorsteht, führen auch ein recht eigenes Leben. Seine Erektion gleitet und drückt auf mir herum wie ein stilles Zepter seiner Macht.

Eine Zeit lang rutschen und zappeln wir nur aufeinander herum, reizen und provozieren einander und schaukeln uns immer höher. Schließlich packt er mich und hält mich eng an seinen Körper gepresst. Sein Schwanz fühlt sich an meinem sanft gerundeten Bauch wie ein glühendes Stahlrohr an.

»Ich will dich so haben, wie er sie genommen hat«, raunt er mir ins Ohr und stupst mit seiner Nase dagegen. »Ich will diesen sensationellen Po sehen, während ich tief in dich reinficke.«

Ach, was für köstlich derbe Worte aus dem Mund des gelehrten und kultivierten Professors. Was würden wohl seine schwärmenden, weiblichen Fans denken, wenn sie ihn so reden hören könnten.

»Komm her, du Sexgöttin! Ich *muss* dich einfach ficken!«

Er rollt ein bisschen von mir weg, packt mich aber bei der Hüfte, dreht mich um und zieht mich dann mit eindrucksvoller Geschicklichkeit und Bestimmtheit nach oben. Ich bin wie eine gehorsame Hündin und positioniere mich auf Ellbogen und Knien. Dann höre ich, wie er die Nachttischschublade öffnet, darin herumkramt und sie wieder schließt. Ganz offensichtlich hat das *Waverly* in jedem Zimmer einen Kondomvorrat. Schließlich dimmt er das Licht herunter, sodass der Raum fast im Dunkeln daliegt. Ich meine, wenn er sowieso nicht gut gucken kann, macht das auch keinen Unterschied. Und ich? Ich kann fühlen. Ich kann fühlen!

Die Luft im Zimmer ist warm und wohltuend, die Decke unter meinen Knien und Ellenbogen angenehm weich. Der schwache Duft des Potpourris kitzelt in meinen Nasenlöchern, wird aber fast vom weitaus stärkeren Geruch unserer Parfums und meiner feuchten und bereiten Möse überdeckt.

Daniel beugt sich von hinten über mich. Seine Haut ist sehr heiß. Er ist zwar kein Gorilla, aber ich spüre das männliche Haar auf seiner Brust und seinen Beinen, als er erneut meine Hüfte umfasst und seine Haut an der meinen reibt. Noch dringt er nicht in mich ein, sondern zeigt mir nur, wie er sich anfühlt, wie er duftet und wie heiß er ist. Seine Lippen legen sich auf meinen Nacken und küssen ihn. Dann wandern seine

Hände unter mich, und er spielt recht grob an meinen Brüsten herum. Er massiert sie abwechselnd und ergötzt sich an der Üppigkeit und der Elastizität des strammen Fleisches.

»Du bist so wunderschön, Gwendolynne«, murmelt er wieder. Doch da er mich gleichzeitig leckt und küsst, verstehe ich seine Worte nur sehr gedämpft. In dem gedimmten Licht kann er mich zwar kaum sehen, aber die Rauheit seiner Stimme verrät mir, dass für ihn allein der tastende Kontakt große Schönheit in sich birgt.

Mein Körper schaukelt vor und zurück, und ich reibe mich ebenso fest an ihm, wie er mich mit seinem Körper, seinen Schenkeln und seinem Schwanz massiert. Ich aale mich in einer Ekstase aus Hitze, Körperdüften und starkem männlichem Fleisch.

Und dann steht er vor meinem Tor. Erst fühlt er nur sanft mit den Fingern vor und zieht meine zarten Hautfalten auseinander, um so Platz für seine harte, hoch aufragende Erektion zu schaffen. Ich fühle, wie die geschwollene Eichel schiebt und drückt – ein so neues Gefühl, obwohl sie doch schon dort gewesen ist. Er beugt sich noch weiter über mich und schmiegt sein Gesicht in die Rundung zwischen Schulter und Nacken, während er langsam hineingleitet. Seine wunderschönen, dunklen Locken kitzeln mich, und der winzige Schatten eines Bartes kratzt an meiner Haut. Er schnellt mit den Hüften vor und versucht, in voller Gänze einzudringen.

So nahe am Ziel und so von Sinnen verliert er beinahe die Kontrolle. Er zieht sich wieder etwas zurück und stellt sich fest auf seinen Knien auf. Dann packt er mich bei den Hüften und bringt seinen Schwanz in den richtigen Winkel, um ihn mit den Fingerspitzen genau vor dem Eingang zu positionieren. Mit einem Ellenbogen stützt er sich auf meinen Rücken, fällt nach vorn und drückt mein Gesicht tief in die Kissen. Ich greife mit beiden Händen nach hinten, umfasse seine muskulösen Schenkel und presse mich mit aller Macht an ihn.

Bingo! Er gleitet hinein. Sehr tief. Jetzt, da wir miteinander verschmolzen sind, beugt er sich erneut über meinen Rücken, so als wollte er den Kontakt zwischen uns noch intensivieren. Sein heißer Körper fühlt sich wie eine weiche Decke an, und das unbeschreibliche Gefühl von Nähe treibt mir Tränen in die Augen. Dann kommt es zu einem Moment, in dem wir uns überhaupt nicht bewegen und in dem sich unser Akt nicht mal mehr wie Sex anfühlt.

Ich weiß, ich liebe ihn. Es ist verrückt. Unklug. Und ich glaube nicht, dass wir eine gemeinsame Zukunft haben. Aber dennoch bedauere ich das Gefühl nicht. Hat nicht mal irgendjemand in irgendeinem Film gesagt: »Ein Leben voller Angst ist nur ein halb gelebtes Leben«? Nun, ich werde meine Liebesgefühle für Daniel Brewster auf keinen Fall unterdrücken, weil ich Angst habe, dass sie irgendwann aufhören oder nicht erwidert werden könnten. Dazu ist das Leben einfach zu kurz. Also werde ich dieses Gefühl so lange genießen, wie ich kann.

»Du fühlst dich einfach fantastisch an«, raunt er, und sein Atem streichelt dabei sanft über meinen Nacken. »Wir passen einfach perfekt ineinander … So hat es sich noch nie angefühlt.« Er presst seinen Unterleib ein wenig vor, bis wir noch viel besser als nur perfekt ineinanderpassen.

Männer – die würden doch alles sagen, um ans Ziel zu kommen. Aber dennoch berühren mich seine Worte. Ich reibe mein Gesicht an dem Kopfkissen und verschmiere damit höchstwahrscheinlich mein Make-up. Gleichzeitig werfe ich ihm mein Hinterteil entgegen und wünschte, er könnte unter meine Haut, in mein Hirn und in mein Herz kriechen, um endlich all seine Geheimnisse mit mir zu teilen.

Aber wir können nicht ewig so bleiben. Irgendwann geht er

dazu über, sich zu bewegen. Die Wirkung ist überwältigend. Er ist groß! Er dehnt mich in alle Richtungen – rein und raus. Jeder seiner Stöße löst ein Erdbeben in meinem Kitzler aus. Ich versuche zwar, mich gegen die Gefühle zu behaupten, aber sie nehmen mir den Atem. Ich will angefasst werden, und ich will kommen, während ich gefickt werde.

Und Daniel liest meine Gedanken, als wäre er tatsächlich in mich hineingekrochen. Er verlagert sein Gewicht auf einen Arm und greift erneut unter mich und in meinen Busch, wo er sich auf die Suche nach meinem Kitzler macht. Und obwohl er von seiner puren, männlichen Lust sehr abgelenkt sein muss, schafft er es auch diesmal, ihn mit einzigartiger Zielsicherheit zu finden. Ich muss kurz daran denken, was für Tollpatschigkeiten ich in der Beziehung schon erlebt habe, und komme zu dem Schluss, dass er ein äußerst geschickter Liebhaber ist. Er reibt mein kleines Lustorgan im Gleichklang mit den harten Stößen seiner kräftigen Hüften und kommt dabei nicht ein Mal aus dem Takt.

Ich brülle und knurre. »Oh Gott! Verdammt! Oh Mist!« oder irgendwas ähnlich Banales. Ich presse ihm meine Hüften entgegen, meine Möse zieht sich um seinen Schwanz zusammen, und mein Kopf füllt sich mit purem Licht. Es fühlt sich an, als würden meine Lenden in einem völlig anderen Raum existieren und als würde ein Kurzschluss durch mein Hirn gehen. Bewusst bin ich mir jetzt nur einer Sache: Verzückung, Verzückung, Verzückung …

Irgendwann bin ich nur noch ein Knäuel unter ihm. Mein Orgasmus ist bereits so weit abgeklungen, dass ich wieder einigermaßen ins Hier und Jetzt zurückkehren und versuchen kann, es für ihn so gut wie möglich zu machen. Ich will nicht einfach nur wie ein egoistischer Haufen aus Zellen und Nervenenden daliegen und presse mich seiner immer noch steinharten Erektion entgegen. Ich versuche, dem Rhythmus meine Akzente zu geben und greife gleichzeitig nach seinen Schenkeln und seinem Hinterteil, um ihn noch tiefer in mich hineinzuziehen. Als meine Fingerspitzen über die Furche zwischen seinen Pobacken fahren, stößt er ein tiefes, fast schmerzhaftes Brüllen aus. Ein zweites Streichen, und seine Hüften zucken unkontrolliert. Wie wild stößt er seinen Riemen ein letztes Mal in mich hinein und kommt mit aller Heftigkeit.

Schließlich brechen wir beide zusammen und sind nur noch ein See aus Hitze, Gliedmaßen … und Tränen.

Im Dunkeln

Eine Weile später liegen wir einfach nur stumm in der Dunkelheit. Das Licht ist gelöscht, die Kondome liegen im Mülleimer und unsere Herzen schlagen langsam wieder im normalen Takt. Wir liegen Seite an Seite unter der Bettdecke. Es ist ruhig und gemütlich, aber ich bin mir schmerzhaft bewusst, dass mir zwischen all dem »Verdammt!« und »Ja, fick mich« auch das ein oder andere »Ich liebe dich« rausgerutscht sein könnte. Ich frage mich, ob Daniel es wohl gehört hat. Und natürlich auch, was er davon hält. Er wirkt entspannt. Aber bei Männern weiß man das ja nie so richtig.

»Das war schön«, sagt er schließlich, obwohl ich eine gewisse Ahnung habe, dass er sehr wohl um die Untertreibung seiner Worte weiß. Auf jeden Fall ist es eine Untertreibung meiner Empfindungen. Das ist mit Abstand das beste Liebesspiel gewesen, das ich je erlebt habe. Einen Fick kann ich es jedenfalls nicht nennen, denn es war viel mehr als nur das.

»Ja, das war es …« Mir fehlen die Worte, um den Eindruck zu beschreiben, den es bei mir hinterlassen hat. Wahrscheinlich habe ich in der Ekstase meiner Leidenschaft ohnehin schon zu viel gesagt.

Die Vorhänge sind geschlossen, und der Raum ist voller dunkler Schatten. Das einzige Licht kommt von den Leuchtziffern auf dem Wecker, die in der Dunkelheit wie kleine Leuchtwürmer glühen. Ich spüre, wie Daniel sich zur Seite dreht, um mich anzusehen. Seine Finger legen sich auf meine Wange – so leicht als wären sie Schmetterlingsflügel.

»Es war mehr als schön«, sagt er, und der Kuss, den er mir auf die Augenbraue drückt, ist sogar noch leichter als die Berührung seiner Hände.

In meinem Bauch scheint sich ein fester Knoten zu lösen und all meine inneren Widerstände und Beteuerungen, dass das Risiko zu groß sei, verlieren langsam an Stärke. Die Vorstellung, nach unserer Vereinigung nicht mehr mit ihm zusammen zu sein, raubt mir den Atem. Ohne mich zurückhalten zu können, grabe ich meine Finger in seine seidigen Locken und ziehe sein Gesicht zu einem langen Kuss heran. Er schmeckt noch immer nach den köstlichen Erdbeeren, die wir nach dem Ficken hungrig ins uns hineingestopft hatten. Und plötzlich regen sich erneut Begierden, die mittlerweile eigentlich wirklich befriedigt sein müssten.

»Eigentlich wollte ich dir ja den Po versohlen«, schnurrt Daniel mir ins Ohr. »So wie Stone und seine Geliebte vorhin. Da war ich wirklich heiß drauf.« Er hält kurz inne, streicht mir eine Haarsträhne aus dem Gesicht und gibt mir einen Kuss auf den Hals. »Aber als wir dann anfingen, reichte es mir irgendwie doch, einfach nur zu ficken … Liebe mit dir zu machen.«

Ich möchte ihn am liebsten packen, ihn auf mich drauf ziehen, ihn wieder in mir spüren. Ich will ihn mit verzweifelten Liebesakten an mich binden, damit er mich nie wieder gehen lässt. Doch stattdessen sage ich nur: »Ja, ich dachte auch, dass wir die Richtung einschlagen würden. Aber dann ist es irgendwie doch nicht dazu gekommen.« Ich hole tief Luft. »Aber wir könnten es jetzt versuchen, wenn du Lust hast.«

Zwar steht mir im Moment überhaupt nicht der Sinn nach irgendwas Ausgefallenem, aber für Daniel würde ich es versuchen. Komisch, mit meinem Exmann hätte ich mich nie auf so etwas eingelassen. Allerdings war der auch einfach nicht der richtige Mann für mich. So wie Daniel es ist.

»Das ist ein erlesenes Angebot, meine Süße«, erwidert er und küsst erneut meine Augenbraue. »Und ich bin weiß Gott versucht, es anzunehmen. Aber irgendwie ist mir eher da zu sein. Dir nicht auch?«

Und ob. Und ich sage es ihm auch. »Obwohl Nemesis sicher enttäuscht sein wird, wenn ich ihm nicht von irgendeiner perversen Praxis berichte.«

Daniel gibt ein warmes, fröhliches Lachen von sich. »Ja, er klingt ganz nach jemandem, der auf die etwas abwegigeren Praktiken steht, stimmt's?« Ein starker Arm umfasst mich, und ich muss zu meiner Überraschung feststellen, dass ich leicht genug bin, um in die Arme eines Mannes gerissen zu werden. »Ein Mann, der rein sexuelle Briefe und E-Mails schreibt, muss doch eigentlich ein totaler Freak sein, oder? Der Bodensatz der Gesellschaft.« Das Lachen setzt sich auch in seiner Stimme fort, und er klingt, als würde er jeden Moment losprusten. Und trotz meiner Zweifel und meiner Liebe zu ihm spüre ich, dass auch ich laut loslachen könnte.

»Oh, er ist einfach schrecklich! Ein krankes Tier! Verdorben und abstoßend. Ich weiß nicht, wieso ich mich überhaupt mit ihm abgebe.« Nach diesen Worten nimmt das Zucken in meinen Lenden wieder zu. Und als ich mich enger an ihn kuschele, spüre ich, dass es Daniel ganz ähnlich geht. »Muss wohl daran liegen, dass er so überlegen wirkt. Er sagt mir, was ich zu tun habe, und das gefällt mir. Bei anderen Männern habe ich das noch nie getan. Aber bei ihm gefällt es mir.«

Zu viele Informationen? Anscheinend nicht. Ich kann Daniel zwar nicht sehen, aber ich spüre, dass er frech und spitzbübisch lächelt und ein verführerisches Glitzern in den Augen hat.

»Dann stehst du also auf diesen ganzen Dominanz-Kram, was? Hab ich mir schon gedacht. Hast du dich vorhin deshalb wie eine heiße, geile Hündin aufgeführt?«

»Ich schätze schon.«

»In diesem Fall …« Er entlässt mich aus seiner Umarmung und rollt mich wieder auf den Rücken. »Mach die Beine breit. Richtig weit auseinander. Na los!«

Ich spüre etwas in mir aufbrausen. Es fühlt sich an wie ein kleiner Knoten in meinem Herz, ja sogar fast wie ein Hauch von Angst. Aber dennoch ist das Empfinden köstlich. So köstlich wie der Champagner, den wir vorhin nicht ausgetrunken haben. Mein freier Wille scheint wie Butter in der Sonne zu schmelzen, ich verliere die Kontrolle und fühle mich ganz schwach.

»Und jetzt will ich, dass du deine Mösenhaare teilst. Kämm sie mit deinen Fingern durch und zeig mir deine Ritze. Zeig mir deinen Kitzler und deine wunderschönen Schamlippen.«

Hallo, Nemesis.

Ich gehorche ihm mit zitterndem Körper. Eigentlich dachte ich, ich wäre befriedigt und vielleicht sogar schon schlafbereit. Doch plötzlich tauche ich mit meinem ganzen Sein in ein sinnliches Sperrfeuer ein. Meine Neuronen blitzen wie ein Gewitter und mein Körper wird eingehüllt in eine dampfende Wolke meiner eigenen Liebesdüfte. Ich greife nach unten und fange an, mein feuchtes Schamhaar zu durchfurchen, das vom Schweiß und den Säften unserer letzten Vereinigung noch etwas verklebt ist.

Plötzlich gesellt sich eine größere Hand dazu und überprüft, ob ich auch wirklich gehorsam bin. Ich ziehe meine Lustgrotte noch weiter auf und erlaube Daniels Fingern, mich zu berühren, an mir rumzuschnippsen und mit mir zu spielen. Doch nach kurzer Zeit scheint er nicht mehr selbst Hand anlegen zu wollen, sondern schiebt meine Finger wieder in Position.

»Und jetzt spiel an dir selbst rum. Und zwar richtig. Sei ruhig ein bisschen grob.«

Ich keuche und sauge zischend Luft ein. Das Atmen fällt mir schwer, und ich fühle mich förmlich ans Bett gefesselt. Als ich beginne, mich selbst zu fingern, legt sich seine Hand über die meine und verstärkt so den Druck. Ich bin glitschig und werde immer feuchter. Der Ansturm der Berührungen ist heftig und überwältigend. Die Gefühle sammeln sich so schnell und hart, es tut fast weh. Und als die reine Lust einsetzt, ist sie so stechend und konzentriert, dass es einer Qual gleichkommt. Ich kreische auf wie ein Vogel in der Nacht. Meine Vagina zieht sich zusammen, und ich habe das Gefühl, schon längst an der Decke zu schweben. Ich stehe immer noch wie unter Schock, als Daniel schließlich in Aktion tritt. Er reißt die Decke von uns und klettert dann rittlings über mich, ohne sich aber auf mich zu setzen. Es ist eine schwierige Stellung, aber irgendwie gelingt es uns, sie beizubehalten. Ich liege da wie ein Seestern, der an den Strand gespült wurde, und er kniet über mir. Seine starken Schenkel sind gespreizt und umarmen meinen Leib. Dann legt er die Hände an die Seiten meiner Brüste und drückt sie so zusammen, dass eine tiefe Furche zwischen den beiden Kugeln entsteht. Und in diese Furche schiebt er seinen Schwanz.

»Oh, das fühlt sich einfach himmlisch an«, stöhnt er und fängt an, sich zwischen meinen Brüsten leicht vor und zurück zu bewegen. Er schiebt und gleitet, schiebt und gleitet, bis ich schließlich langsam aus meiner Reglosigkeit erwache. Meine Muschi ist zwar auf sich allein gestellt und wird im Moment vernachlässigt, aber irgendwann meldet sie sich doch.

Ich packe Daniel bei den Hüften und spüre, wie seine Muskeln sich mit jedem Stoß anspannen und wieder entspannen. Wie herrlich sich doch der leicht borstige Haarpelz auf seiner Haut anfühlt. Ich lasse meine Hände hinter ihn gleiten, streiche über seine Pobacken und verwöhne auch die Furche dazwischen wieder mit sanftem Druck. Das Ergebnis meiner Behandlung war vorhersehbar. Er schreit laut auf, lässt seine Hüften wie ein Dampfhammer vor- und zurückschnellen und spritzt mir seinen warmen, salzigen Saft auf Kinn und Wangen.

Und all das im Dunkeln. Ich wünschte, ich könnte sein wunderschönes Gesicht sehen, als es ihm kommt, tröste mich aber damit, mir genießerisch seine Sahne von den Lippen zu lecken.

Er schwankt und muss sich offensichtlich dem natürlich-männlichen Drang widersetzen, einfach befriedigt und schläfrig auf mir zusammenzusacken. Es gelingt ihm schließlich, von mir herunterzusteigen und sich keuchend neben mich zu werfen. Als er seinen Arm um meine Hüfte legt, spüre ich, dass er vor Schweiß ganz feucht ist.

»Danke«, japst er. »Danke, danke, danke …«

Eine Zeit lang atmet er schwer. Sein Arm liegt fest um meine Mitte. Dann schüttelt er den Kopf, als wollte er sich wieder in die Realität zurückholen. Seine Hand gleitet über meinen feuchten Bauch, und seine Finger tauchen erneut in meine Spalte ein. Als sein Mittelfinger sich schnell und hart an meinem Kitzler zu schaffen macht, kann ich mir nur wieder und wieder über die Lippen lecken und ihn schmecken.

»Nein! Nein! Nein!«

Ich fahre aus meinem Schlaf hoch, geweckt von Daniels Schreien, seinem Strampeln und Zucken. Ich taste nach der Nachttischlampe und schaue auf den Wecker, während ich sie anschalte. Es ist noch sehr früh am Morgen, und wir haben zusammengekuschelt geschlafen wie ein vertrautes Liebespaar.

»Was ist denn, Liebster?« Ich versuche, meine Arme um seine Schultern zu legen, aber er setzt sich mit unruhigen Bewegungen auf und legt die Hände vors Gesicht. Im Zimmer ist es warm, doch er zittert trotzdem wie Espenlaub. Ich versuche, ihm die Hände vom Gesicht zu nehmen, aber er gibt nur einen gequälten Laut von sich und wendet sich von mir ab.

Ich habe keine Ahnung, ob er schläft oder wach ist, aber als ich meine Hand auf seine nackte Schulter lege und seine schweißnasse Haut spüre, zuckt er nicht mehr weg. Zum Glück.

»Was ist denn los, Daniel? Geht's dir nicht gut?«

Er antwortet nicht, aber seine Brust hebt sich zu einem tiefen Einatmen. Er hat die Hände noch immer vor sein abgewandtes Gesicht gelegt, lässt aber zu, dass ich ihm eine Hand auf den Rücken lege. Er fühlt sich kalt und klamm an.

Ich weiß nicht, was ich sagen soll. Ich weiß nicht, was ich tun soll. Also halte ich ihn einfach nur und versuche, damit sein Zittern zu mildern. Und die Angst. Denn er hat vor irgendetwas Angst. Schreckliche Angst.

Nach und nach legt sich das Zittern, doch die Hände will er immer noch nicht vom Gesicht nehmen. Es wirkt fast, als wollte er sich vor irgendetwas verstecken. Seine Augen hinter den Fingern sind zusammengekniffen und die Stirn ist in angestrengte Falten gelegt.

»Wie wär's mit einem Glas Wasser?« Na ja, das schlagen sie in den Filmen schließlich auch immer vor.

Er gibt ein weiteres Keuchen von sich. »Ja … Ja, danke. Das wäre sehr gut.«

Ich drücke ihn kurz, stehe dann splitternackt vom Bett auf

und gehe zur Minibar, in der eine ganze Auswahl an Wassersorten steht. Ich greife nach einem stillen Wasser, gieße es in ein Glas und kehre zum Bett zurück. Daniel verbirgt zwar immer noch sein Gesicht, aber es gelingt mir, seine Finger wegzunehmen und ihm das Glas in die Hand zu drücken. Er nimmt voller Dankbarkeit einen Schluck, aber seine Augen mag er immer noch nicht öffnen.

Irgendetwas stimmt mit seinem Augenlicht nicht. Das habe ich jetzt kapiert. Aber was? Und wie ernst ist es? Ist es vielleicht ganz plötzlich akut geworden? Kann er überhaupt noch etwas sehen?

»Was ist los, Daniel? Bitte sag es mir. Wie kann ich dir helfen?«

Er lässt keuchend einen scheinbar angehaltenen Atemstoß raus und öffnet langsam die Augen. Blinzelnd starrt er das Glas in seiner Hand an, kneift die Augen aber sofort wieder zu Schlitzen zusammen.

»Nur schlecht geträumt«, erklärt er mit tiefer, flacher Stimme und starrt weiter auf das Wasser, als hätte er noch nie ein Glas gesehen. Dann lässt er es sich aber ohne Gegenwehr von mir abnehmen, damit ich es beiseitestellen kann.

Ich greife nach seiner Hand, und als er den Druck meiner Finger erwidert, hat das etwas fast Verzweifeltes an sich.

»Wovon hast du denn geträumt, Liebling?«

Ich bin gar nicht sicher, ob ich ihn so nennen sollte, aber im Moment scheint es mir die richtige Anrede zu sein. Und endlich sieht er mich an. Sein Gesichtsausdruck ist ganz seltsam. Sehr gequält und vielschichtig. Gleichzeitig erkenne ich aber auch, dass er sich alle Mühe gibt, sich zusammenzureißen und ein richtiger Kerl zu sein. Doch seine Augen sehen erschreckend aus. Sie blicken mich ganz benebelt und ohne jeden erkennbaren Fokus an.

»Ich hab geträumt, dass ich beim Aufwachen nicht mehr sehen konnte. Alles war schwarz.« Er starrt erst auf die Bettdecke und dann zu mir. In seinen Zügen steht große Sorge geschrieben.

»Aber es ist ja auch mitten in der Nacht, und die Vorhänge sind total dick. Natürlich war da alles schwarz hier drin.«

Er zuckt mit den Schultern. »Nein, es war anders. Glaub mir. Ich kenne das Gefühl schon.«

»Woher denn?« Ich führe unser Händepaar an meinen Mund und drücke ihm einen Kuss auf die Fingerknöchel. Das scheint ihn zu trösten, denn er wirft mir ein Lächeln zu.

»Es war eine Schwärze in meinem Inneren, Gwendolynne, nicht im Zimmer. Da gibt es einen Unterschied. Und den kenne ich.«

Ich habe das Gefühl, als würde sich eine kalte Hand um mein Herz legen. Gott, ich hatte so sehr gehofft, dass ihn nichts Schlimmes plagt. Dass er nur Spannungskopfschmerzen hat oder gestresst ist oder sonst was.

»Stimmt irgendwas mit deinen Augen nicht, Daniel?«, frage ich mit fester Stimme. Ich habe keine Lust mehr, um den heißen Brei herumzureden. Wenn er ein Problem hat, dann muss er sich dem auch stellen. Und wenn sein Problem so geartet ist, dass man das lieber zu zweit tun sollte, dann möchte ich gern diejenige sein, auf die er zurückgreift. Ich muss dafür genau die Richtige sein, denn er ist genau der Richtige für mich.

Die Worte »in Gesundheit und Krankheit« schießen mir durch den Kopf. Bei meiner Vermählung waren das nur Worte. Doch jetzt meine ich sie absolut ernst.

Er scheint immer noch nicht in der Lage zu sein, mich anzusehen, versucht es aber wenigstens zögerlich.

»Also es sind nicht so sehr die Augen, sondern eher der

Kopf.« Er reibt sich den Hinterkopf und zerzaust dabei seine Locken. »Da ist etwas drin, was da nicht drin sein sollte. Ich habe schon unzählige Tests hinter mir und … ich habe einen Tumor. Man hält ihn zwar für gutartig, aber raus muss er trotzdem.« Er atmet schwer und tief ein. »Und zwar sehr bald.«

Endlich sieht er mich auch wieder an. Sein Blick ist jetzt konzentrierter, aber ich sehe in seinen Augen nicht nur eine Akzeptanz seines Schicksals, sondern auch Angst. Die kalte Hand um mein Herz drückt fester zu. Ich kämpfe tapfer dagegen an, aber es fällt mir sehr schwer, nicht von der Sorge überwältigt zu werden. Sorge um ihn. Wie sehr muss das an ihm nagen? Die Angst. Die Aussicht, vielleicht irgendwann blind zu werden – oder vielleicht sogar zu sterben. Die kalte Hand katapultiert mich in ein Meer des Schreckens, der Trauer und des Zorns.

Nein! Nicht dieser Mann! Dazu darf es nicht kommen! Nicht jetzt, da ich ihn gerade gefunden habe! Mag ja sein, dass die Sache zwischen uns nicht über einen Flirt hinausgeht, aber ich möchte trotzdem nicht, dass diesem Mann jemals irgendetwas zustößt. Ich liebe ihn doch. Und es ist mir völlig gleichgültig, ob ich ihn nun für immer haben kann oder nicht. Ich möchte einfach nur, dass es ihm gut geht und dass er glücklich ist. Gleichzeitig möchte ich ihn aber auch nicht mit Mitleid und Traurigkeit überschütten. So etwas mögen Männer einfach nicht.

»Das ist hart. Was für eine schlimme Situation, Daniel«, taste ich mich vorsichtig heran. »Das tut mir wirklich sehr leid für dich. Kann ich irgendwas tun? Kann ich dir irgendwie bei deinen Recherchen helfen? Vielleicht Aufzeichnungen abtippen oder so was?«

Wundersamerweise wird sein Blick plötzlich scharf. Er wendet sich zu mir um und lächelt mich mit leicht zur Seite geneigtem Kopf an.

»Du bist wirklich eine besondere Frau, Gwendolynne.« Diesmal ist es an ihm, mir die Hand zu küssen. Und er tut es nicht nur ein Mal und reibt dann seinen Stoppelbart an meinem Handrücken. »Eine ganz besondere Frau.«

Sein Lächeln erscheint jetzt auch in seinen Augen, und ich weiß, dass er mich in diesem Moment ganz klar sehen kann.

»Was meinst du damit?«

»Na ja, die meisten Frauen würden jetzt ganz mitleidig werden und auf Mutter Teresa machen. Aber du, du gehst die Sache ganz praktisch und nüchtern an.« Er küsst erneut meine Hand. »Und das gefällt mir. Ich bin dir sehr dankbar dafür.«

Trotz seiner erschütternden Offenbarung spüre ich etwas Großartiges, etwas Wundervolles in meinem Inneren. Eine echte Form von Kommunikation, die gar nichts mit Sex zu tun hat. »Na ja, ich dachte mir schon, dass du nicht bemitleidet oder bemuttert werden willst und so. Ich, äh ...« Ich spitze die Lippen, denn ich weiß nicht so recht, wie ich meine Gefühle formulieren soll. »Du sollst jedenfalls nicht denken, dass ich dich für weniger männlich halte, weil du gesundheitliche Probleme hast.«

Er lacht – ein unverstelltes, absolut hinreißendes Lachen.

»Du musst ein Genie sein, meine Bibliothekskönigin. Oder wenigstens Psychologin oder so etwas.« Er zuckt erneut mit den Schultern und wirft mir einen sehr liebevollen Blick zu, der mein Herz trotz allem Achterbahn fahren lässt. »Genau so habe ich mich, äh, gefühlt.« Sein Blick wird ernst, glühend geradezu. »Ich will dich, Gwendolynne. Ich begehre dich und du bedeutest mir sehr viel. Und ich möchte, dass auch du mich begehrst und dass ich dir etwas bedeute. Das Letzte, was ich will, ist dein Mitleid.« Seine Augen verengen sich wieder zu

Schlitzen. »Ich bin immer noch ein Mann. Und ich werde auch immer noch geil. Ob ich nun eine Geschwulst oder was weiß ich im Kopf habe.«

»Ja, das verstehe ich.« Ich schaue ihn an. Er sieht mit seinem zerzausten Haar wunderschön und männlich aus. Zwar hat er unsere Beziehung mit seinem Geständnis gerade ziemlich bombardiert, aber wir sitzen immer noch nackt zusammen im Bett, und er ist auch immer noch der hinreißendste Mann, den ich je kennengelernt habe. Ist es sehr pervers, dass ich ihn in diesem Moment schon wieder begehre? »Du willst keinen Mitleidsfick.«

Er lacht erneut auf und wirft mir dann einen verschmitzten Blick zu. »Nein, bitte nicht …«

Aber was ist mit einem anderen Fick? Erkennen kann ich seine Haltung dazu nicht, denn die Bettdecke liegt über seinem Schritt. Zwar sitzt ihm die ewige Dunkelheit und die Sterblichkeit im Nacken, aber in Zeiten der Not sind ja bekanntermaßen sowohl der männliche Geist als auch die männliche Libido vor Einschränkungen gefeit.

Und doch arbeitet es in meinem Kopf wie wild. Seine ungewisse Zukunft erklärt den Wunsch nach einer kurzfristigen Beziehung und sein Zögern, was langfristige Verpflichtungen angeht. Aber erklärt sie auch seine seltsame Art, eine Liaison zu beginnen? Die Rolle als Nemesis hat ihm Distanz, heimliche Freuden und eine Gelegenheit verschafft, perversen Spaß mit einer Frau zu haben, ohne sich wirklich auf sie einzulassen. Das Ganze wirkt wie die Ausgeburt eines kranken Geistes. Aber andererseits handelt es sich hier um Professor Adonis – und der ist ebenso brillant wie er charismatisch und attraktiv ist.

Daniel legt die Stirn in Falten. »Was? Was denkst du gerade?« Auch wenn er Probleme mit dem Sehen hat, so durchschaut er mich doch sofort. Er weiß, dass ich gerade zwei und zwei zusammenzähle.

»Jetzt verstehe ich, weshalb du – sagen wir mal – unorthodoxe Methoden bei der Verführung von Frauen anwendest. Du willst sie etwas auf Distanz halten und dich einfach nicht zu sehr einlassen.«

Er legt den Kopf wieder auf die Seite, sodass ihm eine seiner dunklen Locken ins Gesicht fällt. Sie sieht so perfekt und anziehend aus, ich muss sie einfach berühren und nach hinten schieben. Doch sie springt nur erneut nach vorn.

»Ich weiß gar nicht, was du meinst, Gwendolynne«, erklärt er schelmisch und packt mich bei den Handgelenken. Nicht zu fest, aber sein Griff hat unzweifelhaft etwas Dominantes. Und dieser dominante Anflug verstärkt sich noch, als er mich sanft zurück auf die Kissen drückt und sich dann über mich beugt.

»Du willst es einfach nicht zugeben. Hab ich recht?« Ich starre ihn an und schiebe den Schwarzen Peter damit erneut in seine Richtung.

»Was zugeben?«

»Das weißt du doch ganz genau.«

Er lacht mir wieder ins Gesicht. Ein tiefes Lachen, das auf köstliche Weise teuflisch klingt.

»Du bist mir ja ein raffiniertes Mädchen, Gwendolynne. Mich mit vagen und unbegründeten Beschuldigungen zu provozieren.« Sein Körper presst sich hart und voller Energie gegen den meinen. Alles an ihm ist jetzt steinhart und voller Energie. Mein Herz schwillt vor Freude über seine Reaktion regelrecht an. Und auch der Rest meines scheinbar unersättlichen Körpers meldet sich bereits wieder zu Wort.

»Wieso vage? Du bist N …«

Ich kann meinen Satz nicht beenden, denn er presst mir fest die Lippen auf den Mund und erstickt meine Worte mit seiner eindringenden Zunge. Aber wir wissen beide, was ich fast ausgesprochen hätte, und wir erkennen es beide als Wahrheit an. Der Kuss beweist es.

Dann legt er sich auf meinen Körper. Sein steinharter Schwanz reibt gegen meinen Bauch. Mit entschlossener Geschicklichkeit packt er mit einer Hand meine beiden Handgelenke, während die andere über meine Taille und die Oberschenkel hinunterwandert und schließlich meinen Po umfasst. Er greift kräftig hinein, und seine geradezu bedrohlich wirkende Berührung macht mich nur noch atemloser.

Er umfasst mich und hält sich gleichzeitig an mir fest. Er schmiegt sich an mich – Haut auf Haut. Ich spüre seine harten Muskeln und die riesige Erektion. Mein Kiefer schmerzt schon von der Vehemenz seines Kusses, aber ich erwidere ihn dennoch voller Leidenschaft. Ich bade mich in seiner Energie und ergebe mich ihr. Ich ergebe mich ihm.

Als er mich vollends bezwungen hat, unterbricht er den Kuss kurzfristig. »Noch mehr Anschuldigungen, Librarygirl?«, fragt er keuchend. Doch er lässt mir gar keine Zeit für eine Antwort, sondern bestraft mich mit einem erneuten Kuss, der diesmal sogar noch verführerischer ist. Seine Zunge schmeckt und probiert. Sie umkreist die meine und berührt sie dabei immer wieder voller Gefühl. Seine Hüften bewegen sich, als wollte er mich auf seinen Schwanz aufmerksam machen. Als ob das nötig wäre!

»Hast du nichts zu sagen?«, hakt er mit kehliger, dämonischer Stimme nach.

»Nein. Ich muss auch gar nichts sagen. Du weißt schon sehr gut, was ich gemeint habe.«

»Du willst also nicht nachgeben?« Seine Augen sehen mich wütend an. Sie sind wunderschön, stechend und klar. Ich kann mir keinen Mann vorstellen, der vollkommener wäre.

»Nein!«

»Dann sollte ich dich wohl bestrafen. Du verdienst es. Schon allein, weil du ein ›nein‹ als Antwort nicht akzeptierst.«

Mein inneres Beben und alle Gedanken an Daniels unsichere Zukunft verziehen sich und machen der Erregung des Moments Platz.

»Tu dein Übelstes, Professor Adonis! Tu dein Übelstes!«

Lektionen mit Professor Adonis

Daniel hustet fast vor Lachen. »Professor Adonis? Du freches, kleines Biest! So nennst du mich also hinter meinem Rücken?«

»Ja. Und nicht nur ich, sondern auch die anderen Mädels in der Bibliothek. Ich dachte, das wüsstest du.«

»Ich wette, du ermutigst sie auch noch dazu, hab ich Recht? Ich wette, du spekulierst endlos über mich und denkst dir in deinem Kopf die wildesten Geschichten aus.«

»Ab und zu vielleicht. Na ja, eigentlich sogar ziemlich häufig …«

Immer noch glucksend rollt er von mir runter und setzt sich auf.

»Dreh dich um! Zeig mir deinen hinreißenden Arsch.«

In meinem Inneren regt sich etwas Atemloses. Ein Gefühl von großer Schwäche und Weichheit. Es bereitet mir ein geradezu rebellisches Vergnügen, Befehle von ihm zu bekommen und sie auch zu befolgen. Nie zuvor habe ich so etwas gewollt, ja, habe es sogar strikt abgelehnt. Doch jetzt ist es einfach nur köstlich und unwiderstehlich. Ich bin so erregt, dass meine Muschi flattert und fließt. Mein Kopf füllt sich mit Bildern von Ledermasken, dunklen Räumen und der Verheißung vor einem strengen, aber wunderschönen Meister zu knien. Und zwar vor diesem strengen, aber wunderschönen Meister. Vor keinem anderen!

»Dir gehört es mal so richtig besorgt, Fräuleinchen«, sagt er im Tonfall eines drakonischen Schulrektors. »Und damit meine ich nicht nur einfach einen Fick.« Diese Bemerkung verdirbt die Vision eines erhabenen, ernsten Gelehrten allerdings ein wenig.

Mit langsamen Bewegungen komme ich seinem Befehl nach und rolle mich auf den Bauch. Mein Herz rast wie wild, als er die Bettdecke von meinem üppig-runden Po zieht und sie zur Seite wirft. Ich vergrabe den Kopf in meinen Armen, denn aus irgendeinem Grund wage ich nicht, Daniel anzusehen. Dazu ist er in meiner Vorstellung mittlerweile viel zu beeindruckend und überwältigend geworden. Als er über mein Fleisch, die Muskeln und die etwas weichere Haut meiner Pobacken streicht, beginne ich wie ein Rennpferd zu zittern. Jeden einzelnen Zentimeter erkundet er. Und während er mit den Fingerspitzen über meine Pospalte und das rosige, kleine Loch dazwischen fährt, schießt mir die Röte ins Gesicht. Nichts erspart er mir, sondern streicht immer wieder forschend über meinen Hintereingang, sodass ich meinen Schritt ganz fest auf das Bettlaken pressen muss. Ich bin sein Geschöpf. Er kann mit mir machen, was er will.

»Fass dich an! Jetzt sofort!«, herrscht er mich stöhnend an, beugt sich über meinen Rücken und spielt dabei immer noch an meinem Poloch herum.

Ich stöhne unfreiwillig auf. Die Vorstellung ist so beschämend und gleichzeitig so köstlich.

»Gwendolynne …«, ermahnt er mich bedrohlich.

Ich schnappe nach Luft und lasse eine Hand unter mich wandern, um nach meiner Möse zu greifen. Als ich mein Ziel erreiche, erschreckt es mich fast, wie nass meine Muschi ist. So nass, dass sich schon ein kleiner Sumpf klebriger Flüssigkeit auf dem Laken gebildet hat.

»Befinger deinen Kitzler!«

»Nein!!«, jammere ich.

»Wieso nicht?«

»Ich weiß auch nicht … Es kommt mir so schmutzig vor, dass es mich so geil macht, wenn du so mit mir spielst.«

»Aber du bist doch auch ein schmutziges Mädchen, meine Kleine. Ich weiß doch genau, dass du ständig masturbierst.«

Meine Augen verengen sich zu Schlitzen. Haha, sehr witzig! Woher willst du das denn wissen, Professor Adonis? Schließlich habe ich davon nur Nemesis erzählt. Doch dann fällt mir auf einmal ein, wie er mich im Garten hinter der Bibliothek fast dabei erwischt hätte. Was ich damals dort trieb, müsste eigentlich unmissverständlich gewesen sein – auch wenn er so getan hat, als hätte er es nicht bemerkt.

»Ja, das weiß ich. Na und? Schließlich tun das alle anderen auch.« Ich beiße mir auf die Zähne, als seine Berührungen fester werden, und er auch den letzten Rest meines Widerstandes bricht. »Und du vor allen Dingen.«

Einen kurzen Moment lang herrscht Totenstille – auch wenn er sein gemeines Spiel weitertreibt und seine freie Hand unter mich schiebt, um sicherzugehen, dass ich ihm auch gehorche.

»Und woher willst du das wissen?« Seine Stimme ist in meinem Ohr, sein Atem streichelt sanft über mein Gesicht und über mein Haar.

Mein Kitzler scheint unter meinen Fingerspitzen zu brennen, als ich an die außergewöhnliche Szene denke, die ich miterlebte – Daniel, wie er sich auf der winzigen Bibliothekstoilette anfasste und an sich herumspielte. Vor meinem geistigen Auge ersteht das Bild seiner unverstellten, gequälten Gesichtszüge, des angespannten Rückens und der Schenkel. Sein Schwanz spritzt, und der Saft läuft das Porzellanwaschbecken hinunter – weiß auf Weiß.

»Weil ich dich dabei gesehen habe.«

Noch mehr Stille. Seine Finger liegen unter mir und erhöhen den Druck auf meinen Kitzler.

»Aha«, sagt er schließlich, und der Laut scheint erst mal bewegungslos auf meiner Haut zu lasten. »Ich hatte schon vermutet, dass ich an dem Tag beobachtet wurde.« Seine Lippen spitzen sich, und er drückt mir den Hauch eines Kusses auf den Nacken. »Und ich habe auch vermutet, dass du es warst. Na ja, zumindest hatte ich es gehofft.«

»Wäre es Mr Johnson gewesen, hättest du jedenfalls viel Ärger bekommen.« Ich möchte jetzt lachen. Aber das ist nur eine Reaktion auf seine Zuwendungen. Eine Art Verteidigungsmechanismus.

»Warum das denn? Ein Prominenter, der bei euch zu Gast ist, wird ja wohl die eine oder andere Schwäche haben dürfen.«

»Das ist aber eine ziemlich große Schwäche.« Ich schmiege meine Hüfte gegen seine riesige Erektion. »Und wenn der alte Johnson nun schwul ist? Vielleicht hätte er ja einen Annäherungsversuch gestartet.«

»Das ist aber ziemlich unverschämt, so etwas über den eigenen Chef zu sagen … und über mich.« Jetzt ist es an ihm, mit seinem Schwanz über meine Hüfte zu reiben und ihn gegen mein Fleisch zu pressen. »Ich bin immer mehr davon überzeugt, dass du diszipliniert gehörst, du versautes Luder. Findest du nicht auch? Schämst du dich denn gar nicht für deine Schlechtigkeit?«

»Nein! Nicht im Geringsten!«

Daniel lacht erneut auf, reibt mit seinem Gesicht über mein Haar und meine Wange und drückt mir knabbernde Küsse auf die Haut.

»Ich bete dich an. Bist du dir dessen eigentlich bewusst? Selbst wenn du der größte Quälgeist von einer Frau bist, die ich je kennengelernt habe. Ich werde dir wohl den Hintern versohlen müssen. Das weißt du, nicht wahr?«

Ich winde mich. Ich will es. Ich habe Angst davor. Und ich bin über alle Maßen erregt. Ich bin so kurz davor, dass ich auf der Stelle kommen könnte. Und er befingert immer noch meinen Po und meine Poritze.

»Ja«, zische ich, als er mir den ersten leichten Klaps erteilt. »Solange du auch weißt, was du da tust. Hast du schon mal jemandem den Po versohlt? Ich könnte mir vorstellen, dass das eine Kunst für sich ist.«

Er beißt zärtlich, aber mit einer gewissen Autorität in mein Ohrläppchen.

»Ein oder zwei Freundinnen habe ich diese Ehre schon zuteilwerden lassen. Von daher kriege ich das schon hin.« Mit diesen Worten bohren sich seine Fingernägel ganz sachte in die Haut meiner Pobacken.

»Dann ist es ja gut«, keuche ich. Je stärker der Druck seine Finger wird, desto schwindliger wird mir. »Also, tu es schon endlich, ja?«

»Ich sollte dich verhauen, bis dein Hinterteil puterrot ist.« Er lässt einen leichten Schlag auf meine linke Pobacke niedergehen. Kaum spürbar. Nur Rumgespiele. Und auch wenn meine Muschi erregt zuckt, spüre ich den Schlag kaum.

»Ich sollte dich mit einem Ledergürtel oder einem Rohrstock behandeln. Dann würdest du wissen, dass ich es draufhabe.« Er schlägt fester zu, und diesmal spüre ich es auch. Es fühlt sich an wie ein Feuer – wie ein schwaches Feuer. Und obwohl der Hieb meinen Pobacken ganz und gar nicht zu gefallen scheint und ich auch ein wenig wegzucke, scheinen die Nervenbahnen meiner Möse das Ganze überaus geil zu finden. Die Lustschauer, die durch meinen Körper jagen, lassen mich jedenfalls lauter stöhnen als der Schmerz.

»Das gefällt dir, was, du kleines, versautes Mädchen?!« Er klingt so glücklich und entspannt, als wären seine Probleme meilenweit entfernt. Ein Teil von mir freut sich sehr darüber, aber der Rest meines Bewusstseins droht mit jedem seiner Schläge mehr durchzudrehen. Mein Hirn begreift gar nicht so recht, was da eigentlich passiert. Es registriert zwar die feurigen Hiebe seiner Hand und versucht, sie als unangenehm zu verarbeiten, doch gleichzeitig spüre ich da auch noch ein Überbleibsel animalischer Gewissheit in mir. Dieser Rest aus reinem Trieb sitzt weitaus tiefer und sagt mir, dass das Ganze einfach nur fantastisch und aufregend ist. Purer Sex eben.

Ich zapple, winde mich und reibe mich heiß – an meinen Fingern und an den seinen.

»Klein? Das kann doch wohl nicht dein Ernst sein«, stoße ich hervor, als ich einen winzigen Moment lang zu Atem komme. »Ich wette, ich bin weiter vom *kleinen* Mädchen entfernt als jede andere, mit der du jemals irgendwas hattest.« Zu mehr Text reicht es nicht, denn er verpasst mir einen sehr geschickten Hieb auf eine meiner Pobacken, der mich aufschreien lässt und wie ein heißes Bügeleisen brennt. »Ich wette, ein Mann wie du hat auch bei umwerfenden Supermodels noch die freie Wahl.«

»Jetzt sei doch nicht albern«, erwidert er galant und verpasst mir gleichzeitig einen weiteren festen Schlag, der mich wie eine Irre brüllen lässt. »Ich würde ja sagen ›Fick die Supermodels‹, aber ich will sie eigentlich gar nicht ficken. Ich will nur dich und deinen herrlich üppigen Körper ficken.« Als er erneut hart zuschlägt, meine ich so etwas wie einen Mini-Orgasmus zu erleben. Die Signale meines Körpers sind allerdings so verschlüsselt, dass ich gar nicht genau sagen kann, welche Empfindungen gerade durch ihn hindurchschießen. »Wieso glaubst du mir nicht, wenn ich dir sage, du hast die hinreißendste Figur, die ich je gesehen habe? Dafür, dass du so eine intelligente Frau bist, meine Liebe, kannst du wirklich sehr halsstarrig und geradezu dumm sein!«

Seine Hiebe sind mittlerweile immer härter geworden, und es kommt mir. Meine Muschi zieht sich im Rhythmus der liebevollen Schläge in heißen, gewaltigen Zuckungen zusammen, und über meine Finger rinnt der seidige Honig meiner Lust. Ich stöhne, knurre und reibe mich an meinem eigenen Mittelfinger. Doch Daniel kommt dabei nicht ein Mal aus dem Takt und verfehlt nicht ein Mal sein Ziel. Der hat schon eindeutig mehreren Frauen den Po versohlt, der Mistkerl! Er weiß genau, wie man's macht, und ich könnte schwören, dass er ein richtiger Experte darin ist.

Ich drücke mein Gesicht ins Kissen und zerknülle das Bettlaken mit meinen Zehen. Ich bin völlig außer mir, doch Daniel hat sich immer noch im Griff und schlägt immer weiter zu. Mein Po fühlt sich an, als wäre er mittlerweile auf Riesengröße angeschwollen und leuchtend rot. Die immer stärker werdende Hitze auf meinem Hinterteil breitet sich gnadenlos bis zu meiner zuckenden Möse aus. Plötzlich will ich mehr. Ich will ihn. Ich muss ihn in mir spüren. Ich winde mich aus unserer Haltung heraus, drehe mich auf den Rücken und fange an zu betteln.

»Bitte fick mich! Ich ertrage es nicht länger, so unausgefüllt zu sein! Ich will dich in mir spüren!«

Seine Augen blicken mich auf seltsame Weise an. Der Blick ist dunkel und voller Emotion. Kann er mich sehen? Ich denke schon. Selbst wenn sein Sehvermögen in dieser Schummrigkeit eingeschränkt ist, sieht er mich doch mit seinen übrigen Sinnen. Und das in völliger Klarheit. Er beugt sich zum Nachttisch rüber und fischt ohne hinzusehen ein weiteres Kondom aus der Schublade. Er reißt die Folie auf, rollt es sich blitzschnell über, spreizt meine Beine und rammt seinen Riemen schließlich bis zum Anschlag in meine Mitte.

Ich packe ihn. Erst greife ich nach seinen Schultern, dann nach seinem Po. Ich will ihn noch dichter bei mir haben, will noch mehr Nähe. So viel Nähe wie möglich. Er füllt mich zwar schon voll aus, aber ich will ihn noch tiefer spüren – in meinen Zellen, meinen Nervenbahnen und meinem Bewusstsein. Ich presse ihm mein Becken entgegen, sodass unsere Geschlechter durch seine eigenen wilden Bewegungen hart gegeneinanderstoßen. Die wunde Haut meines Hinterteils schmerzt, aber erhöht dennoch die Intensität dieses Glücksmomentes.

Unsere Stöße, unsere Zuckungen und unser Keuchen machen ein Küssen unmöglich. Doch Daniel presst seinen geöffneten Mund immer wieder an meinen Hals und knabbert dort fast beißend an meiner Haut. Sein Tun ist so animalisch, dass es mich immer wilder werden lässt. Ich kippe mein Becken ein wenig, verschränke meine Füße hinter seinem Rücken und ziehe ihn noch tiefer in mich hinein.

Wir ringen förmlich miteinander und geben wilde, kaum noch menschliche Laute von uns. Es würde mich nicht überraschen, wenn draußen gleich Blitze den Himmel erhellten, denn in unseren Körpern und unseren Herzen wütet bereits ein heftiger Sturm. Selbst wenn er nicht dasselbe empfindet wie ich, kann ich mir nicht vorstellen, dass unsere Vereinigung ihn kalt lässt.

Einen Tumult wie diesen, wild und intensiv, kann man einfach nicht lange aufrechterhalten. Als schließlich ein weiterer Orgasmus wie eine glühende Sternschnuppe durch mich hindurchrast, gesellt Daniel sich genau im richtigen Moment mit einem lauten Schrei dazu. Zitternd stehe ich kurz vor einem Blackout. Ich schnappe japsend nach Luft, und meine Brust hebt und senkt sich im Einklang mit Daniels Keuchen.

Wir sind jetzt nichts weiter als ein verschlungener Haufen aus Gliedmaßen, Schweiß und Lustsäften. Noch immer fast bewusstlos, trennen sich unsere Leiber langsam. Meine Beine fallen seitlich auf die Matratze, sodass Daniel sich aus meiner Mitte zurückziehen kann. Einige Momente lang liegt er einfach nur zwischen meinen Schenkeln, als wollte er dort Kraft für die nächsten Bewegungen sammeln. Schließlich stemmt er sich mit einem Keuchen von meinem Körper hoch und wirft sich mit einer flüssigen Bewegung seitlich neben mich.

Ich weiß nicht, was ich sagen soll, und spüre, dass auch er Schwierigkeiten hat, die richtigen Worte zu finden. Als er aber nach meiner Hand greift und unsere Finger sich ineinander verschränken, gehört mein Herz endgültig ihm.

Und so schlafen wir heute Abend zum zweiten Mal nebeneinander ein.

Professor Adonis lässt eine Bombe platzen

Als ich erwache, ist es bereits Morgen. Daniel steht an der Tür und holt gerade ein Tablett voller Frühstücksköstlichkeiten herein. Ich sehe auf die Uhr. Es ist halb elf. Diese Anzeige lässt mich sofort panisch hochfahren, bis mir wieder einfällt, dass ich für heute klugerweise freigenommen habe.

Als Daniel das Tablett ans Bett stellt und sein Blick auf meinen verlockend ausgebreiteten Körper fällt, weiten sich seine Augen anerkennend. Er sieht in seinem dunkelblauen Bademantel und mit dem vom Duschen nassen Haar frisch und erholt aus. Er ist aufgestanden, ohne mich zu wecken. Das irritiert mich zwar ein bisschen, aber ich nehme an, er hat das aus reiner Rücksicht auf meinen so offensichtlich erschöpften Zustand getan. Ich fühle mich, als hätte ich ein ganzes Dutzend Marathonläufe hinter mir, und spüre ein vorwitziges Brennen an den unwahrscheinlichsten Körperstellen. Oder, wenn man unsere sexuellen Exkursionen bedenkt, auch an den wahrscheinlichsten Stellen. Meinem verdroschenen Hintern allerdings scheint es ausgesprochen gut zu gehen.

»Kaffee?«, fragt Daniel, hebt einladend die Kanne hoch und starrt dabei immer noch auf meine Brüste. Ach, Männer. Was sind sie doch leicht zu durchschauen. Immer nur Fleisch, Fleisch, Fleisch.

Mein Fokus allerdings liegt heute Morgen auch auf Fleisch. Auf dem von Professor Daniel Brewster. Ich kann im Moment zwar nicht so viel von ihm sehen wie er von mir, aber ich kann mich doch an jeden Zentimeter Fleisch erinnern, den ich vergangene Nacht erlebte. Ich kann mich erinnern, wie es aussah und wie es sich anfühlte. Und wie ich mich fühlte, als ich es spürte. Meine Empfindungen sind an diesem Morgen nicht großartig anders, aber ich bin zu müde und mit einem Mal auch zu schüchtern, sie in etwas Körperliches umzusetzen.

Also rufe ich mir stattdessen die unbequeme Wahrheit in Erinnerung: Ich habe mich wie eine Idiotin in diesen Mann verliebt. Es ist wirklich typisch, dass ich mich viel zu schnell und viel zu sehr in einen Typen verknalle, der in vielerlei Hinsicht unerreichbar für mich ist. Ich gebe mich keinen Moment der Illusion hin, ich könnte für ihn mehr sein als nur eine Ablenkung während seiner Bibliotheksrecherchen.

Und doch hat sich seit meinem Erwachen etwas in seinem Gesichtsausdruck verändert. Diese Augen, die ihren Dienst ab und zu versagen, sind voller Schatten, die scheinbar nichts mit seiner zunehmenden Sehschwäche zu tun haben. Ich sehe Zweifel und Unsicherheit in ihnen. Sie spiegeln meine eigenen Gefühle wider. Bereut er die Intimität des Seelen-Striptease der vergangenen Nacht ebenso wie ich? Und wenn ja, hat er vielleicht einen anderen Grund dafür als den, der mich langsam zu quälen und zu plagen beginnt?

Ich habe zu viel gegeben. Ich bin zu tief eingetaucht. Ich habe mein Herz zu bereitwillig verschenkt, ich werde es niemals heil und in einem Stück wiederbekommen können. Empfindet er dasselbe? Oder bereut er einfach nur, dass er sich ein bisschen mehr eingelassen hat, als er es eigentlich wollte?

»Gwendolynne?«, fragt er mit leicht zuckendem Mund nach. Er hat definitiv etwas auf dem Herzen.

»Ja, gieß mir ruhig ein.« Ich greife nach dem zweiten Bademantel, den er zuvorkommend in meiner Reichweite platziert hat, kämpfe mich unter der Bettdecke hervor und schlüpfe hinein. »Ich bin gleich wieder da. Ich muss nur mal kurz, äh, ins Badezimmer.«

»Ist gut. Milch und Zucker?«

»Nur Milch«, antworte ich und renne dann blitzschnell in die Abgeschiedenheit des Badezimmers, als hätte ich mich verbrannt und müsste die Hand unters Wasser halten. Vielleicht trifft das sogar zu. Sinnbildlich betrachtet habe ich mir die Finger verbrannt. Ich habe mit dem Feuer gespielt – einem wunderschönen Feuer – und das ist das Ergebnis dieses Spiels.

Als ich im Bad alles erledigt habe, spüre ich eine seltsame Zurückhaltung, meine temporäre Zuflucht wieder zu verlassen. So lächerlich es scheinen mag nach allem, was wir zusammen erlebt haben, so spüre ich doch eine gewisse Scheu in mir. Meine Gefühle für Daniel und die Unsicherheit, was er eigentlich für mich empfindet, machen die Situation einfach immer prekärer.

Schließlich schleiche ich doch aus dem Bad heraus – eingepackt in meinen Bademantel und einen schützenden Umhang aus Wachsamkeit. Daniel sitzt mit einer Kaffeetasse in der Hand auf dem Bett und starrt auf seine Füße. Ich nehme meine Tasse, setze mich neben ihn und starre auch auf seine Füße. Er hat sehr schöne Füße. Recht groß zwar, aber gut geformt und äußerst gepflegt.

»Ich muss heute wieder weg. Später am Tag. Wegen einer Operation.« Seine Worte stürzen auf mich hinab wie ein schweres Klavier aus dem obersten Stockwerk eines Hochhauses. Sie kommen so plötzlich und sind so bedeutsam, dass ich zusammenzucke. Diese Offenbarung ist ein noch größerer Schock als die Erlebnisse der vergangenen Nacht – wenn das überhaupt möglich ist.

»Oh … aha …« Mir fällt nichts ein, was ich sagen könnte,

doch innerlich schreie ich laut auf. Ich wusste natürlich, dass er sich irgendwann behandeln lassen müsste. Aber die Tatsache, dass die Operation unmittelbar bevorsteht, zwingt mich dazu, mich dem Grauen des Gedankens zu stellen, was wohl mit dem Mann, den ich liebe, geschehen wird.

»Ich muss diese Sache endlich klären lassen.« Er hält inne, reibt sich den Hinterkopf und zerzaust dabei wieder seine Locken. Irgendwo dahinter lauert das verdammte Ding von einem Tumor. »Und je eher, desto besser. Sonst werde ich nämlich blind. Oder noch Schlimmeres.« Sein tiefes Einatmen verrät mir, dass er gerade gegen eine Welle der Furcht ankämpfen muss. Aber wem würde es nicht so gehen? Ich muss auf jeden Fall gegen meine Angst ankämpfen. Gegen meine Angst um ihn.

»Ich muss noch mal nach London zurück. In die Klinik. Zu ein paar weiteren Tests. Und dann, in zwei oder drei Tagen komme ich unters Messer.«

Plötzlich ist ein lautes Stöhnen zu hören, das zu meinem eigenen Erschrecken tatsächlich aus meinem Munde kommt.

»Hey, mach dir keine Sorge! Ich bin jung, fit und für einen Akademiker ein ziemlich harter Hund.« Er stellt seine Tasse weg und legt den Arm um mich. Ich führe meine Tasse zitternd zum Mund und versuche, etwas daraus zu trinken. Der Kaffee ist ausgezeichnet, tropft mir aber auf den Bademantel. Immerhin nicht auf die nackte Haut.

Der Gedanke, dass Daniel blind werden oder vielleicht sogar sterben könnte, ist einfach zu grauenhaft, um ihn ganz zu begreifen. Es fühlt sich an, als würde mein ganzes Innere zusammengeknüllt. Daniel nimmt mir die Kaffeetasse ab. Ich bin wie taub und verrückt vor Sorge. Und ich fange tatsächlich an, in meinem Kopf Vereinbarungen mit imaginären höheren Mächten zu treffen:

Ich werde ihn aufgeben und nie wiedersehen – aber lasst ihm nichts passieren!

Tut lieber mir etwas an – aber lasst ihm nichts passieren!

Ich werde allen Vergnügungen des Fleisches entsagen und alles, was ich besitze und was ich je verdienen werde, den Armen spenden – aber lasst ihm nichts passieren!

»Darf ich dich begleiten?«, höre ich mich fragen. »Ich könnte mir ein paar Tage freinehmen. Ich könnte mich um dich kümmern. Ich könnte Besorgungen für dich erledigen oder so. Ich, äh, ich meine nicht als feste Freundin mit irgendwelchen Ansprüchen oder so. Nur als Helferin.«

Ich spüre, wie die Muskeln seines Arms sich anspannen und ganz steif werden. Ich habe etwas Dummes gesagt, das weiß ich. Aber ich möchte doch einfach nur für ihn da sein, damit ich so schnell wie möglich weiß, dass mit ihm wieder alles in Ordnung kommt.

Als ich mich zu ihm umdrehe, sieht er besorgt und verwirrt aus. Er seufzt wieder tief auf.

»Ich muss diese Sache allein erledigen, Gwendolynne.« Er schüttelt leicht den Kopf, als wüsste er gar nicht genau, was er da redet, und als ob er sich selbst für einen Narren hielte, der aber nicht anders kann. »Ich …ich … ich möchte einfach niemanden dabeihaben, der mir etwas bedeutet. Ich möchte mich niemandem zeigen, wenn ich so schwach bin.«

»Ach, das ist doch totaler Blödsinn.«

Mein Ausbruch scheint ihn so zu schockieren, dass er zusammenzuckt. Sein wunderschöner Mund verengt sich zu einer schmalen Linie, und mir wird klar, dass selbst ein brillanter Gelehrter wie Daniel Brewster an solch einem kritischen Punkt stur wie ein Höhlenmensch sein kann. Gnädigerweise behält er seinen Arm aber um mich gelegt.

»Das mag schon sein, Gwendolynne, aber so will ich es nun

mal.« Sein ärgerlicher Gesichtsausdruck wird langsam wieder weicher. »Es liegt nicht an dir, Kleines, es liegt an mir. Ich muss das einfach allein tun. Um mir zu beweisen, dass ich es kann.« Er drückt mich. »Du bedeutest mir viel. Verdammt viel sogar, aber … Ich kann es nicht erklären. Ich will einfach nur, dass es so läuft.« Er streicht mir übers Gesicht und zwingt mich dann, in seine Augen zu sehen, die mich durch die Brille so dunkel und voller Schatten anschauen. »Bitte! Ich muss das auf meine Art erledigen.«

»Aber das ist doch unvernünftig. Ich an deiner Stelle hätte gern jemanden an meiner Seite.«

Doch dann denke ich … wirklich? Wegen der Angst und der Dunkelheit, ja. Aber wahrscheinlich wird ihm der Kopf geschoren, und es werden irgendwelche Schläuche und alle möglichen medizinischen Grausamkeiten ins Spiel kommen. Nichts von alledem würde meine Gefühle für Daniel mindern – nicht im Geringsten –, aber ein eitler, alberner Teil von mir würde sich auch winden, wenn er *mich* so sähe. Und wenn's drauf ankommt, können Männer genauso eitel und albern wie Frauen sein.

Unser Gespräch ist in einer Sackgasse angelangt, und wir halten uns einfach nur eine Zeit lang.

»Bist du sicher, dass ich dich nicht begleiten darf?«, frage ich schließlich erneut mit leiser Stimme. Ich klinge zwar vielleicht nicht weinerlich, aber in meinem Inneren bin ich es.

Er schweigt eine Weile. Sein Arm und sein Körper schmiegen sich still an mich.

»Hör zu, es ist nicht so, dass jemand anderes dort sein wird – falls du das glaubst«, sagt er plötzlich und nimmt meine Hand. »Es gibt niemanden in meinem Leben außer dir, Gwendolynne. Das schwöre ich dir.«

Der Gedanke war mir schon gekommen. Und ob er mir

gekommen war. Erst als Erklärung für diese Flirt-Nummer und jetzt durch seine Weigerung, sich bei dieser kommenden Prüfung von mir unterstützen zu lassen. Ich sollte dankbar sein, aber meine eigene Sturheit kann die Sache einfach nicht auf sich beruhen lassen.

»Das glaube ich dir ja. Aber das ist umso mehr Grund für mich, bei dir sein zu wollen. Wenn es keine andere gibt.«

»Nein!«, sagt er mit schneidender Stimme, und sein Mund verzieht sich wieder zu einer strengen, starrsinnigen Linie.

Doch auch mir ist ziemlich streng und starrsinnig zumute. Ich möchte darauf bestehen. Und gerade als ich den Mund zum Protest öffnen und ihn zwingen will, seine Meinung zu ändern, beiße ich mir auf die Zunge. Der Mann, den ich liebe, steht unter Druck. Wie soll ein Mensch im Angesicht dessen, was Daniel bevorsteht, klar und vernünftig denken? Wenn ich ihn wirklich liebe, muss ich nachgeben und ihn auf seine eigene Weise mit der Operation und allen Risiken umgehen lassen. Wie sehr es mich auch schmerzt.

»Okay«, sage ich sanft, »ich verstehe. Du willst die Sache allein durchstehen.« Ich fühle mich unsicher und verloren und möchte doch immer noch für ihn da sein. Als wäre mir jeder Atem entwichen, sacke ich gegen seine Schulter. Er legt beide Arme um mich und drückt mich gegen seinen Körper.

»Das wird schon, Gwendolynne. Ich fahr da hin, lasse mich operieren und bin in null Komma nichts wieder topfit.« Er streicht mir langsam und rhythmisch übers Haar. »Und sobald ich Entwarnung habe, könnten wir vielleicht zusammen Urlaub machen oder so was. Irgendwohin fahren, wo es schön und warm ist. Wo wir ganz luxuriös am Strand faulenzen. Du kannst dich oben ohne sonnen, und ich kann dich mit meinem wiederhergestellten Sehvermögen den ganzen Tag lang betrachten.«

Ach ja, der Traumurlaub mit dem perfekten Mann. Etwas, wovon ich immer geträumt, was ich aber nie geschafft habe. Wieso muss die Aussicht, dass es jetzt vielleicht dazu kommen wird, nur von solch einem schrecklichen Trittbrettfahrer begleitet werden? Um zu unserer idealisierten Fluchtburg zu gelangen, müssen wir erst das Tal des Todes durchqueren – und Daniel will nicht mal, dass ich seine Hand halte, während wir hindurchmarschieren.

Ich zittere schluchzend und wünschte, das Leben wäre nicht so verdammt kompliziert. Es fühlt sich fast an, als ob mir selbst diese grässliche Operation bevorstünde. Daniel nimmt mich fester in den Arm. Seine Hände sind so wunderbar zärtlich. Und nach ein paar Minuten Verzweiflung fühle ich mich durch seine Wärme und seine Präsenz schließlich etwas gefestigter. Ich sollte stark für ihn sein. Ich sollte sein Fels in der Brandung sein und mich nicht wie eine feige Idiotin aufführen. Ich sollte die Wahrheit akzeptieren und so für ihn da sein, wie er es gern möchte – selbst wenn das heißt, dass ich eben nicht dabei bin.

Und ich muss ihm die bestmögliche Verabschiedung zuteilwerden lassen. Ich suche seinen Mund mit dem meinen, finde ihn und breche einen Kuss vom Zaun. Ich spüre, wie seine festen, nach Kaffee schmeckenden Lippen sich zu einem Lächeln verziehen. Er kapiert, was ich vorhabe. Unsere heißen, feuchten Zungen duellieren sich mehrere Minuten lang. Ich versuche, ihn auf die Matratze zu stoßen und ihn mit allen erdenklichen Sinnesgenüssen zu verwöhnen, doch er sträubt sich.

»Nein! Auf meine Art!«, lässt er mich mit feuriger Stimme wissen, packt mich bei den Schultern und presst seinen Mund erneut auf den meinen. Seine Zunge dringt so begierig zwischen meine Lippen, dass ich schon wieder zu zittern beginne und sofort dahinschmelzen könnte.

Ich verdränge alle Gedanken an einen zur Krankheit verurteilten Mann und Krankenhausschonkost und gebe mich einfach hin. Seine Stärke und Entschlossenheit machen mich total heiß. Und als er sich auf mich legt, ist es auf einmal ganz leicht, die drohende Dunkelheit zu vergessen.

Er küsst mich hart. Seine Vehemenz ist erregend – fast als würde ich gefickt werden, noch bevor wir uns aus den Bademänteln gepellt haben. Seine langen, eleganten Hände streicheln mich grob durch die Baumwolle, und die etwas raue Beschaffenheit des Stoffes erweist sich als zusätzliche Stimulanz. Irgendwann reißt er mir den Bademantel dann aber doch vom Leib und legt ihn damit bloß. Hitzig und ungeduldig greift er nach dem Gürtel des Kleidungsstückes, packt meine Handgelenke und drückt sie mir über den Kopf. Durch ein paar Schleifen und Knoten fixiert er meine Hände mit einer Geschicklichkeit am Messingkopfteil des Bettes, die jedem Pfadfinder zur Ehre gereichen würde. Dann testet er die Fesseln, um sicherzugehen, dass meine Handgelenke nicht zu sehr eingeschnürt werden.

Mein Körper wird von einer wilden Panik erfasst, die sich allerdings mit einer köstlichen, unterwürfigen Schwäche paart. Damit hatte ich nicht gerechnet. In keiner Weise. Nicht an dieser merkwürdigen und emotionalen Kreuzung unseres Weges. Ich bin noch nicht bereit dafür, warte aber schon viel zu lange darauf. Ich beginne automatisch, mich in den Fesseln zu winden, und der Anblick entfacht ein loderndes Feuer in Daniels Augen. Mein Drang, die Fixierung selbst zu testen, scheint ihm zu gefallen, denn sein wunderschöner Mund verzieht sich zu einem teuflischen Grinsen. Sein offensichtliches Vergnügen lässt meine Haut heiß und empfindlich werden.

Noch immer mit seinem Bademantel bekleidet, beugt er sich über meinen entblößten Körper. Doch erst, als sein Gesicht dem meinen ganz nahe ist, bemerke ich, dass er irgendwann seine Brille abgenommen hat. Mich richtig zu sehen, damit scheint er keine Probleme zu haben. Um genau zu sein, stiert er alles an, was er anstieren möchte.

Ohne Vorwarnung wandert sein Mund schließlich zu meinen Brüsten und bearbeitet mit warmer, geschickter Zunge meine pochenden Nippel. Das Gefühl fährt unmittelbar in meinen Kitzler und bringt ihn zum Pulsieren. Als er dann auch noch leicht zubeißt und mit dem Daumen meinen Bauchnabel liebkost, fange ich an zu stöhnen und zu wimmern.

»Sssh«, haucht er, den Mund immer noch auf meine Brust gepresst und mit den Zähnen ganz leicht zuzwickend. Sie fühlen sich sehr scharf und sehr bedrohlich an. Er hebt die Haut damit an, zieht ein wenig daran und saugt an dem sanften Fleisch, als würde er das Eis aus einer Waffel herauslutschen. Ich muss mir fest auf die Lippen beißen, um mein Stöhnen zu unterdrücken. Dabei protestiert meine Muschi die ganze Zeit. Sie brennt und juckt und sehnt sich nach Berührung.

Eine Zeit lang spielt er ausschweifend mit meinen Brüsten. Er betatscht sie, umfasst sie und bearbeitet meine Nippel, bis sie wie fette, dunkle Knöpfe lüstern von meinem Körper abstehen. Während ich noch dagegen ankämpfe, nicht völlig durchzudrehen – was mir teilweise kläglich misslingt, denn meine Hüften hüpfen auf dem Bett geradezu auf und ab –, wandern seine Fingerspitzen auch zu anderen Regionen, bevor sie zu meinem Bauchnabel zurückkehren. Ihr Bohren und Stoßen bringt mich immer wieder zum Zucken. Teilweise fährt er mit der Spitze seines Nagels nur über die Rille zwischen Bauch und Schenkeln – der Beuge meiner Leiste.

Mein Geschlecht vermeidet er dabei ganz bewusst und mit großem Bedacht.

Aber ich kann die Gelüste meiner Mitte nicht länger verleugnen, denn sie bestimmt mittlerweile mein gesamtes Bewusstsein. Meine Möse fühlt sich geschwollen, angespannt, offen und von quälender Lust gepeinigt an. Sie scheint zwischen meinen Schenkeln geradezu zu schmollen. Und sie ist scharf auf Daniels Zuwendungen. Scharf, scharf, scharf!

Ich würde alles geben, um zu kommen und irgendetwas von ihm da unten zu spüren. Finger. Zunge. Schwanz. Doch irgendwo in dem stillen, kalten Rest meines Verstandes begreife ich, dass es hier allein um Daniel geht – auch wenn ich es bin, die sich nach ihm verzehrt. Er muss die Kontrolle übernehmen. Er muss sich ganz in dem Spiel verlieren. Und er muss vergessen, was ihm bevorsteht. Meine intensive Geilheit und die Qual der vorübergehenden Entsagung, dies sind die süßen Geschenke, die ich ihm machen kann, um ihn kurzfristig abzulenken.

Ich spreize meine Beine weiter auseinander, presse meine Hüften auf das Bettlaken und zeige ihm meine Muschi. Ich präsentiere sie ihm, biete gleichzeitig totale Unterwerfung an und lasse ihn wissen, dass das alles ihm gehört und er damit machen kann, was er will.

Schließlich setzt er sich zurück. Seine Augen sehen verhangen aus, aber ich weiß nicht, ob diese Trübheit von seiner Lust herrührt oder aber ob sie von dem hassenswerten Ding erzeugt wird, das ihn da heimsucht. Als er seinen Bademantel von sich wirft, sehe ich, dass er eine steinharte Erektion hat. Sein Schwanz sieht herrlich wach, mächtig und voller Leben und Stärke aus. Während er sich erneut über mich beugt, mir kleine Küsse auf das Schlüsselbein gibt und meine Nippel dabei mit seinem Daumen umkreist, reibt das heiße Zepter seiner Männlichkeit sanft über meinen Schenkel.

»Wenn wir doch nur mehr Zeit hätten«, raunt er mit tiefer,

harter Stimme und greift dann in die Nachttischschublade, um ein weiteres Kondom hervorzuholen. »Ich würde dich gern vor Lust in den Wahnsinn treiben. Ich möchte stundenlang auf dir liegen und dir einen Höhepunkt nach dem anderen bescheren …« Während dieser leisen und mit unterdrückter Wut auf sein Schicksal gesprochenen Worte rollt er sich den Gummi über. »Ich würde deine Lust so lange anheizen, bis du dich nicht mal mehr an deinen Namen erinnern kannst und wie am Spieß schreist, wenn es dir kommt.«

Noch bevor ich mich davon abhalten kann, breche ich aus meiner Rolle aus und sage: »Ein andermal vielleicht …«

Es kommt zu einem Moment totaler Stille, in der ich mir in den Po beißen könnte, wenn das möglich wäre. Doch plötzlich fängt Daniel doch tatsächlich an, schallend zu lachen und wirft sich glucksend zwischen meine Schenkel.

»Ach, meine wunderschöne Gwendolynne, du bist einfach unbezahlbar. Was würde ich nur ohne dich anfangen?« Er drückt mir einen schnellen, harten Kuss auf die Lippen, positioniert sich dann vor dem Eingang zu meinem Inneren und bereitet sich auf den ersten Stoß vor. »Wir werden jede Menge Spaß haben, wenn dieser Mist endlich hinter mir liegt. Wie die Karnickel werden wir ficken und all die Sexspiele in die Tat umsetzen, von denen wir schon immer geträumt haben. Und das wird erst der Anfang sein.« Er gibt ein entschlossenes, ja fast glückliches Grunzen von sich und stößt zu.

Einen kurzen Moment lang läuft mein lang ersehnter Orgasmus Gefahr, sich einfach zu verflüchtigen, denn ich bin von den Gedanken an Daniels kommende Prüfung ganz abgelenkt. Doch dann vereinen sich verschiedene Faktoren, die ihn fast zwangsweise wieder anfachen: seine reine, geliebte Präsenz, sein Gewicht, sein Duft, seine Härte und der heiße Atem an meinem Hals. Meine Möse erblüht um seinen Schwanz herum, und da ich ihn wegen meiner Fixierung nicht in den Armen halten kann, verschränke ich meine Beine hinter seinem Po, hebe die Hüften an und presse ihm mein Becken und mein zuckendes Geschlecht entgegen.

Daniel bedankt sich mit wilden Stößen. Mit einer Hand unter meinem Po rammt er seinen Riemen so hart in mich hinein, als wollte er mit der Kraft der Stöße all seine Anspannung und die Ungewissheit vergessen machen. Genau wie zuvor stoßen unsere Leiber animalisch gegeneinander und genießen den hellen, reinigenden Ort gemeinsamer Lust, gemeinsamen Verlangens und gemeinsamer Höhepunkte.

Bei diesem Tempo dauert es bei mir natürlich nicht sehr lange. Ich bewege mich blitzschnell auf einen weiteren zuckenden, atemberaubenden Orgasmus zu. Und gerade als ich ihn greifen und damit sichern kann, spüre ich, wie auch Daniel so weit ist. Er schluchzt und röhrt, als er sich in mir entleert – ein Laut, der wie ein mächtiger Schrei voll düsterer Gefühle klingt.

Danach lösen sich unsere Körper voneinander, und er befreit mich von meinen Fesseln.

Wir schweigen beide – gedankenverlorene Überlebende eines Wirbelsturms Und einer Bombe. Es kommt mir vor, als würde ich Daniel gar nicht richtig kennen. Und genauso ist es schließlich auch. Mein Kopf ist voller Überlegungen und verwirrter Gefühle, die nur sehr schwer zu verarbeiten sind.

Ich konzentriere mich auf die Reihenfolge der Ereignisse und versuche, sie zu begreifen. Erstens: Ich lasse mich auf ein versautes Sexspiel ein. Zweitens: Während dieses Sexspiels verliebe ich mich in einen wunderschönen, brillanten, glamourösen Mann. Drittens: Ich fange an, mich zu fragen, ob ich wohl eine langfristige Chance bei besagtem wunderschönen, brillanten, glamourösen Mann habe. Viertens: Ich erfahre, dass besagter wunderschöner, brillanter, glamouröser Mann um sein Leben fürchten muss und dass ich keinerlei Ansprüche habe, weil gar keine Zeit war, ihn *richtig* kennenzulernen. Keinerlei Rechte einer Geliebten, die mich darauf bestehen lassen könnten, ihm zu helfen.

Ich möchte schreien, mich einem Tobsuchtsanfall hingeben und alles in diesem wunderschönen Zimmer, in dem wir so viel miteinander geteilt haben, kurz und klein schlagen. Aber das kann ich nicht. Ich muss ruhig und still sein. Ich darf keine Szene machen und muss vernünftig sein. Alles Zugeständnisse an Daniel, der zu diesem Zeitpunkt wahrscheinlich selbst nicht mehr klar denken kann. Mein Kompromiss besteht aus einem kleinen Weinanfall im Badezimmer. Und als ich gesäubert und angezogen – aber peinlich berührt, weil ich dasselbe Kleid wie gestern und keinen Slip anhabe – wieder herauskomme, werfe ich Daniel ein hoffentlich ruhiges, unterstützendes, aber nicht zu drängendes Lächeln zu.

Er hat noch seinen Bademantel an, aber seine Koffer liegen bereits auf dem Bett, und er packt. Auf seinem Gesicht sind Verstrickung und Wehmut, aber selbst auch jetzt noch ein wenig Sehnsucht zu erkennen.

Wenn doch nur unser Timing nicht so mies gewesen wäre! Wer weiß, was sich uns für Möglichkeiten aufgetan hätten?

»Wo, wo lässt du dich denn operieren? Und wie kommst du da hin? Selbst fahren kannst du ja wohl nicht.«

Er seufzt auf, wird aber zu meiner Erleichterung nicht abweisend. Wir sitzen eine Weile zusammen, und er erklärt mir in groben Zügen, was jetzt mit ihm passieren wird. Wo das Krankenhaus ist, will er mir zwar nicht sagen, aber es handelt sich anscheinend um eine weltbekannte, ausgezeichnete Privatklinik, wo ihm die beste Behandlung zuteilwerden wird.

Ich möchte ihn schon wieder drängen, möchte um Details bitten und betteln, doch noch mitkommen zu dürfen. Aber das haben wir schon alles hinter uns. Und auch wenn der Gedanke, dass dies unsere letzten gemeinsamen Minuten sein könnten, der schrecklichste und schmerzhafteste Gedanke überhaupt ist, so sollen sie doch nicht von Streit und Konflikt geprägt sein.

»Du bist eine gute Frau, Gwendolynne«, sagt er plötzlich und umfasst meine Finger mit beiden Händen. »Ich merke, wie viel Kraft es dich kostet, keine weiteren Fragen zu stellen und nicht zu schmollen. Gott weiß, dass ich dich deshalb nur umso mehr anbete.«

Er führt meine Hand zu seinen Lippen und küsst sie mit unendlicher Zärtlichkeit.

»Du bist einmalig und etwas Besonderes. Und ich glaube, wenn alles vorüber ist, können wir beide etwas Einmaliges und ganz Besonderes zusammen haben.« Er presst sein warmes Gesicht gegen meine Hand, sodass ich das sanfte Kribbeln seiner Bartstoppeln spüren kann. Er spricht weiter, ohne mich anzusehen. Sein Atem streicht über meine Haut. »Aber wir müssen diese Sache erst hinter uns bringen, damit wir ganz neu anfangen können. Ich möchte nicht, dass dir das widerfährt, was meine Mutter erlebt hat. Die Krankheit meines Vaters hat ihr Leben ausgelöscht und ihre Kreativität zerstört.« Er macht eine Pause, und seine Finger schließen sich fast schmerzhaft um die Knöchel meiner Hand. »Und ich habe geschworen, dass ich das niemals einer Frau zumuten will, die mir etwas bedeutet. Niemals. Er war ein launischer und undankbarer Patient und gab ihr alle Schuld an seinem Unglück.« Er drückt mir einen weiteren Kuss auf die Hand. »Und ich kann nicht garantieren, dass ich nicht auch so werde, wenn es hart auf hart kommt.«

Ich möchte ihm sagen, wie ich ganz instinktiv weiß, dass er kein bisschen wie sein Vater sein wird, aber ich habe mit einer derartigen Traurigkeit in meinem Inneren zu kämpfen, dass ich kein Wort herausbringe. Stattdessen umarme ich ihn einfach nur, nachdem er sich aufgesetzt hat und ich den Schimmer von mit aller Macht zurückgehaltenen Tränen in seinen Augen erkenne. Eine Zeit lang umarmen und küssen wir uns einfach nur. Wenn man bedenkt, was wir in diesem Zimmer alles angestellt haben, sind diese letzten Zuwendungen auf seltsame Weise jenseits alles Sexuellen.

Doch jetzt wird es Zeit. Das Haustelefon klingelt, und aus dem Gespräch bekomme ich mit, dass Daniel in weniger als einer Stunde von einem Wagen abgeholt wird. Und vorher muss er sich noch rasieren, anziehen und seine Sachen zusammenpacken.

Jetzt stehen wir beide ein wenig verlegen im Zimmer herum.

»Ich bringe dich noch runter und rufe dir ein Taxi«, teilt er mir mit und greift nach einer Jeans, die auf seinem Koffer liegt.

»Nein, schon gut. Das kann ich auch allein.« Mein Herz fühlt sich an, als würde es gerade von einer Axt bearbeitet, aber es gelingt mir, mich zusammenzureißen. »Pack du nur deine Sachen zusammen und so. Es ist wahrscheinlich besser, wenn ich jetzt einfach gehe.«

Unsicher, wie lange ich mich noch beherrschen kann, schicke ich mich an, zur Tür zu gehen. Doch statt nach seiner Jeans hat er nach einem Hemd gegriffen. »Hier. Als eine Art Jacke. Du kannst es über deinem Kleid anziehen.«

In diesem Moment verliere ich fast die Fassung. Es ist so aufmerksam von ihm, mich nicht in einem Kleid durch das Foyer zu schicken, das ganz offensichtlich für den Abend gedacht ist. Als ich mit den Armen in das Hemd fahre, werde ich sofort von seinem Duft umarmt.

An der Tür erneut ein wilder Kuss. Und als wir uns umarmen, flüstert er mir ins Ohr: »Die Sache wird nicht lange dauern. Es heißt, dass es schnell über die Bühne geht. Ich könnte also in zwei, drei Wochen schon wieder fit sein. Ich rufe dich dann an.«

Aber wenn ich nun keinen Anruf bekomme, was bedeutet das dann?, schreit mein Herz.

Aber ich bleibe stumm, genieße den letzten Moment, in dem er seine Arme um mich gelegt hat, und öffne nach einem langen, letzten Kuss die Tür. Er sieht zu, wie ich den Flur entlanggehe. Als ich mich zu einem letzten Blick umdrehe und ihn so attraktiv und jungenhaft dastehen sehe, bringt es mich fast um. Nachdem wir uns noch einmal zugewunken haben, stürme ich geradezu um die Ecke und laufe statt zum Aufzug zur Treppe. Ich laufe so lange, bis ich aus dem *Waverly* raus bin, und springe in das Taxi, das vor dem Eingang wartet. Glücklicherweise scheint es auch tatsächlich für mich zu sein, und der Fahrer schweigt verständnisvoll, als mir endlich die aufgestauten Tränen die Wangen herunterrollen.

Beste Absichten

Ich fühle mich ganz benommen – fast als wäre auch ich operiert worden. Ein Eingriff, um mich von der Realität und dem täglichen Auf und Ab meiner Existenz zu lösen.

Weil ich meinte, auf keinen Fall arbeiten zu können, habe ich mir idiotischerweise freigenommen, sodass ich jetzt viel zu viel Zeit zum Nachdenken habe. Ich hätte auf jeden Fall in die Bibliothek gehen sollen, um beschäftigt zu sein. Doch stattdessen sitze ich zu Hause, hänge in meiner Wohnung rum und versuche an die Dinge zu denken, die Daniel und ich bisher erlebt haben. Wenn ich mir all die hinreißenden Erinnerungen voller Leben und köstlicher Sinnlichkeit ins Gedächtnis rufen kann, gelingt es mir damit vielleicht auch, andere Gedanken zu verdrängen. Gedanken daran, was wohl mit ihm geschehen wird – oder sogar schon geschehen ist.

Und die Sehnsucht nach meinem Geliebten sorgt nicht mal dafür, dass ich weniger Appetit habe und vielleicht etwas abnehmen würde. Ganz im Gegenteil. Der Kühlschrank ist eine derart große, permanente Verlockung, dass ich schließlich sogar die Wohnung verlassen muss, um nicht schwach zu werden. Ziellos wandere ich durch die Straßen und starre abwechselnd auf Passanten und in Schaufenster. Doch überall sehe ich nur Daniel, Daniel, Daniel.

Und obwohl ich es mir fest vorgenommen hatte, ertappe ich mich doch dabei, wie ich mir eine Folge von *Emergency Room* ansehe. Das gibt mir den Rest. Es ist mir egal, was er sagt, ich muss einfach zu ihm. Tief in meinem Inneren bin ich ganz sicher, dass er mich dort haben will. Das sage ich mir zumindest, als ich die Nummer des *Waverly Grange Hotels* wähle, um die eine Person anzurufen, von der ich weiß, dass sie vielleicht die Adresse seiner Klinik hat.

»Annie Guidetti«, meldet sich eine warme, angenehme Stimme und ich fange vor Erleichterung fast zu weinen an. Es ist zwar nicht Daniel, aber jemand der ihn kennt und der zu seinem Fleisch und Blut gehört.

»Äh, hallo. Sie kennen mich nicht, aber ich bin eine Freundin ihres Cousins Daniel Brewster. Wissen Sie vielleicht, wie es ihm geht?«

»Gwendolynne? Sind Sie es? Ich wollte Sie gerade anrufen. Welch ein Zufall.«

Sie kennt mich? Sie wollte mich anrufen? In meiner Bauchgegend macht sich ein mulmiges Gefühl breit, und ich sinke in einen Sessel.

»Ja, ich bin Gwendolynne. Daniel und ich waren ein paarmal zusammen aus. Letzte Woche war ich mit ihm im *Waverly*.« Ich spüre, wie ich mich langsam der Panik und einigen damit einhergehenden Schluchzern nähere, und muss alle Kraft aufwenden, um mich zusammenzureißen. »Ich weiß, dass er operiert wird – oder sogar schon operiert wurde. Er sagte zwar, dass ich mich nicht melden soll, aber ich muss einfach wissen, wie es ihm geht. Selbst wenn ich es nicht erfahren soll.«

Meine Stimme klingt verzweifelt, lächerlich und fast hysterisch, aber Annie Guidetti ist sehr freundlich zu mir.

»Daniel ist ein brillanter Mann, aber in diesem Fall ist er wirklich ein verdammter Idiot. Und es ist sehr grausam von ihm, dass er Sie nicht ins Vertrauen zieht. Das hab ich ihm auch gesagt, aber er ist eben ein solcher Sturkopf, der mit allem alleine fertigwerden will …« Sie macht eine kurze Pause.

»Ach je, entschuldigen Sie. Ich plappere hier vor mich hin. Ja, er hat die Operation hinter sich. Der Eingriff wurde vorgestern durchgeführt und scheint fantastisch verlaufen zu sein. Es gab keine Komplikationen, und der Chirurg konnte den Tumor vollständig entfernen.«

Ich kann nicht sprechen. Die Tränen laufen über mein Gesicht. Mein Herz fliegt förmlich zum Fenster raus und ich gleich mit ihm. Und obwohl ich heule wie ein Schlosshund, strahle ich doch gleichzeitig wie ein Honigkuchenpferd.

»Alles in Ordnung?«, erkundigt sich Annie. »Haben Sie verstanden? Daniel wird wieder gesund. Ich habe auch schon mit seiner Krankenschwester gesprochen, und er macht gute Fortschritte. Natürlich ist er noch völlig erschöpft und hat Schmerzen von der OP. Aber das scheint alles völlig normal zu sein. Seine schlimmen Kopfschmerzen haben jedenfalls aufgehört, und sein Augenlicht wird langfristig wohl auch keinen Schaden genommen haben. Er muss zwar immer noch eine Brille tragen, aber die hat er ja schon immer gehabt.«

»Oh, da fällt mir aber wirklich ein Stein vom Herzen.« Das sind die einzigen Worte, die ich herausbringe, bevor ich wieder schluchze.

Annie lässt mich einige – wenn nicht alle – meine Tränen vergießen und unterbreitet mir dann einen Vorschlag. »Hören Sie, warum begleiten Sie mich nicht nach London, wenn ich ihn besuche? Er hat mir zwar auch gesagt, dass ich nicht kommen soll, aber ich werde trotzdem hinfahren. Und ich bin sicher, wenn er Sie sieht, wird er sich auch sehr freuen. Dieses ganze Macho-Getue mit dem »allein durchstehen wollen« ist doch lächerlich. Kommen Sie mit. Ich wäre nämlich sehr dankbar für ein bisschen Gesellschaft auf der Fahrt. Mein Mann Valentino hat mir ein Zimmer im Hotel eines Freundes gebucht, und er kann sicher noch eines dazubuchen.«

Ich sehe Daniels Gesicht vor mir: ernsthaft, nachdenklich und entschlossen, seinen Willen durchzusetzen. Tja, das kannst du wohl vergessen, Freundchen. Ich habe ja nichts dagegen, wenn du mich beim Sex rumkommandierst – das finde ich sogar großartig, um ehrlich zu sein –, aber bei dieser Sache werde ich tun, was ich will, und du wirst es akzeptieren müssen.

»Danke, das wäre wunderbar. Ich fahre sehr gern mit Ihnen. Ich muss Daniel einfach sehen. Ob es ihm nun gefällt oder nicht. Und es ist mir auch egal, wenn er sauer auf mich wird. Das Risiko gehe ich ein.« Ein Risiko ist es allerdings auch, den alten Johnson anzurufen und ihm zu sagen, dass ich ein oder zwei Tage wegfahre, um einen kranken Freund zu besuchen. »Wann wollen Sie denn aufbrechen? Soll ich zum *Waverly* kommen?«

Nein, sie wird mich abholen, und wir starten bereits in ein paar Stunden. Als ich den Hörer beiseitelege, tanze ich zusammenhangslos singend durch das Zimmer. Daniel ist am Leben! Es geht ihm gut! Und er kann sehen!

Annie Guidetti erweist sich als fantastische Reisegefährtin. Schon kurz nach unserem ersten, richtigen Zusammentreffen bietet sie mir das *du* an. Und um mich von weiterer Sorge um Daniel – oder vielmehr darüber, was er wohl zu meinem Auftauchen sagen wird – abzubringen, unterhält sie mich mit unglaublichen Geschichten über die etwas verwegeneren Vorgänge im *Waverly Grange Hotel.*

Wie sich herausstellt, hat das Etablissement seinen schmutzigen Ruf nicht umsonst, und die meisten Gerüchte über Sexpartys, erotische Extravaganzen und *spezielle* Zimmer mit ganz *spezieller* Einrichtung sind nur die schockierende Spitze des Eisberges.

»Bevor ich die Stones und meinen Mann kennenlernte, war ich ein recht unschuldiges Ding«, erklärt Annie mit fröhlicher Stimme. »Aber jetzt bin ich eine richtig schmutzige, alte Frau. Und zwar gern.« Sie zwinkert mir lächelnd zu, konzentriert ihre Aufmerksamkeit dann aber wieder ganz auf die Straße. Sie fährt absolut sicher und ruhig.

Ich sage ihr, dass sie nicht alt ist, und frage mich gleichzeitig, wie es wohl ist, mit einem derart exotischen und sexuellen Mann wie Valentino verheiratet zu sein, dem hinreißenden Mann, der mir vor gefühlten hundert Jahren in der *Lawns Bar* Drinks serviert hat.

Wie wäre es wohl, mit einem derart glamourösen und sexuellen Mann wie Daniel verheiratet zu sein?, fragt eine gefährliche, vorlaute Stimme in meinem Inneren, noch bevor ich die Frage verdrängen kann. Absurd. Ich kenne ihn ja immer noch kaum. Bisher hatten wir nur in der Bibliothek und bei unseren verrückten Sexspielen miteinander zu tun. Um genau zu sein, habe ich ihn ja noch nicht mal dazu gebracht, seine Nemesis-Identität preiszugeben, noch habe ich irgendwelche tieferen, bleibenden Gefühle entdeckt – auch wenn in den letzten Minuten unseres Zusammenseins durchaus Hoffnung darauf bestand.

»Was hält Daniel denn vom *Waverly*?«, frage ich meine Reisegefährtin in der Hoffnung, mich von meinen eigenen Gedanken abzulenken. »Muss doch merkwürdig sein, so eine Art Sex-Hotel zu führen und den eigenen Cousin als Gast zu haben.«

»Also Daniel ist eigentlich gar kein richtiger Cousin von mir. Er ist der Sohn vom Großcousin meiner Mutter. Theoretisch bin ich also eine Art Tante für ihn. Ich wusste nicht mal, dass der Daniel in unserer Familie der Daniel aus dem Fernsehen war. Bis er dann anrief und fragte, ob wir während seiner Recherchen hier ein Zimmer für ihn hätten.«

»Ach, so war das.«

»Die Atmosphäre in dem alten Kasten hat ihm sofort gefallen. Er lässt definitiv nichts anbrennen.« Sie wirft mir einen weiteren, diesmal geradezu provozierenden Seitenblick zu. »Und schon ein paar Tage nach seiner Ankunft erzählte er von dieser hinreißenden Frau, die er in der Bibliothek kennengelernt hat. Er wollte unbedingt was mit ihr anfangen und sie mit ins *Waverly* nehmen.«

Wow!

»Wenn du sagst, dass er nichts anbrennen lässt, wäre er vielleicht auch dazu imstande, anonyme Sexbriefchen und E-Mails zu schreiben? So mit freizügigen Anweisungen und so?«

»Oh, auf jeden Fall. Ich würde sagen, das ist genau seine Baustelle. Er ist ein sehr sexueller Mann, aber eben auch sehr feinsinnig und spitzbübisch. Warum? Hat er dir welche geschickt?«

Nachdem ich ihr in sorgfältig zensierter Form ein paar Dinge aus den Briefen von Nemesis verraten habe, lacht sie begeistert auf.

»Ach, wie großartig! Das klingt nach einem Riesenspaß. Aber es ist wirklich gemein von ihm, dich einfach so in der Luft hängen zu lassen. Ich finde, dafür solltest du ihn zur Rede stellen, wenn es ihm wieder besser geht. Dreh den Spieß einfach um. Das mögen die Männer ab und zu ganz gern. Selbst die größten Machos und die protzigsten Alphamännchen mögen es, wenn eine Frau zur Abwechslung auch mal stark ist.«

Ich frage mich, wie das sein kann. Annie legt eine Jazz-CD in den CD-Spieler, und eine Zeit lang herrscht wohltuendes Schweigen zwischen uns. Ein Schweigen, bei dem ich in Erwägung ziehe, Daniel wirklich zur Rede zu stellen. Und zwar richtig.

Doch als ich ihn schließlich sehe, vergeht mir dann doch die Lust, mit ihm ins Gericht zu gehen.

Es ist bereits früher Abend, als wir im Krankenhaus ankommen. Es handelt sich um eine Privatklinik. Alles ist blitzsauber, und die Räume wirken wie ein sicherer, ruhiger Hafen mit fast hotelähnlichem Luxus. Natürlich nicht ganz so wie das *Waverly*, aber immer noch ziemlich nobel.

Da es Daniel schon wieder besser geht, liegt er bereits in seinem Einzelzimmer – wenn auch unter ständiger Beobachtung. Nachdem ich mir zusammen mit Annie einen beruhigenden Vortrag der Oberschwester angehört und mir kurz die Hände desinfiziert habe, darf ich endlich zu ihm. Als ich sein Zimmer betrete und ihn in seinem weißen Bett auf der Seite liegen sehe, muss ich an einen verwundeten Kriegshelden denken. Das Licht ist gedimmt und auf dem leise gestellten Fernseher läuft eine Episode meiner Lieblingskrimiserie. Daniel scheint zu schlafen, seine Augen sind geschlossen. In seinem Arm steckt immer noch die Kanüle für die Infusion, aber sonst sind keine besorgniserregenden Schläuche oder Drähte zu sehen.

In dem flackernden Licht des Fernsehbildschirms sieht seine Haut ein wenig blass und unwirklich aus. Er trägt einen weichen weißen Kopfschutz aus Trikotstoff – wahrscheinlich, damit er sich leichter anziehen kann –, und ich spüre einen kurzen Stich über den Verlust seiner wunderschönen schwarzen Locken in mir. Sein Gesicht sieht ein bisschen müde und abgespannt aus, doch trotz der dunklen Schatten unter seinen Augen ist er doch immer noch der attraktive, erregende Mann, in den ich mich verliebt habe. Die Blässe seiner Haut und die helle Farbe seines Kopfschutzes lassen seine ohnehin schon dichten Wimpern noch viel länger erscheinen, sie liegen wir üppige schwarze Bögen auf seinen fahlen Wangen. Der Raum ist gut geheizt, sodass er mit nackter Brust und nur unten herum leicht zugedeckt daliegt.

Da ich ihn nicht wecken will, schleiche ich auf Zehenspitzen zu seinem Bett.

»Du bist wirklich ein ungezogenes, ungehorsames Mädchen, weißt du das? Ich wünschte, ich hätte die Energie, um dir für diese Eigenmächtigkeit den Po zu versohlen.«

Ich zucke überrascht zusammen. Er hat beim Sprechen nicht mal die Augen geöffnet. Seine altbekannte Stimme ist heiser und ein bisschen dünn, klingt aber immer noch leicht amüsiert. Und ich kann trotz seiner Worte erahnen, dass er sich über meinen Besuch freut. Als er die Augen schließlich öffnet, kann ich die vermutete Begeisterung in ihren braunen Tiefen klar erkennen.

»Du kennst mich ja. Ich kann mich nie an das halten, was man mir sagt.«

Ich möchte immer nur lächeln, weil ich mich so freue, ihn zu sehen, und weil ich einfach weiß, dass er wieder gesund wird. Als ich zögerlich nach seiner Hand greifen will, kommt er mir zuvor und umfasst die meine. Seine Finger sind heiß, und sein Griff beruhigend fest.

Auch er lächelt. Ein Lächeln, das sein Gesicht erhellt und die Erschöpfung in seinen Zügen vergessen lässt. Er sieht jetzt trotz seines weißen Käppchens und der fehlenden, schwarzen Locken noch hinreißender und noch anziehender aus.

»Was hältst du von meiner neuen Kopfbedeckung? Sexy, was?« Er zuckt mit seinen schwarzen Augenbrauen. »Und ich fürchte, meine Lockenpracht ist auch dahin. Ich dachte mir, ganz ab wäre männlicher als irgendein halbherziges Rumgeschnippel.«

»Ich wette, du siehst ohne Haare total kerlig aus. Wie ein richtig harter Armeeoffizier. Und in ein, zwei Tagen kannst du sicher die ersten Aufstände niederschlagen. Oder jemanden überfallen.«

»So wie ich mich gerade fühle, könnte ich es nicht mal mit einem gebrechlichen Opi aufnehmen.«

»Es geht dir schon bald besser. Die Schwester sagt, du machst gute Fortschritte und kannst schon bald entlassen werden.«

Ich muss immer weiter lächeln, ihn ansehen und jedes Detail seiner Erscheinung in mich aufsaugen. Ich liebe ihn. Ich weiß zwar nicht, was die Zukunft bereithält und ob ich in seinem Leben überhaupt eine Rolle spielen werde, aber er hat überlebt. Er wird wieder gesund. Und genau das hatte ich mir so sehr gewünscht.

Seine Finger schließen sich fest um die meinen. Sie sind trotz des Erlebten stark und voller Leben.

»Ich bin so froh, dass du gekommen bist«, sagt er plötzlich ganz schlicht. »Vergiss, was ich gesagt habe. Vergiss die dumme Idee, dass ich das allein durchstehen und keine Zeugen meiner Schwäche um mich haben wollte.« Er führt meine Hand zu seinen Lippen und gibt mir einen schwachen Kuss auf die Finger. Seine Bewegungen sind nicht besonders kraftvoll, aber ich spüre, dass sie von Herzen kommen. »Ich fühle mich so schwach wie das sprichwörtliche Kätzchen, aber ich war noch nie in meinem Leben so glücklich, jemanden zu sehen.«

Ich bin verblüfft. Und stumm. Nicht so sehr wegen seiner Worte, sondern wegen des Ausdrucks in seinen Augen. Die Gefühle in seinem Blick sind so klar, wie ich es noch nie zuvor bei ihm gesehen habe – obwohl ich annehme, dass er mich immer noch nicht richtig erkennen kann.

Es ist ihm nicht egal. *Ich* bin ihm nicht egal. Vielleicht liebt er mich sogar.

Ich werfe ihm ein verwirrtes Lächeln zu und lege meine Hand auf die seine. Obwohl ich ihn am liebsten halten und umarmen möchte, weiß ich, dass er im Moment zu schwach ist und ich ihn nicht bedrängen darf. Aber das wird vergehen. Wenn er wieder gesund ist, werde ich ihm alles und mehr geben. Und zwar so, wie er es möchte.

»Deine Cousine ist auch hier. Sie hat mich hierher mitgenommen. Möchtest du sie auch sehen?«

»Ja, ich möchte ihr danken, dass sie dich hergebracht hat. Aber wenn ich mit ihr gesprochen habe, möchte ich, dass du sofort wiederkommst.«

Sein frecher Tonfall verrät mir, dass er jetzt schon wieder kräftiger wird. Mein sexy, selbstbewusster Daniel kehrt mit schnellen Schritten zurück.

»Aber man hat uns gesagt, dass wir jeweils nur zehn Minuten haben und dann erst morgen wiederkommen könnten.«

»Scheiß drauf«, verkündet er mit fröhlicher Stimme und reibt mit seinem Daumen ausgesprochen unanständig und lasziv über die Innenfläche meiner Hand, so gar nicht wie ein Patient, der sich gerade von einer Gehirnoperation erholt. »Ich zahle ein Vermögen für dieses Zimmer. Da ist es doch wohl das Mindeste, dass die hier ein wenig Rücksicht auf meine Wünsche nehmen.«

In meinem Bauch macht sich ein stechendes Verlangen breit – auch wenn ich mich ein bisschen über mich selbst wundere, dass ich in solch einer Situation geil werde. Daniel hätte sterben können, und in meinem Kopf hebe ich bereits seine Bettdecke an, um mich direkt hier in diesem Krankenzimmer auf ihn draufzusetzen. Oh Mann, was bin ich nur für eine Nymphomanin geworden.

Daniels braune Augen blitzen. Sie sind hell und klar, und ich kann durch sie hindurch fast seine Gedanken lesen.

Zumindest bin ich sicher, dass er gerade die meinen gelesen hat.

Er zwinkert. »Ja, ich weiß. Ich habe auch schon immer davon geträumt, es mal in einem Krankenhausbett zu treiben. Aber da sie mir quasi den Kopf aufgebohrt haben, stehe ich hier unter genauester Beobachtung.« Er zuckt mit den Schultern und streicht mir wieder über die Hand. »Und selbst wenn nicht alle gefühlten fünf Minuten jemand nach mir schauen würde, ich bin nicht sicher, ob ich es hinkriegen würde. Der Geist ist willig, und gewisse Teile des Fleisches sind zumindest interessiert.« Er lässt seinen Blick nach unten zu seinem Schritt wandern. Unter der Krankenhausbettdecke ist nicht viel zu erkennen, aber meine Fantasie versorgt mich mit einem köstlichen Bild von seinem Schwanz, der langsam anfängt, sich zu regen. »Aber der Rest von mir fühlt sich an, als wäre er von einer Dampfwalze überrollt worden. Und ich möchte meiner geliebten Bibliothekskönigin schließlich nicht weniger als eine grandiose Nummer bieten.«

»Ich kann warten. Schließlich habe ich so was wie Selbstbeherrschung. Na ja, im Ansatz vielleicht. Außerdem kann ich heute Abend ja in meinem Hotelzimmer an mir rumspielen und mich auf den Tag freuen, an dem der gute Professor wieder richtig in Form ist.«

»Ihre Selbstbeherrschung in allen Ehren, Miss Price«, sagt er schelmisch und lässt unsere ineinander verschränkten Hände auf die Bettdecke sinken. Ich kann zwar erkennen, dass er erschöpft ist, aber wenn man bedenkt, dass er gerade operiert wurde, sieht er unheimlich gut und munter aus. Kein Wunder, ihm wurde eine große Last von der Seele genommen, und er kann sich wieder auf seine Zukunft freuen. »Aber wie stehen die Chancen, dass du schwach wirst, wenn du allein bist? Ich weiß, dass du eine überaus sinnliche Frau bist, Gwendolynne.

Eine Frau, die sich durch die Abwesenheit eines Mannes ganz sicher nicht davon abhalten lässt, das zu tun, was getan werden muss.«

Sein Kopf sinkt gegen das Kissen, aber er schafft es immerhin, noch genug Energie für ein Zwinkern und ein Grinsen aufzubringen.

»Ich weiß gar nicht, was Sie meinen, Professor Brewster«, erwidere ich spröde und werfe ihm dann einen vorwurfsvollen Blick zu. »Dir ist schon klar, dass ›Bibliothekskönigin‹ der Name ist, den Nemesis für mich gewählt hat, oder? Was soll ich denn bitte schön von diesem kleinen Ausrutscher halten?«

Er gibt ein müdes, kleines Glucksen von sich. »Davon kannst du halten, was du willst«, sagt er mit leiser Stimme. »Aber Vermutungen und Schlussfolgerungen werden meist zu früh ausgesprochen. Das kann dir viel Ärger einbringen. Ärger, um den ich mich wohl kümmern muss, wenn ich wieder ganz in Ordnung bin.«

In meinem Bauch breitet sich ein aufgeregtes Flattern aus. Ich stelle mir vor, wie er mir wieder ganz genesen, fit und voller Kraft den Po versohlt – so wie gerade erst im *Waverly*. Mein Geschlecht sehnt sich fast schmerzend nach seiner Hand, seinem Schwanz und seiner Macht. Und ich weiß, dass das schlagkräftige Versprechen keine leere Drohung war.

»Darauf freue ich mich jetzt schon …« Ich bin atemlos – auch wenn er eigentlich nichts weiter getan hat, als eine Andeutung zu machen. Eins ist sicher, wenn er wieder voll einsatzfähig ist, werde ich vor Lust nur so dahinschmelzen.

»Und was ist mit heute Abend? Freust du dich auch schon auf heute Abend?« Er dreht meine Hand, die er immer noch in der seinen hält, und streicht erneut auf anzügliche Weise mit den Fingern über die Innenfläche. »So ganz allein in deinem Hotelzimmer. Ich hoffe doch, dass du noch ein bisschen in der Stadt bleibst.« Einen Moment lang sieht er ein wenig verloren aus – fast als würde ihn die Vorstellung schmerzen, dass ich bald wieder abreisen könnte. »Oder?«

»Ja, Annies Mann hat sich darum gekümmert. Er hat uns ganz kurzfristig ein richtig schönes Hotel besorgt.«

»Gut«, erklärt Daniel wieder etwas munterer. »Ich habe nämlich vor, dich mir heute Abend in einem richtig schönen Zimmer vorzustellen. Ich werde mir ausmalen, wie du nackt und hinreißend auf deinem Bett liegst, an dir rumspielst und dabei an die vielen Dinge denkst, die ich mit dir anstellen werde, wenn der Arzt sein okay gegeben hat.«

Ich begehre ihn so sehr, dass ich sprachlos bin. Es ist doch wirklich verrückt. Er ist ein Invalide, der an ein Krankenhausbett gefesselt ist, und kann mich doch mehr anturnen, als jemals ein Mann zuvor in meinem Leben.

Seine wunderschönen Wimpern sind schwer, und ich kann trotz seiner spitzbübischen Unanständigkeit und dem leichten, subversiven Grinsen erkennen, dass er müde ist.

»Ich mach keine Witze, hörst du«, schnurrt er mit tiefer Stimme. »Ich erwarte, dass du heute Abend zu meinen Ehren an dir rumspielst.« Er fährt sich mit der Zunge über die Lippen. »Und wenn du fertig bist, sollst du alles aufschreiben und es an unseren Freund Nemesis schicken.«

Am liebsten würde ich jetzt sofort an mir rumspielen. Ich will lüsterne und schmutzige Dinge tun, um meinen verwundeten Helden aufzumuntern. Ich will die köstliche Lust befriedigen, die er wieder und wieder in mir weckt.

»Aber ich habe meinen Laptop gar nicht dabei.«

Daniels Augen sind jetzt geschlossen, aber meine Hand liegt mit gespreizten Fingern auf meinem Oberschenkel und wandert langsam in Richtung meiner Mitte. Dichter und dichter.

»Na, dann musst du ihn eben auf die altmodische Art mit

Stift und Papier kontaktieren. So hat er schließlich auch angefangen.«

Bilder von erregenden Worten auf blauem Papier lassen mich fast laut aufstöhnen, aber dann werde ich von einem lauten Klopfen an der Tür wieder in die Realität zurückgeholt. Als Daniels Augen sich öffnen, muss er kurz über die Situation lachen.

Da steckt auch schon die für ihn zuständige Krankenschwester den Kopf durch die Tür.

»Ich fürchte, die Zeit ist um, Ms Price«, teilt sie mir mit fröhlicher Stimme mit. »Ich lasse jetzt noch Mrs Guidetti für ein paar Minuten rein und dann wird's Zeit zum Schlafen, junger Mann.« Die Schwester ist mittleren Alters, sehr britisch und sehr energisch. Wahrscheinlich hat sie ein goldenes Herz, aber ich glaube trotzdem nicht, dass sie sich von ihren Patienten einwickeln lässt – wie überzeugend und attraktiv sie auch sein mögen.

Daniel küsst meine Finger und reißt mich dann mit erstaunlicher, fast fieberhafter Stärke an sich, um seinen Mund auf meine Lippen zu pressen. Er fühlt sich heiß an, und die Zunge dringt trotz des Publikums voller Sinnlichkeit zwischen meine Lippen. Das Infektionsrisiko und sonstige Sicherheitsvorschriften verbieten zwar ganz sicher, dass wir uns so küssen, aber ein paar Sekunden lang dominiert er mich mit diesem Kuss von seinem Bett aus vollkommen.

»Professor Brewster! Also wirklich! Das reicht jetzt aber«, mahnt die Schwester. Ihre empörten Worte zerschneiden das Band zwischen uns kurzzeitig, und unsere Münder lösen sich voneinander – ausgesprochen zögerlich allerdings.

Einen Moment später stehe ich bereits an der Tür und schaue mich noch einmal um. Daniel scheint von unserem wilden Kuss völlig erschöpft zu sein, aber seine Augen leuchten. Sie sind kristallklar, und es steht die reine Dominanz in ihnen geschrieben. »Bis später dann, Librarygirl.«

»Bis später, Professor Adonis.«

Er lacht leise, während ich den Tränen nahe aus dem Zimmer husche. Ich würde so gern bleiben.

Für immer.

Nachdem ich mir im Besucherbereich den Kopf über die letzten Entwicklungen zerbrochen habe und mir dabei immer heißer wurde, darf ich Daniel doch noch einmal sehen. Allerdings nur für zwei Minuten, denn bevor er endgültig schläft, muss die Schwester ihn noch für die Nachtruhe vorbereiten.

Diesmal bleiben wir nicht allein – wahrscheinlich für den Fall, dass Daniel erneut scharf wird.

Er ist noch wach, aber auch ich würde sagen, dass er jetzt dringend ein wenig Ruhe braucht. Die Schwester hat uns erklärt, dass der Heilungsprozess den Körper ebenso anstrengt wie sportliche Betätigung. Und doch hat er immer noch ein verführerisches Glitzern in den Augen, als er mich erneut ins Zimmer kommen sieht.

»Ich hab denen gesagt, dass ich nicht eher schlafen gehen würde, bis ich dich noch einmal gesehen habe«, murmelt er mit sanfter und liebevoller Stimme.

»Das will ich wohl meinen.« Ich drücke seine Hand und er die meine – ziemlich fest sogar.

»Aber ich bin wirklich ziemlich fertig.« Seine vollendeten Wimpern flattern erneut nach unten und er sieht tatsächlich aus, als wäre er gerade einen Marathon gelaufen. Und doch löst seine Hand ihren Griff nicht.

Ich beuge mich vor, berühre sein liebes Gesicht und streichle über seine Haut. Wie sich sein Kopf wohl anfühlt – ganz rasiert und samtig. Ich bin versucht, ihn auch dort zu berühren, aber ich weiß, das wäre unvernünftig, und die Schwester würde mich wahrscheinlich sofort hinauswerfen, wenn ich seine Kopfbedeckung auch nur berühre. Also beschränke ich mich darauf, meine Fingerspitzen über sein stoppeliges Kinn gleiten zu lassen. Er murmelt etwas von »hätte mich dort auch rasieren sollen …«, öffnet die Augen und lächelt mich wieder an.

Als ich ihm einen Kuss auf die Wange drücke, lässt er es ruhig geschehen. »Gute Nacht, mein süßer Prinz«, flüstere ich ihm ins Ohr und denke dabei, wie dumm und schmalzig das wohl klingen muss. Wenn er wiederhergestellt ist, wird er auf derartige Sentimentalitäten wahrscheinlich nicht so scharf sein.

»Zeit zu gehen, Ms Price. Sie können morgen früh wiederkommen«, sagt die Schwester hinter mir.

Doch gerade, als ich Daniels Hand loslasse, seine Schulter berühre und von seinem Bett zurücktrete, flüstert er mir noch etwas zu: »Gute Nacht, Liebste. Wir sehen uns morgen.«

Und als ich mich an der Tür umdrehe, sind seine Augen noch immer fest auf mich gerichtet. Sie leuchten vor tiefen Gefühlen.

Billet-Doux

In meinem ausgesprochen luxuriösen Zimmer im *Whitford Hotel* stelle ich fest, dass das ausliegende Briefpapier blau ist. Hellblau. Genau die Farbe, die Nemesis immer benutzt. Das muss einfach ein Zeichen, ein Omen oder etwas Ähnliches sein.

Nach einem langen, genüsslichen Bad, bei dem ich fast das gesamte Badesalz des Hotels aufgebraucht und mir eine kleine Flasche Rotwein aus der Minibar gegönnt habe, lege ich mich mit Stift und blauem Briefpapier auf das große, weiche Bett – leider ohne Daniel. Trotz der entspannenden Momente in der Badewanne bin ich sehr durcheinander, nervös und ein bisschen aufgedreht. Mir ist fast, als wäre ich es, deren Gehirn operiert wurde, und es fällt mir ausgesprochen schwer, die Ereignisse und Gefühle der letzten Woche zu verarbeiten.

Ich sehne mich nach Daniel, fühle mich aber auch schuldig, dass ich in Zeiten wie diesen voller Lüsternheit an ihn denken muss. Ich weiß, es ist albern, aber es kommt mir einfach seltsam und auch ein bisschen krank vor, mir sexuelle Fantasien mit einem Mann zurechtzuspinnen, der sich gerade von einer schweren Operation erholt.

Und es fühlt sich sogar noch irritierender an, mit den Gedanken an ihn zu masturbieren. Aber schließlich habe ich meine Anweisungen bekommen. Und wer bin ich, dass ich widersprechen dürfte? Auf jeden Fall nicht ihm …

Das erotische Meisterwerk muss einfach warten. Ich lege

Briefpapier und Stift beiseite und öffne den dicken weißen Bademantel, den das *Whitford* mir freundlicherweise zur Verfügung gestellt hat. Darunter bin ich splitternackt. Im Zimmer ist es warm und meine Haut ist von dem heißen Bad immer noch leicht gerötet. Und sie glänzt von der mit Vitaminen angereicherten Bodylotion, mit der ich mich danach eingerieben und mir dabei vorgestellt habe, ich würde mich für Daniel vorbereiten.

Ich schließe die Augen und versuche, ihn zu rufen. Auf einmal ist alles ganz einfach, und er ist in Gedanken bei mir. Wunderschön und in dunkle Farben gekleidet. Sein wildes, schwarzes Zigeunerhaar ist genauso, wie es vor der Operation war und auch schon bald wieder sein wird. Und er kann sehen. Keine Brille verbirgt den verführerischen Zauber in seinen Augen.

Ich versinke in diesem Zauber und stelle mir vor, dass er mich anfasst. Während ich reglos wie eine Statue daliege, die nur zu seiner Unterhaltung erschaffen wurde, streichen seine Fingerspitzen über meine Brüste. Nachdem er jeden Zentimeter meiner nackten Haut untersucht hat, zieht er mir den Bademantel aus und kümmert sich um die bloßen Stellen, die bisher noch verhüllt gewesen waren. Jede Stelle, die er berührt, geht sofort in seinen Besitz über. Brüste, Bauch, Po, Schenkel, Geschlecht – alles ist für ihn gedacht. Und während ich mir dieses Ertasten vorstelle, denke ich gleichzeitig darüber nach, wie ich es wohl in meinem Brief beschreiben würde.

Er kneift in meine Nippel, reibt sie zwischen Daumen und Zeigefinger und bringt mich so dazu, mich zu winden und meine Beinen aneinanderzureiben.

Er steckt seinen Zeigefinger in die Einbuchtung meines Bauchnabels, und es fühlt sich an, als würde er meine Möse fingern.

Er untersucht mein Hinterteil und meinen Anus, dreht mich

dann um und zwingt mich so dazu, ihm alles zu zeigen. Ich brenne vor Lust – und vor Scham.

Er spielt in dem feuchten Schlitz meiner Möse herum, zieht sanft die weichen Schamlippen auseinander und liebkost meinen geschwollenen Kitzler.

Und als er von ihm ablässt, steckt er mir plötzlich zwei Finger in die Spalte.

In der realen Welt bin ich es natürlich selbst, die meinem Körper diese Zuwendungen schenkt. Ich bin es, die immer wieder gegen den Kitzler stupst, als ich meine Finger in armseliger Imitation eines Schwanzes in meine Mitte stoße. Aber da ich dies alles für ihn tue, schäumt die Lust schon sehr bald über, und es kommt mir mit einem lauten Schrei: »Daniel!«

Das Ganze geschieht schnell und hart, verwirrt mich aber eigentlich noch mehr. Mein Fleisch ist zwar befriedigt, aber mein Herz und meine Gedanken fühlen sich immer noch zerrissen und irgendwie verschoben an – alles, weil er nicht da ist.

Eine Zeit lang liege ich einfach nur da, atme, beruhige mich und versichere mir leise, dass seine Abwesenheit nur vorübergehend ist. Schon bald wird es Daniel wieder gut gehen. Und schon bald wird er nicht nur in der Lage sein, einen richtig guten Fick – und mehr – hinzulegen, sondern wir werden uns endlich auch hinsetzen, reden und, zumindest in meinem Fall, die Karten auf den Tisch legen können.

Doch ich bin ungeduldig. Ich möchte mich ihm jetzt widmen. Ich weiß, dass es dumm ist, aber ich will es trotzdem.

Also ziehe ich meinen Bademantel wieder an, schenke mir Wein nach, klettere ins Bett und nehme meinen Stift und die Ledermappe mit dem teuren Hotelbriefpapier zur Hand.

Und ich beginne zu schreiben.

Lieber Nemesis! Ich muss Dir etwas sagen. Einiges davon wird Dir gefallen, anderes vielleicht nicht. Aber so soll es sein …

Ich liege in London in einem Hotelzimmer und habe gerade masturbiert. Ich würde Dir ja gerne sagen, dass ich dabei an Dich gedacht habe. Aber so war es nicht. Zumindest nicht so richtig. Als ich mich anfasste, habe ich an einen anderen Mann gedacht. Der, den ich bereits bei einem unserer vorherigen Kontakte erwähnte. Erinnerst Du Dich noch an die Zufallsbekanntschaft, der ich meine Muschi gezeigt habe? Genau an den habe ich gedacht.

Ich habe ihn mittlerweile besser kennengelernt und mich in ihn verliebt.

Ich hoffe, du bist nicht sauer?

Er ist wunderschön, intelligent und überaus witzig. Und er sorgt dafür, dass ich auch mich selbst in diesem Licht sehe. Mit ihm fühle ich mich wie eine Göttin. Genau wie die Göttin, als die Du mich beschrieben hast. Nur, dass er mich mit der Kraft seiner Berührung, seinen Augen, seiner Stimme und seinem Lachen dazu bringt, mich so zu fühlen. Und mit seinem hinreißenden Körper, der mich fickt und mich verwöhnt.

Noch gerade eben habe ich hier in diesem großen Bett gelegen, mich angefasst und mir dabei vorgestellt, er würde mich berühren. Ich trage einen dicken, weichen Bademantel, aber ich hatte ihn geöffnet, um mich der Fantasie hinzugeben, dass er meinen Körper studiert und ihn anfasst. Sein Blick floss wie geschmolzene Glut über meine Haut, und das gleitende und forschende Streichen meiner Finger wurde zu seinen Berührungen.

Er hat mich dazu gebracht, mich überall anzufassen. An meinen Brüsten und meinen Nippeln. Meinen Schenkeln und zwischen der Spalte meiner Pobacken. Zwischen meinen Schenkeln und in der Ritze meiner Möse. Allein der Gedanke an ihn hat mich klitschnass gemacht. Während ich davon träumte, dass seine geschickten Hände mich untersuchen und er seine Finger in meinen Lustsaft tauchen lässt, habe ich so an meinem Kitzler gespielt, wie er damit spielt. Habe mir die Finger in die Muschi gesteckt, so wie er sie in mich hineinschiebt.

Und als ich kam, kam ich nur für ihn. Sogar seinen Namen habe ich dabei gebrüllt.

Ich hoffe, der Gedanke quält Dich nicht allzu sehr. Aber ich kann einfach nichts dagegen tun, dass ich ihn liebe.

Ich liebe ihn für seinen Körper und für die Art, wie er mich fickt und wie er mit mir spielt. Ich liebe ihn für seinen Geist, denn er ist klug, verspielt und so ungewöhnlich wie kein anderer Mann, den ich je zuvor kennengelernt habe. Ich möchte Dinge mit und für ihn tun, die ich noch nie zuvor gewollt habe. Seltsame Dinge, die mir erst jetzt wundervoll und ganz und gar richtig erscheinen.

Kannst Du das verstehen? Ich denke schon. Ich glaube, Du kennst ihn bereits so gut, wie ich ihn gerne kennen würde. Ich glaube sogar, Du kennst ihn weitaus besser als mich. Und auch besser als ich Dich.

Meine Gefühle sind zu stark, um jetzt noch zurückschauen zu können, Nemesis.

Und das möchte ich auch nicht – selbst wenn er mich nicht so sehr lieben sollte wie ich ihn.

Werde ich diesen Brief jemals abschicken? Oder ihn der Person übergeben, für die er bestimmt ist? Ich denke schon, dass es dazu kommen wird. Ich werde unerschrocken und mutig sein. Er ist das Risiko wert.

Ein Ort voller Luxus

Ich bin im Schlafzimmer der Villa und bereite mich mit klopfendem Herzen vor.

Auf dem Bett liegt ein Brief in der altbekannten Schrift auf blauem Briefpapier. Die Zeilen sind freizügig und köstlich. Und sie machen mich scharf. Noch schärfer, als ich vorher schon war. Und zwar auf vielfache Art und Weise.

Hier sitze ich also nun in einem tropischen Paradies – einem Ort voller Schönheit, Wärme und Luxus. Und bei mir ist der Mann, den ich liebe und den ich begehre: Daniel. Es geht ihm mittlerweile wieder sehr gut. Er hat sich vollständig von seiner Operation erholt – und von allen Ängsten davor.

Die Anweisungen in dem Brief sind sehr spezifisch.

Ich möchte, dass Du nach Maiglöckchen duftest.

Erledigt.

Ich möchte, dass Du Deine Schamhaare so trimmst, wie ich es mag.

Erledigt.

Schmier ein bisschen Lippenstift auf Deine Nippel und spiel so lange daran herum, bis sie steif abstehen.

Erledigt. Oh ja, und wie.

Zieh wieder Dein Strapskorsett an. Du weißt schon, das wunderschöne weiße und die Strümpfe mit Spitzenbesatz. Und natürlich die weißen High Heels.

Gut, dass mir noch eingefallen war, das alles mitzunehmen. Wenn ich an die Reaktion denke, die dieser Aufzug beim letzten Mal hervorgerufen hat, wie hätte ich da diese Accessoires zu Hause lassen können?

Die Dämmerung in der Karibik ist farbenfroh und wohltuend. Meinem Geliebten gehorchend schlüpfe ich in das weiße Satin-Bustier mit dem Spitzenbesatz, in dem er mich so leidenschaftlich gern sieht. Trotz Daniels Beteuerungen, dass mein Körper perfekt ist, bin ich doch froh, dass ich etwas weniger Fleisch in das enge Kleidungsstück pressen muss. Er sagte, dass es sehr ungezogen wäre und er mich auch bestrafen würde, wenn ich irgendeine dumme Diät machte und an Gewicht verlöre. Aber im Leben einer Frau gibt es einfach Tage, an denen sie graziler sein möchte. Es ist allerdings noch genug von mir übrig, und wenn ich an die köstliche und üppige Inselküche denke, wird es schon bald wieder deutlich mehr sein.

Der Blick in den Spiegel ist nicht nur nötig, er ist auch ein ausgesprochenes Vergnügen. Ich betrachte mich gern in meiner schneeweißen Pracht. Um genau zu sein, schaue ich mich in letzter Zeit sowieso gern an. Ich liebe es, meinen Körper zu begutachten und mir vorzustellen, dass Daniels Hände darüber gleiten, ihn anbeten, ihn genießen und ihm Freude schenken. Und was für Freuden. Freuden, die so vielfältig sind, dass ich sie gar nicht alle aufzählen kann.

Ich mag es auch, wie er mich ansieht, mich jetzt ohne Einschränkungen betrachten und jedes Detail genießen kann.

Mein Spiegelbild bringt mich zum Kichern. So hübsch das Strapskorsett mit all seinem Zubehör auch ist, so legt es doch den Gedanken an eine unanständige Stripperin nah. Obwohl ich mir vorstellen könnte, dass die Mädchen in den besseren Strip-Clubs ihre Brüste nicht so gefährlich nahe am Rand der Entblößung balancieren müssen. Und die Tänzerinnen tragen wahrscheinlich auch Tangas und zeigen ihren sauber getrimmten Busch nicht so in all seiner Herrlichkeit, wie ich es tue.

Als ich mit einer Bürste über meinen Hinterkopf fahre, um mein Haar zu frisieren, rutscht ein vorlauter Nippel aus den gefährlich flachen Körbchen. Er ist pink und rosig – genau wie gewünscht –, und als ich ihn wieder an seinen Platz zurückpresse, fährt stechende Lust durch meinen Körper, und mein Kitzler glüht und kribbelt. Seit wir hier sind, bin ich so lüstern, dass ich jede Stunde, jede Minute des Tages oder der Nacht Lust auf Sex habe. Ich weiß nicht, ob die tropischen Blütenpollen, die die Luft zum Duften bringen, aphrodisierende Wirkung haben, oder aber ob meine Liebe für Daniel der Grund ist, dass ich andauernd mit ihm ficken will.

Und nicht nur das.

Ich lasse meine Finger über die edle und sehr teure Haarbürste gleiten, die er mir vor kurzem geschenkt hat. Schon das bringt meinen Kitzler zum Pochen.

Die Bürste noch immer in der Hand werfe ich einen letzten Blick in den Spiegel.

Das Haar glänzt und fällt mir über die Schultern? Erledigt.

Pfundweise üppige Oberweite, die mir fast aus dem Mieder springt? Erledigt.

Sorgfältig getrimmtes Schamhaar, das vor Erregung schon etwas feucht glitzert? Erledigt.

Augen weit geöffnet und vor köstlich gespannter Erwartung glänzend? Erledigt.

Meine Hüften wiegen sich, während ich langsam durch die abgeschiedene Privatvilla schreite, die Daniel gemietet hat. Und meine Aufregung und mein Verlangen werden mit jedem Schritt größer. Die Blume zwischen meinen Beinen ist bereits erblüht, und mein Lusthonig ist kurz vorm Überlaufen. Aber ich weiß, dass Daniel es liebt, wenn ich so feucht werde. Zwar schimpft er mich manchmal aus, weil ich ein so lüsternes Flittchen bin, aber er ist immer von meiner ständigen Bereitschaft begeistert. Außerdem ist mein stetes Verlangen ein perfekter Grund für ihn, mich zu disziplinieren.

Das Blau des Himmels über dem Ozean hinter unserer Veranda schimmert rosa und türkis, die Farben verdichten sich in der hereinbrechenden tropischen Nacht. An den Enden der offenen, mit Holzdielen ausgelegten Terrasse flackern Lampen, die flatternde Motten anziehen. In der Mitte steht ein Tisch aus grobem Holz umgeben von ein paar Peddigrohrstühlen mit hoher Lehne. Und am anderen Ende der Veranda ein tiefes, breites Sofa mit einem fröhlich-bunten Baumwollüberwurf.

Und auf einem der Lehnstühle sitzt mein Geliebter und blickt völlig entspannt aufs Meer hinaus. Auch er trägt weiß. Allerdings besteht seine Garderobe nur aus einer weiten Leinenhose, seine leicht behaarte Brust und die eleganten, gebräunten Füße ziehen meine Blicke an.

Aber eigentlich ist es eher das, was er am Kopf trägt, das meine Möse zum Zucken und zum Flattern bringt.

Ja, es ist die Maske. Die Ledermaske, die schon in unseren schmutzigen Briefen und unseren Sexspielen eine große Rolle spielte.

In meiner Bauchgrube breitet sich eine geradezu stechende Erregung aus, und der Lustsaft, der sich in rauen Mengen gesammelt hat, fließt nun endgültig über, tropft meine Beine hinab und benetzt die weißen Spitzenbesätze meiner Strümpfe.

Plötzlich dreht er sich um, als hätte er den Duft meiner Erregung wahrgenommen. Er ist Nemesis und gleichzeitig Daniel – als hätte mein Unterbewusstsein das nicht von Anfang an gewusst.

Seine Augen glitzern aus den Schlitzen der schwarzen Maske und sein samtener, sinnlicher Mund verzieht sich für eine Sekunde zu einem kleinen Lächeln. Zwar trägt Daniel manchmal noch eine Brille, aber heute Abend hat er seine Kontaktlinsen gewählt. Die Inselbrise zerzaust sein glänzendes Haar. Die dunkle Mähne ist wieder nachgewachsen, doch er trägt sie mittlerweile nicht mehr ganz so lang wie zuvor. Die Locken rahmen sein Gesicht wie ein Heiligenschein ein und verleihen ihm das Aussehen eines verdorbenen Engels – Hölle und Himmel zugleich.

Besonders durch die Maske.

»Wer hat dir gesagt, dass du die mitbringen darfst?« Auch wenn er eindeutig versucht, streng zu klingen, so ist seine Stimme doch sanft und voller Fröhlichkeit.

Als ich an mir herabsehe, entdecke ich, dass ich tatsächlich die Bürste mitgebracht habe. Reines Wunschdenken offensichtlich …

»Niemand. Ich … ich hatte ganz vergessen, dass ich sie in der Hand habe.«

Mir ist etwas schwindelig, und ich habe das Gefühl zu schweben – fast als wäre ich high. Das bin ich allerdings auch. Ich fliege. Ich umklammere die Bürste und halte mich förmlich daran fest. Auf irgendwas muss ich mich ja konzentrieren, um mich davon abzuhalten, mich selbst anzufassen, um das intensive, aufgestaute Gefühl in meinem Geschlecht unter Kontrolle zu halten. Ein Teil von mir möchte sich am liebsten rücklings auf das Sofa werfen und die Beine so weit spreizen, dass er sofort auf mich draufspringen und in mich eindringen kann. Doch der andere Teil genießt unsere köstlichen, verdrehten Spiele und will das Unvermeidliche noch etwas weiter hinauszögern.

Daniel stöhnt indigniert, als würde wieder mal die begriffsstutzige Schülerin vor ihm stehen, die einfach nichts begreifen will. Aber das ist nur eine Nummer von ihm, und ich weiß genau, dass er eigentlich lachen möchte. Und auch ich grinse innerlich, obwohl mein Gesicht für diesen Teil unserer Aufführung natürlich ernst und respektvoll bleiben muss. Zumindest für diesen Moment. Ich habe ja die ausgesprochen schlechte Angewohnheit, in kritischen Momenten laut loszuprusten. Das bringt auch Daniel oft aus dem Konzept, sodass irgendwann das schönste Chaos entsteht.

»Dann leg die Bürste jetzt auf den Tisch. So ist's brav.«

So professoral. So streng. So voller Liebe.

Mit klackenden Absätzen taumle ich zu dem Holztisch. Dabei drohen meine Brüste aus dem mit Spitze eingefassten Korsett zu hüpfen – was auch seinen Augen hinter der Maske nicht entgeht. Sie leuchten mit unverhohlener Erregung auf, und als ich einen kurzen Blick zwischen seine Beine werfe, sehe ich, wie sich unter dem weißen Leinenstoff bereits etwas rührt.

Auf dem Tisch liegen noch andere Gegenstände, die meinen Mund trocken und meinen Schritt noch feuchter werden lassen. Spielzeug für unsere Spielchen; altbekannte Dinge, an denen wir beide unseren Spaß haben.

»Komm jetzt her!«

Ich gehorche, bemerke dabei aber, dass ich kurz vor einer Ohnmacht stehe. Ich komme einfach nicht darüber hinweg, wie wunderbar und glamourös dieser Mann ist. Der Freude, dass dieser ganz besondere Mann mir gehört, werde ich wohl nie überdrüssig werden. Dass solch ein seltenes Wesen tatsächlich glaubt, ich sei ebenso besonders wie er, und dazu auch noch die Kraft besitzt, es mich selbst glauben zu lassen, das ist schon ein großes Geschenk.

Am liebsten würde ich sofort auf die Knie gehen, um ihn anzubeten. Ich möchte seine Hose herunterziehen und seinen Schwanz in den Mund nehmen. Es ist durchaus möglich, dass es heute Abend noch dazu kommen wird.

Er sitzt lässig in seinem Sessel und sieht mich nur an. Ich

stehe zitternd vor ihm und erwidere seinen Blick. Mit jeder Sekunde werde ich feuchter und verlangender.

»Zeig mir deine Brüste, Librarygirl!«, fordert er mich auf und scheint jedes einzelne seiner Worte zu genießen. »Ich will deine hinreißenden, roten Nippel sehen.« Er lächelt jetzt. Wird er diesmal derjenige sein, der zuerst die Fassung verliert?

Etwas verlegen – aber auf eine gute Art – lasse ich meine Brüste aus dem Korsett springen. Der Aufwärtsdruck durch die feste Schnürung lässt meinen Busen üppiger denn je wirken, meine vollen Rundungen scheinen jetzt nur noch für ihn da zu sein. Daniel leckt sich mit der Zunge über die Unterlippe, als würde er mich schon jetzt schmecken.

»Spiel daran herum!«, befiehlt er, rutscht ein wenig in seinem Sessel herum und legt dann mit einem Schulterzucken eine Hand in seinen Schritt. Er weiß, dass ich weiß, dass er einen steifen Schwanz hat. Das würde selbst ein Blinder erkennen können. Warum also die Erregung verstecken?

Mit zitternden Händen berühre ich schließlich meine Nippel. Mit Vorsicht allerdings. Ich bin so angeturnt, dass selbst die winzigste Stimulation mich schon an den Rand bringen könnte. Und tatsächlich schießen sofort lüsterne Pfeile von den Spitzen meiner Brüste in meinen Kitzler. Ohne es verhindern zu können, wiege ich mich in meinen unkontrollierbaren Hüften.

»Tss, tss, tss«, warnt mich Professor Nemesis.

Doch mein Becken scheint sich jeder bewussten Kontrolle zu entziehen und schwingt weiter vor und zurück.

»Jetzt benimm dich endlich mal, du ungezogenes Ding!«, fährt er in seinem besten Gelehrtenton fort und reibt immer noch leicht an seinem Schwanz. »Hör auf, mit deiner Muschi hier rumzuwedeln, und spiel ordentlich an deinen Nippeln rum! Sonst gibt's Ärger!«

Und zwar richtig Ärger. Ärger nach dem ich mich sehne, den ich brauche und um den ich bettle.

Dem Abend wohnt ein ganz besonderer Zauber inne – nicht von dieser Welt und doch so real. Es ist alles real. Ich kneife mir fest in die Nippel, um mir in Erinnerung zu rufen, dass dies kein Traum ist. Der Schmerz und die Lust lassen mich kurz aufkreischen.

Daniel wirft mir hinter der Maske hervor einen warnenden Blick zu, der mich förmlich dahinschmelzen lässt. Schon wieder tritt seidiger Honig aus meiner Möse aus, und ich kann nur ein hilfloses Wimmern von mir geben, als der Saft mir die Beine hinuntertröpfelt.

»Jetzt reicht's, du Flittchen! Ich habe genug von dieser Disziplinlosigkeit!«

Und schon ist er aufgesprungen und zerrt mich zum Geländer der Veranda.

»Bleib da stehen! Und rühr dich nicht!«

Ich weiß, es ist nur ein Spiel, aber seine Stimme klingt so entschlossen, dass ich fast sofort komme. Ich kann mich kaum beherrschen, mich nicht anzufassen. Plötzlich geht Daniel zum Tisch und kehrt mit einem Seidenschal und dem Kissen aus seinem Sessel zurück. Nachdem er das Kissen über das harte Geländer gelegt hat, muss ich mich so darüberbeugen, dass mein Kopf und meine Arme auf der anderen Seite hinabhängen. Meine Brüste quellen noch weiter aus dem Korsett, und der Druck auf meinen Bauch setzt sich bis zur empfindlichen Wurzel meines pochenden Kitzlers fort. Ich bin schon fast so weit, als er schließlich den Seidenschal zwischen meine Zähne klemmt und ihn hinter meinem Kopf verknotet – ich neige zu lautem Gebrüll, wenn wir miteinander spielen und wenn er mich fickt.

Er schiebt meine Füße auseinander, um einen besseren

Blick zu haben, und die sanfte Brise kitzelt mein Geschlecht. Ich fühle mich so unanständig, so lüstern und so zur Schau gestellt, dass ich hinter meinem Knebel jammern und stöhnen muss. Er belohnt mich, indem er eine Hand nach vorne wandern lässt und in meinen Nippel kneift, während er mit den anderen zwei Finger in meinem Inneren versenkt. Als ich jedoch anfange, zu zucken, stellt er seine Zuwendungen sofort ein. »Noch nicht«, murmelt er.

Daniel kehrt zum Tisch zurück, während ich mit fast schmerzhafter Sehnsucht auf ihn warte. Als er zurückkehrt, dringt er schnell, herrisch und fast gewalttätig in mich ein. Aber nicht mit seinem Schwanz.

Nein, es ist ein Spielzeug, ein paar schwere Glaskugeln an einer Seidenschnur. Da es sich dabei um eines meiner Lieblingsspielzeuge handelt, kommt es mir sofort mit aller Härte. Meine inneren Muskeln ziehen sich fest um den erregenden Eindringling zusammen, während mein Stöhnen durch den Knebel zu einem groben Glucksen wird.

»Ich habe dich gewarnt, was deine Selbstbeherrschung angeht, oder etwa nicht?« Seine Stimme klingt wie Samt in meinem Ohr. Er kneift mir in eine Pobacke und streicht gleichzeitig über meinen Kitzler. Es kommt mir erneut, sodass die Kugeln in meiner Möse sich hin- und herbewegen.

Die Laute, die ich durch den Knebel hindurch von mir gebe, hören sich an wie der reinste Katzenjammer. Und als er seinen Unterleib gegen meinen Po drückt, kann ich etwas Hartes und leicht Stacheliges spüren – er hat sich die Bürste in den Bund seiner Hose gesteckt. Doch sie bleibt nicht lange dort. Einen kurzen Moment später versohlt er damit meinen Po. Meine Muschi bebt noch immer und scheint sich vor Verlangen zu krümmen. Ich zucke und zittere, und während ich mich mit einer Hand am Geländer festklammere, reibe ich mit der anderen herausfordernd an meiner Möse. Er wird jetzt nichts dagegen haben. Im Gegenteil, wahrscheinlich gefällt es ihm sogar. Daniel schlägt nicht allzu fest zu. Aber schließlich ist es ja auch nur ein Spiel. Allerdings brennen seine Hiebe trotzdem. Und sie erzeugen Hitze. Große Hitze. Eine geradezu brutzelnde Hitze, die sich in meiner nassen Möse sammelt und dort weiterbrennt.

Doch dann hat er offensichtlich genug vom Spielen. Mit einem gemurmelten, lachenden »Ach, was soll's?« legt er die Bürste beiseite und zieht dann recht grob die Glaskugeln aus meinem Schlitz. Und schon eine Sekunde später, als ich gerade hinter mich greifen will, um ihn zu streicheln, zerrt er seine weiße Hose herunter, nimmt seinen Riemen und dringt in mich ein. Er stopft mich in einer schnellen, gnadenlosen Bewegung, und ich komme erneut. Doch diesmal ziehen sich meine Muskeln um ihn zusammen und nicht um das kühle, leblose Glas der Kugeln. Voll erregender Lustgefühle umklammere ich mit einer Hand das Geländer und greife mit der anderen hinter mich, um das Spiel seiner Oberschenkelmuskulatur zu spüren. Und auch Daniel packt mit einer Hand das Geländer und macht sich mit der anderen auf die Suche nach meinem Kitzler.

Das Ganze ist wohl nicht gerade ein eleganter Anblick. Um genau zu sein, müssten wir in der tropischen Dämmerung ein ziemlich seltsames Bild abgeben. Zuckend, pressend und sich aneinanderreibend. Ich mit aus dem Mieder hängenden Brüsten – er mit nacktem Po, dessen Muskeln sich mit jedem Fickstoß anspannen. Mitten in dem Handgemenge löst er meinen Knebel, sodass meine Lustschreie schließlich doch noch in den leuchtenden Abendhimmel gellen.

Es dauert nicht lange, bis wir an dem unausweichlichen Punkt sind, an dem es kein Zurück mehr gibt. Und ich bin dabei nicht die Einzige, die »Ich liebe dich« ins Dunkle hinausbrüllt. Ich bin auch nicht die Einzige, der es kommt. Und das mit dem Mann, den ich anbete.

Viel später wandern unsere Blicke zu den Sternen am schwarzblauen Himmel. Wir liegen nackt unter der bunten Decke auf dem Sofa. Fast nackt. Ich habe immer noch meine Strümpfe an, aber das Mieder liegt irgendwo zusammen mit meinen Schuhen, Daniels Hose, der Bürste und den Liebeskugeln auf dem Boden der Veranda.

»Morgen geht's also wieder nach Hause?« Als ich in der Dunkelheit sein liebes Gesicht berühre, bin ich wieder ganz beeindruckt von seinem vornehmen Profil. Die Lampen sind schon vor einer ganzen Weile ausgegangen, aber die Stimmung ist so romantisch, dass keiner von uns etwas dagegen hat.

»Ja, aber wir kommen ja wieder«, erwidert er und sorgt damit für ein weiteres Glücksgefühl in meinem Inneren, das sich problemlos zu den anderen gesellt. Sein Griff um meine Taille wird fester, und er drückt mich liebevoll an sich.

Es wird sicher schön, nach Hause zu kommen – zurück in unser normales, aber eben doch nicht allzu normales Leben. Ich wieder in der Bibliothek, Daniel an seiner Dokumentation und seinem Buch arbeitend. Danach hat er allerdings einen anderen Job. Er wird einen neu geschaffenen, sehr angesehenen Lehrstuhl im Fach Geschichte an der hiesigen Universität besetzen, und die Einrichtung ist sehr froh, einen derart kompetenten und bekannten Professor in ihre Mitte aufnehmen zu dürfen. Im Moment leben wir in meiner Wohnung. Das ist zwar ein bisschen eng, aber wenn wieder ein wenig Normalität eingekehrt ist, werden wir uns nach einem Haus umsehen.

Daniel dreht sich zu mir um. Seine Augen leuchten selbst durch die dunkelblauen Schatten der Nacht hindurch. Als ich daran denke, was ihm hätte passieren können, muss ich die Tränen unterdrücken. Ich lege meine Arme um ihn und drücke ihn so fest an mich, wie er mich an sich drückt.

»Ist alles okay, Liebste?«, fragt er, drückt mir erst einen Kuss auf die Augenbraue, dann auf die Wange und dann auf die Lippen.

»Alles gut, Professor Brewster, alles gut.« Das ist natürlich eine grandiose Untertreibung, denn an meiner Hüfte spüre ich, dass sein dauergeiler Schwanz schon wieder hart wird. Das Sofa ist ganz bequem, aber drinnen wartet ein großartiges vierpfostiges Bett auf uns, das jeden Tag neu mit glatter weißer Bettwäsche bezogen wird.

»Wollen wir reingehen und uns in, äh, etwas prachtvollerer Atmosphäre um das hier kümmern?« Als ich seinen Schwanz berühre, gibt er ein tiefes, gieriges Grunzen von sich. Er presst sich einen Moment lang an mich, hebt dann aber die Decke an, steht auf und zieht auch mich vorsichtig auf die Füße.

»Gute Idee, Mrs Brewster. Gute Idee. Wie immer.«

»Na prima. Aber warte noch kurz.« Ich entledige mich meiner rutschenden weißen Strümpfe, werfe sie zu meinem Brautmieder und hake mich dann bei meinem Ehemann unter.

Arm in Arm und splitternackt spazieren wir durch die milde Nacht hindurch in unsere Flitterwochen-Villa … und in eine herrliche Zukunft.

ENDE